ज्वाला

एक श्रापित राजवंश

लेखिका

मेधाय्

★★★★

★★★★

अहमेव परम ब्रह्म अहमेव स्वयं सदा।

इदम परम च नास्तेव अहमेव हि केवलम्।।

★★★★

प्रस्तावना

"सबसे पहले मैं अपने उन पाठकों की आभारी हूँ जो अपना कीमती समय इस किताब को देंगे। आशा करती हूँ कि मैं इस कहानी के माध्यम से उन्हें एक रोमांचक समय यात्रा पर ले जा सकूं। कहानी में पाठकों को सिर्फ रोमांचक ही नहीं बल्कि खूब सारा ड्रामा भी देखने को मिलेगा।

यह कहानी ज्वाला घाटी के उस श्रापित राज्य की है जहां समय हजारों वर्षों तक रुक जाता है। श्राप जो प्रकृति देवी द्वारा उस राज्य और राजवंश को दिया जाता है, जिसे तोड़ने के लिए कई वर्षों का इंतजार और एक पुनर्जन्म निर्धारित होता है।

हमारा नायक जो ज्वाला घाटी का युवराज है, वह एक भविष्यवाणी के आधार पर बाहरी संसार से जुड़कर उस श्राप का तोड़ ढूंढता है। यह कहानी नकारात्मक और सकारात्मक ऊर्जाओं के बीच संघर्ष की है, जहां ध्यान, योग और आंतरिक ऊर्जाओं का मिश्रण भी देखने को मिलेगा। पंचतत्वों की शक्तियों को भी इस कहानी में जगह दी गई है।

एक प्रोफेसर और उसकी विद्यार्थी का संबंध, जो शुरू में गुरु-शिष्य के रूप में दिखता है, किंतु कहानी के आधे तक आते आते पता चलता है कि उनका संबंध सिर्फ गुरु शिष्या तक सीमित नहीं है अपितु वो रहस्य होता है जो हजारों वर्षों से नायक के साथ चला रहा है। यह कहानी एक ऐसी यात्रा होगी जो आपको दो हजार वर्ष पहले के एक श्रापित राजवंश की यात्रा कराएगी।

नायक एक सेतु होगा, जो दो हजार वर्ष पूर्व के राज्य और बाहरी संसार के बीच एक अटूट सम्बन्ध बनाएगा। नायक दो युगों को जोड़ता हुआ अपने राज्य को श्राप मुक्त करने के लिए संघर्ष करेगा और अपनी असली पहचान से अंजान नायिका उसका साथ देगी।

नायिका एक रहस्यमयी कुंजी होगी, जो उस श्राप के सबसे महत्वपूर्ण हिस्से को खोलेगी। वह एक ऐसी शक्ति होगी, जो समय और स्थान की सीमाओं के बंधनों को तोड़ते हुए उस राज्य में प्रवेश करेगी जो आज भी अस्तित्व में है।

यह ज्वाला श्रृंखला की पहली किताब होगी, जो एक समय यात्रा पर आधरित होगी। पहली किताब में पाठकों को खूब सारा रहस्य और ड्रामा देखने को मिलेगा। नायिका के संघर्ष देखने को मिलेंगे। इसकी अगली किताब कुछ महीनों बाद प्रकाशित होगी, जिसमें नायिका उस राज्य में पहुंच जाएगी, जिसके बारे में उसने सिर्फ किस्से कहानियों में ही सुना था। जहां मिलेगी वो अपने असली स्वरूप से। जहां कर रही हैं कई शक्तियां उसकी प्रतिक्षा। जहां मिलेंगे उसे अपने सवालों के जवाब जो बचपन से उसके साथ चले आ रहे थे।

मुझे उम्मीद है कि मैं इस किताब के माध्यम से किसी भी पाठक को निराश नहीं करूंगी। मेरी छुट पुट गलतियों को माफ कीजिएगा। पहली बार साहस किया है यहां तक पहुंचने का और आपको एक समय यात्रा पर ले जाने का। धन्यवाद।"

★★★★

आभार

"कागज के पन्ने मेरे लिए एक सच्चे साथी हैं, जहां मैं अपनी बातें अभिव्यक्त कर सकती हूं। यहां मैं अपनी कल्पनाओं को गढ़ सकती हूँ और अपने मन की बातें साझा कर सकती हूँ।

मुझे लगता है कि लिखना मेरे लिए एक बेहतरीन तरीका है अपनी बातें कहने का। लेकिन यहां तक पहुंचने में मुझे बहुत समय लगा और इस सफर में मुझे कई लोगों का साथ मिला, जिन्होंने मुझे यह अहसास कराया कि मैं भी लिख सकती हूँ।

मेरी मां स्वर्गीय पीतांबरी देवी मेरी पहली गुरु थीं, जिन्होंने मुझे हमेशा प्रेरित किया था। मेरे पिताजी श्री लालमणि पंत ने मुझे यह विश्वास दिलाया कि मेरी कहानी लोगों को पसंद आएगी। मेरे पति मनीष और ससुरजी मोर सिंह नेगी जी ने मुझे समय दिया मेरे लेखन के लिए। मेरे बच्चे रेयांश और वेदिका ने मुझे यह अहसास कराया कि मैं सिर्फ घर के काम में ही माहिर नहीं हूँ।

मेरी बहनें सोनम और मोनिका ने समय-समय पर मुझे प्रोत्साहित किया। मेरे भाई मधुर ने मेरी तकनीकी सहायता की। मेरे बड़े भाई दिवाकर पंत ने मुझे हर कठिन समय में सहायता की। मिस्टर सोम बाटला सर की कोचिंग ने मुझे प्रोत्साहित किया। मेरे मेंटोर रवि सर ने मुझे प्रेरित किया।

और अंत में, मेरे प्रिय पाठक जिनके लिए मैं लिख रही हूँ। गलतियों को नकारते हुए आपका सहयोग बनाए रखने की उम्मीद करती हूँ। धन्यवाद।"

★★★★

अस्वीकरण

इस धारावाहिक के सभी पात्र, स्थान व घटनाएं काल्पनिक है। इस रचना का किसी भी स्थान व व्यक्ति से कोई सम्बन्ध नही है। यह रचना लेखिका की कल्पना मात्र है। रचना का किसी व्यक्ति व स्थान से मिलना संयोग मात्र हो सकता है। इस कहानी को केवल एक मनोरंजन की दृष्टि से पढ़े। धन्यवाद।

★★★★

विषय सूची

★★★★

अध्याय १

दो हजार साल पहले, ज्वाला घाटी की रणभूमि में

वो एक बहुत बड़ा और खुला मैदान था, जो चारों ओर से बहुत ही खूबसूरत पहाड़ियों से घिरा था। मगर जितनी खूबसूरत वो पहाड़ियां थी, उतना ही भयानक उस मैदान का मंजर था। वहां अनगिनत मृत शरीर एक के ऊपर एक बिखरे पड़े थे। जिनमें कुछ अपनी अंतिम सांसें गिन रहे थे, तो कुछ को चील कौवे नोचने लगे थे। वो धरती आज इन अनगिनत वीर योद्धाओं के रक्त से नहाई हुई थी, जो इस भयानक युद्ध में वीरता से लड़े थे।

उन्हीं मृत शरीरों के बीच में घुटनों के बल बैठा एक योद्धा, जिसकी गर्दन तक के सुनहरे केश रक्त से सने हुए थे। उसके मुख पर पड़े रक्त के छींटों की वजह से उसे पहचानना भी मुश्किल था। उसके शरीर के हर हिस्से से रक्तस्राव हो रहा था और अनगिनत ताजे घाव उसके वीरता से लड़े होने का परिचय दे रहे थे। एक तीर जो उसके बाएं कंधे को चीरते हुए दूसरी दिशा से बाहर निकला हुआ था, मगर फिर भी वो जीवित था, जिसे देखकर लग रहा था, मानों वो अपनी सांसें भी नहीं ले रहा हो। वो मरणासन्न

स्थिति में लग रहा था। उसके नेत्रों की पुतलियां उस मृत शरीर के चेहरे पर टिकी थी, जो उसके ठीक आगे बेजान सा धरती पर पड़ा हुआ था। उस मृत योद्धा के भी कंधे से थोडा नीचे एक तीर धंसा हुआ था। मगर उसके घने लंबे लहराते खूबसूरत केश अब भी हवा में उड़कर उस मृत योद्धा के रक्त से सने मुख पर जा लगते, मानों वो उसे जगाने का असफल प्रयास कर रहे हों। उसके मुख पर भी रक्त के छींटे थे, मगर मुख की मासूमियत ही बता रही थी कि वो एक स्त्री योद्धा थी और आज इस धरती पर वीरगति को प्राप्त हो गई थी। धन्य हों ऐसी वीरांगना जो आज अपना सर्वस्व लुटाकर अपने राज्य के लिए वीरगति को प्राप्त हुईं थी। एक ऐसी महान योद्धा जिसे बिना छल के देवता भी पराजित नहीं कर सकते थे। उसकी देह आज बेजान थी।

अचानक ही वहां पर धरती के गर्भ को चीरते हुए एक देवी प्रकट हुई, मगर उसके मुख पर क्रोध इतना अधिक था, मानों किसी ने उस देवी को अत्याधिक क्षति पहुंचाई हो। अगले ही क्षण वो देवी एक भयानक श्राप उस जीवित योद्धा और उसके कुल को दे गई और उस वीरांगना के मृत शरीर को अपने साथ लेकर अंतरध्यान हो गई। देखते ही देखते वो हरी भरी घाटी एक सूखे वीरान वन में परिवर्तित हो गई। वहां हर ओर अब सिर्फ सूखे जंगल और दरारें पड़ चुकी धरती थी। हर ओर काली राख के सिवाय कुछ नहीं था।

कुछ क्षणों की मौत सी खामोशी के बाद उस योद्धा का चीत्कार उस पूरी रणभूमि में गूंज उठा और चील कौवे फड़फड़ा कर उड़ गए। मगर अफसोस, उस चीत्कार को सुनने वाला वहां कोई नहीं था। वो ज्वाला घाटी अब श्रापित हो चुकी थी। वो घाटी अब अपने कुल को लेकर धरती में समा गई थी, मगर कब तक, ये तो अब नियति खुद तय करेगी।

****

ज्वाला घाटी युद्ध के दो हजार साल बाद, ऋषिनगर में

एक प्राइवेट हॉस्पिटल के लेबर रूम में एक महिला दर्द से चिल्लाए जा रही थी। वो कभी डॉक्टर्स को, तो कभी नर्स को डांट रही थी। उसका पति भी उसके साथ था और महिला का हाथ पकड़े वो उसका साहस बढ़ा रहा था।

"तनु तुम एक आर्कियोलॉजिस्ट को जन्म देने वाली हो।" उस महिला के पति ने कहा, तो उस डॉक्टर के हाथ रुक गए। आदमी ने उसकी ओर घूरकर देखा।

"डॉक्टर, तुम्हें मुझे देखने के लिए मैने हॉस्पिटल का इतना बड़ा बिल नहीं भरा है। जल्दी से बच्चा निकालो।" वो आदमी चीखा, तो डॉक्टर ने सिर हिलाया और फिर अपने कामपर लग गया। वो महिला पूरी पसीने से भीग चुकी थी। उसने पूरी ताकत से एक जोर लगाया और अगले ही पल वहां बच्चे के रोने की आवाज गूंज उठी। मास्क पहने डॉक्टर और नर्स की आंखें मुस्करा दी।

"क्या हुआ है?" वो महिला और आदमी दोनों एक साथ उत्सुकता से बोले तो डॉक्टर के साथ साथ नर्स भी हैरान हो गईं। वो महिला मानों अपना सारा दर्द ही भूल गई थी।

"कांग्रेचूलेशन, बेटी हुई है।" डॉक्टर ने कहा तो आदमी और महिला ने अपने अपने सिर ऐसे पकड़े मानों उनको बेटी नहीं बल्कि मरा हुआ बच्चा पैदा हुआ हो।

ठीक इसी वक्त हिमालय की उस ऊंची बर्फीली चोटी पर एक युवक ध्यान मुद्रा में बैठा था। उसके सुनहरे केश वहां की ठंडी हवाओं से उड़कर उसके माथे पर बिखरे हुए थे। इतनी बर्फिली ठंड के बावजूद भी उसने केवल एक काले रंग की सूती धोती पहनी थी। उसके मुख का तेज किसी देवता के समान था। अचानक ही उसके नेत्र खुल गए।

"दैत्य उसका जन्म हो चुका है।" उस युवक ने कहा तो उसकी पीठ पर बने उस गरूड़ के चित्र की लाल आंखें चमक उठी। मानों उसने सुन लिया हो। मानों वो गरूड़ जीवित हो।

"चलें हमे उसे जल्द से जल्द ढूंढना है।" उस युवक ने कहा और कुछ ही देर बाद वो युवक उस बर्फिली पहाड़ी से नंगे पैर नीचे उतर रहा था। उसके कंधे पर एक स्वर्ण गरूड़ आराम से बैठा था। युवक के इतना तेज चलने के बावजूद वो गरूड़ बिल्कुल शांत मुद्रा में था।

****

तेईस साल बाद ऋषिनगर में

"व्हट द हेल आर यू डूइंग? यू इडियट! हाउ मेनी टाइम्स हैव आई टोल्ड यू, बी केयरफुल विद कैमिकल्स ड्यूरिंग लैब टेस्टिंग, बट नो, यू ऑलवेज सीम टू सो योर फुलिशनेश एवरीव्हेयर। हर बार कुछ न कुछ खराब कर देती हो। मेरी समझ में नहीं

आता कि तुम पीएचडी इंट्रेंस में पास कैसे हो गई? किस इडियट ने तुम्हें पीएचडी इंट्रेंस में बैठने भी दिया था और कैसे तुमने इंटरव्यू पास कर लिया? तुम्हारे बस का कुछ नहीं है। हर बार कोई न कोई गड़बड़ होती रहती है तुमसे। या तो तुम किसी दिन लैब में आग लगा दोगी या फिर किसी दिन खुद को जला दोगी और भाड़ में जाओ तुम लेकिन यहां एक भी आर्टिफेक्ट्स पर खरोंच भी आई तो उसकी जिम्मेदार तुम होगी, सिर्फ तुम? जानती भी हो आर्कियोलॉजी के एक आर्टिफेक्ट की कीमत? स्टुपिड! अब निकलो यहां से बाहर! अगले दो दिन तक तुम मुझे लैब के अंदर दिखनी नहीं चाहिए, अंडरस्टैंड? तुमसे अच्छा तो पीजी वाले स्टूडेंट्स कर देते हैं।" लैब के अंदर अनंत सृष्टि पे चिल्लाए जा रहा था। जहां इस वक्त लैब में अनंत और सृष्टि के अलावा पीएचडी के बाकी के स्कॉलर्स भी थे। जिनमें कुछ लड़कियां खूब खुश हो बैठी। वैसे तो ये रोज की ही बात थी सृष्टि के लिए, लेकिन आज कुछ ज्यादा ही हो गया था। आज तो अनंत ने ये भी नहीं देखा कि लैब में कुछ मास्टर्स के बच्चे भी थे। ऐसे में सृष्टि की क्या ही रिस्पेक्ट होनी थी, उसके जूनियर्स के सामने, मगर इस बात से प्रोफसर अनंत को क्या ही फर्क पड़ता था।

"ओह गॉड अब क्या कर दिया इस लड़की ने?" बाहर एक दूसरी लैब में वीर कुछ स्टोन टूल्स की लैब टेस्ट कर रहा था। उसके साथ उसका दोस्त कुशाल भी था।

"उसका क्या? हमेशा कुछ न कुछ गड़बड़ करती रहती है। तू जाने दे न उसका।" कुशाल ने कहा और सिर हिला दिया।

“यार कुशाल, कम से कम तू तो ये बात मत बोल। वो तुझे पसंद करती है। कुछ तो रिस्पेक्ट किया कर उसकी।” वीर ने कहा तो कुशाल ने गहरी सांस छोड़ी और उसकी ओर देखा।

“देख वीर सच कहूं तो वो मेरे टाइप की है भी नहीं। ये तू भी जानता है। वो तो वहीं मेरे पीछे पड़ी है। मैं कौन सा जबरदस्ती उसपे चिपका हुआ हूं। काम निकल जाते हैं उससे अपने। थिसिस के लिए सारा मैटर भी वही ढूंढकर लाती है।” कुशाल ने कहा तो वीर ने उसे हैरानी से देखा।

“यू आर रियली सेल्फिश डूड!”

“याह, आई नो। वैसे भी कॉलेज के बाद वो अपने रास्ते और मैं अपने रास्ते। कौन सा जीवन भर साथ रहना है उस चिपकू के।” कुशाल ने लापरवाही से कहा तो वीर और ज्यादा हैरान हो गया।

“कुशाल! ये कैसी बातें कर रहा है यार। नही पसंद करता तो बोल दे न, क्यूं उसकी उम्मीदें बढ़ा रहा है? तू उसे अपने फायदे के लिए यूज करना चाहता है। अगर ये बातें उसे कभी पता चली, तो कितना हर्ट होगा उसे यार और अगर वो तेरा ही काम करती रही तो वो अपनी थिसिस कब कंप्लीट करेगी? वैसे भी हाईस्कूल से ही वो तेरा सारा काम करती आई है। यहां तक कि ग्रेजुएशन से लेकर और मास्टर्स तक उसने ही तेरी सारी असाइनमेंट बनाई है कुशाल।” वीर ने थोड़ा मायूसी से कहा।

“तू मेरा दोस्त है उसका? और तुझे इतनी ही फिक्र हो रही है उसकी, तो तू ही ले ले उसे। मेरा पीछा छोड़ो बस।” कुशाल ने गुस्से से कहा और बाहर जाने लगा।

“तू गलती कर रहा है कुशाल।” वीर ने जोर से कहा लेकिन कुशाल कहां सुनने वाला था। उसने सिर हिलाया और बाहर निकल गया।

इधर अनंत गुस्से से तमतमाता हुआ अपने ऑफिस में घुसा। उसके साथी प्रोफेसर अभी ऑफिस में बैठे आराम से चाय समोसा खा रहे थे। उसने टेबल पर एक फाइल पटकी और बैठ गया।

“अरे अनंत! ये लो तुम्हारी चाय।” प्रोफसर वान्या ने उसकी ओर चाय का कप बढ़ाया। मगर अनंत का लाल मुंह देखकर उनको समझने में बिल्कुल भी वक्त नहीं लगा।

“लगता है आज फिर उस लड़की ने कोई गड़बड़ कर दी है। तभी तू मुंह फुलाए आ रहा है।” अनंत के एक फैलो प्रोफसर विकास ने कहा तो वान्या और विकास खिलखिलाकर हंस पड़े जबकि अनंत ने कोई जवाब नहीं दिया।

“पता नहीं क्यूं पर मुझे लगता है वो लड़की तो इस कॉलेज में भी रहने लायक नहीं है। कुछ अजीब सी नहीं है? वियर्ड! आई मीन लड़कियों की तरह तो बिलकुल नहीं लगती। उसके कपड़े देखे हैं? कैसे पहनती है, जैसे वो किसी पहलवान से चुराकर भागी हो। लाइक झंडू बाम! और बाल! लड़कों के बाल भी उससे कहीं ज्यादा अच्छे हैं। एक नंबर की डंब है वो लड़की। मतलब कैसे ही पीएचडी कर लेगी वो। अरे उसके मां बाप

खुद तो चले गए और छोड़ गए इस झंडु बाम को अनंत के हवाले।" वान्या ने मुंह बनाते हुए कहा। उसके चेहरे पर चिढ़ साफ झलक रही थी। विकास ने भी उसकी हां में हां मिलाई।

"हां वो तो है मिस वान्या, जो भी हो लेकिन आपके जैसा फैशन सेंस मैने इस कॉलेज मेंआज तक किसी का नहीं देखा। आई मीन, आप यहां की हर लड़की के उपर भारी पड़ती हैं।" विकास ने कहा तो वान्या ने इतराते हुए बाल झटक दिए। अनंत को उनकी बातों से चिढ़ हो रही थी। इतने बड़े पद पर होने के बाद भी उनके एक स्टूडेंट के लिए इस तरह के खयालात अनंत को गुस्सा दिला रहे थे।

उनकी बातें सुनकर अनंत का मुंह लाल हो गया था। न जाने क्यों पर अब उसे अच्छा भी नहीं लग रहा था। भले ही सृष्टि सच में इडियट थी लेकिन थी तो वो उसकी स्टूडेंट। वो खूब चिल्लाता था उसके उपर, लेकिन जब कोई उसकी बुराई करता तो उसे अच्छा भी नहीं लगता था। वो उठा और बाहर जाने लगा।

"अरे अनंत कहां जा,,,,?" वान्या और विकास ने एक साथ कहा लेकिन अनंत चलता ही इतना तेज था मानों हवा का झोंका।

****

दिन के दो बजे का समय था। सारी क्लासेस अब ऑफ हो गई थी, हालांकि सृष्टि तो स्कॉलर थी तो उसे अभी पांच बजे तक यहीं रहना था। वो कैंटीन में अकेले बैठ कर खाना खा रही थी। छोटी सी सृष्टि बड़ी ही अजीब रहने वाली लड़की थी। हमेशा ढीली

सी टी शर्ट और ट्रैक पजामा उसका पसन्ददीदा वस्त्र था। कंधे तक कटे छोटे छोटे बाल और आंखों पर एक सुनहरी रिम वाला गोल नजर का चश्मा। रंग ज्यादा गोरा तो नहीं था, लेकिन नैना नक्श खूब तीखे और सुंदर थे। उसकी लोगों से कुछ ज्यादा ही कम बनती थी। शायद ही कभी कोई दोस्त रहे हों उसके। बचपन से लेकर और आज तक उसका सिर्फ एक दोस्त रहा है ऋषभ। एक तो वो बहुत ज्यादा शांत रहती थी और दूसरा बहुत कम बोलती थी। मगर खुद से बातें करने की आदत उसकी कुछ ज्यादा ही अनोखी थी। शायद इसलिए भी कि कभी कोई भाई बहन था नहीं बात करने के लिए, माता पिता के पास तो इतना समय ही नहीं था। धीरे धीरे सृष्टि अकेली ही बड़ी होने लगी। वो खुद की ही दोस्त बनी। कॉलेज तक पहुंचने के बाद भी एकमात्र ऋषभ ही था जो आज भी उसका दोस्त था। ऋषभ उससे एक साल छोटा था और क्लास नाइंथ से ही उसके साथ था। कुशाल और वीर भी हाईस्कूल से ही उसके साथ थे। वो दोनों बेस्ट फ्रेंड थे मगर वीर सृष्टि से ज्यादा अच्छे से बात करता था।

इधर सृष्टि को गुस्सा आया हुआ था। सुबह अनंत की इतनी इंसल्ट करने के बाद तो वो उसके आस पास भी नहीं जाने वाली थी। सृष्टि ने मुंह बनाते हुए आकाश की नकल की।

"व्हट द हेल आर यू डूइंग? यू इडियट। हाउ मेनी टाइम्स हैव आई टोल्ड यू बी केयरफुल विद कैमिकल्स ड्यूरिंग लैब टेस्टिंग बट नो, यू ऑलवेज सीम टू सो योर फुलिशनेश एवरीव्हेयर। हर बार कुछ न कुछ खराब कर देती हो। मेरी समझ में नहीं आता कि तुम पीएचडी इंट्रेंस में पास कैसे हो गई? किस इडियट ने तुम्हें पीएचडी इंट्रेंस में बैठने भी दिया था और कैसे तुमने इंटरव्यू पास कर लिया? तुम्हारे बस का कुछ नहीं

है। हर बार कोई न कोई गड़बड़ होती रहती है तुमसे। या तो तुम किसी दिन लैब में आग लगा दोगी या फिर किसी दिन खुद को जला दोगी और भाड़ में जाओ तुम लेकिन यहां एक भी आर्टिफेक्ट्स पे खरोंच भी आई तो उसकी जिम्मेदार तुम होगी, सिर्फ तुम? जानती भी हो आर्कियोलॉजी के एक आर्टिफेक्ट की कीमत? स्टुपिड। अब निकलो यहां से बाहर।"

"खुद को समझते क्या हैं? मिस्टर भूतनाथ। इनको तो मिर्च का धुआं सुंघाकर पेड़ पर उल्टा लटका देना चाहिए किसी जंगल में। अजीब हैं मतलब! कुछ भी बोल दो! अबे ढोल समझा है क्या, पीटते जाओ, पीटते जाओ। किसने इनको प्रोफेसर बना दिया यार। स्टूडेंट्स से तमीज से बात करनी भी नहीं आती। ऐसा भी कौन होता है। इतना तो हिटलर का राज नहीं चलता था जितना इन्होंने मुझपर चलाया हुआ भई। हिटलर अगर इनको देखता तो अपनी दूसरी कब्र खोदकर आत्महत्या करके कब्र में सो जाता। ले भाई तू ही राज कर अब। उससे बड़ा हिटलर तो यहां आके बैठे हैं, हुंह।" सृष्टि ने खूब बक बक कर दी अपने आप से।

"अबे यार, अब ये कैंटीन वालों पर कौन सा मिर्गी का दौरा पड़ गया, जो नमक इतना कम डाला है दाल में। अबे कौन है ये कैंटिन में हाई बीपी का मरीज?" कहते हुए सृष्टि ने सिर उठाया तो उसकी टेबल के ठीक दूसरे कोने में अनंत बैठा अपने लैपटॉप पर कुछ काम कर रहा था। उसके बगल में कॉफी रखी थी और उसकी उंगलियां जेट की तेजी से कीबोर्ड पर चल रही थी। सृष्टि ने एक घूंट भरा।

"अब तो गई तू सृष्टि, ये अनंत तुझे अनंत की गहराइयों में गायब कर देगा अभी के अभी।" सृष्टि खुद में ही बड़बड़ाई। अनंत ने अपनी कॉफी का कप उठाया और एक सिप लिया। उसने अपनी नजरें उठाई तो सृष्टि के गले में खाना अटक गया। उसे एक हिचकी आ गई। अनंत उसे घूरने लगा मगर फिर तुरंत ही अपने काम पे वापस लग गया। सृष्टि मानों स्टैच्यू बन गई थी। वो अनंत को इस तरह बिना पलकें झपकाए देख रही थी मानों वो इंसान नहीं बल्कि कोई दानव हो जो अलसाए हुए सृष्टि के रास्ते में लेटा हो और सृष्टि के हिलने भर से वो दानव उसे निगल जायेगा। उसकी सांसें अटक चुकी थी। तभी अनंत ने एक बार फिर से नजरें उठाकर उसकी ओर देखा। सृष्टि को खुद को घूरते देख उसने बिना कुछ कहे एक बार पूरी कैंटीन में नजर दौड़ाई और फिर सृष्टि की ओर देखा। सृष्टि ने भी उसकी नजरों का पीछा करते हुए पूरी कैंटीन को देखा तो अब उसे समझ आया कि क्यों अनंत यहां पर बैठा था। कैंटीन पूरी भरी हुई थी और सिर्फ उसके पास वाली कुर्सी खाली रही होगी जिस वजह से अनंत यहां पर आके बैठा था लेकिन वो कब यहां पर आया उसका अहसास सृष्टि को भी नहीं था। मगर अब उसे कुछ पता था, तो ये कि आज यहां से उसकी अर्थी उठने वाली थी। तभी अंनत ने अपने कान से इयर पीस निकालकर लैपटॉप के बगल में रखे तो सृष्टि ने इतनी जोर की सांस छोड़ी मानों कब से रोककर रखी हो। सृष्टि ने आँखें छोटी करके उसे देखा।

"व्हट्स रॉन्ग? वाई आर यू लुकिंग एट मी लाइक दैट? आई हैव लॉट ऑफ रिसर्च टू कंप्लीट, लीव मी एलोन। आई एम नॉट वेस्ट मटीरियल लाइक यू।" अंनत का चेहरा शख्त हो गया था और आवाज मानों सृष्टि के ऊपर पत्थर फेंक रहा हो। सृष्टि की तो जान में जान वापस आई थी वरना उसे तो लगा था उसकी आत्मा उसे छोड़कर अब तक

नर्क की आधी सीढियां नाप चुकी हैं। उसने तुरंत थाली उठाई और वहां से नौ दो ग्यारह हो गई। अनंत के हाथ रुक गए। उसने अपने इयर पीस वापस ठूंस दिए और उन्हें ऑन कर दिया। उसके चेहरे पर चिढ़ और गुस्सा साफ झलक रहा था।

"कहां से इसे मैं हिटलर लगता हूं और मेरी नकल उतार रही थी इडियट। एक तो रिस्पोनस्बिलिटी भी लो, ऊपर से मेरे लिए ही उल्टा सीधा कहकर गई। उल्टा लटकाएगी मुझे! वो भी जंगल में।" अनंत खुद में ही बड़बड़ाया। उसने सब सुन लिया था और वही जानता था कि उसने कितने ही देवताओं को पुकारा था खुद का गुस्सा काबू करने के लिए। मगर यहां वो सृष्टि पर चिल्ला भी नहीं सकता था इसलिए उसका गुस्सा उसकी फूली हुई मांशपेशियां जता रही थी।

"गुरूदेव क्या ज्वालायुवराज कभी अपने क्रोध पर काबू कर पाएंगे?"

"कभी नहीं! हम इन्सान हैं वाहिनी। इंसानों में अगर कुछ अच्छा होगा तो कुछ बुरा भी होगा। उसका क्रोध ही उसके किरदार की सबसे बड़ी कमी है। इतने वर्षों बाद भी क्रोध ने कभी उसका पीछा नहीं छोड़ा। इसी तरह हम,,हम भी मुक्त नहीं हुए। क्योंकि एक कमी जो सदा से हमारे ऊपर हावी हुई। अपने शिष्यों से प्रेम जिसने हमें इन पच्चीस सौ वर्षों बाद भी मुक्त नहीं होने दिया। उनका प्रेम अगर हमारी ताकत है तो कमजोरी भी है वाहिनी। मगर क्या करें अगर हम अपने स्वार्थों के लिए मुक्त हो भी गए तो भी हमारी आत्मा कभी मुक्त नहीं हो पाएगी। वर्षों से हमारा एकमात्र स्वार्थ सिर्फ हमारे शिष्य रहे हैं। जब तक वो हैं तब तक हमारा अस्तित्व भी है।"

****

इधर सृष्टि भी अपने सीने पर हाथ रखकर वापस क्लास में आ गई। अब अनंत ने उसे लैब से तो फिलहाल हटा दिया था, तो क्लास ही एक रास्ता बची थी छुपने को, हालांकि यहां भी उसका कभी मन नहीं लगता था, क्योंकि यहां भी आधे पढ़ाकू स्कॉलर्स तो उसे बुली करने का एक मौका नहीं छोड़ते थे जैसे कि वो इस धरती पर एलियन हो। वो आई और अपनी सीट पर बैठ गई। उसने एक बुक उठाई और पढ़ने लगी। उसकी नजर राखीगढ़ी के एक चैप्टर पर चली गई। जहां पर राखीगढ़ी से मिले हुए कुछ आर्टिफेक्ट्स की तुलना और उनका संबंध वैदिक काल से दर्शाया गया था। कल ही इसके बारे में चर्चा हुई थी क्लास में। न चाहते हुए भी सृष्टि इस बारे में सोचने लगी। "राखीगढ़ी जो हड़प्पा और मोहनजोदड़ो को पछाड़ते हुए सबसे बड़ा प्राचीन राज्य नगर घोषित हो चुका था। जिसकी खुदाई सालों से चल रही थी और आज भी उसका काम खत्म नहीं हुआ था। आखिर कितनी पुरानी सभ्यता थी हमारी लेकिन आज भी इसे वो जगह सिर्फ इसलिए नहीं मिली थी क्यूंकि अभी तक इस सिविलाइजेशन की चित्रात्मक लिपि को पढ़ा नहीं गया था। वरना ये सिविलाइजेशन दुनियां की सबसे पुरानी पढ़ी लिखी सिविलाइजेशन होती। काश कोई जादू होता और ये लिपि पढ़ ली जाती। ताकि दुनिया को पता चलता कि भारत भूमि में कितनी पुरानी और सभ्य सिविलाइजेशन रहती थी। जो आज खुद को मॉर्डन और ज्यादा विकसित कहते हैं उन्हें पता चलता कि सुमेरियन और मेसोपोटामिया भी हमसे कहीं पीछे थे। तभी उसके फोन पर एक नोटिफिकेशन आया और सृष्टि उसे खोल कर पढ़ने लगी।

"ज्वाला घाटी और उदय घाटी, जो सिर्फ दंत कथाओं में सुनने को मिलती हैं। लेकिन क्यों हैं ये राजवंश इतने मिस्टीरियस? क्या है इन राजवंशों का रहस्य? आखिर क्यों हुई

ज्वाला डायनेस्टी विलुप्त? माना जाता है उदय घाटी और ज्वाला घाटी दोनों के पूर्वज एक ही हुआ करते थे, मगर एक प्राचीन युद्ध के बाद दोनों अलग अलग हो गए। दोनों ने अपने अपने राज्य बसाए, मगर उदय घाटी के सबसे विश्वाशपात्र के विश्वासघात से उदय घाटी की कुछ बहुत ही उच्च कोटि की सकारात्मक शक्तियां ज्वाला घाटी को मिली थी, जिस कारण ज्वाला घाटी उदय घाटी से ज्यादा पॉवरफुल हो गई। मगर ऐसा क्या भयानक हुआ था उस अंतिम युद्ध में कि उदय घाटी की अंतिम राजकन्या जिसे देवता भी पराजित नहीं कर सकते थे वो ज्वाला घाटी में वीरगति को प्राप्त हुई और फिर एक श्राप के साथ ज्वाला घाटी अपनी कुल देवी के साथ ही धरती में समा गई। कहा जाता है ज्वाला घाटी आज भी कहीं अग्जिस्ट करती है। इसका एक द्वार जो धरती के बाहर है। क्या ये सच है और अगर सच है तो कितना? शायद अब सच्चाई से परदा उठेगा जब आर्कियोलॉजिस्ट की एक टीम खोज निकालेगी इसके रहस्य। जो उस घाटी की खोज में निकल चुके हैं।

"व्हाट द हेल इज दिस? शक्तियां! हुंह,,ये सिर्फ किस्से कहानियों में ही अच्छी लगते हैं।" सृष्टि खुद में ही बड़बड़ाई।

"ध्यान कहां है तुम्हारा? कब से आवाज दे रहा हूं। सुनाई नहीं देता? कानों में रुई ठूंस कर बैठी हो।" तभी अनंत की तेज आवाज उसके कानों में पड़ी तो वो एकदम से हड़बड़ा गई और सीधे खडी हुई और इसी के चलते उसका फोन चटाक से नीचे गिर पड़ा। अब वो अपना फोन देखे या अनंत को उसके मन में द्वंद चला हुआ था।

“अ,,, अ,,,, अनंत सर। वो,,, म,,, मैं।” हकलाते हुए उसका ध्यान नीचे अपने फोन पर भी गया जिसकी टूटी हुई स्क्रीन देख के उसका दिल भी टूट गया था।

“सृष्टि मुझे लगता है तुम्हें पीएचडी की नहीं एक साईकाईट्रस की जररूत है। तुम खुद तो स्टूपिड हो और दूसरों को भी समझती हो।” अंनत ने भारी और बहुत ही ठंडी आवाज में कहा।

“हां,,,,,।” सृष्टि के मुंह से अनायास ही निकला तो अनंत की भौहें चढ़ गई।

“नहीं मेरा मतलब ऐसा नहीं है सर। मैं,,,वो।”

“तो कैसा है सृष्टि? बुक उल्टी रखकर अपने फोन में घुसी पड़ी हो। क्या यही रिसर्च करोगी तुम? हां? यहां कैंटीन में काम करने आई हो?” उसके हां के जवाब से अनंत को अब और ज्यादा गुस्सा आ गया।

“सर ऐसा नहीं है। वो,,,, मैं वही कर रही,,।” सृष्टि आगे कुछ कहती अंनत ने उसे बीच में ही टोक दिया।

“बुक्स बंद करके आराम से बैठी हो तुम। आधे घण्टे से मैं यहां पर हूं और तुम कह रही हो कि तुम काम कर रही थी! अब आज शाम को अपने मॉम डैड से बात कर लेना। आई कांट हेंडिल यू।” कहते हुए अनंत बाहर जाने लगा।

“सर,,,प्लीज। उनको कुछ मत बताइए। मैं सब कर लूंगी।” सृष्टि गिड़गिड़ाई। सृष्टि ने कहा तो अनंत के कदम रूक गए। वो गहरी सांस छोड़कर पीछे मुड़ा।

“ये तो मैं बहुत बार सुन चुका हूं और अब बहुत तंग हो गया हूं तुमसे। हर बार कोई न कोई एक्सक्यूज रहते हैं तुम्हारे पास। शाम को अपने मॉम डैड का कॉल उठा देना।” अनंत ने इतना कहा और बिना सृष्टि की बात सुने बाहर निकल गया। उसे अपने गुस्से में अब इतना भी याद नहीं रहा कि डिपार्टमेंट बंद हो गया था और सृष्टि आज अकेली छूट गई थी डिपार्टमेंट के अंदर। अब बात ये थी कि उसका घर थोडा दूर था जिसे पैदल ही तय तो किया जा सकता था, मगर सर्दियों का मौसम होने की वजह से आज कल रात भी जल्दी हो जा रही थी और डिपार्टमेंट से उसके घर का रास्ता थोडा सुनसान भी था और अंधेरा भी, जिससे सृष्टि को सबसे बड़ा फोबिया था।

“यार ये मुसीबत मेरी ही लाइफ में क्यों आती है भगवान जी? क्या दुश्मनी थी मुझसे आपकी? जो इस भूतनाथ को मेरा तीमारदार बना दिया। हुंह,,कसम से सृष्टि ये आदमी तुझे मेंटल हॉस्पिटल पहुंचा के ही रहेगा।” सृष्टि खुद में ही बड़बड़ाई और उठकर बाहर आ गई। गलियारे में लगभग अंधेरा होने को था। उसने अपने कोट को कसकर पकड़ा और बैग को कंधे पर टांगकर बाहर निकल गई। गेट अभी भी खुला था। वो फुटबॉल ग्राउंड के बीचों बीच होकर जा रही थी ताकी शॉर्ट कट ले सके। सारे डिपार्टमेंट अलग अलग थे और अब सारे ही बंद हो चुके थे। उसे लग रहा था मानों आज तो भगवान ने उसे अपने पास बुलाने की पूरी प्लैनिंग की हो। उसे अपने ही चलने की आवाज भी डरावनी लग रही थी। ग्राउंड में उसकी परछाई किसी बड़े डायनासोर से कम नहीं लग रही थी। वो तेजी से चलते हुए आगे बढी और सड़क पर पहुंच गई। मगर जैसे ही वो सड़क पर पहुंची, उसे बगल की झाड़ियों में एक सरसराहट की आवाज सुनाई दी। मानों कोई उन झाड़ियों में रेंग रहा हो। उसके कान तुरंत खड़े हो गए। उसे महसूस हुआ मानों

उसका सारा खून एक साथ किसी ने स्ट्रॉ लगाकर चूस लिया हो। उसका चेहरा सफेद पड़ गया। उसे अपना शरीर ठंडा पड़ता हुआ महसूस हुआ। झाड़ियों में आवाज हल्की सी तेज हो गई, मानों कोई झाड़ियों से निकलना चाह रहा हो मगर कहीं फंस गया हो। उसने हिम्मत जुटाई और थूक घटकते हुए धीरे से पीछे मुड़ी, झाडियों के बीचों बीच दो लाल आंखें चमक उठी और इसी के साथ सृष्टि की आंखें घूमी और वो तुरंत सड़क पर गिर गई। तभी किसी के दो कदमों की आवाज आई और वो कदम सृष्टि के पास आके रुके।

"हे सृष्टि क्या हुआ? आर यू ओके?" एक लड़का उसके पास बैठ गया। सृष्टि लगभग बेहोशी में पहुंच चुकी थी।

"वीजे।" सृष्टि के मुंह से बहुत हल्के से निकला। ऋषभ ने उसे उठा दिया और अपनी कार की फ्रंट सीट पर बिठा दिया। उसने तेजी से कार आगे बढ़ा दी, बिना यह अहसास के, कि कोई है उन झाड़ियों में, जिसकी नजर उस जाती हुई कार पर है। कार के जाते ही अचानक वो साया झाड़ियों से निकल कर सड़क के बीचों बीच खड़ा हो गया। उस साए की बाजू पर बना वो सर्प का टैटू हल्के से लहरा गया। मानों वो जीवित सर्प हो।

इधर आकाश बड़बड़ाते हुए अपने अपार्टमेंट के बाहर पहुंचा। "ये लड़की सबके लिए मुसीबत ही है।" अनंत ने सिर हिलाते हुए कहा। उसने अपने अपार्टमेंट का मेन डोर अनलॉक किया और सीधे जाकर बालकनी में खड़ा हो गया। उसकी नजर सामने बने एक खूबसूरत घर पर थी लेकिन उस घर के एक कमरे की लाइट अब भी बन्द थी। अनंत ने अपनी जेब से फोन निकाला और एक कॉल लगा दिया।

“क्या अभी तक सृष्टि घर नहीं पहुंची?” अनंत की आवाज तेज थी। उसने कॉल डिसकनेक्ट करके दूसरा कॉल लगा दिया।

“सृष्टि कहां है?” किसी के कॉल उठाते ही अनंत ने कहा।

“सर,,,वो,,,वो मुझे नहीं,,,,।” ऋषभ कुछ कह पाता उससे पहले ही अनंत चिल्ला उठा।

“झूठ बोलने की हिम्मत मत करना ऋषभ। वरना कॉलेज से उठवाके हिमालय की उन दुर्गम पहाड़ियों में फिंकवाकर आऊंगा, जहां से कभी तुम्हारी हड्डियो का चूरा भी नहीं मिलेगा।” अनंत ने कठोर आवाज में कहा तो ऋषभ को अपना गला सूखता हुआ महसूस हुआ।

“सर वो अभी हॉस्टल के मेडिकल रूम में है। वो बेहोश हो गई थी रास्ते में।” ऋषभ ने डरते हुए कहा।

“उसे होश आया?” अनंत ने अब शांत मगर गंभीर आवाज में पूछा।

“हां बस अभी अभी।” ऋषभ ने जवाब दिया।

“तो तुरंत घर छोड़ दो उसे। उसे तो कोई होश रहता नहीं है टाइम का। इडियट लड़की, सिर में दर्द है मेरे लिए।” अनंत ने बड़बड़ाते हुए फोन काटा और फिर फोन उसके हाथ में कस गया। तभी उसका फोन दोबारा बज उठा। उसने स्क्रीन पर देखा तो मिस्टर भट्ट शो हो रहा था। उसने एक गहरी सांस छोड़ी और कॉल उठा दिया।

"हैलो सर!" अनंत ने आवाज में नरमी बरती।

"जी,,जी,,,। सी इज फाइन। नो नो सर, आई कैन हैंडल। यू डोंट वरी। सी इस माय रिस्पोनसबिलीटी।" अनंत ने कहा और फिर थोड़ी देर कुछ बात करने के बाद कॉल डिस्कनेक्ट कर दी।

"एक बेटी भी नही संभाली गई इन लोगों से। खैर वो भी क्या करें जब तूफान को जन्म दिया है। जो बस सदियों से सिर्फ उजाडना जानती हो।" अनंत खुद में ही बड़बड़ाया मगर तभी उसका फोन फिर बज उठा। उसने स्क्रीन देखी तो कमला सो हो रहा था। उसने कॉल उठा दिया लेकिन कहा कुछ नहीं। उसकी नजर ठीक सामने उसी घर के फर्स्ट फ्लोर पर चली गई। तभी वहां उस एक कमरे की लाइट जल उठी तो अनंत ने बिना कुछ कहे फोन नीचे रख दिया, लेकिन अब उसकी नजर उस कमरे की बालकनी में थी, जहां पर सृष्टि कमरे का दरवाजा खोल कर बालकनी में आ गई। उसने अपने दोनों हाथों से रेलिंग को कसकर पकड़ा हुआ था और उसकी नजर ऊपर आसमान में थी। मानों कितनी ही शिकायतें हो उसकी जिसे सुनने वाला शायद सिर्फ वो आसमान था। अनंत की नजर उससे एक पल के लिए भी नहीं हटी हालांकि थोडा दूरी होने की वजह से साफ तो नहीं दिख रहा था, मगर फिर भी वो बिना पलकें झपकाए बस सृष्टि को ही देख रहा था। जबकि सृष्टि आंखों में आंसुओं को भरकर भगवान को खूब सुना रही थी।

"यहां किसी को मेरी नहीं पड़ी है। क्यों? क्यों भगवान जी? क्यों अनंत सर को मेरे मॉम डैड का चहेता बना दिया और मुझे उनसे दूर कर दिया? कोशिश कर तो रही हूं न

उनके जैसी बनने की, लेकिन नहीं होता तो मैं क्या करूं? ऐसे कैसे वो मुझे यहां किसी के भरोसे छोड़कर गए हैं? वो भी इस भूतनाथ के! कोई है जो मेरी बातों को सुने?" सृष्टि चिल्लाकर बोली। मगर जवाब में सिर्फ एक ठंडी हवा का झोंका उसे छूकर निकल गया। उसने अपने सिर को जोर से रेलिंग पर मार दिया और सिर उसी रेलिंग से टिका दिया।

"ये लड़की कर क्या रही है? अपना सिर क्यों फोड़ रही है इडियट? कहीं मर वर तो नहीं गई? कोई हरकत भी नहीं कर रही है।" अनंत की आंखों में कुछ पल के लिए अलग से भाव आए। उसने फोन निकाला और एक कॉल लगा दिया। इधर सृष्टि का फोन बजा तो वो बेमन से वापस सीधी हुई। अनंत ने तुरंत कॉल काट दिया।

"जिंदा है मतलब। वरना मर वर जाती तो फालतू में हॉस्टल के आस पास चुड़ैल बनी घूमती रहती। वैसे भी यहां भूतों की कमी है। उसी का कोटा पूरा करने के सोच रही होगी। मुझे क्या, मरे जिए।" कहते हुए अनंत अंदर चले गया। सृष्टि अंदर आई तो फोन तब तक कट चुका था। उसने फोन की स्क्रीन देखी तो भूतनाथ मिस्ड कॉल का नोटिफिकेशन था।

“यार ये भूतनाथ का कॉल मुझे क्यों आया इतनी रात को? चढ़ाई हुई है क्या इन्होंने? वैसे भी आंखों से तो यही लगता है, कितनी ही बोतलें घटकते होंगे एक दिन की। पता नहीं उनकी आंखें इतनी ज्यादा नशीली क्यों हैं।” सृष्टि ने सिर झटका और बेड पर धड़ाम से गिर पड़ी।

★★★★

अध्याय २

अगले दिन सुबह के करीब दस बज चुके थे जब सृष्टि हड़बाकर उठी। "ओह सिट! सिट! सिट! सृष्टि आज भूतनाथ सच में तुझे इस सृष्टि से विलुप्त ही कर देगा। दस बज रहे हैं। ओह गॉड मैं इतना लेट क्यों हुई? अलार्म तो लगाया था न मैने?" सृष्टि ने बड़बड़ाते हुए फोन देखा तो स्विच ऑफ पड़ा हुआ था।

"गॉड डैम इट मैं इतनी केयरलैस क्यों हूं यार?" कहते हुए सृष्टि तेजी से बॉथरूम में घुसी और दस मिनट में ही वापस आई। उसने अपना बैग उठाया और घर के बाहर निकल गई। अगले सात मिनट में ही वो भाग कर डिपार्टमेंट पहुंची। वो गलियारे में पहुंची और जोर जोर से हांफने लगी। उसने अपने दोनों हाथों को घुटने पर रखा और खुद को संयत करने के लिए जोर जोर से सांसें लीं और फिर तेजी से गलियारे में भागते हुए क्लास के दरवाजे पर खडी हो गई। क्लास में अनंत अपनी कुर्सी पर बैठा हुआ था और आंखों में भड़कती ज्वाला लेकर उसे ही घूर रहा था। सृष्टि को लगा बस अब उसकी चिता पर आग लगाया जाना ही बाकी था।

“मे आई कम इन सर?” सृष्टि ने अपनी नजरें फर्श पर गढ़ाते हुए कहा। हमेशा की तरह सृष्टि को देखते ही उसका चेहरा कठोर पड़ गया। उसका एक हाथ टेबल पर था और वो कुर्सी पर आराम से पसरा हुआ था। पूरी क्लास सतर्क अवस्था में आ चुकी थी क्योंकि सब जानते थे कि अनंत अब अपने बिकराल रूप में आने वाला था। उसकी तीखी नजर सृष्टि पर थी तो उसे महसूस हो रहा था मानों अनंत की नजरें उसके अंदर तक भेद रही हैं। जिस तरह एक्सरे दिखाई देता है सृष्टि को अपना शरीर कुछ इसी तरह महसूस हुआ। वो खुद में सिकुड़ने लगी। अनंत की नजर सृष्टि के बालों पर चली गई जो आज तो बिल्कुल नहीं बनाए गए थे। उसकी नजर बालों से फिसलते हुए उसकी सफेद रंग की हुड्डी पर चली गई जिसपर खाने के दाग लगे थे। साफ था, कि वो हुड्डी भी बदलकर नहीं आई थी। उसने अपनी नजरें और नीचे की तो उसकी नजर सृष्टि के पैरों पर चली गई। जिसमें दो अलग अलग स्लिपर्स पहने हुए थे। अनंत का गुस्सा आसमान छूने लगा था। सृष्टि ने सिर झुकाकर ही बाकी के स्कॉलर्स की ओर देखा तो पूरी क्लास में खुसर फुसर चालू हो गई थी। बहुत सारे लोगों को मौका मिल गया था उसे बुली करने का लेकिन वो अब भी कुछ समझ नहीं पाई। अनंत के हाथ में वो पेपरवेट कस गया।

“अब बाहर रहकर झाड़ू लगाना है या अंदर आके लैब में आग लगाने का काम पूरा करोगी? पूरी क्लास डिस्टर्ब करके रखी है।” अनंत ने कहा जिसने अपने गुस्से पर बमुश्किल ही काबू किया हुआ था। सृष्टि सिर झुकाकर अंदर आई और ऋषभ के बगल में बैठ गई।

"बाकी सब अपना अपना काम करो।" अनंत ने जोर से कहा तो सब अपने अपने काम पर लग गए। अनंत उठा और किसी नई साइट से मिले कुछ स्टोन टूल्स को टेबल पर बिखेर कर उनके बारे में चर्चा करने लगा। सभी लोग बको ध्यान होकर सुनने लगे और साथ ही नोट भी करते जा रहे थे। इतने सारे स्कोलर्स में एक सृष्टि ही थी जिसकी नजर टेबल पर नहीं बल्कि कुशाल पर थी। अनंत के हाथ में वो स्टोन एज टूल कस गया।

"सृष्टि।" अनंत ने उसका नाम लिया लेकिन उसका ध्यान अब भी कुशाल पर था। जबकि बाकी सब उसे ही देख रहे थे। वीर ने कुशाल को एक कोहनी मारी तो कुशाल ने भी सृष्टि को देखा। अब माहौल कुछ इस तरह हो गया था कि सृष्टि कुशाल को देख रही थी तो अनंत सृष्टि को देख रहा था। अनंत की आंखों में जो क्रोध भड़क रहा था सृष्टि को छोड़कर पूरी क्लास को पता था।

"सृष्टि!!" इस बार अनंत ने कुछ ज्यादा ही तेज आवाज में कहा तो सृष्टि होश में आई और उसकी गर्दन अनंत की ओर मुड़ गई।

"अब तुम इन टूल्स के बारे में आज मास्टर्स के स्टूडेंट्स को समझाओगी।" अनंत ने जानबूझकर कहा तो सृष्टि हड़बड़ा गई।

"सर म,,, म,,, मैं,, कैसे?" सृष्टि को जब कुछ समझ नहीं आया तो उसने अपना सिर झुका लिया। अनंत तो मानों अब फटने ही वाला हो।

"तुम आज के बाद मेरी पर्सनल लैब में काम करोगी क्योंकि लगता है तुम्हें आसानी से कोई बात समझ नहीं आती।" अनंत ने अपने दांतों को कीटते हुए कहा।

"बट सर,,सृष्टि अकेले,,।" ऋषभ ने बचाव करना चाहा तो अनंत ने उसकी ओर घूरकर देखा। अनंत की नजरों से ही ऋषभ की बातें उसके मुंह के अंदर ही दबकर रह गई। उसने भी अपना सिर झुका लिया। कुछ देर के डिस्कसन के बाद अनंत बाहर निकल गया तो ऋषभ तुरंत सृष्टि की ओर पलट गया। उसने अपने हाथ बांध लिए तो सृष्टि ने समझने की भाव से उसे देखा।

"प्लीज डोंट टेल मी कि तुझे नहीं पता कि तूने बालों में कंघी नहीं की है।" ऋषभ ने कहा तो सृष्टि कुछ बोलने को हुई।

"अब ये भी मत कहना कि तुझे ये भी नहीं मालूम कि तू घर के कपड़ों में कॉलेज आई है।" ऋषभ ने कहा तो सृष्टि ने अपनी हुड्डी की ओर देखा।

"यार देर हो गई थी। क्या करती मैं इसलिए बस मुंह धोकर आई हूं।"

"सृष्टि यार, मतलब हद हो गई तेरे लिए। ठीक है बाकी सब मैं मानता हूं लेकिन यार दो अलग अलग चप्पल!! वो कौन पहन कर आता है भई कॉलेज में?" ऋषभ ने फ्रेस्टेड होकर कहा तो सृष्टि ने अब जाकर अपनी चप्पलों को देखा। उसने अपनी रोनी सी सूरत बना दी।

"मैं तेरी चप्पल नहीं पहनूंगा। मैं पहले ही बता रहा हूं।" ऋषभ ने कहा तो सृष्टि ने उसे मुस्कुराकर देखा।

“नहीं नहीं नहीं। बिलकुल नहीं। मैं अपने जूते तुझे नहीं देने वाला।” ऋषभ पालती मारकर बेंच पर बैठ गया तो सृष्टि की मुस्कान और गहरी हो गई।

कुछ देर बाद सृष्टि और ऋषभ कैंटीन में पहुंचे। ऋषभ का मुंह लटका हुआ था, तो सृष्टि एक गाना गुनगुनाते हुए जा रही थी। ऋषभ ने मुंह लटकाकर एक नजर अपने पैरों को देखा जिनमे दो अलग अलग चप्पलें थी और फिर अपना सिर पकड़ लिया।

“सृष्टि यार मतलब, तुझे क्या खाकर पैदा किया था तेरी माता श्री ने?” ऋषभ ने चिढकर कहा तो सृष्टि जोर से हंस पड़ी।

“माता श्री को कभी ये बताने की फुरसत ही कहां थी मेरे भाई। उनका बस चलता तो पेट से सीधे आर्कियोलॉजी का प्रोफेसर पैदा करती वो।” सृष्टि ने कहा तो ऋषभ अब थोडा नर्म पड़ गया। वो सृष्टि के बारे में सब जानता था। वो ही एक मात्र इंसान था जिसे सृष्टि से हमदर्दी थी।

“एक तो ये मिस्टर भूतनाथ हैं। पता नहीं क्या सोच कर मेरे पेरेंट्स ने इन्हें मेरी रखवाली का काम दिया है। जब देखो बॉडीगार्ड बने फिरते हैं। इनको तो बॉर्डर पर भेज देना चाहिए। इतना तो कश्मीर बॉर्डर पर सिक्योरिटी नही होती होगी जितनी सिक्योरिटी मेरे लिए लगाई है मेरे मॉम डैड ने। जैसे मैं पाकिस्तान से भाग कर यहां आई हूं।” सृष्टि गुस्से से बड़बड़ाई। उसके मॉम डैड दोनों ही आर्कियोलॉजी के प्रोफसर थे जो पहले इसी कॉलेज में थे। मगर एक रिसर्च के लिए वो पांच साल के लिए यूएस चले गए थे। अनंत उनका ही स्टूडेंट था जिसपर वो सबसे ज्यादा भरोसा करते थे और उन्होंने ही सृष्टि की जिम्मेदारी अनंत को दी थी।

"रहने दे न सृष्टि, अब इसमें सर की क्या गलती है? ये सब तो तेरे ही पैरेंट्स ने उन्हें करने को कहा है। वैसे भी तू जानती ही है वो पिछले बारह सालों से उनके साथ थे। अब तेरे डैड के चहेते विधार्थी हैं तो वो उनका ही कहना मानेंगे न! तू टेंशन न ले, मुझे पता है तूने नाश्ता तो किया नहीं होगा तो चल पहले नाश्ता कर लेते हैं। फिर बाद में तुझे अनंत सर की लैब में भी तो जाना है न। भूल गई क्या?" ऋषभ ने कहा तो सृष्टि का मुंह उतर गया।

"छी यार वो लैब न सबसे अजीब है। सबसे कॉम्प्लिकेटेड अगर मुझे यहां कुछ लगा है तो वो अनंत सर की लैब है। मतलब भूतिया बंगला जैसी फीलिंग आती है। पांच सालों में मैं केवल दो बार वहां गई हूं। लेकिन बाय गॉड वो किसी भूतिया महल से कम नहीं है।"

"हां, लेकिन सबसे ज्यादा सीखने को भी तो वहीं मिलता है, ये नहीं कहेगी? हमें तो कभी मौका मिला नहीं वहां जाने का। तुझे मिला है तो ऑपर्च्युनिटी समझ। सुना है सर वहां किसी को इतनी आसानी से जाने नहीं देते। लोग मरते हैं सर के साथ उनकी लैब में काम करने के लिए सृष्टि।" ऋषभ ने जोर देकर कहा।

"सीखना ही किसको है। अब मरेंगे ही न लोग। भूत बंगले की तरह जो होगा वहां।" सृष्टि ने फिर से मुंह बनाया।

"सृष्टि यार, अब छोड़ न! तू जानती है अब तुझे यही पढ़ना है तो थोड़ा ध्यान दे। वैसे भी तेरे मॉम डैड वो इतने स्ट्रिक्ट हैं। अगर तू उन्हें मना करेगी तो भी कुछ नहीं होने वाला।" ऋषभ ने कहा तो सृष्टि ने गहरी सांस छोड़ी।

“उसी बात का तो रोना है वीजे।” कहते हुए सृष्टि की नजर ठीक सामने चली गई जहां पर एक टेबल के इर्द गिर्द वीर और कुशाल बैठे थे। दोनों ही अपने अपने लैपटॉप पर कुछ काम क़र रहे थे। अचानक कुशाल ने अंगड़ाई ली और लैपटॉप बंद कर दिया। वीर ने भी ऐसा ही किया और फिर वो दोनों किसी बात को लेकर हंसने लगे। सृष्टि मुंह लटकाए कुशाल को ही देख रही थी। इसी तरह ठीक उनके ही दूसरी ओर अनंत, विकास और वान्या बैठे हुए थे। कुशाल की नजर सृष्टि पर पड़ी तो सृष्टि ने मुसकुराते हुए हाथ हिला दिया। जबकि कुशाल भी जबरदस्ती मुस्करा गया।

“तुझे क्यों ही वो लफंडर पसंद आता है यार?” ऋषभ ने चिढ़कर कहा तो सृष्टि ने उसे कोहनी मार दी। वो लगातार कुशाल को ही देखे जा रही थी। अनंत ने भी उसकी नजरों का पीछा किया तो उसकी मुट्ठियां कस गई।

“सृष्टि तुझे देख रही है कुशाल। वो यहां पर आएगी तो तमीज से बात कर लेना उससे। वो पक्का तेरे लिए मैटर लाई होगी थिसिस का।” वीर ने कहा तो कुशाल ने गंदा सा मुंह बनाया।

“अबे यार ये इडियट यहां पर क्या कर रही है? बाद में आ जाती तो क्या हो जाता। अच्छा खासा मूड खराब कर देगी अब ये।” कुशाल ने चिढ़ते हुए कहा तो वीर ने उसे घूरकर देखा।

“तू किसी के सच्चे प्यार के काबिल नहीं है कुशाल। शी लव्स यू यार।” वीर भी चिढ़ उठा।

"तू चुप कर यार। उसकी साइड लेना बंद कर। मेरा दोस्त है या उसका?" कुशाल ने झल्लाते हुए कहा। मगर तभी सृष्टि उसके पास आ गई।

"कुश वो,,,तुम्हारा मैटर।" सृष्टि ने एक फाइल उसकी ओर बढ़ा दी तो कुशाल ने बेमन से वो फाइल पकड़ी।

"थैंक्स, बट तुम बाद में भी दे सकती थी।" कहते हुए उसने लापरवाही से फाइल के पन्ने पलटाए और फिर फाइल साइड में रख दी।

"कोई बात नहीं मुझे अच्छा लगता है तुम्हारे लिए ये सब करना।" सृष्टि ने खुशी खुशी कहा मगर कुशाल को मानों कोई फर्क ही न पड़ता हो।

"कुश क्या तुम आज शाम को फ्री हो?" सृष्टि ने थोडा हिचकिचाते हुए कहा।

"नहीं, मुझे आज एक जरूरी काम है। अभी चलता हूं।" कुशाल ने उठते हुए कहा और वहां से चला गया। वीर ने पहले जाते हुए कुशाल को देखा और फिर सृष्टि को। वो खड़ा हो गया।

"डोंट बी अबसेट सृष्टि, ही हैज समथिंग इंपोर्टेंट टुडे। प्लीज डोंट माइंड।" वीर ने हल्के से उसकी बाजू सहला दी तो सृष्टि ने हल्की सी मुस्कुराहट के साथ हां में सिर हिलाया। वीर मुसकुराते हुए वहां से चला गया। वीर हमेशा कुशाल की गलतियों को सृष्टि के आगे इसी तरह छुपाता था। सृष्टि भी ये बात जानती थी मगर कहती कुछ नहीं थी।

“रियली हद है इस लड़की के लिए। क्यों ही अपनी इंसल्ट करवाती रहती है? इतना चिपकू मैने आज तक कोई नहीं देखा। जब वो उसे पसंद ही नहीं करता तो क्यों ही उसके आगे पीछे डोलती रहती है? शक्ल देखी है खुद की कभी? कुशाल जैसा हैंडसम लड़का, उसे लगता है कि वो उसमें इंटरेस्टेड होगा?” वान्या ने कहा तो विकास ने भी उसकी हां में हां मिलाई जबकि अनंत को इस बात की हैरानी थी कि उसके फैलो प्रोफसर कैंटीन में बैठकर किस तरह की गोसिप्स कर रहे थे। उसका मुंह अब और अधिक गंभीर हो गया।

“अनंत क्या हुआ? यार जबसे तूने इस लड़की की रिस्पोनस्बिलिटी ली है न, तू कुछ ज्यादा ही गुस्सेवाला होता जा रहा है। लगता है उसकी मनहूसियत तुझपर भी छाने लगी है।” विकास ने कहा तो विकास और वान्या खिलखिलाकर हंसने लगे। जबकि अनंत की नजरें अभी भी सृष्टि पर गढ़ी हुई थी। जो दूसरे टेबल के पास ऋषभ के साथ बैठी हुई थी लेकिन कुशाल के ठंडे रिस्पॉन्स की वजह से उसका मुंह उतर गया था।

“छोड़ न यार सृष्टि। तुझे पता नहीं क्या ही दिख गया उस बन्दर में? कितनी बार समझा दिया तुझे। छोड़ दे उसका चक्कर लेकिन नहीं, तुझे बस अपनी इंसल्ट करवानी है उससे।” ऋषभ ने चिढ़कर कहा।

“उसने कभी मेरी इंसल्ट नहीं की वीजे। हां बस बात नहीं करता ठीक से वो अलग बात है।” सृष्टि ने गहरी सांस छोड़ी।

“तो यही तो तुझे समझा रहा हूं मेरी मां। जब उसे कोई और मिल जायेगी न, तो एक मिनट नहीं लगेगा तुझे छोड़ने में उसे।” ऋषभ ने जोर देकर कहा।

“वीजे कितने साल हुए है हमारे रिलेशनशिप को?” सृष्टि ने गंभीरता से पूछा।

“यार।” ऋषभ ने उसे गुस्से से देखा।

“बोल बोल।”

“हायस्कूल से साथ हो तुम।” ऋषभ ने कहा।

“साल पूछा है मैने।”

“सात साल।” जेबी ने जवाब दिया।

“तो बता इन सात सालों से भी कुशाल मेरे साथ क्यों है? क्यों नहीं छोड़ा उसने मुझे अब तक?” सृष्टि ने कहा तो इस बार ऋषभ पहले थोडा चुप हुआ। सृष्टि उसके जवाब का इंतजार करने लगी।

“क्योंकि शायद तू उसके सारे काम कर देती है, इसलिए।” ऋषभ ने कहा तो सृष्टि हल्की सी हंसी।

“नहीं ऋषभ, काम तो उसे पता है मैं तब भी करूंगी। पसंद जो करती हूं उसे। मगर शायद अब भी कुछ बचा हो इस रिश्ते में।” सृष्टि ने कहा।

“तू तब भी उसे पसंद करती है? जब तुझे पता है वो तुझे पसंद नहीं करता। ये प्यार है कोई?” ऋषभ ने कहा।

"शायद उसकी तरफ से न हो, लेकिन मेरी तरफ से तो है। मैने कभी नहीं कहा कि वो मेरे लिए रुके रहे। अगर उसे कोई दूसरी लड़की मिलती भी है दैन आई विल बी हैप्पी टू।" सृष्टि किसी धुन में कह रही थी।

"यार तू इंसान है या टमाटर। तेरा दिमाग सही ठिकाने पर नहीं है जा तू पहले अपना इलाज कराकर आ, तब मुझसे बात करना।" ऋषभ ने कहा तो अब सृष्टि ने कुछ नहीं कहा, मगर उसके दिमाग में कई घटनाएं एक साथ चलने लगी। दोनों ने खाना खाया और चले गए। दोपहर के बाद सृष्टि अंनत की लैब में पहुंच गई थी। वहां अक्सर कोई नहीं होता था। इसलिए इस वक्त भी वहां कोई नहीं था और यही वो चाहती भी थी। उसने गहरी सांस छोड़ी और आकर एक टेबल के पास बैठ गई। उसने कुछ बुक्स निकाली और पढ़ने लगी। अभी अंनत नहीं था तो उसने बुक्स पढ़ना ही बेहतर समझा। मगर न चाहते हुए भी उसकी आंखों में एक पिक्चर चलने लगी।

ग्यारह साल पहले जब सृष्टि बारह साल की छोटी सी बच्ची थी। एक दिन वो स्कूल से उछलते कूदते घर आई। वो लहराते हुए अपने घर के हॉल में पहुंची ही थी जब हॉल के सोफे पर एक बहुत ही सुंदर लड़का बैठा हुआ था। सृष्टि उसे देखकर दरवाजे पर ही खड़ी हो गई। वो लडका मुसकुराते हुए उसकी मॉम से बातें कर रहा था और साफ लग रहा था कि वो उनकी पहली मुलाकात नहीं थी। सृष्टि बड़े ध्यान से उसे देखने लगी। वो लड़का जिसकी समंदर से भी हजारों फीट गहरी काली आंखें, जिनकी पलकें इतनी घनी थी, कि कोई भी लड़की इस तरह की पलकों की चाह रखती हो। बहुत ही सिल्की और काले बाल जो उसके पूरे माथे से लेकर कानों तक को भी ढक रहे थे। जो खूब बिखरे से थे और उसकी पलकों को भी तंग कर रहे थे। हद से ज्यादा गोरा और उपर से

उसके हल्के से गुलाबी होंठ जो मुसकुराते हुए ऐसे लग रहे कि बरसात के बाद एक गुनगुनी धूप खिल गई हो। सृष्टि एकटक उसे घूरती रही। थी तो वो तब बहुत छोटी, लेकिन न जाने क्यों उसने भी इतनी सुंदरता कभी नहीं देखी थी। वो इतना सुंदर था कि इस धरती का तो नहीं लग रहा था। वो मानों किसी दिव्य लोक से आया हो।

"सृष्टि क्या देख रही हो बाहर से? जल्दी अंदर जाओ और कपड़े बदलो।" तभी उसकी मॉम ने कहा तो सृष्टि होश में आई। एक पल के लिए अंनत की नजर भी उससे मिली तो सृष्टि को उसकी आंखों में कई भाव एक साथ दिखे। मगर फिर वो दौड़कर अपने कमरे में चली गई।

अपने कमरे में आईने के आगे बैठी सृष्टि खुद को निहार रही थी। उसने अभी तक अपने स्कूल की ड्रेस भी नहीं बदली थी। उसकी आंखों में अनंत का चेहरा घूम रहा था। "वो कितने सुंदर हैं और मैं सुंदर क्यों नहीं हूं? क्या इसलिए मम्मा मुझे अच्छा नहीं मानती? वो उनसे कितने खुश होकर बात कर रहीं थीं। शायद इसलिए क्योंकि वो बहुत सुंदर हैं।" न जाने क्यों पर उस छोटी बच्ची के दिमाग में ये सब घूम रहा था। सृष्टि आईने के आगे बैठकर खुद से बातें कर रही थी तो तभी उसकी मॉम की आवाज आई। वो फटाफट से कपड़े बदलकर नीचे चली गई। नीचे आते ही उसकी नजर फिर से अनंत पर गई। वो अभी भी मुस्कुराकर उसकी मम्मा से बातें कर रहा था। उसकी मुस्कुराहट सच में ही बहुत प्यारी थी।

"सृष्टि जाओ अपना खाना खा लो।" उसकी मॉम ने कहा तो सृष्टि डाइनिंग एरिया में चली गई। जहां से हॉल का वो हिस्सा थोडा सा दिख रहा था जहां पर अंनत बैठा था।

उसने अपना खाना निकाला और खाने लगी। मगर फिर उसने हल्के से पीछे की ओर झुकते हुए हॉल में नजर लगाई। अनंत की नजर तुरंत उससे मिली। सृष्टि तुरंत सीधी हो गई। उसने गहरी सांस छोड़ी और बेमन से खाना खाने लगी। कुछ ऐसा ही था उसके घर में रोज। कभी उसकी मम्मा को इतनी जरूरत नहीं लगी कि वो उसके साथ बैठकर बातें करे। बातें तो दूर की बात, कभी उसके लिए खाना लगाए। पता नही किस उम्र से ही लेकिन सृष्टि अपना खाना भी खुद निकालकर अकेले ही खाती थी। इसी तरह साल बीतते गए और उसे आज भी ये बात नहीं मालूम कि अंनत आखिर है कौन। क्यों वो अचानक से उनकी लाइफ में आया। उसका घर, उसकी फैमिली वो उसके बारे ने कुछ नहीं जानती थी। वो बस एक दिन आया और यहीं का होकर रह गया। यहां तक कि उसके मॉम डैड भी उसके बारे में कुछ नहीं जानते थे और न ही उन्होंने उसके बारे के जानना जरूरी समझा। अंनत बस उसकी जगह उसके परिवार में आ गया था। सृष्टि पहले ही अपने घर में अलग थलग पड़ी थी और अंनत के आने के बाद तो वो जैसे इस परिवार का हिस्सा ही न हो। उसका होना न होना बराबर था। कब अंनत उसके मॉम डैड का चहेता बन गया था और कब सृष्टि अपनी ही घर में पराई हो गई। इसका भी उसे अहसास नही हुआ। हां उसे अगर कुछ पता था तो बस इतना कि अंनत उसकी लाइफ का सबसे बड़ा विलेन था। जिसने उसका सारा हक छीना था। उसके मॉम डैड की अटेंशन भी।

उसकी आंख से एक आंसू टपक कर टेबल पर गिर पड़ा, लेकिन तभी उसे किसी के आने की आहट हुई। उसने नजरें घुमाई तो पीछे अंनत लैब में कुछ काम कर रहा था।

वो चौंक उठी उसने फटाफट अपने आंसू साफ किए। मगर अनंत ने उसे पूरी तरह इग्नोर किया हुआ था। वो उठ कर अंनत के पास चली गई।

"आई एम सॉरी सर, वो मैने आपको देखा नहीं।" सृष्टि ने कहा तो अनंत के हाथ काम करते करते हल्के से रुक गए। वो सृष्टि की ओर पलटा और उसने अपने हाथ बांध लिए।

"सृष्टि मुझे नहीं लगता कि तुम्हें अपनी लाइफ में कुछ करना भी है और न ही मुझे इससे कुछ लेना देना है, लेकिन मेरे पास तुम्हारी रिस्पॉन्सबिलिटी है, इसलिए ये कुछ मैटर है जो तुम्हारी हेल्प करेगा, लेकिन हां, याद रखना ये सिर्फ तुम्हारे लिए है। अगर मुझे तुम्हारे उस सो कॉल्ड ब्वॉयफ्रेंड की थिशिस में ये रिफ्रेनसेज दिखे तो भूल जाना कि मैं फिर कोई हेल्प करूंगा तुम्हारी। अपने बॉयफ्रेंड की हेल्प करो या न करो आई रियली डोंट केयर लेकिन जो मैटर मैने दिए हैं, वो सिर्फ तुम्हारी थिसिस में होने चाहिए और ये मैं आखिरी बार कह रहा हूं। ये मैं तुम्हारे लिए नहीं बल्कि मिस्टर भट्ट के लिए कर रहा हूं। जिनके मेरे ऊपर बहुत से अहसान हैं और जिन्होंने मुझपर भरोसा करके तुम्हारी जिम्मेदारी सौंपी है। अपने बॉयफ्रेंड को इसमे घुसेडने की जरूरत नहीं है।" अंनत ने गंभीर और कड़क आवाज में कहा तो सृष्टि की नजरें नीचे जमीन में गढ़ गई।

"और हां ये लैब मेरी अमानत है। आई होप तुम यहां कुछ खराब नहीं करोगी। किसी भी चीज पर हाथ लगाने से पहले दस बार सोच लेना। इसलिए जो सिखाऊं उसपे चुपचाप ध्यान दो समझने की कोशिश करो। मैं दोबारा नहीं समझाने वाला।" अंनत ने

कहा और फिर अपने काम पर लग गया। सृष्टि सिर हिलाते रह गई। अनंत वो कुछ लैब टैस्ट करने लगा तो सृष्टि उसके बगल में खडी होकर देख रही थी।

असल में ये लैब अंनत की अमानत ही थी। उसने आज तक जितनी भी रिसर्च की थी उसके सारे आर्टिफेक्ट्स यहां थे। वो बहुत ही गंभीरता और डेडीकेशन के साथ अपना काम करता था और यही उसकी लैब में साफ झलकता था। उसे लैब कहने के बजाए अगर मिनी म्यूजियम भी कहा जाए तो इसमें कोई अतिशयोक्ति नहीं होगी। वो इस विभाग का अकेला प्रोफसर था जिसकी खुद की अपनी इतनी बड़ी और कीमती लैब थी जिसे खुद कॉलेज से उसे प्रोवाइड करवाया गया था, उसके काम के प्रति गंभीरता को देखते हुए और यही वजह भी थी कि हर कोई उसके साथ काम करने के लिए मरता था लेकिन अंनत वो हर किसी को ये मौका भी नहीं देता था। जहां इस कॉलेज में उसके काम की सराहना होती थी वहीं कुछ ऐसे भी लोग थे जो उसको देख के जलते भी थे। मगर उसने कभी इन चीजों की परवाह नहीं की।

अंनत अभी उसे किसी ह्यूमन मेड स्टोन टूल के बारे में बता रहा था और इसी तरह कब दिन से शाम हुई दोनों को इस बात का अंदाजा नहीं हुआ। करीब पांच बजे उसका काम खतम हुआ तो उसने अपने गलब्ज उतारे और एक साइड रखे। उसकी नजर दूसरी ओर बैठी सृष्टि पर गई, जो कुर्सी पर बैठी अपनी नोट बुक में कुछ लिख रही थी। अनंत का चेहरा न जानें क्यों हल्का सा कठोर पड़ गया।

न जाने ऐसा भी क्या रहस्य था जो अनंत को सृष्टि से इतनी नफरत थी? और किस बात की? जबकि सृष्टि ने कभी भी उसका कुछ नही बिगड़ा था। आया तो वो था उसके जीवन में खलनायक बनकर, तो फिर क्यों वो सृष्टि से इतना गुस्सा रहता था हर वक्त?"

****

अगले दिन शाम के छह बज रहे थे। सृष्टि अपना काम जल्दी जल्दी निपटा रही थी। आज की शाम उसके लिए बहुत खास होती थी। आज शनिवार था और सृष्टि पूरे हफ्ते इस दिन का बहुत बेसब्री से इंतजार करती थी। एक मात्र वो दिन, जिस दिन कुशाल उसके साथ टाइम स्पेंड करता था। हर शनिवार को वो सृष्टि के साथ इस टाउन की सबसे खूबसूरत पहाड़ी पर बने कैफे में जाता था, जहां बने एक रेस्टोरेंट में वो डिनर भी करते थे और ये रूल खुद कुशाल ने बनाया था। सृष्टि जैसे ही बैग उठाकर नीचे गलियारे में पहुंची तो गलियारे में गार्ड के साथ अनंत और उसके एक फैलो प्रोफसर आपस में कुछ डिस्कस कर रहे थे। उनको देखते ही वो कुछ पल के लिए ठहर गई, ये एकमात्र वो कांटों भरा पथ था जिसपे अभी सृष्टि को चलना था। उसने अपना फोन कसकर पकड़ा और नजरें झुकाते हुए आगे बढी। अनंत की नजर उसपे पड़ी तो वो किनारे किनारे से खिसकने लगी ये सोचकर कि अगर अनंत ने उसे कोई काम बता दिया तो आज की शाम खराब हो जायेगी। वहीं अनंत भी अच्छे से जानता था उसके इस तरह नजरें चुराके भागने का क्या अर्थ था। उसकी मुट्ठियां हल्की सी कस गई, लेकिन वो कुछ कह नहीं सकता था। उसको इतना भी हक नहीं था कि वो उसकी निजी जिंदगी में ज्यादा दखलंदाजी करे और इसी का फायदा उठाकर सृष्टि फटाफट वहां से निकल गई।

करीब पन्द्रह मिनट बाद ही सृष्टि पहाड़ी पर बने उस खूबसूरत कैफे में पहुंच गई। डिपार्टमेंट से निकलने के बाद वो पहले घर गई ताकी अपना हुलिया सुधार सके और यही अब दिख भी रहा था। उसने एक मरून कलर की ढीली सी हुड्डी के साथ ब्लू जींस पहनी हुई थी। चमकदार सफेद जूते और मुंह पर लगाया हुआ हल्का सा सफेद पाउडर। उसने आज बाल भी अच्छे से सवारें हुए थे और कुछ लटें जानबूझ कार गालों पर छोड़ी हुई थी और इसी से उसे लग रहा था कि वो हूर की परी लग रही है लेकिन इतना कुछ करने के बाद भी कोई नहीं बता सकता था कि वो एक डिनर डेट के लिए आई थी। उसने कैफे के बाहर खुद को शांत किया और गहरी सांस छोड़ते हुए अंदर दाखिल हुई। उसे अपनी सीट पता थी इसलिए कुशाल को ढूंढने में उसे एक सेकंड का भी वक्त नहीं लगा। वो कैफे के सबसे किनारे और अंतिम वाले हिस्से में आ गई जहां पर कुशाल अपने लैपटॉप पर कुछ काम कर रहा था। वो सिर झुकाते हुए उसके सामने वाली कुर्सी पर बैठ गई। कुशाल के आगे एक खाली कप पड़ा हुआ था, जो बता रहा था कि वो पहले ही एक कॉफी खतम कर चुका था और इसका यही मतलब निकलता था कि वो लेट थी।

"कुश सॉरी, आई नो आई एम लेट, बट वो अनंत सर,,।"

"आई नो, एंड दिस इज योर डेली एक्सक्यूज, सो आई डोंट वांट टू हियर इट।" कुशाल ने बिना उसकी ओर देखे कहा तो सृष्टि को हल्का बुरा लगा पर फिर भी वो मुस्करा गई। उसने एक फाइल कुशाल की ओर बढ़ा दी।

"वो कुछ और मैटर आज मैने ढूंढा है।" सृष्टि ने थोड़ा झिझकते हुए कहा तो कुशाल की उंगलियां लैपटॉप पर रुक गई। उसने अपना लैपटॉप बंद किया और साइड में खिसका दिया।

"ये वही फाइल है न, जो अनंत सर ने तुम्हें दी थी?" कुशाल ने सीधे पूछा तो उसने हां में सिर हिलाया, हालांकि उसे हैरानी थी कि कुशाल इसके बारे में कैसे जानता है क्यूंकि ये अनंत ने लैब में दी थी जहां सिर्फ वो दोनों ही थे। मगर वो ये नहीं जानती थी कि कुशाल अनंत से कुछ पूछने आया था जब अनंत सृष्टि को कुशाल को लेकर डांट रहा था और इसलिए वो बिना कुछ कहे वहां से वापस भी आ गया था।

"और तुम ये चाहती हो, कि मैं उनकी डांट सुनूं?" कुशाल ने थोड़ा गुस्से में कहा तो सृष्टि ने तुरंत न में सिर हिला दिया।

"तुम्हें लगता है कि अनंत सर स्टूपिड हैं। वो एक मिनट में अपना दिया हुआ मैटर पहचान लेंगे। मुझे उनका दिया हुआ मैटर नहीं चाहिए। कुछ और कलेक्ट करो।" कुशाल ने वो फाइल सृष्टि की ओर खिसका दी और खुद कुर्सी पर पीछे पसर गया। सृष्टि ने सिर झुकाते हुए वो फाइल वापस अपने बैग में रख दी।

"कुशाल अगर तुम मुझे पसंद नहीं करते तो मुझसे कह सकते हो?" सृष्टि ने कहा तो पहली बार कुशाल की आंखों में हैरानी उभर आई। वो कुर्सी पर वापस एकदम सीधा हो गया। इतने में एक कॉफी और एक चाय भी आ गई।

"ये तुमसे किसने कहा?" कुशाल ने हैरानी से पूछा।

“क,,,,किसी ने नहीं। बस मुझे खुद फील होता है।” सृष्टि ने कहा लेकिन इस बार कुशाल चुप सा हो गया। सृष्टि उसके जवाब के इंतजार में रही लेकिन जवाब में बस पसरी हुई खामोशी मिली, जिसने सृष्टि का दिल एक बार फिर से तोड़ दिया।

बस यही था उन दोनों के बीच। हफ्ते में कहने भर के लिए एक डिनर डेट। जहां कुशाल अपने लैपटॉप पर काम करता रहता था, वहीं सृष्टि बस सिर नीचे गड़ाए बैठी रहती, लेकिन वो दोनों ही हर बार इस बात से बेखबर रहते कि बहुत सी आंखें थी जिनकी नजरें उन दोनों से हटती नहीं थी और सबसे बड़ी बात वो कोई इंसानी आंखें नहीं थी।

कुछ देर बाद कुशाल और सृष्टि अपनी फॉर्मेलिटी पूरी करके वहां से निकल गए। मानों कोर्ट में हाजिरी देने आए हों। रात हो चुकी थी। कुशाल अपनी कार में था और बगल की सीट पर सृष्टि थी। कार में शमशान सी खामोशी पसरी थी। मगर वो दोनों ही नहीं जानते थे कि उस अंधेरी रात में उस कार के ठीक ऊपर एक स्वर्ण गरुड़ उड़ रहा था। जिसकी गिद्ध सी निगाहें उस कार पर टिकी थी।

रात के करीब नौ बज चुके थे जब सृष्टि को कुशाल ने उसे घर छोड़ा और खुद अपने घर के लिए निकल गया। सृष्टि कूदते फांदते अपने कमरे में आ गई। उसने अपना बैग बिस्तर पर फेंका और बालकनी में आकर खड़ी हो गई। आज वो खुश थी, भले ही कुशाल के लिए ये सिर्फ कहने भर की डेट होती थी लेकिन सृष्टि इसमें भी खुश हो जाती थी या फिर खुद को खुश करने का उसका ये अजीब और अनोखा तरीका था। उसने गहरी सांस छोड़ी और रेलिंग पकड़कर खडी हो गई। ठंडी हवाएं चल रही थी जो उसके

बालों को उड़ा कर उसके मुंह पर चिपककर उसे तंग करते। अचानक उसकी नजर ठीक सामने प्रोफेसर्स अपार्टमेंट की ओर पड़ी, जहां की एक बिल्डिंग के सेकंड फ्लोर की बालकनी में अनंत किसी भूत की तरह खड़ा था। इतनी दूर से कुछ साफ तो नहीं दिख रहा था लेकिन उसे महसूस हो रहा था कि अनंत की नजरें उसे ही भेद रही हैं।

"ये सबसे अजीब बंदा देखा मैने अपनी लाइफ में! भई माना कि प्रोफेसर बन गए, लेकिन अकड़ जैसे किसी ने ठूंस ठूंस कर भरी हो। जब शायद निर्मलता बांटी जा रही थी विश्व में तब ये चाय की छलनी लेकर सबसे पीछे की लाइन में खड़े थे। साइको! हुंह! आखिर इतनी अकड़ लेकर जाना कहां है इनको? अकड़ू कहीं के! शादी वादी की होती तो प्यार का मतलब पता होता मिस्टर भूतनाथ को। शायद सलमान खान बनना चाहते हैं। मोस्ट हैंडसम बैचलर प्रोफसर की ट्रॉफी तो इनको मिलनी चाहिए थी। अरे नहीं! नहीं! मोस्ट अकड़नाथ, भूतनाथ की ट्रॉफी। हां ये सही है।" सृष्टि खुद में बड़बड़ाई। उसने खुद ही ताली बजाई और जोर से हंस पड़ी।

"ये नाम इनको शूट करता है। वाह सृष्टि यू आर ग्रेट। तुम लोगों के नाम रखने का बिजनेस भी शुरु कर सकती हो।" उसने अपनी मूर्खता के लिए खुद का कंधा थपथपाया और फिर सामने देखा तो अनंत अब भी उसी अवस्था में खड़ा था। सृष्टि की आंखें सिकुड़ कर छोटी हो गई। उसने अपनी हथेलियों को दूरबीन बनाकर अपनी आंखों पर लगाए और गोल गोल घुमाने लगी हालांकि ये उसकी सबसे बचकानी हरकत थी लेकिन वो बड़ी ही कब हुई थी।

"आखिर ये बंदा ऐसे भूत की तरह क्यों खड़ा है? कहीं ये कोई एलियन तो नहीं या फिर रक्त चूसने वाला वैंपायर? अभी भी ऐसा लग रहा है जैसे मुझपर नजर गढ़ाए हुए हैं, हुंह! गढ़ाने दो, मुझे क्या? आखिर मैं हूं भी तो इतनी सुंदर। आपसे भी ज्यादा मिस्टर भूतनाथ।" कहते हुए उसने खुद के बाल झटके और मुंह बनाते हुए अन्दर चली गई। वहीं अगर कोई इस वक्त अनंत का चेहरा देख लेता तो उसके चेहरे पर सृष्टि मृत्यु लिखी थी। वो अंदर आया मगर तभी उसका फोन बज उठा।

"हैलो सर। जी जी,,,वो ठीक है। आप फिक्र न करें। नो नो आई एम फाइन सर।" कुछ देर बात करने के बाद अनंत ने फोन काट दिया। वो कुर्सी पर बैठा और आराम के इरादे से पीछे पसर गया। उसकी आंखें बंद पड़ गई मगर आंखों में एक दृश्य तैरने लगा।

"प्रतिशोध और मुक्ति यही हमारा लक्ष्य है महाराज। हम उस संसार में जा रहे हैं और अब आपसे तब भेंट करेंगे जब हम अपने लक्ष्य में कामयाब होंगे। हम आपको रक्त वचन देते हैं, हम उसे ढूंढकर आपके कदमों में लेकर आयेंगे।" व्योम ने कहते हुए अपनी कटार से अपने अंगूठे पर एक चीरा लगाया और वो रक्त की बूंदे महाराज के कदमों में टपक पड़ी।

"हमें आपके ऊपर पूर्ण विश्वास है युवराज। हम आपके आगमन की प्रतिक्षा करेंगे। हमारा आर्शीवाद और प्राथनाएं आपके साथ हैं।" महाराज ने कहा तो व्योम ने अपनी दोनों हथेलियों से उनके पैर छू लिए।

"आयुष्मान भवः पुत्र।" महाराज ने व्योम को कंधों से पकड़कर उठा दिया और अपने सीने से लगा दिया।

उसकी आंखें झटके से खुल गई। माथे पर पसीना छलक आया था और सांसें तेज हो गई थी। मुट्ठियाँ इतनी कस गई कि उसकी बाजुओं की नीली नसें किसी लहराते हुए सर्प की भांति उभर आई। वो झटके से उठा और उसने अपने दराज से एक महंगी शराब की बोतल निकाल ली। शायद वो अभी पुराने दृश्यों को याद नहीं करना चाहता था और इस वक्त यही तरीका उसे सही लगा। उसने जैसे गिलास में शराब उड़ेली अचानक एक और मिट्टी का गिलास उसकी टेबल पर आ गया। उसने चिढ़ कर आंखें बन्द कर दी।

"कभी भी मदिरा का सेवन अकेले नहीं किया जाता शिष्य। हम तो बस साथ देना चाहते हैं।" अनंत के कानों में आवाज पड़ी तो उसकी आंखें खुल गई।

"आपको इस तरह हमारे निजी कक्ष में आने की अनुमति किसने दी?" अनंत के क्रोधवश कहा।

"हम तुम्हारे गुरु हैं मूर्ख। प्रतीत होता है तुम अपने गुरु के प्रति सम्मान भाव भूल गए हो।" सामने बैठे संत की तरह दिखने वाले इन्सान ने कहा। हालांकि वो कोई संत नहीं थे। वो अनंत के ठीक सामने वाली कुर्सी पर बैठे थे। जिन्होंने एक काले रंग की धोती और काले रंग का ही उत्तरीय अपने कंधे पर ओढ़ा हुआ था। उनके काले घने बाल कन्धों से भी नीचे लहरा रहे थे और चेहरे का तेज बता रहा था कि वो कोई सामान्य इन्सान नहीं हैं। उन्होंने अपनी कमर पर टंगी एक मिट्टी की केतली निकालकर टेबल पर रख दी।

“ये खाली हो गई थी इस कारण आना पड़ा। तुम जानते हो हम बिना मदिरा के एक पहर भी नहीं गुजार सकते। जब तक हमारी मदिरा का प्रबंध नहीं होता तब तक हमें तुमसे सहायता चाहिए।”

“पता नहीं किस मूर्ख ने आपको गुरु घोषित किया है।” अनंत ने हार मानते हुए कहा।

“वो कई पीढ़ियों पुरानी बात है जब तुम्हारे पिता भी इस धरती पे अवतरित नहीं हुए थे। भूलो मत तुम्हारे पिताजी के भी गुरु हैं हम। अमरता प्राप्त गुरु शाश्वत है हम।” गुरु शाश्वत ने बड़े गर्व से कहा तो अनंत ने सिर हिला दिया।

“क्या तुम उस नकारात्मक शक्ति को अब भी नहीं पहचान पाए हो?” कहते हुए गुरु शाश्वत ने मिट्टी के गिलास से सारी शराब एक बार में ही घटक दी।

“जब पहचान जायेंगे तो खुद बता देंगे। हर रोज ये सवाल सुनकर पक गए हैं हम।” अनंत ने भी अपने गले में वो शराब उड़ेली।

“आखिर ऐसा भी कौन है जिसे तुम तेरह वर्षों में भी नहीं पहचान पाए हो? हमें तो वो कोई सामान्य प्रतीत नहीं होता।”

“आप खुद को इतना महान गुरु घोषित करते हैं और आप भी उसे नहीं पहचान पा रहे हैं!” अनंत ने कहा तो गुरू शाश्वत ने उसे घूरकर देखा।

“हम सकारात्मकता के प्रतीक हैं मूर्ख। उसकी ऊर्जाओं को पकड़ना हमारे लिए तनिक मुश्किल है।” गुरु शाश्वत ने कहा तो अनंत ने सिर हिला दिया।

"कभी कभी हमें उसकी दशा पर अफसोस भी होता है। आखिर उसे तो पता भी नहीं है कि उसका अपराध क्या है" गुरु शाश्वत ने गहरी सांस छोड़ते हुए कहा तो अनंत थोडा उलझन में आ गया कि गुरु शाश्वत किस बारे में बात कर रहे हैं किंतु जब उसने उनकी दृष्टि का पीछा किया तो उसे माजरा समझ आया। उनकी नजर सृष्टि के कमरे में थी जहां अब अंधेरा था।

"उसके कर्म, यही उसका अपराध है गुरुदेव।" अनंत की आंखों में नफरत के भाव थे। "लगता है आपको हमदर्दी हो रही है उससे।" अनंत ने शराब का आखिरी घूंट गले में उड़ेलते हुए कहा।

"हम भी मानवजाति है और वो भी। जब तक मानवों को पता न हो कि उनका अपराध कहां पे था तब तक उसे गलत कहना उचित नहीं होगा।"

"यहां पर आप गलत हैं गुरुदेव। अपराध सिर्फ अपराध है जिसकी कोई अलग से परिभाषा नहीं है और किसी के अपराधों का खण्डन करना भी अपराध के समान है।"

"तुमसे तर्क वितर्क करना हमारी मूर्खता है।" कहते हुए गुरु शाश्वत और अनंत ने एक साथ अपना आखिरी शराब का गिलास एकसाथ घटका और फिर दोनों की नजरें उसी कक्ष पर चली गई जहां सृष्टि अब अपनी गहरी निंद्रा में थी।

"नियति कब अपना पांसा फेंकेगी गुरुदेव? हमसे अब और प्रतिक्षा नहीं होती।"

"वो पांसा फेंक चुकी है व्योम। बस मोहरा अभी अपने घर से बाहर नहीं निकला है। जब निकलेगा तब हमारा खेल शुरू होगा।"

★★★★

अध्याय ३

सुबह के करीब के दस बज रहे थे और आज संडे था। सृष्टि के लिए सैटरडे और संडे सबसे अच्छे दिन होते थे। शनिवार को कुशाल उसके साथ होता था। तो संडे को वो अपने घर में पौधों के साथ पूरा दिन बिताती थी। उसकी लाइफ में अगर सबसे अच्छा था तो उसके घर का बगीचा, जो उसके लिए ड्रीम गार्डन था। वो संडे को कोई काम नहीं करती थी सिवाय अपने पौधों की देखभाल के। ये पौधे ही उसकी हीलिंग पॉवर थी। उसका दो मंजिला घर जितना खूबसूरत था, उससे कहीं ज्यादा खूबसूरत था उसका बगीचा। जिसे उसने खुद अपने हाथों से बनाया था। हर तरह के फलदार पेड़ जो घर के पीछे वाले हिस्से में थे, हर तरह की सब्जियां जो घर के दांई और बाईं ओर थे, हर तरह के फूल जो घर के फ्रंट और बालकनी में थे। उसकी हेल्प के लिए उनकी मेड कमला भी थी। जो बचपन से सृष्टि के घर का काम करने आती थी। सृष्टि के मॉम डैड के यहां से जानें के बाद एक वो ही थी जिसको इस घर में कभी भी आने जाने की इजाजत थी और ये देने वाला भी कोई नहीं बल्कि अनंत था।

सृष्टि अंगड़ाई लेते हुए सीढ़ियों से नीचे उतरी। बाल झाड़ू से और आंखों में चश्मा। उसने अपना चश्मा ठीक किया और किचन की ओर चली गई।

“काश मेरी लाइफ में सिर्फ वीकेंड होता तो मिस्टर भूतनाथ से हमेशा दूरी होती। उन्होंने तो मेरी लाइफ का झंडा बनाया हुआ है। कभी भी आके फहरा दो। बहुत ही निराली प्रजाती हैं वो।” सृष्टि बड़बड़ाते हुए अपने लिए किचन से पानी लेके आई। मगर दरवाजे के बाहर अपने खिले हुए फूलों को देखकर उसके होंठों पे एक बड़ी सी मुस्कुराहट खिल गई। अचानक उसे एक शैतानी सूझी। उसने पानी घटका और गिलास साइड में रख दिया।

“यो यो सृष्टि भट्ट!” सृष्टि ने रैप गाना शुरू किया।

“यो यो सृष्टि भट्ट आ गया है संडे,

इक दिन का है फन डे।

उस अकड़नाथ की अकड़ पर,

लगा दूं डंडे डंडे डंडे।

यो यो सृष्टि भट्ट।” रैप गाते हुए वो एक पैर पर घूम गई और अचानक,,,,।

“आआआआआआ,,,मम्मीमीमी,,।” सृष्टि अपने सीने पर हाथ रखते हुए सीधे फर्ज पर घिसटते हुए दीवार से जा भिड़ी। उसकी धड़कनें बुलेट ट्रेन की रफ्तार से दौड़ रही थी और आंखों में खौफ भर आया था। वो सामने एकटक देखे जा रही थी मानों उसने

कोई भूत देख लिया हो और होता भी क्यों नहीं सामने भूतनाथ अनंत जो हाथ बांधे खड़ा था और सृष्टि को खा जाने वाली नजरों से घूर रहा था।

"अ,, अ,,, अनंत,, स,,स,, सर। आ,,आ,,,,,आप यहां?" सृष्टि नीचे पड़े पड़े हकलाते हुए खौफ भरी आवाज में बोली।

"कॉफी?" अनंत ने कहा।

"हैं? क,,,क,,,कॉफी?" सृष्टि ने अचंभे से कहा।

"एक बार सुनाई नहीं देता?" अनंत चिल्ला उठा तो सृष्टि ने जोर जोर से हां में सिर हिलाया।

"ज,, ज,,,जी बना दीजिए लेकिन म,, मैं चाय पसंद करती हूं।" सृष्टि ने कहा तो अनंत ने उसे ऐसे देखा मानों वो सृष्टि को आंखों से अभी भस्म कर देगा।

"जाओ बनाओ, ब्लैक काफी विदआउट शुगर।" कहते हुए अनंत सोफे पर बैठ गया। उसने अखबार उठाया और पढ़ने लगा। हालांकि सृष्टि की ओर उसका मुंह था। सृष्टि अब भी अचंभित सी उसे ही घूर रही थी। अनंत ने एक नजर उठाकर उसकी ओर देखा जो अभी तक अपनी जगह से हिली भी नहीं थी।

"मैने कॉफी बनाने के लिए कहा था!"

"हैं! म,, म,,, मैं कॉफी बनाऊं?" सृष्टि ने अपनी ओर उंगली कर दी।

"कोई और दिख रहा है यहां पर?" अनंत ने उसे घूरते हुए कहा तो सृष्टि ने तुरंत न में सिर हिलाया।

"तो तुम्हें ही कहा होगा न, यू इडियट।"

"बट,, मुझे,,तो,,।" सृष्टि अपनी लड़खड़ाती जुबान से कुछ कह पाती अनंत फिर से गुस्से में चीखा।

"क्या बट वट? फटाफट बनाओ सारा दिन नही है मेरे पास।" अनंत ने कहा तो इस बार सृष्टि ने किसी आज्ञाकारी शिष्य तरह सिर हां में हिलाया।

"अब नीचे पड़े पड़े पोछा लगाना है? जल्दी जाओ।" अनंत ने कहा तो सृष्टि तेजी से किचन की ओर भाग गई। जबकि अनंत ने गहरी सांस छोड़ी। ये लडकी सच में तूफान है।

इधर सृष्टि हैरान परेशान थी। एक तो अनंत का यूं अचानक आना। वो संडे को कभी नहीं आता था क्योंकि उस दिन सृष्टि पूरे दिन घर पर होती थी और कॉफी! ऐसी डिमांड तो उसने सृष्टि से कभी नहीं की थी।

"हे भगवान! मतलब हद है मेरी किस्मत के लिए। मुझे क्या सोचकर पैदा किया था तूने, पहले ये बता? मेरी लाइफ में कुछ खुद का है भी या नही। मुझे पैदा कर दिए था ठीक है, लेकिन इस भूतनाथ को क्यों मेरी लाइफ में भेजा? आखिर आया कहां से है ये सटका हुआ बंदा? मुझे तो ये कहीं से भी पृथ्वीवासी नहीं लगते। जरूर ये टाइम ट्रेवल करके यहां आए होंगे। इतनी पुरानी घटिया सोच ही बताती है।" सृष्टि किचन में कॉफी

बनाते बनाते गुस्से से बड़बड़ाए जा रही थी। उसने मग में कॉफी निकाली और गहरी सांस छोड़ते हुए बाहर चली गई।

"आपकी कॉफी!" सृष्टि ने कप सेंटर टेबल पर रखते हुए कहा और वापस जाने लगी।

"नाश्ता लाया हूं थोड़ी देर में गर्म करके खा लेना और मेरे लिए भी लगा देना। मैं छत पर जा रहा हूं।" कॉफी का मग उठाते हुए अनंत सीढियां चढ़ गया। बिना ये देखे कि सृष्टि के चेहरे के भाव क्या हैं। सृष्टि को समझ नहीं आ रहा था कि आखिर आज हुआ क्या था अनंत को। आज तक तो वो संडे को कभी उसके घर नहीं आया था हालांकि उसे पता था कि उसके मॉम डैड ने अनंत को घर की जिम्मेदारी दी हुई है लेकिन वो संडे क़ो नहीं आता था। वो तब आता था जब सृष्टि कॉलेज में होती थी क्योंकि ये घर सिर्फ सृष्टि का नहीं था। उससे ज्यादा अनंत इस घर और यहां की चीजों पर अपना हक समझता था। यहां तक कि इस घर की चाबियां और अपनी कीमती कार वो भी मिस्टर भट्ट ने अनंत को ही दी थी।

"लगता है प्रोफेसर साहब के दिमाग में कोई केमिकल लोचा हो गया है।" सृष्टि बड़बड़ाते हुए अपने कमरे में चली गई। आज वो अलमीरा की सफाई करने वाली थी। उसने अलमीरा खोली और सारा सामान नीचे जमीन पर गिराने लगी। तभी कुछ पुरानी पिक्चर्स भी नीचे गिर पड़ी। अचानक सृष्टि की नजर उन पिक्चर्स के बीच पड़ी एक फोटो पर गई। वो झुकी और उन पिक्चर्स को उठाकर अपने बिस्तर पर बैठ गई। उसके हाथ में एक फोटो था जब उसका एटींथ बर्थडे था। ये फोटो उसके ही घर की थी जिसमें

उसका बर्थडे सेलीब्रेट हो रहा था। उसे हल्के से हंसी आ गई। कितना ड्रामेटिक था न ये। ये सेलिब्रेशन इसलिए था क्योंकि तब उसकी मॉम को एक रिसर्च में सफलता मिली थी और भाग्यवश उस दिन उसका बर्थडे भी था। सृष्टि उस फोटो को ध्यान से देख रही थी जिसमें करीब बीस लोग थे। मगर जहां सबकी नजर कैमरे पर रही होगी वहीं उसकी नजर अनंत पर थी जो फोटो में भी साफ दिख रहा था। ऐसा नहीं था कि उसे अपनी मॉम की सफलता से कोई दिक्कत थी। दिक्कत उसे यह थी उनकी सफलता में सृष्टि ने कई बलिदान ही दिए थे समझो।

"तुम आखिर हो कौन मिस्टर भूतनाथ? क्यों आए हमारी लाइफ में? और चाहिए क्या भई तुम्हें? जो मेरे सिर पर बैठ कर कब्बड़ी खेल रहे हो।" सृष्टि बड़बड़ाई मगर उसकी नजर उस फोटो में अनंत से हटी नहीं। वो एक फीकी हंसी हंस दी और उठकर सब समेटने लगी।

इधर अनंत छत की रेलिंग से टिक कर खड़ा था। जहां से ठीक नीचे सृष्टि का कमरा था। ब्लैक कलर की शर्ट जिसके ऊपर के दो बटन खुले थे। गले में चांदी की चमकती चेन जिसके पेंडेंट पर अग्नि की लौ का चित्र बना था। बाजू कोहनी तक लपेटे हुए। थोड़ी देर पहले एक दम सैट बाल ठंडी हवाओं से उड़ कर माथे पर बिखर चुके थे। एक हाथ में ब्लैक कलर की महंगी घड़ी और दूसरे हाथ में एक काला धागा जिसपर पांच रत्न अलग अलग गांठों से बांधे गए थे। जो पंचतत्व का प्रतिनिधित्व कर रहे थे। आँखें बिल्कुल भावहीन शून्य को ताक रही थी।

उसने कॉफी का एक घूंट भरा मगर अगले ही पल उसके मुंह से सारी कॉफी उसी तेजी से बाहर आ गई। उसका चेहरा एकदम सख्त पड़ गया। उसके मुंह को देख के ही लग रहा था कि कॉफी कितनी घटिया बनी थी मगर फिर न जाने किस भाव से उसने दो घूंट भरकर ही पूरी कॉफी खत्म की। उसके हाथ में कॉफी का मग कस गया और इतना कसा कि वो चूर चूर हो कर छत पर बिखर गया। तभी उसकी नजर नीचे बालकनी में खडी सृष्टि पर गई। जो बड़ बड़ किए जा रही थी और वो अच्छे से जानता था कि सृष्टि किससे बातें कर रही है।

अपने कमरे की बाहर बालकनी में खडी सृष्टि पौधों को इस तरह डांट रही थी मानों उसके ट्यूशन के छोटे बच्चे हों। जो नादानी करने के बाद चुपचाप उसकी डांट सुन रहे थे।

उस बालकनी में बहुत सारे हरे भरे इंडोर प्लांट के साथ बहुत खूबसूरत फूलों के पौधे भी थे। जिनमें सबसे ज्यादा मिडनाइट लिली के थे। सृष्टि का मानना था कि जब रात के अंधेरे में सब सो जाते हैं तो ये अपनी खुशबू बिखेर कर अपनी उपस्थिति दर्ज कराते हैं। अगर सृष्टि इस घर में खुश रहती थी तो इन पौधों की वजह से। यही एक चीज थी जो उसकी खुशी को दस गुना बढ़ा देते थे। वरना तो उसका जीवन उस पेड़ की तरह था जो खड़ा तो था मगर अंदर से पूरा खोखला हो चुका था। वो अपने पौधों को दुनियां जहां का प्यार करती थी और उनसे खूब सारी बातें करती थी। आज से नहीं बल्कि अपने बचपन से। उसे पौधे लगाने का बहुत शौक था बचपन से ही, हालांकि उसके मॉम डैड कभी उसकी इस आदत को पसंद नहीं करते थे। उन्हें लगता है ये सृष्टि के पढाई में डिस्ट्रेक्शन है और सिर्फ टाइम वेस्ट है लेकिन पौधे तो उसके दोस्त थे। जिनसे बातें

करके वो अपना मन हल्का करती थी और आज भी वहां खडी यही कर रही थी। वो पौधों को पानी दे रही थी और साथ में उनमें उगे घास को निकाल रही थी। साथ ही साथ वो उन्हें ऐसे डांट रही थी, मानों वो उसके बच्चे हों और उन्होंने कोई शैतानी कर ली हो और पौधे भी इस तरह हिल डुल रहे थे जैसे बच्चे अपनी मां की डांट खाने के बाद हिलते डुलते रहते हैं।

"तू क्यों इतना सूख रहा है? पता है न मैं एक हफ्ते बाद टाइम दे पाती हूं लेकिन नहीं, तुम लोगों को भी बिलकुल भी सब्र नहीं है। पूरे हफ्ते में बीजी रहती हूं ये बात समझ नहीं आती तुम्हें। देखो कितने सूखकर लकड़ी ही बन गए हो। अपना ध्यान खुद भी रखना चाहिए। बड़े हो चुके हो तुम सब।" सृष्टि अभी भी उन्हें डांट लगा रही थी। छत पर खड़ा अनंत यह सब इस तरह देख रहा था मानों वो सृष्टि की इस आदत से परिचित हो। उसने रेलिंग पर अपने हाथ टिकाए हुए थे और उसकी आंखें सृष्टि पर गढ़ी हुई थी। उसे सब सुनाई पड़ रहा था हालांकि उसका चेहरा अभी भी वैसे ही सख्त और गंभीर था।

दोपहर के करीब एक बज रहे थे जब सृष्टि की अचानक नींद खुली। वो कसमसाई सी उठी और अपनी आंखों को हाथों से मलते हुए बाहर आई और फिर सीढियां उतरते हुए नीचे आ गई। उसने पूरे घर को अपनी आंखों से अच्छे से स्कैन किया शायद अनंत की उपस्थिति को जांचना चाहती थी।

"शायद चले गए मिस्टर भूतनाथ।" सृष्टि ने खुद से ही कहा और किचन की तरफ अंगड़ाई लेते हुए चली गई लेकिन किचन के पास आते ही वो ठिठक गई। अनंत किचन में खाना गर्म कर रहा था जिसका झटका सृष्टि को लगा।

"जब से मम्मा पापा गए हैं अनंत सर ने इस घर में मेरे रहते किचन में कभी पैर नहीं रखा लेकिन आज इन्हें आखिर हो क्या गया है? क्यों मेरे पीछे किसी साए की तरह पड़ गए हैं। अजीब आदमी हैं ये तो। अपने ही घर में अजनबियों की तरह रहना पड़ रहा है।" सृष्टि खुद से ही बडबडाई और बेमन से वापस जाने लगी।

"खाना गर्म है खा लो पहले।" अचानक पीछे से अनंत की भारी आवाज आई तो वो रुक गई लेकिन पीछे नहीं मुड़ी। अनंत दो प्लेटों पर खाना लेके सृष्टि के बगल से होते हुए डाइनिंग टेबल पर बैठ गया। अब सृष्टि का मुंह अनंत की ओर था जिसे वो अचंभे से घूर रही थी। अनंत ने एक नजर उठाकर उसकी ओर देखा तो वो हड़बड़ा गई और तेजी से हैरान परेशान होकर डाइनिंग टेबल के सबसे कोने वाली कुर्सी पर बैठ गई, लेकिन इन सब में भी उसने अनंत से नजर नहीं हटाई थी। वो उसे घूरे जा रही थी जबकि अनंत का पूरा ध्यान सिर्फ अपने खाने पर था। सृष्टि की नजर उसके चेहरे से फिसल कर पहली बार अनंत की छाती पर चली गई जिसके दो बटन खुले थे।

"मुझे घूरने की जरूरत नहीं है मिस सृष्टि।" अचानक अनंत ने सिर उठाकर उसकी आंखों में झांका तो वो सकपका गई और अपनी प्लेट से चम्मच भर भर कर सूखे चावल मुंह में ठूंसने लगी और इतने ठूंस दिए कि दांतों के बीच चबाने की जगह नहीं बची।

"एक बात अच्छे से कानों को नीचे रखकर सुन लो। अगर लाइफ में कुछ करना चाहती हो तो उस कुशाल नाम की धुन छोड़ दो और अपनी थिसिस पर ध्यान दो। ऐसा न हो कि उसके बाद तुम किसी भी लायक न रहो। अपनी थिसिस को सीरियसली लो और ये आखिरी बार है जब मैं कह रहा हूं। अगली बार मिस्टर भट्ट तुम्हें अच्छे से समझा सकते हैं और उनका तरीका भी तुमसे बेहतर कोई नहीं जानता।" सृष्टि के मुंह में वो चावल फंसे के फंसे रह गए और अनंत अपनी प्लेट उठाकर किचन में चले गया। उसने अपनी प्लेट धुली और बिजली की तेजी से घर के बाहर निकल गया। वहां छूट गया था तो सिर्फ मौत सी खामोशी और कार के इंजन का धुआं।

****

रात के सात बजे का समय था जब ऋषभ सृष्टि के लिए बाहर से डिनर का खाना लेके आया था। सृष्टि हॉल में ही बैठी उसी का इंतजार कर रही थी। जैसे ही ऋषभ अंदर आया सृष्टि ऐसे उछली मानों क्या ही कीमती चीज मिल गई हो। उसके होंठों पर बड़ी सी मुस्कान आ गई और वो उछलकर ऋषभ के कंधे पर चढ़ गई।

"अरे अरे क्या कर रही है लड़की? खाना गिर जाएगा।" ऋषभ उस थैली को संभालते हुए बोला और बचाकर डायनिंग टेबल पर रख दिया।

"क्या हुआ, मुझे इतना याद? कुछ तो गड़बड़ है बेटा।" ऋषभ की आवाज में शंका थी।

"तू नहीं जानता आज क्या हुआ! यार वो भूतनाथ आज यहां आए थे। समझ नहीं आता आखिर संडे को वो आए क्यों, जब उन्हें पता है मैं घर पर होती हूं और तो और वो खाना भी लेकर आए और गर्म भी किया, वो भी मेरे लिए। तू समझ रहा है न वीजे? बेटा मुझे तो ये उनका कोई पैंतरा लगता है।" सृष्टि में शुरु से और अंत तक पूरी गाथा सुना डाली।

"इसमें इतनी हैरानी वाली क्या बात है? ये घर तेरा था ही कब? वो कभी भी आएं। तू सब जानते हुए भी अंजान बन रही है और हो सकता है तेरे डैड ने ही कहा हो उनको।" ऋषभ किचन से हाथ धोते हुए बोला। वो आया और डायनिंग टेबल पर बैठ गया। सृष्टि पहले से ही वहां पर बैठी थी।

"नहीं नहीं, कुछ तो बात है। तुझे पता है वो आज कुछ ज्यादा ही हैंडसम बनकर आए थे। उनकी शर्ट के दो बटन खुले हुए थे और उनकी क्लीवेज दिख,,,।" सृष्टि कुछ कह पाती उससे पहले ही ऋषभ ने एक जोरदार चपत उसके सिर पर लगा दी।

"तुझे लगता है वो तेरे साथ फ्लर्ट करेंगे? आर यू सीरियस? तू सच में पागल हो गई लड़की। उनको अगर तेरे इस सोच की भनक भी लगी बेटा फिर नर्क तो मैं नहीं आऊंगा तेरे साथ। मैने अच्छे कर्म किए हैं और मुझे पता है मैं स्वर्ग जाने लायक हूं। लेकिन तेरी इन हरकतों से अनंत सर तेरे साथ साथ मेरा भी कीमा बना देंगे। इसलिए इन विचारों पर ब्रेक लगा और गाड़ी दूसरी दिशा में मोड़ मेरी मां। हाथ जोड़ता हूं।" हाथ जोड़ते हुए ऋषभ उठा और किचन से दो प्लेटें लेकर आ गया। सृष्टि मुंह बनाकर रह गई।

"तो फिर वो मेरा पीछा क्यों नहीं छोड़ते? यार एक दिन के लिए तो मैं चैन से घर में रहती हूं लेकिन इस बार तो वो यहां भी पहुंच गए। मतलब हद है यार। माना कि उस आदमी को मेरी जिम्मेदारी दी है लेकिन मेरा पालनहार क्यों बन रहे हैं?"

इस बार ऋषभ चुप रहा और कहता भी क्या। वो सब कुछ जानता था और सृष्टि के हालातों को भी। अब दोनों ही चुपचाप खाना खाने लगे, बिना इस अहसास के कि सीढियां के ऊपर रेलिंग पर वो गरुड़ दुबका हुआ है। जिसकी नजर बंद पंखे के ऊपर कुंडली मारकर बैठे हुए सर्प पर थी। सृष्टि और ऋषभ अपनी अपनी प्लेटें उठाकर किचन में चले गए जहां वो गप्पों में इतना मशगूल हो गए कि बाहर हॉल में हो रही गरुड़ और सर्प की लड़ाई पर उनका कोई ध्यान नहीं था।

★★★★

अध्याय ४

सुबह के दस बजे का समय था जब सृष्टि कॉलेज पहुंची। वो सीधे ही लैब ऑफिस में गई जहां अक्सर वो लोग ज्यादा समय बिताते थे। इसी लैब ऑफिस में अनंत स्कॉलर्स के साथ मिलकर रिसर्च करता था। सृष्टि ने अपना बैगपैक कंधे पर किसी मरे हुए शिकार की तरह लटकाया हुआ था। ऋषभ की नजर उसके ऊपर पड़ी तो उसे हैरानी हुई। सृष्टि उसका चेहरा थका हुआ लग रहा था और आंखें भी सूजी हुई और लाल थी जैसे वो पूरी रात सोई न हो। वो आज फिर से लेट थी मगर भाग्यवश आज अनंत अब तक लैब ऑफिस में पंहुचा नहीं था। वो जैसे ही अन्दर गई सबने उसे इस तरह देखा मानों वो कोई अजूबा हो। वीर ने कुशाल को एक कोहनी मारी तो कुशाल जो अभी तक एक किताब में व्यस्त था उसका ध्यान भी सृष्टि पर गया। मगर वो सबको नजरअंदाज करके ऋषभ के साथ बैठ गई।

"व्हट हैपेडं? आर यू ओके? यू लुक पेल!" ऋषभ ने थोडा चिंताजनक शब्दों में कहा।

"मैं ठीक हूं। बस मन नहीं लग रहा बिल्कुल भी।" सृष्टि ने थकी हुई आवाज में जवाब दिया।

"सृष्टि मैं क्या कह रहा था चल कहीं ट्रैकिंग पर चलते हैं। वैसे भी तू कुछ ज्यादा ही परेशान रहने लगी है। क्यों न कुछ दिन का ब्रेक लेकर तू खुद को पहाड़ों में हील करे। तुझे अच्छा महसूस होगा।" ऋषभ ने कहा तो सृष्टि ने उसे ऐसे देखा मानों क्या ही गलत बोल दिया हो।

"वीजे, तुझे लगता है वो मुझे कहीं जानें देंगे और वो भी अकेले! आई मीन तू साथ भी होगा तो भी वो मुझे घर से बाहर कदम नही रखने देते, तो ट्रैकिंग पर क्या खाक जाने देंगे? मैं बस उस घर में हमेशा से किसी पुराने सोपीस की तरह हूं। जिसकी धूल भी कोई साफ नहीं करना चाहता।" बोलते हुए सृष्टि के चेहरे पर उसका दर्द झलक रहा था। तभी अनंत तेजी से क्लास में आया तो सब अपनी जगह पर खड़े हो गए।

अनंत जाके सीधे अपनी कुर्सी पर बैठ गया। हमेशा की तरह गंभीरता का कवच उसके चेहरे पर साफ दिख रहा था मगर चेहरे का तेज अभी भी बरकरार था। उसने आते ही उस बड़ी सी टेबल पर कुछ आर्टिफेक्ट्स बिखेर दिए और सीधे पढ़ाना शुरु किया। वो अपने स्टूडेंट्स के साथ भले ही बहुत स्ट्रिक्ट होता था और हमेशा एक गहरा गैप भी बनाकर रखता था लेकिन जब वो पढ़ाता था तो स्टूडेंट्स रम जाते थे। उसके पढ़ाने की शैली कुछ इस तरह की थी कि उसका पढ़ाया हुआ सीधे सीधे दिमाग पर किसी पत्थर की लकीर की तरह छप जाता था और उसकी यही तकनीक उसे उस पूरे कॉलेज में सबसे खास बनाती थी। कहना गलत नहीं होगा, उसने अपनी ये पोजिशन बहुत जल्दी पाई थी और इसी वजह से वो इस कॉलेज के सबसे बेस्ट प्रोफेसर्स में से एक था। वो अपनी कई रिसर्च के लिए भारत में ही नहीं अपितु यूएस और कई यूरोपियन कंट्री तक जा चुका था। यही वजह थी कि हर स्कॉलर उसके अंडर पीएचडी करना

चाहता था लेकिन ये मौका भी हर किसी को नसीब नहीं होता था। ये मौका सृष्टि को मिला था और वो इसे अपना दुर्भाग्य समझती थी। मगर सच्चाई भी यही थी कि अनंत जितना स्ट्रिक्ट उसके साथ था उतना वो और किसी के साथ नहीं था और इसकी वजह भी कोई नहीं जानता था।

"सो स्कॉलर्स मेरे पास इससे रिलेट्स कुछ मैटर भी है। मैं ग्रुप में सेंड कर दूंगा। आप लोग वहां से थोड़ा हेल्प ले सकते हैं।" अनंत अपने लैक्चर को खत्म करते हुए बोला तो सभी ने हां में सिर हिलाया सृष्टि के अलावा। वो मानों सो रही हो। अनंत ने एक नजर सृष्टि पर डाली तो ऋषभ ने उसे एक कोहनी मार दी जिस वजह से उसने ऋषभ को घूरकर देखा। ऋषभ ने उसे अनंत की ओर देखने का इशारा किया तो वो तुरंत सीधी होकर बैठ गई। उसने अनंत की ओर देखा तो उसे उसकी आंखों में आज हमेशा के विपरीत कुछ अलग से भाव दिखे जिसे वो बिल्कुल नहीं समझ पाई। अनंत ने अपनी किताबें समेटी और उठकर जाने लगा मगर तभी वो दरवाजे पर रुक गया।

"सृष्टि!" अनंत ने बिना उसकी मुड़े कहा।

"य,,, यस सर।" सृष्टि तुरंत खडी हो गई।

"तुम ऊपर लैब में टाइम पर पहुंच जाना। आई होप तुम अपनी पनिशमेंट भूली नहीं हो।" अनंत ने कहा और सृष्टि के जवाब का इंतजार किए बिना वहां से किसी हवा के झोंके की तरह निकल गया। सृष्टि ने थकी हुई आंखों से ऋषभ को देखा।

"मुझे देखकर क्या होगा? मैने तो सजा नहीं दी है न तुझे। जा तुझे जाना ही पड़ेगा। जा मेरे दोस्त जा। तेरी मंजिल तेरा इंतजार कर रही है।" ऋषभ ने नौटंकी दिखाई तो सृष्टि ने उसकी बाजू पर एक चपत लगा दी और बाहर निकल गई।

"ये कोई पनिशमेंट है! स्टूडेंट्स मरते हैं अनंत सर की लैब के दर्शन के लिए और अनंत सर ने पता नहीं क्यों ही उस लड़की को उसी लैब में इन्वाइट किया है। हमें तो आज तक उस लैब के दर्शन भी नहीं हुए। सृष्टि की ही एक फैलो स्कॉलर शिखा ने गुस्से से कहा।

"हां शिखा तुम सही कह रही हो। सुना है अनंत सर उस लैब को किसी के साथ शेयर नहीं करते। यहां तक कि बाकी के प्रोफसर भी उस लैब में बिना उनकी परमिशन के नहीं जा सकते। वो उनकी पर्सनल लैब है। पता नहीं उस लड़की को पनिशमेंट मिली है या कुछ और।" दूसरी लड़की छवि ने भी सहमति जताई।

"छवि अगर यही पनिशमेंट है तो हम भी ऐसी पनिशमेंट चाहते हैं। लगता है हमें भी सृष्टि की तरह मूर्खता दिखानी होगी।" शिखा ने कहा और वो दोनों हंसने लगे जबकि ऋषभ ने उन्हें घूरकर देखा तो उन दोनों लड़कियों ने मुंह बना दिए।

इधर सृष्टि ऊपर लैब में पहुंची तो अनंत वहां नही था। सृष्टि ने राहत की सांस ली वो फिर से उस लैब को किसी एक्सरे मशीन की तरह स्कैन करने लगी। ये एक वैल मेंटेन लैब थी। जहां हर एक चीज अपने आप में यूनिक थी। कीमती से कीमती आर्टिफेक्ट्स वहां पर थे और ये सारे वो आर्टिफेक्स्ट्स थे जो अनंत ने अपनी रिसर्च के दौरान इक्कठे किए थे लेकिन सबसे अजीब बात थी कि वहां एक खाने में करीब बीस

पच्चीस सुनहरे रंग के पंख थे। सृष्टि को ये बड़ा अजीब लगा क्यूंकि उसने आज तक इस तरह के पंख किसी भी पक्षी के नहीं देखे थे। वो इतने चमकदार पंख थे मानों उनके रेशों को शुद्ध सोने की महीन तारों से बनाया गया हो। वो पंख बहुत हल्के प्रतीत हो रहे थे। किसी रेशम के धागों की तरह। अचानक एक पंख उड़कर उसके कंधे पर आया तो उसने उसे उठाकर उसी खाने में रख दिया और सिर हिलाते हुए अपनी सीट पर आकर बैठ गई। मगर जैसे ही वो कुर्सी पर बैठी उसे अपने कंधे के नीचे हल्की खुजली महसूस हुई। मानों उसे कुछ चींटियों ने एक साथ काट लिया हो। उसने कंधे पर हुडी को हल्के से सरकाया तो वहां पर एक सुनहरा निशान चमक उठा। ये उसका बर्थमार्क था। वो निशान बहुत बड़ा नहीं था मगर किसी पक्षी के टैटू की तरह लगता था। कई लोग तो उसे यही कहते कि ये टैटू उसने कब बनाया। उसे भी न जानें क्यों ये कोई सामान्य बर्थमार्क नहीं लगता था। सबसे अजीब बात कि वो कई बार अपना रंग बदलता था। कभी फीका तो कभी चटक सुनहरा। अचानक अनंत लैब में आया तो सृष्टि ने झटके से अपनी हुड्डी खींच ली। अनंत की आंखें कुछ पल के लिए सिकुड़ी लेकिन फिर वो तुरंत सामान्य भी हो गया। उसके आते ही सृष्टि ने नजरें किताब में गढ़ा ली लेकिन उसे साफ महसूस हो रहा था कि अनंत उसे अपनी नजरों से उसकी हड्डियों तक स्कैन कर रहा था।

अचानक अनंत आगे बढ़ा और सृष्टि के पास खड़ा हो गया। सृष्टि की नजर उसके काले जूतों पर पड़ी तो उसने अपनी आंखें बंद कर ली। उसे पता था अब अनंत किसी बात को लेकर आसमान फाड़ कर उसके उपर चिल्लाने वाला था।

“सृष्टि!” उसकी आवाज हर रोज के मुकाबले आज थोडा शांत थी।

"यस सर।" सृष्टि तुरंत खडी हो गई।

"तुम रात को सोई नहीं थी क्या?" अनंत का कहना भर था और सृष्टि को साफ महसूस हो रहा था कि ये लैब किसी लट्टू की भांति घूम रही है। उसने तुरंत अपनी नजरें उठाई और अनंत को बड़ी बड़ी आंखें करके इस तरह देखा मानों वो कोई इंसान नहीं बल्कि दुनियां का आठवां अजूबा हो। वो बिना पलकें झपकाए उसे एकटक देखती रही।

"मैं कुछ पूछ रहा हूं तुमसे। तुम सोई नहीं रात को क्या?" अनंत ने बार थोडा तेज आवाज में कहा तो सृष्टि मानों होश में आई।

"हैं? सोई? मैं,,,,मैं,,,सोई? नहीं,,, हां,,,,।" सृष्टि को कुछ समझ नहीं आया कि आखिर वो क्या जवाब दे। उसे तो ये भी समझ नहीं आया कि आजकल ये उसके साथ हो क्या रहा था।

"देखो तुम्हारे मॉम डैड तुम्हारी बहुत फिक्र करते हैं। अच्छा होगा अगर तुम खुद का ध्यान भी रखो। उन्होंने मुझे तुम्हारी जिम्मेदारी दी है लेकिन अब इसका ये मतलब नहीं है कि मैं रात को भी चैक करने आऊं कि तुम सोई या नही। तुम्हारी आंखें ही बता रही हैं कि तुम कल रात को ठीक से सोई नहीं हो। कोई प्रॉब्लम है? मैने दो पहले ही तुम्हारे अकाउंट में पैसे भी ट्रांसफर कर दिए थे। पता है न तुम्हें?" अनंत ने कहा तो सृष्टि को एक और बिजली का झटका लगा।

आज अनंत अचानक उसकी इतनी फिक्र क्यूं कर रहा था। या फिर उसे अपने फेवरेट गुरु की नजर में और अच्छा बनना था। अब इससे ज्यादा क्या अच्छा बनना था उसे जब घर की चाबी और कार तक उसके डैड ने अनंत को दी हो।

सृष्टि के दिमाग में अचानक हजारों सवाल उमड़ पड़े, लेकिन अफसोस कि उसे जवाब की कोई उम्मीद भी नहीं थी। उसने गहरी सांस छोड़ी।

"अगर तबियत ठीक नहीं है तो तुम चाहो कुछ दिन रेस्ट ले सकती हो। वैसे भी कॉलेज कुछ दिन के लिए बंद हो रहे हैं।"

अनंत ने कहा और अपनी कुर्सी पर जाकर बैठ गया लेकिन वो सृष्टि को फिर से कोमा में डाल गया था। अनंत का इतना अजीब व्यवहार वो पहली बार देख रही थी। आज तक कभी भी अनंत ने उससे इस तरह बात नहीं की थी। उसकी नजर अभी भी अनंत की तरफ ही थी। जो अपनी कुर्सी पर बैठकर लैपटॉप पर कुछ काम में जुट गया था। सृष्टि बिना पलकें झपकाए उसे हैरानी से घूरे जा रही थी। अनंत ने अपनी नजरें उठाकर सृष्टि को देखा तो सृष्टि तुरंत होश में आई और उसने अपनी गर्दन इधर उधर फेर दी। मानों उसने कुछ किया ही न हो। अनंत का चेहरा अब भी सख्त और भावहीन था। सृष्टि की हरकतों पर उसने सिर हिलाया और अपने काम में लग गया।

ऐसा नहीं था कि अनंत सिर्फ खडूस ही था। उसका व्यवहार शख्त जरूर था लेकिन वो बहुत हेल्पिंग नेचर का भी था। जरूरत पड़ने पर वो सबकी हेल्प करता था। अपने स्टूडेंट्स की भी हालांकि जिन लोगों से उसकी बनती थी उनके साथ वो टिट फॉर टैट वाला रूल अप्लाई करता था। सृष्टि की आंखों में तेरह साल पहले का वक्त तैर गया।

शाम के पांच बजे का समय था। सृष्टि अपने कमरे की बालकनी में अपने पौधों के साथ थी। वो उनसे घास के तिनके निकाल रही थी और रह रह कर उसकी नजर नीचे गार्डन एरिया में बैठे अपने मॉम डैड पर जा रही थी जिनकी पीठ थी उसकी ओर। उनके साथ अनंत भी बैठा हुआ था जिसका मुंह था सृष्टि की ओर। उसे यहां आए हुए अभी मात्र एक हफ्ता ही हुआ था लेकिन जिस तरह वो उसके मॉम डैड के साथ कंफर्टेबल था कोई नहीं कह सकता था कि वो कोई अजनबी है। वैसे तो वो इतना समझ गई थी कि ये लड़का बहुत ज्यादा बातें नहीं करता लेकिन फिर भी उसके मॉम डैड के साथ वो मुस्कुराकर बातें कर रहा था। शायद वो लोग पुरातत्व के किसी रोचक विषय पर बात कर रहे थे। उसका मुस्कुराता हुआ चेहरा वो साफ देख पा रही थी। सृष्टि की आँखें हल्की सी भर आई। क्यों उसके मॉम डैड उसके साथ इस तरह से नहीं रहते थे। सोचते हुए उसकी आंखों से आंसू की बूंदे टपक कर गमले में गिरने लगी। अचानक अनंत ने एक नजर ऊपर लगाई तो उसकी आंखों के भाव कुछ पल के लिए बदले।

सृष्टि ने अपने आंसू पोंछे और फिर से अपने गमलों के साथ लग गई। वो साथ में बड़बड़ाए भी जा रही है। "मेरे मम्मा पापा को रिझाने आया है। हुहंह। वो मेरे मम्मा पापा हैं तुम्हारे नहीं मिस्टर अनंत और तुम सब भी कान खोलकर सुन लो कोई जरुरत नहीं है किसी और से दोस्ती करने की समझे। अगर तुम लोगों ने उससे बात की न, तो बाय गॉड यही छत से फेंक कर जान ले लूंगी मैं तुम सबकी और मुझपे कोई केस भी नहीं हो सकता और न ही कोई मुझे रोक सकता है ये करने से।" सृष्टि पौधों से इस तरह कह रही थी मानों वो कोई जीवित इंसान हों। खैर उसके लिए तो वो जीवित ही थे। अनंत वहीं खड़ा था। उसने अपने हाथ बांधे हुए थे और वो उसे बड़े गौर से उसे देख रहा था।

सृष्टि दूसरे गमले को खिसकाने के लिए उठी ही थी कि उसकी नजर सामने खड़े अनंत पर पड़ी। वो झटके से पीछे हो गई।

"आ,,,,आ,,,आप यहां?" वो हकलाते हुए बोली।

"टैस्ट कैसा गया?" अनंत बिना कुछ घुमाए फिराए पूछा।

"ठ,,, ठ,,,ठीक था।" सृष्टि हकलाते हुए बोली।

"सारे अटेम्प्ट किए?"

"आ,,,वो हिस्ट्री,,,,। मुझे डेट्स और जेनियोलॉजी याद नहीं

हुए थे।" सृष्टि ने डरते हुए कहा। असल में जबसे वो यहां आया था सृष्टि के मॉम डैड ने अनंत को सृष्टि को कुछ देर पढ़ाने की जिम्मेदारी दी थी जिस वजह से वो उसके टैस्ट के बारे ने पूछ रहा था।

"इसमें याद नही रहने जैसा क्या है? ये तो बहुत आसान है। तुम्हें पता है न हिस्ट्री में एक ही चीज सबसे अच्छी है कि यहां डेट और जेनियोलोजी कभी दोबारा नहीं आती। तो ये याद रखना और भी आसान है। हुआ है कभी कि कोई डेट दोबारा आई हो? हुआ है कि कोई वंश इतिहास में दोबारा आया हो? नहीं न? हां एक डेट पर एक से ज्यादा घटनाएं हुईं होंगी लेकिन वो डेट हिस्ट्री में दोहराई नहीं जाती। इसको याद रखना इतना भी मुश्किल नहीं है।" अनंत ने कहा तो सृष्टि उसे हैरानी से देखती रही और वो दिन था और आज का दिन था सृष्टि कभी डेट्स और जेनियोलॉजी नहीं भूलती थी। ये था अनंत का प्रभाव उसके जीवन पर।

"सृष्टि!" तभी अनंत ने आवाज दी तो वो झटके से वर्तमान में लौटी।

"यस सर।" सृष्टि उठ के अनंत के पास चली गई। अनंत ने एक सिक्का उठाया जो शायद एक हजार साल पुराना था लेकिन वो अब भी अच्छी अवस्था में था।

"इसे पहचानती हो?" अनंत ने वो सिक्का आगे कर दिया। सृष्टि ने उसे हाथ में पकड़ लिया और उलट पलट के देखा। उसके अग्र भाग में एक रथ पर राजा चढ़ा था जो प्रजा को दर्शन देता हुआ दिखलाई पड़ रहा था और उसी भाग में गोलाई में उस राजा का नाम और उसकी उपाधि संस्कृत अक्षरों में उकेरी गई थी। जबकि पृष्ठ भाग में उस एक पर्वत पर उस राज्य का झंडा लहराते हुए दिखाया गया था।

"सर ये शिकोए वंश की प्रथम स्वर्ण मुद्रा है। जो तृतीय पर्वतीय जनजातीय वंश ने शुरु की थी। ये वो प्रथम राजवंश था जिन्होंने ट्राइएंगल सेप की स्वर्ण मुद्राओं का चलन शुरु किया था।" सृष्टि ने कहा तो अनंत ने हां में सिर हिलाया।

"तो इसके अभी तक करीब दस सिक्के मिले चुके हैं। जो बहुत बड़ी उपलब्धि है हमारे विभाग की। वो सिक्के डी वन रैक में रखे हुए हैं। तुम उसके ऊपर एक रिपोर्ट तैयार करो और शाम तक मुझे दे देना। कल इसके बारे में मास्टर्स के स्टूडेंट्स को पढ़ाया जाना है।" अनंत ने कहा तो सृष्टि ने हां में सिर हिलाया और जाने लगी।

"रुको।" अनंत ने कहा तो सृष्टि पलट गई।

"तुम अगर आज शाम तक नहीं भी कर पाती हो तो सुबह तक पीडीएफ सेंड कर देना और कल चाहो तो रेस्ट लेना घर पर रह कर। मैं कमला को सुबह ही भेज दूंगा।"

अनंत ने बिना उसकी ओर देखे कहा और फिर उसकी उंगलियां लैपटॉप पर तेजी से चलने लगी। जबकि सृष्टि उसे इस तरह देख रही थी कि मानों उसकी आंखें अभी बाहर निकल आएंगी। कुछ देर जी भर के घूरने के बाद वो वापस अपनी सीट पर बैठ गई और काम पर लग गई। अनंत ने एक नजर उठाकर उसकी ओर देखा और एक दबी हुई सांस छोड़ी। वही जानता था कि जब वो अपने व्यवहार के विपरीत जाता था तो उसे कितने ही देवताओं को प्रसन्न करने के लिए उनका आव्हान करना पड़ता था।

****

शाम का समय था और आज सृष्टि सुपरमार्केट आई थी अपने कुछ जरूरी सामान के लिए। वो बास्केट लेकर थर्ड रो में कुछ इंसटेंट नूडल्स देख रही थी ताकी अपनी छोटी छोटी भूख के लिए कमला पर डिपेंड न होना पड़े। वो जैसे ही आगे बढी एक सुंदर सी लडकी उसके बगल पर समान रख रही थी। उसकी पीठ थी सृष्टि की ओर। मगर सृष्टि की नजर उसके खूबसूरत बालों पर ठहर गई। वो कुछ ज्यादा ही लंबे घने और बहुत ज्यादा चमकदार थे। सबसे अलग था तो उनमें हल्की सुनहरी काया। उसकी आंखों में चमक सी आ गई। उसे भी बचपन से लंबे बाल बहुत बहुत ज्यादा पसंद थे लेकिन उसकी मॉम ने कभी उसके बाल बढ़ने नहीं दिए क्योंकि उनके पास इतना वक्त नहीं था कि वो सृष्टि के बालों की देखभाल करें। उसने ठीक सामने देखा जहां पर एक शीशा लगा था। वो खुद को निहारने लगी। उसके बाल अभी भी कानों से थोड़ा नीचे तक ही थे हालांकि उसके बाल उसके ऊपर अच्छे लगते थे लेकिन उसे तो लंबे बालों का बहुत शौक है न। उसके बालों पर भी सुनहरी काया थी और वो भी चमकदार थे लेकिन ध्यान न रख पाने की वजह से वो थोड़ा रफ जरूर हो गए थे। अब तो उसका मन

भी उठ चुका था। बचपन में उसने बहुत बार अपने बाल बड़े करने चाहे थे जिसकी वजह से वो बहुत डांट भी खाती थी इसलिए थक हारकर अंत में उसने बालों को छोटा रखने का फैसला किया जो अब तक बरकरार थे। उसने नजर घुमाई तो वो लडकी उसके और करीब आ गई सृष्टि को अब सिर्फ वो बाल दिख रहे थे और उसके अंतर्मन में कुछ चलने लगा। एक धुंधली सी छाया। इसी तरह के खूबसूरत बाल उसने कहीं तो देखे हैं। उसकी आंखें हल्की सी बंद पड़ गई और एक ब्लैक एंड व्हाइट पिक्चर उसके सामने घूमने लगी। एक स्त्री जो उसकी ओर पीठ करके खडी थी मगर उसके बाल वो कुछ अलग थे बहुत अलग। जिनसे लगातार सुनहरे रंग की आभा निकल रही थी। उसे लगा कि वो चक्कर खाकर गिर पड़ेगी। वो तुरंत नीचे बैठ गई। उसने अपने हाथ में पकड़ी पानी की बोतल से तुरंत सारा पानी घटका तो अब जाके उसे थोडा आराम मिला। अचानक उसे को कुछ आभास हुआ। उसने पलट के देखा तो वहां कोई नहीं था। वो उठी और अगले रो में चली गई लेकिन तभी वो दो साए उस रो से बाहर निकल पड़े। सृष्टि को अहसास हो रहा था कि कोई तो है जो उसके आस पास है लेकिन दिखाई नहीं दे रहा है। या कोई उसपर चुपके से नजर बनाए हुए है। उसने इधर उधर देखा लेकिन सब व्यस्त दिखाई दे रहे थे। उसने सिर झटका और अपने लिए कुछ सेनेटरी नेपकिन देखने लगी। वो दो महीने में सिर्फ एक बार सुपर मार्केट आती थी समय की व्यस्तता के चलते। उसके लिए तो वीकेंड भी नहीं था क्यूंकि हर शनिवार को कुशाल उसके साथ रहता था और संडे को वो अपने पौधों को समय देती थी। ऊपर से थिशिस का प्रेशर इसलिए उसने दो महीने में एक तारीख खुद के लिए चूज की थी ताकी उस दिन किसी भी हाल में सारा सामान ले ले। वो आगे बढी तो अचानक किसी के कंधे से टकरा गई।

"ओह सॉरी मैने देखा नहीं।" उसने कहा और सिर उठाकर देखा लेकिन इतनी देर में वो लडकी आगे निकल गई और अब उसकी सिर्फ पीठ दिख रही थी। लेकिन सृष्टि को वो पीछे से भी कुछ अजीब लगी। उसके सीधे काले घने बाल कमर से भी लंबे उसके कूल्हों तक थे। जो हाय पोनी टेल में बनाए गए थे और जिनको की एक काले रंग के चमड़े के फीते से बांधा गया था। उस लडकी ने काले रंग का ही अंगरखा स्टाईल पूरे बाजू वाला कुरता पहना था, जिसकी कमर पर भी चमड़े की काले रंग की मोटी बेल्ट थी। उसने काले रंग का ही चूड़ीदार पहना हुआ था और उसके चमड़े के जूते भी कुछ अजीब थे जो बेहद पुराने से लग रहे थे। उसने जब उस लडकी के पेट में उस चमडे की बेल्ट को ध्यान से देखा तो वो एक तरफ से हल्का सा उभरा हुआ दिख रहा था। सृष्टि की गट फीलिंग बता रही थी कि वो कोई बड़ा और धारदार चाकू है। वो तुरंत मुड़ी और बगल में खड़े एक लडके को उसके बारे में बताने लगी। उस लडके ने भी उस ओर देखा तो अब वहां कोई नहीं था। सृष्टि हैरान रह गई। अभी तो यहीं थी वो। सोचते हुए वो तेजी से उस पूरे सुपर मार्केट में घूमी लेकिन उसे अब वो लड़की कहीं दिखाई नहीं दी। उसने गहरी सांस छोड़ी और बिल पे करने के बाद बाहर निकली। वो बाहर तो आ गई लेकिन उसका पूरा ध्यान अंदर दिखी उस लड़की पर था। अचानक सीढ़ियों पर उसका पांव फिसल गया। उसकी आंखें बड़ी हो गई लेकिन इतनी देर में किसी ने उसको कंधों से थाम लिया। वो खुद को संभालते हुए पीछे मुड़ी तो अनंत उसे घूर रहा था।

"हर जगह गिरते पड़ते रहने की कोई बीमारी है क्या तुम्हें? जब भी देखो या तो कुछ गिरा दोगी या खुद गिर जाओगी। संभल के चला करो वरना ऐसा न हो कि आगे बढ़ने से पहले ही किसी गहरे गड्ढे में गिर जाओ। जहां से निकलने का चांस न बचे। हर जगह

मैं नहीं मिलूंगा तुम्हें।" अनंत ने इस तरह कहा मानों वो सृष्टि की छाया हो। सृष्टि ने सिर झुका लिया जबकि अनंत बिना परवाह किए सीधे स्टोर में घुस गया।

"कल तो बड़े संत महात्मा बन रहे थे। बड़ा दया भाव दिखा रहे थे कल। आखिर आ गए न अपनी भूतनाथ वाली फॉर्म में। बड़े आए मुझे गड्ढे में गिराने वाले। हुंह! अगर कहीं गड्ढा दिखा न तो सबसे पहले आपको गिराऊंगी उसके अंदर और ऊपर से एक स्लैब रखवा दूंगी।" सृष्टि बड़बड़ाई हालांकि अगर वो पीछे मुड़ती तो अनंत हाथ बांधे सच में ही किसी भूत की तरह खड़ा था और ये नाम सृष्टि ने अनंत को इसलिए दिया था क्योंकि वो भूत की तरह कभी भी प्रकट हो जाता था और ये सच भी था। सृष्टि अपना सामान घसीटते हुए नीचे उतरी और कैब बुक करने के लिए फोन ढूंढने लगी। मगर छोड़ गई तो पीछे अनंत की आंखों में गुस्सा।

वो कैब बुक कर पाती उससे पहले ही उसके फोन ने बंद होने का इशारा दिया। "ओह नो नो नो प्लीज प्लीज प्लीज दो मिनट रुक जा, बस दो मिनट।" उसका कहना ही था कि फोन ने अपना कमाल दिखा दिया। वो फोन की बंद पड़ चुकी काली स्क्रीन पर अपने दूसरे हाथ से जोर जोर से मारने लगी जिससे उसकी चटकी स्क्रीन और टूट गई। "गॉड डैम इट, ये मेरे साथ ही क्यों होता है भगवान?" सृष्टि ने गुस्से में उस पिलर पर अपना हाथ दे मारा। जिसकी आड़ में वो खडी थी लेकिन अब दर्द के मारे उसकी आंखें बन्द पड़ गई। "हर बार खुद का ही नुकसान करने में मजा आता है न सृष्टि तुझे। यू आर रियली एन इडियट।" वो खुद में ही बड़बड़ाई और रोड पर आ गई ताकी किसी से लिफ्ट मांग सके। वो आई ही थी जब उसके ठीक सामने एक कार आकर रूकी। उसकी नजर सीधे नंबर प्लेट पर गई तो उसने गहरी सांस छोड़ी। वो इस कार को अच्छे

से पहचानती थी। वो उसके पापा की कार थी जिसे जाते हुए उन्होंने सृष्टि के बजाए अनंत को दी थी। सृष्टि ने मुंह फिरा लिया। उनके जाने के बाद आज तक वो इस कार में नहीं बैठी थी। अनंत ने कार का दरवाजा खोल दिया तो सृष्टि को मजबूरन बैठना ही पड़ा। वो अनंत के गुस्से का शिकार नहीं बनना चाहती थी। उस कार के आगे निकलते ही पीछे बेंच पर बैठे दो लोग दिखे। मानों वो अभी अभी प्रकट हुए हों। जिसमें एक अनंत के साथ उस रात शराब पीने वाले गुरु शाश्वत और दूसरी वही लडकी थी जो सृष्टि से स्टोर में टकराई थी।

"तो यही हैं वो? ये तो असंभव सा लगता है गुरुदेव। हमने इसकी अपेक्षा नहीं की थी।" उस युवती ने कहा। उन दोनों की नजर उस गेट पर थी, जहां से अभी अभी अनंत की कार गई थी।

"असंभव तो बहुत कुछ लगता है वाहिनी किंतु असंभव को संभव नियति ने बनाया है और हमें उसी के अनुसार चलना है। बस वो जैसे जैसे संकेत देगी हमें उसका पालन करना है।"

"हम किस बात की प्रतिक्षा कर रहे हैं गुरुदेव? आप सीधे उनको पकड़कर पूछ क्यों नहीं लेते?"

"हमने तुमसे इस मूर्खता की कल्पना नहीं की थी वाहिनी!" गुरु शाश्वत ने अचंभे से कहा तो वाहिनी का सिर झुक गया।

“उसकी स्मरण शक्तियां अभी विश्राम अवस्था में हैं। उनको जागृत करना इतना आसान नहीं है। उसके लिए हमें अभी और प्रतिक्षा की आवश्यकता है। जब उसकी चेतना अपने उच्चतम स्तर पर पहुंचेगी तब कुछ हो सकता है। तुम बस हमारे साथ रहो। जब जरुरत होगी हम तुम्हारी सहायता लेंगे।” गुरु शाश्वत ने गंभीर शब्दों के कहा।

“जी गुरूदेव।” वाहिनी इतना ही बोल पाई।

“युवराज के अतीत के विषय में हमने जो कुछ भी सुना है। हम थोड़े संशय में पड़ गए हैं गुरुदेव। हमारे ह्रदय में कई प्रश्न उठ रहे हैं।” वाहिनी ने कहा तो गुरू शाश्वत ने हल्के से हाथ उठा दिया।

“क्या आपको लगता है गुरुदेव कि इस बार युवराज भटकेंगे नहीं। हमारा अर्थ है कि रत्नावती और ये युवती,,,,।” वाहिनी ने प्रश्न अधूरा छोड़ दिया।

“वो कभी नहीं भटकेगा वाहिनी और न ही वो कभी भटका था। वो हमारे युवराज हैं। ये मत विस्मृत करना कि युवराज ने हमारी घाटी के लिए कितने त्याग किए हैं। उनके चरित्र के विषय में कुछ कहने से पहले पूर्ण ज्ञान अर्जित कर लो। वो घाटी के लोगों और हर पीढ़ी के लिए प्रेरणास्रोत होना चाहिए था। लेकिन वो आज भी उस अपराध का दंड भोग रहा है जो उसने कभी किया ही नहीं था।” गुरु शाश्वत ने कहा तो वाहिनी ने सिर नीचे झुका लिया।

“क्षमा गुरुदेव।”

“इस बार हमने संयम रख लिया। अगली बार बिना दंड के नहीं छोड़ेंगे। अभी यहां से चलो। हमें उस ऊर्जा का पता लगाना है।” गुरु शाश्वत ने कहा तो वो दोनों पैदल चलते हुए गेट तक पहुंचे। मगर जैसे ही अंधेरा शुरु हुआ वो दोनों किसी भूत की तरह वहां से गायब हो गए।

इधर कार के अन्दर अनंत और सृष्टि दोनों के बीच शमशान सी खामोशी पसरी थी। दोनों रोड को इस तरह देख रहे थे मानों वहां अभी वहां कोई भूत प्रकट होने वाला हो। न इधर न उधर। मगर अचानक सृष्टि को अपने पेट में कुछ गड़बड़ लगी। उसके चेहरे पर हल्का सा दर्द झलक आया। उसने अपना पेट पकड़ लिया। वो जानती थी अगर उसके साथ सबसे अधिक परेशानी थी तो पीरियड्स की। जो उसके लिए किसी फोबिया से कम नहीं था। वो उन लड़कियों में से एक थी जिनके लिए पीरियड्स सबसे पीड़ादायक होते हैं। उसे आज भी याद है कि कितनी ही बार उसे स्कूल में इसके लिए शर्मिंदा होना पड़ा था। जब उसको दर्द उठता था तो वो किसी लेबर पेन से कम नहीं होता था। यही वजह थी कि उसे इस चीज से सबसे ज्यादा नफरत थी। उसे अब भी याद है, एक दिन स्कूल में जब उसको इतना ज्यादा दर्द हुआ कि उसकी टीचर ने उसकी मॉम को कॉल किया और उसकी मॉम ने अनंत को कॉलेज से सीधे स्कूल भेजा था और अनंत उसे हॉस्पिटल ले गया था। उस दिन जाते हुए उसने अपनी टीचर को बात करते हुए सुना था, यह तो हर लडकी को होता है इसमें इतने दर्द वाली क्या बात है कि हॉस्पिटल ले जाने की नौबत आ गई। तब उसका दिल इस तरह टूटा था मानों एक बड़े शीशे पर किसी ने एक जोर का पत्थर फेंका हो। जिसके टूटने की आवाज़ उसके कानों

में अब भी गूंजती थी और तबसे एक रूल ही बन गया था। उस दिन वो स्कूल ही नहीं जाती थी।

अनंत ने एक नजर सृष्टि को देखा और अगले ही पल उसने कार की स्पीड बढ़ा दी। करीब दस मिनट में ही अनंत ने कार रोकी तो सृष्टि ने नजर उठाई। वो अपने घर के पोर्च में थी। उसने कुछ सवाल जवाब करने के बजाए सीधे अंदर रेस लगा दी। उसका सामान भी पीछे सीट पर ही रह गया। अनंत ने सामान देखा और सिर हिला दिया। वो बाहर उतरा और सृष्टि का सारा सामान उठाकर अंदर आ गया। उसने ऊपर नजर लगाई तो सृष्टि के कमरे की लाइट खुली थी। उसने समान साइड में रखा और बाजू समेटकर सीधे किचन में घुस गया।

ऊपर सृष्टि बाथरूम में घुसी थी। अब उसका सिर घूमने लगा था और उसे उल्टी जैसा हो रहा था। साथ में उसे चक्कर भी आ रहे थे। करीब पांच मिनट बाद वो थकी हारी सी कराहते हुए बाथरूम से बाहर निकली। बिस्तर पर उसके सामान का थैला दिख गया। जो उसने स्टोर से खरीदा था। उसने फटाफट एक सैनेट्री नैपकिन का पैकेट खोला और वापस बॉथरूम में घुस गई। वो वापस आई तो उसकी हालत अधमरे बकरे की तरह थी। उसने पेट पकड़ा और बिस्तर पर उल्टा लेट गई।

तभी अनंत ने दरवाजा खटखटाया तो सृष्टि ने अधखुली आंखों से दरवाजे की ओर देखा।

"आप अभी तक गए नहीं?" सृष्टि की आवाज में दर्द झलक रहा था। अनंत ने बिना कुछ कहे साइड टेबल पर एक गर्म पानी की बोतल रखी और सीधे बाहर चले गया।

उसके जाते ही सृष्टि ने वो बोतल अपने पेट में रख दी जिससे अब उसे आराम मिल रहा था। उसे नींद के झोंके आने लगे और कब वो नींद के आगोश में गई उसे भी अहसास नहीं हुआ।

थोडी देर में अनंत फिर से उस कमरे में आया तो सृष्टि को सोता देख उसने सिर हिला दिया। उसने वो ट्रे जिसमें सूप था वो टेबल पर रखा।

"सृष्टि!" अनंत ने आवाज दी तो सृष्टि ने हल्की सी आंखें खोली।

"पहले कुछ खा लो।"

"मुझे भूख नहीं है।" सृष्टि ने कराहते हुए कहा।

"नहीं भी है तब भी खाओ।" अनंत ने गंभीर आवाज में कहा।

"ये सूप पीलो, आराम मिलेगा। उसके बाद सो जाना। मैं और गर्म पानी करके लाता हूं तब तक।" अनंत ने कहा और बाहर निकल गया। सृष्टि की आंखों से तेजी से टप टप करके मोटे मोटे आंसू गिरने लगे। किसी ने पहली बार उसके दर्द को समझा था। अनंत लडका होकर भी यह सब कर रहा था तो आज पहली बार उसे वो दुनियां का सबसे अच्छा इंसान लग रहा था। वो सिसकते हुए उठी और उसने वो कटोरा उठा लिया। उसमें गर्म गर्म सूप था। उसने रोते हुए एक चम्मच उठा लिया और पीने लगी। मगर इसी के साथ उसके हाथ उस कटोरे पर कस गए और आंखों से सैलाब कुछ इस तरह बहा मानों अंदर भरा सारा दुख निकल रहा हो। तभी अनंत एक बोतल हाथ में लेकर आया मगर सृष्टि को इस तरह रोता देख वो चौंक गया। वो उस ओटे की रेलिंग पर खड़ा हो

गया। अंदर से सृष्टि के सिसकने की आवाज न जाने क्यूं उसे खुद भी दर्द महसूस हो रहा था। मानों किसी ने उसके सीने में खंजर घोंपा हो और उससे रक्त की एक एक बूंद रिस रही हो। जितनी बार अंदर से सिसकने की आवाज आती उतनी बार उसे महसूस हो रहा था मानों वो खंजर कोई घुमाते जा रहा हो। उसके हाथ रेलिंग पर कस गए। उसे उस पीड़ा का अहसास क्यों हो रहा था जो उसका था ही नहीं। जिस हाथ को वो सदियों पहले काटकर फेंक चुका था वो क्यों अब भी उसे पीड़ाएं दे रहा था।

"नहीं! नहीं! नहीं! मैं पीड़ा महसूस नहीं कर सकता। नहीं अनंत तुझे किसी का दर्द महसूस नहीं होना चाहिए।" उसने अपना हाथ रेलिंग पर मार दिया। उसकी आंखें कस कर बंद हो गई मगर अगले ही क्षण उसने आंखें खोली तो उसकी आंखें पहले की तरह कठोर और लाल पड़ गई। उसने खुद को संयत किया और सृष्टि के कमरे में चला गया। उसने बोतल वहीं टेबल पर रखी और बाहर आने लगा लेकिन न चाहते हुए भी उसकी नजर सृष्टि के चेहरे पर चली गई जो अब मासूमियत से सो रही थी। अनंत ने कटोरे में नजर डाली तो वो खाली था। उसने सृष्टि को देखा जो सिकुड़ी सी एक छोटी सी जगह पर सोई हुई थी। उसकी पलकें अभी भी भीगी हुई थी और गालों पर आंसुओं ने अपनी गवाही छोड़ी थी। अनंत ने कंबल खींचा और सृष्टि के ऊपर डाल दिया। वो ट्रे और पुरानी बोतल उठाकर बाहर आ गया।

कुछ देर किचन में खटर पटर करने के बाद वो नीचे हॉल के बगल वाले अपने कमरे में आ गया। उसने लैपटॉप खोला और अपना काम करने लगा। हां इस घर में उसका अपना कमरा भी था जहां वो पिछले तेरह सालों से रह रहा था। हालांकि प्रोफसर अपार्टमेंट उसे बहुत पहले ही मिल चुका था लेकिन

सृष्टि के मॉम डैड ने उसे कभी यहां से जाने नहीं दिया लेकिन जब वो यूएस गए तो वो खुद इस घर से प्रोफसर अपार्टमेंट शिफ्ट हो गया था।

रात के एक बज चुके थे जब वो अपने काम से फ्री हुआ। उसने लैपटॉप बंद किया और पानी लेने किचन में आया। मगर फिर उसकी नजर सृष्टि के कमरे में चली गई। उसने गहरी सांस छोड़ी और न चाहते हुए भी सीढियां चढ़ गया। उसने अंदर झांका तो सृष्टि गहरी नींद में थी। उसने दरवाजा हल्का सा खींच दिया और वापस अपने कमरे में आ गया। वो बिस्तर पर बैठ गया। न जाने क्यों वो कितना ही शख्त व्यवहार कर ले सृष्टि से लेकिन कुछ था जो आज भी उसे ये करने से रोकता था। वो लेट गया। उसने अपनी आंखों पर बाजू रखी और नींद के आगोश में चले गया।

****

सुबह के छह बजे का समय था जब सृष्टि की नींद खुली। वो कमरे से बाहर आई और अब ठीक महसूस कर रही थी। वो सीढ़ियों से नीचे उतरी और किचन में चली गई। उसने ब्रेड निकाले और साथ में चाय चढ़ा दी। तभी उसकी नजर किचन की खिड़की के बाहर गार्डन में पड़ी। अनंत वहां ध्यान मुद्रा में बैठा था। उसने सिर्फ एक काले रंग की पतलून पहनी थी। उसका अच्छा खासा गठीला शरीर और उभरी हुई मांसपेशियां बता रही थी कि ये उसके रोज के योगासन और व्यायाम का परिणाम था। सृष्टि उसे घूरती रही लेकिन तभी उसकी नजर अनंत की पीठ पर चली गई। जहां पर एक सुनहरे रंग का गरुड़ का टैटू बना हुआ था जो उसकी लगभग आधी पीठ पर था। सृष्टि को अचंभा हुआ। अनंत को उसने बिना शर्ट के आज से पहले कभी नहीं देखा था। हालांकि वो

जानती थी कि अनंत अपने व्यायाम के लिए बहुत गंभीर रहता था लेकिन आज पहली बार उसने उसे सामने से देखा था। वो उस गरूड़ के बने टैटू को ध्यान से देख रही थी जिसकी आंखें बन्द थी मानों वो सो रहा हो। "मिस्टर भूतनाथ को टैटू बनाने का शौक भी है?" वो खुद में बड़बड़ाई और उसने फिर उस टैटू को देखा। अब उसकी पीले रंग की आंखें खुली थी। सृष्टि की आँखें बड़ी हो गई। उसने एक दो बार अपनी आंखों को मिचोड़ा। मगर फिर भी उस गरूड़ की आंखें खुली थी। "शायद मुझे हेल्यूजिनेशन हो रहा है।" सृष्टि ने अपने सिर पर हल्की सी चपत लगा दी। उसने फिर से गर्दन घुमाई और उस गरूड़ ध्यान से देखा। वो पीली आंखें ऐसी थी मानों वो सृष्टि को ही देख रही हों और उसे अंदर तक भेद रही हों। बहुत ही सजीव। उसे एक अजीब सी घबराहट हुई। उसने अपनी नजरें झुकाई परन्तु अगले ही क्षण उसने पलकें उठाई तो वो पीली आंखों चमक उठी। सृष्टि चिल्ला उठी और मुंह पट हाथ रख के नीचे फर्श पर बैठ गई। उसकी धड़कनें इतनी तेज हो चुकी थी कि उसे महसूस हो रहा था कि आज उसे हर्ट अटैक आते आते बचा है। बाहर अनंत ने जैसे ही उसकी चीख सुनी उसकी आंखें खुल गई। उसने अपनी काली रंग की फुल बाजू वाली टीशर्ट पहनी और तेजी से अंदर आ गया।

"नो! नो! नो! वो सच नहीं था। जरूर मुझे कुछ भ्रम हुआ है। दिस इज ए हेल्यूजिनेशन। सृष्टि जस्ट रिलैक्स। बट,,, बट वो,,वो,, रियल लग रही थी। सृष्टि क्या वो आंखें सच में तुझे देख रही थी?" वो खुद से पागलों की तरह बड़बड़ाई।

"क्या हुआ? तुम नीचे क्यों बैठी हो? एंड वाई आर यू साउटिंग?" अनंत ने कहा तो सृष्टि ने सिर उठाया। उसकी आंखों में डर भरा हुआ था। वो तुरंत खड़ी हो गई।

“वो,,,,,वो,,,, आपकी पीठ! व,,,, व,,,,वहां पे दो,,,,दो आंखें।”

“व्हाट नॉनसेंस।” अनंत चीख उठा। “जाओ यहां से, ब्रेकफास्ट मैं खुद तैयार कर लूंगा।” अनंत ने थोड़ा तेज आवाज में कहा तो सृष्टि कांप गई। वो धीरे से बाहर निकल गई तो अनंत ब्रेड टोस्ट बनने लगा। उसने वो चाय हटाई जो अब खिट चुकी थी और सृष्टि के लिए दूसरी चाय चढ़ाई। वहीं बाहर डाइनिंग टेबल पर बैठी सृष्टि ब्लैंक हो चुकी थी। उसने हल्के से गर्दन पीछे करके किचन में नजर डाली जहां अनंत उसकी ओर पीठ करके खड़ा था। मगर टी शर्ट होने की वजह से टैटू देख पाना मुश्किल था।

“सृष्टि शायद कल का दर्द तेरे सिर चढ़ गया है। जो तू कुछ भी इमेजिन कर रही है।” वो बड़बड़ाई मगर तभी अनंत ब्रेड और चाय बनाकर ले आया और उसने प्लेट सृष्टि के आगे रख दी। वो अपना बैग उठा के जाने लगा।

“आप ब्रेकफास्ट नहीं करेंगे?” पीछे से सृष्टि ने कहा तो गहरी सांस छोड़कर वो उसकी ओर मुड़ा।

“ये मेरा खाना नहीं है। आई एम ए स्नेक लवर एंड ईट ओनली स्नेक्स विद पॉयजन।” अनंत ने कहा तो सृष्टि के हाथ से ब्रेड छूट गया। अनंत तेजी से बाहर निकल गया जबकि सृष्टि उसे तब तक देखती रही जब तक वो आंखों से ओझल नहीं हो गया।

“ये क्या कहकर गए हैं? स्नेक्स लवर ! पीरियड मुझे हुए हैं और मूड स्विंग भूतनाथ का हो रहा है! बट ही इज रियली डेंजरस। पता नहीं क्यों अब लगता है प्रोफेसर साहब

जैसा दिखते हैं वैसे हैं नहीं और वो टैटू? सच में अजीब था यार, ये बंदा ही अजीब है।"

सृष्टि खुद में बड़बड़ाई, मगर तभी कमला आ गई तो सृष्टि को अब जाके चैन मिला।

★★★★

अध्याय ५

दस बज गए थे जब सृष्टि कॉलेज पहुंची। वो लैब ऑफिस में पहुंची तो बाकी के स्कॉलर्स भी पहुंच चुके थे हालांकि अनंत अभी भी यहां नहीं था। शायद वो एचओडी सर के साथ एक मीटिंग में था। सभी स्कॉलर्स अपने अपने काम में व्यस्त थे मगर सृष्टि के आते ही शिखा और छवि की खुसर फुसर चालू जरूर हो गई थी। सृष्टि के लिए ये कोई नई बात नहीं थी। ये तो उसके स्कूल टाइम से ही होता आया था इसलिए अब उसे कोई फर्क भी नहीं पड़ता था। उसने एक नजर कुशाल को देखा जो यामिनी और वीर के साथ कुछ ग्रुप डिस्कशन कर रहा था। उसने सृष्टि के आने से कोई प्रतिक्रिया नहीं जताई तो वो आके सीधे ऋषभ के बगल में बैठ गई।

“हो गया, निहार लिया अपने प्रिय बॉयफ्रेंड को? कर लिया मूड़ खराब? स्टुपिड।” ऋषभ ने थोडा चिढ़काट कहा तो सृष्टि ने मुंह बना लिया।

“अगर मेरा कोई दुश्मन है तो वो तू है।”

"आय हाय हाय हाय हाय। ये सही है, उल्टा चोर कोतवाल को डांटे। अपने दिल तोड़ने के लिए पत्थर भी खुद लेके कुशाल के हाथ में तूने ही दिया है समझे और देखो तो कैसे अपने मासूम से दयालु दोस्त पर इल्जाम लगा रही है। जा एक कटोरी पानी में डूब मर।" ऋषभ कह ही रहा था कि कुशाल आके उन दोनों के आगे खडा हो गया। सृष्टि और ऋषभ ने सिर उठाकर देखा तो ऋषभ ने तुरंत मुंह फेर दिया।

"गुड मॉर्निंग कुश।" सृष्टि हैरानी और प्रसन्नता के मिले जुले भाव से बोली। कॉलेज में कुशाल कभी भी उसके पास इस तरह से नहीं आता था। उसका यहां अपना ही अलग ग्रुप था और वो हर वक्त सिर्फ उनके साथ रहता था।

"सृष्टि जो मैटर तुमने दिया था वो बहुत कम था।" कुशाल ने कहा तो ऋषभ मुंह फेरे हुए ही हल्के से हंस पड़ा। कुशाल ने उसे घूरकर देखा तो सृष्टि ने उसे कोहनी मार दी।

"ओह! आई एम सॉरी। मुझे इतना ही मिल पाया था। बट मैं और ढूंढने की कोशिश करूंगी।" सृष्टि ने सॉरी फील करते हुए कहा।

"इट्स ओके, बट जल्दी कोशिश करना और हां इस सैटरडे को मैं तुम्हें टाइम नहीं दे पाऊंगा। मुझे अपने दोस्तों के साथ ट्रैकिंग पर जाना है। आई होप तुम माइंड नहीं करोगी।" कुशाल ने ठंडे भाव से कहा।

"कोई बात नहीं कुश। हम नेक्स्ट सैटरडे को मिल लेंगे। तुम आराम से जाना और अपना ध्यान रखना।" सृष्टि ने कहा तो कुशाल ने हां में सिर हिलाया। हालांकि सृष्टि का चेहरा हल्का सा उतर गया था। जो भी था सैटरडे का वो बहुत बेसब्री से इंतजार करती

थी। थोड़ी देर के लिए ही सही पर कोई तो था जो उसका इंतजार करता था, कोई तो था जो उसे समय देता था। ऐसा नहीं था कि सृष्टि जानती नहीं थी कि उसका और कुशाल का रिलेशनशिप आम कपल्स की तरह नहीं था लेकिन फिर भी कुशाल इतने सालों से उसके साथ था। वरना कोई नहीं था आज तक, जिसने सृष्टि को कभी अपनी लाइफ में कोई जगह दी हो और यही वजह थी कि वो अब भी कुशाल से उम्मीदें पाले बैठी थी। हां ऋषभ जरूर उसका सबसे बेस्ट फ्रेंड था और फ्रेंड ही क्या वो उसके भाई से भी बढ़कर था। मगर जिस तरह हर लडकी की चाहत होती है कि उसकी लाइफ में कोई खास लडका हो इसी तरह सृष्टि की भी थी। इसमें कहां गलत था।

तभी अनंत लैब में ऑफिस में आया। कुशाल को सृष्टि के पास खड़ा देख उसकी हल्की सी मुट्ठियां कस गई। कुशाल ने भी अनंत को देखा तो उसने अनंत को गुड मॉर्निंग विश किया लेकिन अनंत उसे इग्नोर करते हुए अपनी कुर्सी पर बैठ गया। कुशाल भी जाकर अपनी सीट पर बैठ गया। कुछ समय बाद अनंत लैब मैं रखे कुछ स्टोन टूल्स पर बात कर था और सभी उसके अगल बगल खड़े थे। जबकि सृष्टि अनंत के ठीक पीछे खड़ी थी और उसका ध्यान अनंत के लैक्चर के बजाए उसकी पीठ पर थी। उसे बस सच पता लगाना था कि उसने सुबह जो देखा था वो सच था या उसका भ्रम। उसकी आंखों में अब भी वो गरुड़ का टैटू और उसकी चमकती पीली आंखें घूम रही थी। अचानक अनंत पीछे मुड़ा और सृष्टि से टकरा गया। सृष्टि के हाथ से पेन नीचे गिर गया और वो उसे नीचे से उठाने के बाद खडी हुई तो अनंत टेबल पर एक हाथ टिकाए हल्का सा झुक गया था और उसकी आग उगलती आंखें उसे ही घूर रही थी। सृष्टि कांप गई।

“ये क्या हरकत है सृष्टि? जब सबका ध्यान आगे है तो तुम पीछे खडी कर क्या रही हो? मुझे नहीं लगता कि इस तरह से तुम अपनी थिशिश अगले सौ साल तक भी पूरी कर पाओगी।”

“सौ साल तक जीना भी कौन चाहता है।” सृष्टि बड़बड़ाई लेकिन जब उसने अनंत की ओर देखा तो उसकी आंखों में सृष्टि की मौत लिखी थी। उसने डर के मारे सिर झुका लिया।

“और तुम सब! शाम तक मुझे सबसे एक एक रिपोर्ट चाहिए आज के लैक्चर से रिलेटेड।” अनंत ने सृष्टि को घूरते हुए कहा। “और तुम, तुम्हें जो काम दिया था वो मुझे ऊपर लैब में मेरी टेबल पर चाहिए।” कहकर वो तेजी से बाहर निकल गया।

“यार अनंत सर की दिक्कत क्या है? गलती हर बार सृष्टि करती है और पनिशमेंट हम सबको मिलती है। इस इडियट के चक्कर में हम सबको सुनना पड़ता है।” छवि ने गुस्से से कहा।

“छवि तुम हर चीज के लिए इस डिपार्टमेंट में सृष्टि को ही ब्लेम क्यों करती हो? अनंत सर वो रोज ही कुछ न कुछ काम देते हैं इसमें सृष्टि की क्या गलती है?” ऋषभ भड़क उठा।

“तुम दोनों भाई बहन, तुम्हें तो इस डिपार्टमेंट में होना ही नहीं चाहिए था।” शिखा ने आगे आते हुए कहा।

“क्यों तुम्हारा खरीदा हुआ है ये डिपार्टमेंट?” सृष्टि भी आगे आते हुए बोली लेकिन उसने एक नजर कुशाल को देखा जो एक किनारे खड़े होकर अपना फोन देख रहा था। शिखा हल्के से हंस पड़ी।

“गाइज, बिहेव योरसेल्फ, वी आर इन द लैब ऑफिस। इस तरह आपस में लड़ना कोई अच्छी बात है क्या? स्कॉलर्स हो यार तुम सब, इस तरह नर्सरी के बच्चे भी नहीं करते।” वीर ने उन सबके बीच में पड़ते हुए कहा तो सब पीछे हो गए। असल में यहां वीर सबसे ज्यादा शांत और समझदार लगता था। वो न किसी से गॉसिप्स करता और न ही किसी से फालतू उलझता था। इसी वजह से अगर कभी वो कुछ कहता था तो सब तुरंत मान जाते थे और अभी भी यही हुआ सब पीछे गए। वीर ने एक नजर कुशाल को देखा और अपना सिर हिला दिया।

****

दिन का समय था जब सृष्टि अनंत की लैब में थी। वो अभी उसी रिपोर्ट पर काम कर रही थी जिसके लिए अनंत ने कहा था। अनंत भी अपनी किसी रिसर्च पर काम कर रहा था। वो दूसरी तरफ था और उसकी पीठ थी सृष्टि की ओर। उसकी टेबल पर खूब सारे कागज के साथ साथ कुछ आर्टिफेक्ट्स भी थे जिन्हें वो बीच बीच में बड़े ध्यान से देखता और फिर लैपटॉप में कुछ टाइप करता।

सृष्टि ने गहरी सांस छोड़ी और हल्की सी अंगड़ाई ली। उसकी नजर अब अनंत की पीठ पर चली गई। वो एकदम सीधी हो गई। पहले तो वो गौर से अनंत की पीठ को घूरने लगी लेकिन फिर न जाने उसके दिमाग में क्या खुरापाती जागी कि वो बहुत ही

धीरे से अपनी कुर्सी से उठी और बिल्ली की तरह दबे पांव धीरे धीरे अनंत की ओर बढी। वो अपनी सांसें इस तरह रोककर चल रही थी मानों अनंत को उसकी सांसें भी सुनाई देंगी। वो अनंत के पीछे किसी भूत की तरह खडी हो गई और उसने अपनी ठोड्डी पर एक हाथ रख लिया।

"कैसे देखूं आखिर अनंत सर का वो टैटू? वो सच था या सिर्फ मेरा भ्रम? यार ये डेली सोप की हिरोइन के लिए कितना आसान होता है सब। मैं तो अनंत की शर्ट पर पानी भी नहीं गिरा सकती। वो मेरे सामने शर्ट उतारने से पहले मेरे टुकड़े करके समंदर में फेंक देंगे और तक वहीं पर रहेंगे जब तक मेरे सारे टुकड़े व्हेल न खा जाए। आईडिया तो सही था पानी गिराने वाला लेकिन मुझे एक गिलास पानी के बदले फिर पूरा समंदर दिखाई दे रहा है।" सृष्टि सोच ही रही थी कि अनंत हल्का सा हिला। वो एकदम से उछली और अपनी सीट पर बिजली की तेजी से भी तेज आकर बैठ गई, हालांकि अब उसे अनंत अपने काम में इतना व्यस्त दिख रहा था कि अनंत को शायद ही अंदाजा हो कि सृष्टि क्या खिचड़ी पका रही है।

इधर सृष्टि की सांसे किसी ब्लैडर की तरह फूल रही थी। उसने दो तीन गहरी गहरी सांसें लेकर खुद को संयत किया।

"सृष्टि, अनंत सर को तेरी हरकतों का जब पता चलेगा तब चलेगा लेकिन तू खुद की हरकतों से पहले मारी जायेगी। हद है यार तेरे लिए वो अब हिले डुले नहीं अपनी सीट पर? इतना भी क्यों डरती है उनसे? जैसे वो कोई इंसान न होकर कोई वैंपायर

हों! एक मिनट! सृष्टि, कहीं सच में अनंत सर वैंपायर तो नहीं? कहीं इन्हें मेरा खून! नहीं नहीं नहीं।" सृष्टि ने अपनी दोनों हथेलियों से अपने गले को ढक दिया।

"मेरा खून मीठा नहीं है। मुझे तो मच्छर भी नहीं काटते क्योंकि ये बहुत कड़वा है, याक। इसे टेस्ट मत करना अनंत सर।"

"ये तुम क्या कर रही हो?" तभी सृष्टि के आगे खड़ा अनंत बोला तो सृष्टि चौंक गई।

"हां! ,,, मैं?,,,, मैं क्या कर रही थी?" सृष्टि अभी भी उसी मुद्रा में अनंत को देख रही थी। अनंत ने भी कुछ कहने के बजाए सीधे उसके हाथों की ओर देखा जो उसकी गर्दन पर थे। सृष्टि को उसकी नजरें महसूस हुई तो उसने तुरंत अपने हाथ हटाए।

"व,,,व,,वो,,, मैं बस,,,,बस वो गर्दन, हां गर्दन हल्की सी अकड़ गई थी। बिलकुल आपकी तरह।" अंत के शब्द सृष्टि ने बहुत धीरे कहे।

"कुछ कहा तुमने?" अनंत की आंखें छोटी हो गई।

"न,,न,,, नहीं कु,,, कुछ भी नहीं। वो थोड़ा कमरा अंधेरा नहीं लग रहा। मेरा मतलब रोशनी थोड़ा कम लग रही है लैब में।" सृष्टि को खुद भी नहीं पता था कि वो क्या बके जा रही थी। अनंत का डर उसके सिर ऐसे बैठा था कि वो अपने शब्दों को लगाम नहीं दे पा रही थी।

"लगता है तुम्हें पीएचडी की नहीं किसी झाड़ फूंक की जरूरत है।" अनंत ने कहा तो सृष्टि ने तुरंत उसकी ओर देखा।

“मुझे शाम तक रिपोर्ट चाहिए दैटस इट।” अनंत ने कहा और वहां से सिर हिलाता हुआ वापस अपनी कुर्सी पर बैठ गया। सृष्टि ने अपने सीने पर हाथ रख लिया।

“थैंक गॉड बच गई। भई क्या बंदा है! इंसान तो अनंत सर की मौजूदगी से ही आधे प्राण गवां दे।” उसने बड़बड़ाते हुए एक नजर फिर से अनंत की पीठ की ओर देखा तो उसके दिमाग में पानी वाला आईडिया फिर से कौंध गया। लेकिन उस एक गिलास पानी के साथ उसे अब समंदर की लहरें अपनी ओर बढ़ती हुई दिखी, उसके एक गिलास पानी पर समंदर ने अपनी लहरें फेर दी।

शाम के पांच बजने को थे और बाहर हल्का अंधेरा होने को था। मगर अनंत के साथ सृष्टि अब भी उसी लैब में मौजूद थी। दोनों ही अपने अपने काम में व्यस्त थे। सृष्टि की नजर एक बार फिर अनंत की पीठ पर चली गई। उससे अब बिल्कुल नहीं रहा गया। उसे उस गरुड़ के बारे जानना था कि वो कितना सच था। उसने एक बार फिर से ट्राई मारने का सोचा। वो फिर से किसी बिल्ली की भांति सांसें थामे धीरे धीरे दबे पांव अनंत की ओर बढी और फिर से उसके पीछे किसी भूत की तरह खडी हो गई।

अनंत के ठीक आगे एक लंबी सी बड़ी टेबल थी और टेबल पर काफी सारी चीजें बिखरी थी, जो लैब टैस्ट के काम आती थी। टेबल के ठीक दूसरी ओर से उससे चिपककर कांच की दीवार के अंदर आर्टिफेक्ट्स थे वो दीवार काले रंग की थी ताकि आर्टिफेक्ट्स और अच्छे से दिख सकें और सृष्टि इस वक्त इस बात से बिल्कुल अंजान थी उसकी हरकतें उस कांच में साफ दिखाई दे रही थी। वो अब भी अनंत की पीठ को घूर रही थी। वो कैसे पता लगाए उस टैटू के बारे में। अचानक सृष्टि की नजर उस कांच

पर पड़ी जहां उसे एक परछाई दिखाई दी। वो चिल्ला उठी और इसी चक्कर में उलझ कर नीचे गिर पड़ी। अनंत बहुत आराम से उठा और कमर पर हाथ रखे खड़ा हो गया।

"अब क्या हुआ?" अनंत ने बिलकुल शांत और गंभीर आवाज में पूछा।

"वो,,,,वो,,,,वो उस कांच पर एक परछाई!!!"

"वो तुम्हारी थी। तुम जो ये भूतों की तरह बार बार मेरे पीछे खड़ी हो रही हो ये उसी की परछाई है।" अनंत ने शांत आवाज में कहा।

"आपको,, कैसे,,पता?" सृष्टि के मुंह से टूटे हुए शब्द निकले।

"वो कांच है और इसके पीछे काला पेंट इसलिए वो हल्के अंधेरे में मिरर की तरह काम करता है लेकिन मुझे लगता है तुम सच में ठीक नहीं हो। अब सच सच बताओ क्या करना चाहती हो? और क्यों बार बार चोरों की तरह मेरे पीछे खड़ी हो रही हो?" अनंत ने खुद के गुस्से को काबू करते हुए कहा।

"म,,म,,मैं,,,,क्या करना चाहूंगी। मैं तो वो,,,वाशरूम।"

"वाशरूम मेरे सिर के ऊपर है क्या?" इस बार अनंत सच में चिल्ला उठा तो सृष्टि ने अनंत के गुस्से को देखते हुए फटाफट न में सिर हिला दिया।

"तो खड़ी क्यूं हो मेरे सिर पर? जाओ यहां से।" अनंत ने आदेश दिया वो तेजी से भाग गई। अनंत ने अपना सिर ऐसे पकड़ा मानों वो सृष्टि को कितना झेल रहा हो।

इधर सृष्टि बाथरूम में आई और कुछ देर तो उसे खुद को संयत करने में ही लगा। एक बात तो थी जबसे सृष्टि पीएचडी करने लगी थी वो अनंत से थोडा बहुत बोलने लगी थी। दसवीं के बाद शायद ही अनंत ने कभी उसके साथ कुछ ज्यादा बात की हो। खासकर जबसे कुशाल उसकी लाइफ में आया था। तबसे अनंत ने उससे दूरी बना ली थी। अब वो क्या वजह थी ये तो अनंत ही जानता था और तबसे ही वो सृष्टि से कुछ ज्यादा ही चिढ़ने लगा था। अब वो कुशाल से चिढ़ता था या सृष्टि से, ये भी वही जानता था लेकिन इसका असर ज्यादा सृष्टि पर ही पड़ा था। भले ही उसने तेरह साल से उसे रोज दो घंटे पढ़ाया था लेकिन सिर्फ सृष्टि के मॉम डैड की वजह से।

उसने एक गहरी सांस छोड़ी और वाशरूम से बाहर आ गई। वो वापस लैब में आई तो अनंत अभी भी अपनी कुर्सी पर बैठा लैपटॉप में कुछ टाइप कर रहा था। वो चुपके से अपनी सीट पर बैठ गई लेकिन उसकी नजर फिर से अनंत की पीठ पे चली गई।

"तुम मेरी पीठ को घूरना बंद करोगी?" अनंत ने बिना पीछे मुड़े कहा। उसकी आवाज से ही लग रहा था कि उसने अपना गुस्सा किस हद तक काबू किया हुआ था। सृष्टि हैरान हो गई। आखिर इस बंदे की पीठ पे भी आंखें हैं क्या। वो सोच ही रही थी जब किसी ने दरवाजा खटखटाया।

"कम इन।" अनंत ने कहा तो वान्या अंदर आ गई।

"हैलो अनंत!" वान्या ने कहा तो अनंत ने भी उसका जवाब दिया।

“प्लीज सिट।” अनंत ने कहा तो वान्या अनंत की ठीक सामने वाली कुर्सी पर बैठ गई।

“कुछ काम था वान्या मैम?” अनंत ने लैपटॉप बंद किया। इधर सृष्टि भी चोर नजरों से उन दोनों को देखने लगी।

“प्लीज अनंत कितनी बार कहा है मुझे सिर्फ वान्या बोला करो। ये मैम अच्छा नहीं लगता।” वान्या ने कहा तो उसकी नजर अचानक सृष्टि पर चली गई जो एक कोने में बैठी थी। उनकी आवाज सृष्टि तक कुछ ज्यादा नहीं पहुंच रही थी।

“ओह तो तुम्हारी स्टूडेंट भी यहां पर है! तुम यहां किसी को आने नहीं देते हो वैसे! ये कुछ खास है क्या?” वान्या ने कहा तो अनंत ने गहरी सांस छोड़ी।

“शी इज केयरलेश, सो आई कीप एन आई ऑन हर। पीएचडी है कोई प्ले स्कूल नहीं कि बस खेल के वापस आ जाएं।” अनंत ने कहा तो वान्या के होंठों पर मुस्कान आ गई।

“यस यू आर एब्सल्युटली राइट। तुमने ही पता नहीं क्यों उसकी जिम्मेदारी ली है?” वान्या ने थोडा मुंह बनाते हुए कहा।

“आपको कुछ काम था?”

“आआ वो।” अनंत के सीधे सवाल से वान्या थोडा अटक गई थी।

“इफ यू डोंट माइंड, बट आई एम वैरी बीजी राइट नाउ। कैन वी टॉक लेटर?” अनंत ने कहा तो वान्या का चेहरा एकदम काला पड़ गया, शायद इसलिए भी कि सृष्टि वहां पर थी।

“वो अगर तुम शाम को फ्री हो तो क्या तुम डिनर पर आना चाहोगे मेरे साथ? मुझे बहुत खुशी होगी।” वान्या ने रूक रूक कहा। वो अनंत का व्यवहार जानती थी। अनंत कुछ पल चुप हो गया तो वान्या की उम्मीद बढ़ गई और बहुत कान लगाने के बाद सृष्टि ने बात सुन ही ली। उसका मुंह हल्का सा खुल गया।

“डिनर! वो भी अनंत सर के साथ! लगता है वान्या मैम को अपनी जान की फिक्र नहीं है। अनंत सर आपको ही खा जायेंगे मैम। वैसे भी उन्हें स्नेक्स और पॉयजन पसंद है और वो आपके अंदर मुझे कुछ ज्यादा ही दिखाई देता है।” सृष्टि ने हाथ से सांप का फन बनाया लेकिन वो अभी भी इस बात से अनजान थी कि अनंत उसकी सारी हरकतों को अपनी आगे कांच में देख रहा था। जहां सृष्टि का बनाया हुआ अड़ा तिरछा मुंह साफ दिख रहा था। उसकी हरकतों पर अनंत को हल्की सी हंसी आ गई। उसने अपनी हथेली को अपने मुंह पर रख लिया जिससे उसने पेन पकड़ा हुआ था। हालांकि अपने व्यवहार के अनुकूल उसने तुरंत अपनी हंसी पर काबू किया और हल्का सा मुस्करा गया। उसकी मुस्कान देखते ही वान्या खुश हो गई। शायद उसने अनंत को मना ही लिया था डिनर के लिए। ये वान्या का दिमाग कह रहा था।

“तो तुम आ रहे हो न?” वान्या उत्साहित होकर बोली।

“नहीं। आई एम सॉरी। मुझे शाम को काम है। वैसे भी मैं शाम को सिर्फ हल्का खाना लेता हूं वो भी सात बजे से पहले। तुम डिनर विकास के साथ जा सकती हो।” अनंत ने कहा तो वान्या का चेहरा हल्का उतर गया। उसने कुछ कहना ही चाहा था कि अनंत ने उसे फिर से टोक दिया।

“एंड मिस वान्या प्लीज आई एम सॉरी बट अभी मेरी रिसर्च पर काम चल रहा है। आई होप आप अब दोबारा मुझे डिस्टर्ब नहीं करेंगी।” अनंत ने कहा तो वान्या का चेहरा अब गुस्से से और ज्यादा काला पड़ गया। हालांकि उसने खुद को सामान्य दिखाने की पूरी कोशिश की। उसे अनंत के सीधे मना करने की उम्मीद नहीं थी। वान्या को ये भी लग रहा था कि सृष्टि के सामने उसकी इंसल्ट हो गई।

“ओके अनंत बाद में मिलते हैं।” वान्या ने उतरे हुए चेहरे से कहा और सृष्टि को ऐसे घूरा मानों उसी ने डिनर के लिए मना किया हो। वो दनदनाते हुए बाहर निकल गई।

“यस।” सृष्टि ने हाथ को हल्के से किसी विजेता की तरह घुमाया तो अनंत ने उसे दीवार के शीशे में देख लिया। थोडी ही देर बाद सृष्टि अपना सामान समेट कर बाहर आ गई। अनंत शायद पहले ही जा चुका था। मगर उसके जाते ही दो लोग वहां पर भूत की तरह प्रकट हुए। ये वही थे जो उस दिन शॉपिंग स्टोर के बाहर बेंच पर बैठे हुए थे।

“आपको क्या लगता है गुरुदेव? क्या वो कुछ याद कर पाएगी?” वाहिनी ने कहा।

“तनिक धैर्य रखो वाहिनी। वो वही है तो कभी न कभी उसे याद आएगा ही। अभी हमें उस नकारात्मक ऊर्जा का स्रोत पता लगाना है।” गुरु शाश्वत ने कहा।

“परंतु गुरुदेव आपको युवराज के व्यवहार पर संदेह नहीं होता? जिस तरह से वो आज मुस्कुराए हमें कुछ विचित्र सी अनुभूति हुई। उनके बारे में यही प्रचलित है कि उनकी मुस्कान सदियों से किसी ने नहीं देखी।” वाहिनी थोडी उत्सुक होकर बोली।

“व्योम पर विश्वास रखो। व्योम के लिए सबसे पहले उसका संसार आता है। हमें बस उसको सुरक्षित रखना है। यहां हमारा सिर्फ इतना ही काम है कि हम उन दोनों को सुरक्षित रखें और उस नकारात्मक ऊर्जा के स्रोत को ढूंढे। बाकी व्योम पर छोड़ दो।” गुरु शाश्वत ने कहा तो वाहिनी ने हां में सिर हिलाया और फिर वो दोनों उसी तरह वहां से गायब भी हो गए।

इधर नीचे सृष्टि जैसे ही नीचे आई उसे ऋषभ गलियारे में ही मिल गया।

“मैं तुझे ही फोन करने वाला था। वरना तू फिर कहीं रास्ते में पड़ी मिलती।” ऋषभ ने कहा तो सृष्टि ने उसे एक चपत लगा दी।

“पड़ी मिलती से क्या मतलब है तेरा? कोई दारूबाज हूं क्या मैं? जो कहीं नाली में पड़ी मिलूंगी।” सृष्टि ने कहा और आगे बढ गई।

“अरे मैं तो तेरे अंधेरे के फोबिया की बात कर रहा यार। फालतू में हाथ चलाती रहती है।”

“बाकी सब चले गए?”

“बाकी सब से क्या मतलब? कुशाल?” ऋषभ ने कहा तो सृष्टि ने सिर हिलाया।

“वही है एक जिसके बारे में तू पूछेगी। जिसको की तेरे होने न होने से कोई फर्क पड़ता हो।” ऋषभ ने कहा तो सृष्टि ने उसे घूरकर देखा।

“चले गया यार कब का। अपने दोस्तों के साथ।” ऋषभ ने कहा तो सृष्टि ने एक दबी हुई सांस छोड़ी और आगे बढ गई। ऋषभ भी सिर हिलाता हुआ उसके पीछे चले गया।

हिलाया।

वो दोनों ग्राउंड से होते हुए जा रहे थे जब उन्होंने उधर से गुरु शाश्वत और वाहिनी आते हुए दिखे। गुरु शाश्वत ने एक काले रंग का लबादा पहना हुआ था।

“वाउ यू लुक हैंडसम अंकल। इस उम्र में भी इतने फिट। लगता है बाबाजी पैसे वाले हैं।” सृष्टि उनके पास से चलते हुए बोली और उसने गुरु शाश्वत को थम्स अप दिखा दिया।

“देखा बुढ़ऊ को, कितने डैशिंग लग रहे हैं उस लबादे में भी। तुम सारे लडके पता नहीं क्यों ही इस धरती पर बोझ बने हुए हो।” सृष्टि ने ऋषभ को चिढ़ाया और दोनों हंसते हुए आगे निकल गए।

“वो आपको बुढ़ऊ कहकर गई!” वाहिनी ने गुरु शाश्वत के पीछे चलते हुए कहा।

“उसने अंग्रेजी भाषा में हमारी प्रशंसा भी की और हम बूढ़े नहीं हैं समझी। अभी तो हमें सिर्फ पच्चीस सौ वर्ष हुए हैं। हम अभी भी युवकों की भांति सुंदर हैं।” गुरु शाश्वत ने अभिमान से कहा।

"पच्चीस सौ वर्ष कम लगते हैं आपको?" वाहिनी की मुख पर अचंभे के भाव थे।

"हम अमरता प्राप्त गुरु हैं। तुम नए शिष्य ये भूल क्यों जाते हो?"

"हां हां हम जैसे नए नए शिष्यों को परेशान करने के लिए आपको ही चुना गया था?" वाहिनी ने धीरे से कहा तो गुरू शाश्वत ने उसे घूरकर देखा। वाहिनी तुरंत सतर्क हो गई।

"हम यहां जिस कार्य हेतु आए हैं वाहिनी उसके ऊपर अधिक ध्यान केंद्रित करो।" गुरु शाश्वत ने कहा तो वाहिनी ने आज्ञाकारिता से सिर झुकाया।

"वीजे तू चल, मैं कुछ देर में आई।" सृष्टि ने कहा तो ऋषभ ने तुरंत उसकी ओर शकी नजरों से देखा।

"तू कहां जा रही है अभी?"

"हर बात तुझे बताना जरूरी नहीं समझती मैं।" सृष्टि ने कहा और तुरंत साइड के गेट से बाहर निकल गई। ऋषभ ने सिर हिलाया और अपने रास्ते निकल गया।

इधर अनंत भी अपने अपार्टमेंट पहुंच चुका था। उसने डोर अनलॉक किया और सीधे अंदर घुस गया। मगर हॉल में पहुंचते ही उसके कदम रूक गए। उसने अपनी नजरें इधर उधर घुमाई तो सब साफ था। उसे कुछ भी विचित्र नहीं लगा। उसने सिर हिलाया और डोर बंद करके अपना बैग सेंटर टेबल पर रखा और सोफे पर पसर गया। उस हॉल की चारों ग्रे रंग की दीवारों में से ठीक सामने की एक दीवार पर एक बड़ी सी पेंटिग थी। जिसमें एक पहाड़ी से बहता हुआ झरना था। जो नीचे समतल में आकर कहीं गुम हो जा

रहा था। पेंटिग में भी काले और ग्रे रंग के अलावा कोई और रंग नहीं था। उस पेंटिग में बने पेड़ भी सूखे और काले पड़ चुके थे और धरती पर सिर्फ राख बिखरी थी। उसी पेंटिग के ठीक नीचे ड्रॉअर थे जिनके ऊपर दो कांटेदार पौधे थे। वो कांटे कुछ ज्यादा ही नुकीले और धारदार थे। अगर किसी को लग जाएं तो आधा मांस निकालने की क्षमता रखते थे। अनंत ने सिर पीछे सोफे पर टिकाया और आंखें बन्द कर दी। उसकी आंखों में कुछ स्मृतियां तैर उठीं।

"क्या आप वास्तव में ज्वाला युवराज हैं? आप हमें युवराज कम और किसी गाथा के खलनायक की अनुभूति अधिक दे रहे हैं।" रत्नावती ने कहा तो व्योम के होंठों पर एक टेढ़ी मुस्कान आ गई।

"ओह! फिर तो हम क्षमाप्रार्थी है राजकन्या जी, क्योंकि हम किसी गाथा के खलनायक नहीं, बल्कि वास्तविक खलनायक हैं। इसलिए, हम आपको दो विकल्प देते हैं: या तो हमारे साथ प्रेम पूर्वक चलिए या फिर हमारी तलवार आपको हमारे साथ आने पर विवश करेगी।"

"आप होते कौन हैं हमें विकल्प देने वाले? अगर हमने आपके साथ चलने से इनकार कर दिया तो?" रत्नावती ने अपनी तलवार पर हाथ रख लिया, तो व्योम हल्के से हंस पड़ा।

"तो आप हमसे युद्ध करना चाहती हैं?"

"और आप भयभीत हो रहे हैं?" रत्नावती के नेत्रों में अग्नि भड़क उठी, तो व्योम फिर से हंस पड़ा।

"जीवित तो हम आपके साथ चलेंगे नहीं। हमारी अन्तिम सांसों तक आप हमें हाथ भी नहीं लगा सकते, ज्वालायुवराज।"

"आपके साथ लड़ने के लिए हमें किसी तलवार की जरूरत भी नहीं है। आप तो हमारी एक ही फूंक से उड़ जायेंगी।" व्योम ने लापरवाही से कहा।

"स्वप्नों में जीना छोड़ दीजिए, ज्वालायुवराज! सार्थकता को स्वीकार कीजिए, क्योंकि मृत्यु आपके सिर पर खडी है। वैसे भी हम जानते हैं, आप अपनी शक्तियों का इस्तेमाल करेंगे, क्योंकि धोखा देना तो आपके कुल का परंपरागत कार्य है।" रत्नावती ने कठोर शब्दों में कहा, और उसके हाथ में उसकी तलवार कस गई, जैसे कि वो अपने क्रोध को दबाने की कोशिश कर रही हो। व्योम ने भी अपने हाथ को हल्का सा झटका दिया, और उसकी चमचमाती तलवार उसके हाथ में लहरा गई। मानों वो अपनी शक्ति का प्रदर्शन कर रहा हो।

रत्नावती ने उस तलवार को आश्चर्य से देखा, उसका चेहरा अत्यधिक कठोर पड़ गया। उसके भीतर का क्रोध और आश्चर्य एक साथ उभर आया था। वो इस तलवार को अच्छे से पहचानती थी, क्योंकि यह उसके पूर्वजों की तलवार थी, जिसे कई वर्षों पहले चोरी कर लिया गया था। इसकी भयानक शक्तियों के कारण, इसे धरती में गाढ़ दिया गया था, उनके महल के शाही बगीचे में, और वहां एक मंत्र से इसे सुरक्षित किया गया था, लेकिन फिर भी ये चोरी हो गई थी। ये बहुत ही शक्तिशाली तलवार थी, जिसकी

शक्ति के आगे कोई नहीं टिक सकता था। इस तलवार को सिर्फ इसके वंशज ही हाथ लगा सकते थे और वो भी सिर्फ एक युवराज या मुख्य राजकुमारी। यह तलवार आग उगलती थी और जहां पर यह तलवार लग जाए वो घाव कभी ठीक नहीं होता था। रत्नावती उस तलवार को देखती रही, उसके नेत्र आश्चर्य और अविश्वास से भरे हुए थे। उसे अभी भी यकीन नहीं हो रहा था कि ये तलवार व्योम के पास कैसे गई और कैसे व्योम इसे आसानी से नियंत्रण कर पा रहा था।

"अभी भी समय है, आप बिना किसी हानि के हमारे साथ आ सकती हैं।" व्योम ने कहा तो रत्नावती के हाथ में उसकी तलवार और कस गई। व्योम मुस्कुरा गया।

"क्या आप तैयार हैं रत्ना?" व्योम ने कहा।

"आप शायद भूल रहे हैं कि एक राजकन्या को सम्मान कैसे दिया जाता है?"

"आप ज्वालायुवराज के सामने तलवार लेकर खड़ी हैं रत्ना, ये आश्चर्य की बात है! वरना ज्वालायुवराज के आगे कौन है जो खड़ा भी हो पाए, इसलिए हम आपको अपने ही बराबर सम्मान दे रहे हैं। कहीं न कहीं आप हमारी साथी हुई न?"

"आप और साथी! ज्वालाघाटी और उदयघाटी कभी साथी नहीं हो सकते।" कहते हुए रत्नावती ने अपनी तलवार लहरा दी और व्योम की ओर बढ़ गई। व्योम ने तुरंत जवाब दिया और दोनों की तलवार आपस में टकरा गई। एक जोरदार धमाका हुआ।

अनंत की आंखें झटके से खुल गई। वो जोर जोर से हांफने लगा, मानों वो अभी अभी एक रेस लगाकर आया हो। वो उठा और सीधे बाथरूम में घुस गया।

कुछ देर बाद ही वो बाथरूम से बाहर आया। उसने अपने शरीर पर सिर्फ एक तौलिया लपेटा हुआ था। उसके शरीर पर कई चोटों के निशान दिख रहे थे, जैसे कभी उसका कोई भयानक एक्सीडेंट हुआ हो। उसके बाल गीले थे और उनसे पानी की बूंदें टपक रही थी। वो कमरे में आया लेकिन अचानक ठिठक गया। उसने पूरे कमरे में नजर घुमाई और उसकी नजर खिड़की के पास ठहर गई जहां काले रंग का परदा लगा था। उसकी नजरें कठोर हो गई। वो धीरे धीरे आगे बढ़ा और उसने तुरंत परदा हटा दिया। परदे के पीछे सृष्टि सिकुड़ी हुई सी खड़ी थी और अब वो जानती थी कि आज उसकी लाश ही निकलेगी इस कमरे से बाहर। अनंत ने अपने दोनों हाथ अपनी कमर पर रख लिए। उसने कुछ कहने से पहले खुद को शांत करने का भरपूर प्रयास किया।

"अब तुम खुद सच कहोगी या मैं अपने तरीके से सच उगलवाऊं?"

"बताती हूं बताती हूं आप पहले अपने कपड़े पहन लीजिए।" सृष्टि ने कहा तो अनंत को अब होश आया कि उसके बदन पर सिर्फ एक तौलिया है। उसने कुछ कहने के बजाए हाथ घुमाया तो सृष्टि उस परदे में पूरा उलझ गई। जितनी देर में वो परदे से बाहर निकली अनंत कपडे पहन चुका था। काले रंग की फुल बाजू वाली टी शर्ट और ग्रे रंग का पजामा पहने अनंत के माथे पर बिखरे बालों से अब भी पानी टपक रहा था। सृष्टि को हैरानी हुई। अभी तो एक मिनट भी नहीं हुआ था। "ये इन्सान है या जादूगर?" सृष्टि ने खुद से ही सवाल किया।

"क्या करने आई थी यहां? चल क्या रहा है तुम्हारे इस गधे जैसे दिमाग में?" अनंत ने बेहद सर्द आवाज में कहा तो सृष्टि को अपने हाथों के रोंगटे खड़े होते हुए महसूस

हुए। जिस तरह अनंत की आवाज थी वो जानती थी आज उसकी हरकत के लिए अनंत उसका कत्ल भी कर सकता था।

"आ,,,आ,,,आई,,,ए,,एम सॉरी। व,,वो,,म,,,म,।" सृष्टि बुरी तरह से हकला गई।

"जस्ट टेल मी डैम इट।" अनंत चीख उठा तो सृष्टि अंदर तक कांप गई।

"ये आ आ ऊ ऊ ई ई नहीं सुनना मुझे और हां झूठ बोलने की सोचना भी मत।" अनंत धीमी मगर शख्त आवाज में बोला तो सृष्टि सहम गई।

"मुझे आपका टैटू देखना था। वो बहुत वियर्ड था। वियर्ड नहीं बहुत स्कैरी! उसकी आंखें! हां! वो,,,,वो,,,,मुझे देख रही थी उस दिन। वो असली का गरुड़ था। वो मुझे देख रहा था और उसकी आंखें भी नकली नहीं थी। वो बहुत बड़ी बड़ी और पीली आंखें थी। आप कौन हैं? मुझे आपके बारे जानना है। कहां से आए हैं आप? सब,,,सब बहुत अजीब है। बहुत बहुत बहुत। मुझे जानना है आपके बारे में सब कुछ।" सृष्टि सब एक ही सांस ने बोल गई और अब उसकी सांसे चढ़ गई थी। वो हांफती रही तो अनंत उसे अचंभे से देखता रहा। मानों वो सृष्टि को नहीं बल्कि किसी और को देख रहा हो। जिस सृष्टि के मुंह से एक शब्द नहीं निकलता वो अनंत के बारे में जानना चाहती थी।

"तुम अंदर कैसे पहुंची? क्या मैं जान सकता हूं?" अनंत ने अपनी कमर पर हाथ रख लिए।

"वो मैं पाइप से चढ़कर आई।" सृष्टि ने कहा तो अनंत ने गहरी सांस छोड़ी उसे सृष्टि से बिलकुल ये उम्मीद नहीं थी। उसने कमर से एक हाथ हटाया और माथे को रगड़ने लगा। शायद वो खुद को शांत करने का भरपूर प्रयत्न कर रहा था।

"क्या मैं वो टैटू एक बार देख सकती हूं?" सृष्टि ने अनंत की तलवार पर खुद गर्दन रख दी थी। अनंत का गुस्सा सातवें आसमान पर पहुंच चुका था लेकिन फिर भी उसने खुद को शांत किया। उसने अपनी टी शर्ट उतारी और पीछे घूम गया। सृष्टि अचंभित थी। अनंत इतनी आसानी से मान कैसे गया था। उसने अनंत की पीठ पर नजर लगाई तो वो समान्य सा गरुड़ का सुनहरा टैटू था और उसकी आंखें भी बंद थी। सृष्टि को अब समझ आ गया था कि उसे हेल्यूजिनेशन ही हो रहा था। वो न जाने किस मोह में आगे बढी और उसने वो टैटू छूना चाहा। मगर उसके हाथ हवा में ही रुक गए जब अनंत तुरंत उसकी ओर घूम गया। उसने सृष्टि की कलाई पकड़ ली। अनंत के हाथ इतने तप रहे थे मानों उसे बुखार चढ़ गया हो। उसका तेजी से धड़कता हुआ सीना सृष्टि साफ देख पा रही थी। उसने तुरंत हाथ खींचा तो अनंत का हाथ हवा में ही रुक गया। मगर वो तेजी से उस कमरे से बाहर निकल गई। अनंत को महसूस हुआ कि उसके शरीर का तापमान किसी भट्टी की तरह बढ़ा हुआ है। वो शीशे के आगे खड़ा हुआ तो उसकी आंखें लाल थी। अचानक उसकी पीठ पर बने उस गरूड़ की पीली आंखें चमक उठी।

"शांत दैत्य, जल्दीबाजी ठीक नहीं है। वैसे भी उसे तुम याद नहीं हो। खुद को इस तरह परेशान करके कोई लाभ नहीं है।" अनंत ने कहा और टी शर्ट पहनकर अपनी बालकनी में खड़ा हो गया। ठंडी हवाएं चल रही थी और उसके बाल हवा में उड़ रहे थे।

उसकी नजर सामने ग्राउंड पर गई तो सृष्टि अपने घर जा रही थी। मगर उसके कदमों से ही लग रहा था कि वो किसी धुन में चल रही थी।

सृष्टि भारी कदमों से घास पर चल रही थी और न जाने क्यों उसके आंसू खुद ही गालों पर लुढ़क रहे थे। वो खुद में ही अचंभित हो गई।

"क्या चल रहा है मेरे जीवन में? अनंत सर की आंखों में वो भाव? क्या हैं वो? जैंसे कुछ कहना चाहती हों। मगर क्या? जैसे शिकायतें और बहुत सारी शिकायतें, मगर किस बात की?" वो खुद से ही पूछ रही थी। उसने गहरी सांस छोड़ी और एक बार पलट कर अनंत के अपार्टमेंट पर नजर डाली जहां अनंत खड़ा उसे ही देख रहा था। सृष्टि तुरंत मुड़ गई।

"तू सच में ही इडियट है सृष्टि। ऐसे कौन किसी के रूम में जाता है यार? माना कि तुझे उनका टैटू देखना था लेकिन फिर भी, ऐसे कैसे तू किसी के घर में घुस सकती है?" उसने खुद को एक चपत लगाई और तेजी से चली गई।

इधर अनंत अभी अपनी स्टडी टेबल पर था और उसके आगे लैपटॉप रखा था। वो कुछ काम करने के बजाए अपने हाथ को घूर रहा था। जिसकी कोहनी उसने टेबल पर टिकाई हुई थी। हथेली उसकी आंखों के आगे थी। उसकी आंखें ऐसी थीं मानों किसी नशे में डूबी हों। उसने अपनी हथेली को हल्के से सूंघा तो उसके हाथ से लेमन ग्रास की हल्की महक आ रही थी, जिसका परफ्यूम शायद सृष्टि ने लगाया था। उसकी कलाई पकड़ने की वजह से वो महक अनंत के हाथ में भी आ गई थी। उसने हल्के से आंखें बन्द की और कुछ क्षण के पश्चात उसकी आंखें खुल गई।

"यूं छुप छुप कर मेरी परीक्षा लेना बंद कीजिए गुरुदेव।" अनंत ने लापरवाही से कहा तो सिर हिलाते हुए गुरु शाश्वत वहां पर प्रकट हो गए।

"गुरु के पैर छुए जाते हैं मूर्ख न कि उन्हें टोका जाता है।" गुरु शाश्वत ने कहा तो अनंत अपनी कुर्सी पर घूम गया, हालांकि उसने अब भी उठने का कष्ट नहीं किया।

"लगता नहीं कि तुम मेरे शिष्य हो।" कहते हुए गुरु शाश्वत आराम से एक दूसरी कुर्सी पर बैठ गए।

"गुरुदेव, लगता है आपको अपनी अमरता के प्रति अत्यधिक अभिमान हो गया है। थोड़े दिन जड़ी बूटियों का सेवन किजिए और हिमालय की गोद में जाकर कुछ वर्षों की तपस्या करें ताकी आपका मन मदिरा सेवन में कम लगे।" अनंत ने उठकर गुरु शाश्वत के पांव छुए।

"सारे मूर्ख शिष्य हमें ही क्यों मिले हैं?" गुरु शाश्वत ने चिढ़ कर कहा।

"ये आपका आशीर्वाद है?" अनंत अपनी कुर्सी पर बैठ गया।

"हमारे निजी कक्ष में इस प्रकार आने का कोई विशेष कारण?" अनंत ने आराम से पूछा।

"और जब तुम्हारे कक्ष में कोई और छुप कर आया तब? हम तो तुम्हारे कक्ष की निगरानी कर रहे थे। अगर कोई चोरी कर लेता तो?" गुरु शाश्वत ने अपनी कमर से केतली निकाली और तिरछी नजरों से अनंत को देखते हुए मदिरा घटकी। अनंत ने गहरी सांस छोड़ी।

"वो तो मानसिक विकारों से ग्रस्त है, परंतु आप गुरुदेव, स्वस्थ तो हैं न? कहीं आपके मन में भी कोई मानसिक विकार तो नहीं पनप रहा?" इस बार अनंत चिढ गया। "और ये बार बार व्योम कहना बंद कीजिए, दीवारों के भी कान होते हैं।"

"मैं यहां लड़ने नहीं आया हूं मूर्ख।"

"हां तभी तो आप कुछ भी बोल जा रहे हैं।"

कुछ देर बाद गुरु गर्ग और अनंत सोफे पर आमने सामने बैठे थे। गुरु शाश्वत के हाथ में एक छड़ी थी। जिसके सबसे ऊपरी हिस्से में अलग अलग रंग के पंचरत्न जड़े हुए थे। वो भी पंचतत्व का प्रतिनिधित्व कर रहे थे। अब उनके बगल में वाहिनी भी खडी थी।

"तो ये आपकी नई शिष्या हैं? सिखाया भी है कुछ, या फिर बस हवा में गायब होना ही सीखा पाए हैं अभी तक?" अनंत ने कहा तो गुरु शाश्वत ने उसे घूरकर देखा। मगर फिर अपनी केतली से मदिरा घटक दी।

"लज्जा नाम का भी कोई शब्द होता है। शिष्यों के सामने कौन मदिरापान करता है?" अनंत ने सिर हिलाया।

"लज्जा तुम्हें आनी चाहिए मेरे प्रिय शिष्य, अपने गुरु का अपमान करते हुए।" अनंत ने सिर हिलाया और उठकर किचन में घुस गया।

"वैसे गुरुदेव, ज्वालायुवराज उनके बारे में ज्वाला घाटी में कई गलत भ्रांतियां भी हैं।" वाहिनी ने कहा।

"जानते हैं, मगर ये भी जानते हैं, जो उसके हृदय को समझ ले वो ज्वाला राजकुमार को भी समझ सकता है। उसके त्याग

ज्वाला घाटी को कभी नहीं भूलने चाहिए।"

किचन में खटर पटर की आवाज के बाद अनंत बाहर आया तो उसके हाथ में तीन प्लेटें थी। जिनमें सैंडविच थे। गुरु शाश्वत और वाहिनी ने उन प्लेटों को गौर से देखा मानों क्या ही पका के रखा हो।

"हम ये खायेंगे?" गुरु शाश्वत ने कहा।

"वाहिनी, तुम खाओ, गुरुदेव के तो प्रेयसी जैसे नखरे हैं।" अनंत ने एक प्लेट उठाकर वाहिनी की ओर बढ़ाई। "तुम भी बैठ जाओ। यहां हम कोई युवराज नहीं हैं।" अनंत ने कहा तो वाहिनी अचंभित सी उसे देखती रही। उसने फिर गुरु शाश्वत की ओर देखा। उन्होंने हां में सिर हिलाया मगर वाहिनी ने सम्मान में खडे होना ही बेहतर समझा। उसने अनंत से वो प्लेट ले ली। उसने थोड़ा सा खाकर देखा और फिर अनंत की ओर मुड़ गई।

"ये स्वादिष्ट है, ज्वाला युवराज। कौन सा व्यंजन है ये?" वाहिनी ने पूछा।

"तुम लोग नीरसता में खो गए होंगे, दो हजार साल से एक ही तरह के व्यंजन खाकर। इसका नाम,,।" अनंत कुछ देर सोचने लगा। "परती व्यंजन जिसे इस बन के दो परतों के बीच में रखकर बनाया जाता है।" अनंत ने वाहिनी को समझाया तो वाहिनी ने खुश होकर सिर हिलाया और खाने पर टूट पड़ी। अनंत ने उसे अंदर वाले कमरे में

भेज दिया। वाहिनी के जाने के बाद उसने अपने ड्रावर से एक महंगी शराब की बोतल निकाली और टेबल पर रख दी।

"क्या यह किसी प्रकार की मदिरा है?" गुरु शाश्वत ने पूछा।

"आपको लालच आ रहा है?" अनंत ने भौंहें उठाई।

"एक ही तो लालच है इस किशोर गुरु का।" गुरु शाश्वत ने कहा तो अनंत ने पुतलियां इस तरह घुमाई मानों उसने प्राण त्याग दिए हों। अनंत ने बिना कुछ कहे उनकी केतली में शराब उड़ेल दी।

"ये वाकई काफी अच्छी है।" गुरु शाश्वत ने एक घूंट भरा और अगले ही क्षण पूरा एक साथ घटक गए। उन्होंने केतली फिर से अनंत की ओर बढ़ा दी।

"अब और नहीं, हम नहीं चाहते कि आप हमारा एकांत भंग करें। आप यहीं लुढ़क जायेंगे अगर आपने इसे और अधिक लिया तो! ये अभी आपके लिए नवीन है।" अनंत ने कहा तो गुरू शाश्वत ने उसे घूरा।

"हम तुम्हारे गुरु हैं मूर्ख युवराज। तुम हमें मना कर रहे हो? ये हमारा आदेश है।" गुरु शाश्वत ने कहा।

"अपना आदेश अपने पास रखिए। हम भी आपके ज्वालायुवराज हैं। आप भी हमारा आदेश मानने के लिए विवश हैं।" अनंत ने कहा तो गुरू शाश्वत ने उसे कुछ क्षण घूरा और फिर सिर हिलाया।

"कितना आगे बढ़े हो? कुछ पता चला?" गुरु शाश्वत अब हल्के गंभीर हुए।

"कुछ भी नहीं, वो तो टोटली डंब, तात्पर्य कि वो लडकी तो पागल है। लगता नहीं उसे आसानी से कुछ याद आएगा। हमें कोई अन्य योजना बनानी होगी गुरुदेव। अगर हम अपनी शक्तियों का प्रयोग करें तो?"

"नहीं!" गुरु शाश्वत ने तुरंत कहा।

"हम उसके ऊपर किसी भी तरह की शक्तियों का प्रयोग नहीं कर सकते व्योम। तुम भूल रहे हो कि उससे हमारी और अधिक हानि होगी। साथ ही उसकी आंतरिक ऊर्जाओं को भी नुकसान होगा"

"उसका एकांत रहना आवश्यक है। तभी वो अपनी चेतना को समझ सकती है और तुम्हारा उसे उसके उसके माता पिता से अलग करने का फैसला सही था। बस थोडी वेदना होती है उसे एकांत में देख कर।" गुरु शाश्वत के चेहरे पर हल्के से उदारता के भाव थे।

"वैसे भी वो लोग पहले से ही उसके लिए लापरवाह हैं। बहुत आसान था यह सब करना और उसको कष्ट में देखकर हमें प्रसन्नता की अनुभूति होती है।" अनंत की मुट्ठियां कस गई थीं। मगर गुरु शाश्वत हंस पड़े।

"क्या वास्तव में तुम उसके कष्ट होने से प्रसन्न हो? या फिर खुद से ये छलावा मात्र है?" गुरु शाश्वत ने कहा तो अनंत के चेहरे के भाव बदल गए। मगर उसने कुछ कहा

नहीं क्योंकि वो जानता था गुरु शाश्वत फिर वो सारी बातें कहेंगे जो वो स्वीकार नहीं करना चाहता था।

“हम कह रहे थे, अगर अब आप अपना ये काला लबादा त्याग कर यहां के अनुसार वस्त्र धारण करेंगे तो बेहतर होगा। वरना लोग आपको नाटक मंचन का कोई किरदार समझेंगे, या हो सकता है शनिदान वाला बाबा भी समझ बैठे।” अनंत ने कहा तो गुरु गर्ग ने अपने वस्त्रों की ओर देखा।

“इनमें क्या खराबी है? वर्षों से ज्वाला घाटी के गुरुओं का परिधान रहा है ये। हमें ये पसंद है।”

“सही है, इसका आपको एक अन्य लाभ मिलने वाला है।”

“वो क्या है?”

“आपको सर्षपस्य तैलम भी मिलेगा और कुछ दक्षिणा भी प्राप्त होगी। जिससे आप यहां की मदिरा का लुफ्त उठा सकते हैं।”

“क्या तुम अपने गुरु के प्रति असम्मान प्रकट कर रहे हो?”

"नहीं, हमारा उद्देश्य केवल आपको यहां के वातावरण के विषय में बताना था। अब हमें विश्राम की आवश्यकता है, क्या आप हमें एकांत और शांति प्रदान करेंगे?" अनंत ने गुरु शाश्वत को एक नकली मुस्कान दी तो गुरू शाश्वत सिर हिलाते हुए तुरंत गायब हो गए।

★★★★

अध्याय ६

सुबह के दस बज चुके और सृष्टि कॉलेज पहुंची। आज वो खुश दिख रही थी और होती भी क्यों नहीं, आज शनिवार था, कुशाल के साथ डेट पर जाने का दिन। वो उछलते हुए ऋषभ के पास आ गई।

"प्लीज डोंट टेल मी कि तू भूल गई?" ऋषभ ने बड़े आराम से कहा तो सृष्टि ने उसे सवालिया नजरों से देखा। ऋषभ ने गहरी सांस छोड़ी और अपने हाथ बांध लिए।

"कुशाल आज कॉलेज में नहीं है। कहा था न उसने कि वो ट्रैकिंग के लिए जा रहा है।" ऋषभ ने कहा तो सृष्टि का मुंह तुरंत उतर गया। उसे भी अब याद आया कि कुशाल ने उसे कुछ दिन पहले ही बता दिया था। तभी अनंत तेजी से क्लास में आया तो सृष्टि तुरंत अपनी जगह पर बैठ गई। सभी खड़े हो गए तो अनंत ने सबको बैठने का इशारा किया। उसने एक नजर क्लास में लगाई तो कुशाल को न पाकर उसने हल्की सी दबी हुई सांस छोड़ी। उसकी नजर घूमते हुए सृष्टि पर गई। उसे कल की बात याद आ गई। उसके हाथ में पेपरवेट कस गया। अनंत अपने लैपटॉप में कुछ काम करने लगा कि तभी ऋषभ खड़ा हो गया।

"सर मुझे कुछ पूछना था आपसे?" ऋषभ ने कहा तो सबकी नजर ऋषभ पर चली गई। अनंत ने हां में सिर हिलाया।

"सर अभी कुछ दिन पहले ही आर्किलॉजिस्ट की एक टीम को एक सील मिली है। जो कि सोने की है। अभी उसके बारे में कुछ भी ऑफिशियल नहीं किया गया है लेकिन एक छोटा सा आर्टिकल जरूर उनकी तरफ से आया है।" ऋषभ ने कहा तो अनंत का चेहरा हल्का सा कठोर पड़ गया।

"उनका कहना है कि जिस ज्वाला घाटी के बारे में कई भ्रांतियां फैली हैं, जिसके बारे में कोई कुछ नहीं जानता सिवाए इसके कि ये एक श्राप की वजह से धरती में विलुप्त हुई थी। ये सील उसी ज्वाला घाटी से रिलेटेड है। आपका इसके बारे में क्या विचार है?" ऋषभ ने कहा तो अनंत ने उसे बैठने का इशारा किया।

"अच्छी बात है कि तुम अपडेटेड हो। ये मुहर अभी दो हफ्ते पहले ही मिली है और यह भी सच है कि इस सील के बारे में कोई अन्य जानकारी नहीं है। मुझे भी यही लगता है कि ज्वाला घाटी सिर्फ दंत कथाओं में प्रचलित है। इसका वास्तविक स्वरूप कभी था ही नहीं। अगर होता तो कुछ तो जानकारी होती। कहीं भी, लाइक किसी साहित्य में या इनके कोई आर्टिफेक्ट्स ही मिल जाते, लेकिन हमें कहीं कोई जानकारी नहीं मिलती। सिवाय सिर्फ एक दंत कथा के और हम आर्कियोलॉजिस्ट हैं जो एविडेनसेज पर बिलीव करते हैं दंत कथाओं पर नहीं, ठीक है?" अनंत ने कहा तो ऋषभ ने इस तरह सिर हिलाया मानों वो संतुष्ट न हुआ हो इस जवाब से।

“लेकिन सर उसमें साफ साफ संस्कृत भाषा में उस राजकन्या का नाम और ज्वाला घाटी की समकालीन उदय घाटी का प्रतीक चिन्ह स्वर्ण गरुड़ भी है, जिनकी वजह से ज्वाला घाटी विलुप्त हुई थी!” ऋषभ ने फिर पूछ ही लिया। अनंत के हाथ इस तरह कस गए मानों उसकी बाजुओं की नसें फट पड़ेंगी।

“मुझे इस बारे में अभी कोई जानकारी नहीं।” अनंत ने कहा और उठकर सीधे बाहर निकल गया। सब अचंभित थे। आज तक ऐसा कोई सवाल नहीं था जिसके बारे में स्टूडेंट्स के पूछे जाने पर लंबी लंबी चर्चाएं न हुईं हों अनंत के साथ। लेकिन आज उसका व्यवहार सच में ही अजीब था। ऋषभ और सृष्टि ने सिर हिलाया और अपनी किताबों में डूब गए।

****

शाम के पांच बजे का वक्त था जब सृष्टि कॉलेज गेट से बाहर आई। आज ऋषभ को कुछ काम था तो वो पहले ही निकल गया था। शायद सृष्टि का ये पहला शनिवार था जब उसे कॉलेज से घर जाने की कोई जल्दी नहीं थी। उसने सामने पहाड़ी पर नजर लगाई तो न जाने किस मोह में वो उस सड़क पर कदम बढ़ाने लगी, जो पहाड़ी की ओर जाती थी। उसे न किसी कैब की जररूत थी और न किसी कार की। वो बस खींचती चली गई उस पहाड़ी की ओर। आखिर आधे घंटे बाद वो उसी कैफे में पहुंच गई। उसने गहरी सांस छोड़ी और अंदर घुस गई। वो उसी कोने वाली सीट पर जाकर बैठ गई। उसने चाय ऑर्डर की और नीचे बहती नदी को देखने लगी।

उसके मन में कई सवाल उठ रहे थे खुद के अस्तित्व को लेकर। मगर जब उसे कोई जवाब नहीं मिला तो उसने गहरी सांस छोड़ी और लैपटॉप निकाल लिया।

"हे सृष्टि!" तभी वीर की आवाज आई तो सृष्टि ने सिर उठाकर देखा मगर वो अब पलकें झपकना भूल गई। वीर ने एक मरून कलर की शर्ट और ब्लैक जींस पहनी थी। उसके बाल एक दम व्यवस्थित थे। एक हाथ में महंगी घड़ी और एक हाथ में चांदी का कड़ा। सृष्टि ने पहली बार उसे इतने गौर से देखा था।

"कैन आई सिट हेयर?" वीर ने पूछा तो सृष्टि होश में आई।

"आ, य, यस ऑफकोर्स प्लीज सिट।" सृष्टि ने कहा तो वीर मुस्कुराते हुए वहां पर बैठ गया।

"तुम नहीं गए कुशाल के साथ? मुझे तो लगा तुम भी उसके साथ गए हो। आज कॉलेज भी नहीं आए थे तुम।"

"हां मुझे बस घर में कुछ काम था इसलिए कॉलेज नहीं आ पाया। अभी शाम को ही बाहर निकला हूं। कुशाल वो तो यामिनी और उसके दोस्तों के साथ गया है।" वीर ने कहा तो सृष्टि ने बेमन से सिर हिलाया। उसके बाद वीर और सृष्टि इस तरह गप्पों में लगे कि दोनों को ही समय का भान नहीं हुआ। लेकिन जब कैफे पूरा खाली हो चुका था और स्टाफ वहां पर सफाई करने लगा तो अब जाकर दोनों को खयाल आया कि काफी रात हो गई है।

"ओह सिट, मैं कैसे जाउंगी।" सृष्टि को अब खुद पर गुस्सा आने लगा।

"इफ यू आर ओके विद इट, यू कैन ज्वॉइन मी फॉर ए बाइक राइड।" वीर ने कहा।

"थैंक्स वीर, मैं सच में टाइम भूल गई थी। तुम बातें करने में अच्छे हो।" सृष्टि ने कहा तो दोनों हंस पड़े और कैफे से बाहर आ गए। मगर जैसे ही वो पार्किंग एरिया में पहुंचे अनंत अपनी कार में बैठा था और वो जाने की तैयारी में था। सृष्टि हैरान रह गई वो कुछ कह पाती उससे पहले ही अनंत ने भारी आवाज में कहा।

"अंदर बैठो।" उसके हाथ स्टेयरिंग पर कसे हुए थे। सृष्टि ने एक नजर वीर को देखा। वो हल्के से मुस्करा गया।

"गुड नाईट सृष्टि।" कहते हुए उसने बाय किया तो सृष्टि भी गुड नाईट कहकर कार में जा बैठी। अनंत की कार धुआं छोड़ते हुए तेजी से निकल गई।

सृष्टि ने एक नजर अनंत की ओर देखा जिसकी सीधी नजर सड़क पर थी। उसकी नजरें कठोर थी और चेहरा गुस्से से तमतमाया हुआ। अब वो क्या जवाब दे उसे समझ नहीं आ रहा है। वो जानती थी कि अब अनंत उसके ऊपर बिफरने वाला था। वो मन ही मन कई बहाने सोचने लगी, लेकिन जब अनंत ने एक शब्द भी नहीं कहा तो अब वो उसे हैरानी से देखने लगी। हमेशा चीखने चिल्लाने वाला अनंत उसके चेहरे पर ये सन्नाटा क्यों था, ये सृष्टि को समझ नहीं आया। अचानक ब्रेक लगा तो वो आगे की ओर झुक गई मगर अनंत ने उससे पहले ही वहां पर हाथ लगा दिया जिससे उसका सिर लगने से बच गया।

"अब कार से बाहर उतरो मुझे वापस भी जाना है।" अनंत ने उसी भारी आवाज में कहा तो सृष्टि को अब जाकर होश आया। वो अपने घर के पोर्च में खड़े हैं। मगर घर में इतना अंधकार छाया हुआ था कि उसका गला सूख गया। अनंत ने सिर हिलाया क्योंकि वो जानता था सृष्टि को अंधेरे से फोबिया है। वो खुद बाहर उतरा तो अब जाकर सृष्टि को साहस मिला। वो आगे बढ गई। उसने जैसे ही मेन डोर खोलना चाहा कि न जानें कहां से एक बिल्ली उसकी ओर लपकी, वो डर के मारे चीखते हुए पीछे लड़खड़ा गई जहां अनंत अभी दूसरी सीढ़ी पर कदम बढ़ा ही रहा था, मगर अब वो सृष्टि को संभालने के चक्कर में उन दो सीढ़ियों से नीचे गिरकर सीधे पक्के फर्श पर पीठ के बल जा गिरा। उसकी कलाई और उंगलियां बगल में रखे एक गमले पर लोहे के एक नुकीले हुक से रगड़ गई और वहां से तुरंत खून बहने लगा। वहीं सृष्टि भी संभल नहीं पाई थी और वो भी उसके सीने के ऊपर गिरी थी। मगर जल्दी उठने के चक्कर में उसने अपना हाथ तेजी से खींचा, उसे बिलकुल भी अंदाजा नहीं था कि उसके ब्रेसलेट से अनंत के सीने में भी चीरा लग गया था। अनंत के आंखें पीड़ा के मारे बंद हो गई। उसके चेहरे पर गुस्सा झलकने लगा था। अब तो

सृष्टि की सिट्टी पिट्टी गुम हो गई। एक तो पहाड़ी पर वो इतनी रात तक रुकी थी, ऊपर से उसने अब अनंत को भी गिरा दिया था। यह वही बात हो गई थी एक के साथ एक फ्री।

"आ,,,आ,,,आई एम सॉरी अनंत सर। वो,,,गलती,,,गलती से।" सृष्टि बुरी तरह हकला गई। मगर जब उसकी नजर अनंत के हाथ पर गई जिसे वो झटक रहा था। वो अब और ज्यादा डर गई।

“ख,,,ख,,,खून!!” अनंत गुस्से में खड़ा हुआ।

“खून है कोई लाश नहीं जो इस तरह रिएक्शन दे रही हो। ये सब तुम्हारी हरकतें हैं। तुम बिना कुछ मैश किए कभी कोई काम नहीं कर सकती क्या? यू इडियट, होता क्या रहता है तुम्हें? जब देखो कहीं भी गिरती पड़ती रहती हो, बिना पेंदे का लोटा।” वो हाथ झटकते हुए चीखा। उसके हाथ से अब भी खून टपक रहा था। सृष्टि को अब खुद पर ही गुस्सा आने लगा था। उसने तेजी से बाहर की लाइट खोली और भागते हुए अंदर गई। आधे मिनट से भी कम समय में वो अनंत के आगे फर्स्ट एड बॉक्स लेकर खडी हो गई। अनंत ने गुस्से से एक नजर उस बॉक्स को देखा और फिर सृष्टि को घूरा।

“वो,,,आ,,,,आपकी चोट! म,,,मैं,, ड्रेसिंग कर देती हूं।” सृष्टि हकलाते हुए बोली।

“कोई जरुरत नहीं है। अभी तो उंगलियां ही गई हैं तुम्हारा बस चले तो मेरा हाथ तलवार चलाने लायक भी नहीं छोड़ोगी। अब हटो आगे से, मुझे कुछ बुक्स ले जानी हैं अपने कमरे से।” अनंत ने कहा और उसे धक्का देते हुए अंदर चले गया। सृष्टि लड़खड़ा गई लेकिन वो भी तेजी से अंदर चली गई। वो अंदर गई तो अनंत अपना हाथ वासबेसिन में धो रहा था। उसके सीने पर भी उसकी काली शर्ट खून से गीली हो गई थी हालांकि काली शर्ट होने की वजह से खून के धब्बे दिखना संभव नहीं था।

“अनंत सर, प्लीज मुझे ड्रेसिंग करने दीजिए। आपको मेरी वजह से लगी है। मैं आपको बिना ड्रेसिंग किए नहीं जाने दूंगी।” सृष्टि ने वो बॉक्स टेबल पर रख लिया। उसने अनंत की ओर देखा तो वो अपने रुमाल से हाथ सुखाते हुए उसे खा जाने वाली नजरों से देख रहा था।

"मैने कहा न, मुझे जरूरत नहीं है। सुनाई नहीं देता एक बार में?" अनंत ने बेहद सर्द आवाज में कहा तो सृष्टि अंदर से कांप गई। मगर फिर भी उसने हिम्मत बटोरी।

"आपको जितना सुनाना है, सुना लीजिए। जितना डांटना है, डांटिए, लेकिन मैं आपको बिना ड्रेसिंग किए नहीं जाने दूंगी।" सृष्टि ने हठ दिखाया। अनंत कुछ कह पाता इतनी देर में सृष्टि ने आकर उसकी बाजू पकड़ ली। अनंत ने पहले अपनी बाजू पे नजर लगाई और फिर घूरकर सृष्टि को देखा लेकिन उसने अनंत को पूरी तरह अनदेखा करके उसे सोफे पर बिठा दिया। अनंत भी किसी बहाव में खुद को नहीं रोक पाया। उसकी आंखों में हैरानी थी और वो सृष्टि को किसी एलियन की तरह देख रहा था। सृष्टि उसकी परवाह किए बिना उसके आगे घुटनों के बल बैठ गई। अनंत उसे बस घूरता रह गया। सृष्टि ने उसकी शर्ट की बाजू ऊपर की तो कलाई का घाव थोडा गहरा था, लेकिन उसे हैरानी तब हुई जब खून कुछ ज्यादा ही काला सा था। मानों वो खून नहीं बल्कि काले रंग का पेंट हो। उसकी नजरें कलाई पर टिक गई। अनंत ने हाथ खींचना चाहा लेकिन सृष्टि ने उसका हाथ कस कर पकड़ा और रूई पर एंटीसेप्टिक लिक्विड लगाकर साफ करने लगी। अनंत ने कसकर आंखें बन्द कर दी। वही जानता था कि ये उसके लिए कितना पीड़ादायक था। मगर फिर भी वो न जाने किस बहाव में सृष्टि को रोक नहीं पा रहा था। उसकी नजरें अब सृष्टि के चेहरे पर टिकी थी। उसी चेहरे पर जो उसे उसके शत्रु की याद दिलाता था। सृष्टि ने उसकी कलाई और उंगलियों पर एंटीसेप्टिक क्रीम लगाकर बैंडेज कर दिया।

"हो गया।" सृष्टि ने कहा तो अब जाके अनंत होश में आया।

“तुम कौन हो? वो तो नहीं लगती जिसकी हमें खोज थी। कभी कभी लगता है हमने कोई गलती तो नहीं कर दी। कहीं हमें उस संकेत को पहचानने में कोई भूल तो नहीं हो गई? क्योंकि जिस रत्ना को हम जानते थे वो नेत्र मिलाकर सिर्फ लड़ना जानती थी। वो भले ही हमारी शत्रु थी लेकिन कायर नहीं थी। वो योद्धा थी, वो महान योद्धा जो रक्त को देखकर डरते नहीं हैं बल्कि उसे बहाना अपना सौभाग्य समझते हैं। तुम वो नहीं हो सकती। रत्ना वो योद्धा थी जो घाव देना जानती थी औषधि लगाना नहीं। हमें भी उससे ईर्ष्या होती थी क्योंकि एकमात्र वही थी जिसके आगे हम पराजित हुए थे। कैसे उम्मीद करें हम कि तुम उस श्राप का तोड़ हो। एक सामान्य सी इन्सान। कहीं हम व्यर्थ में अपना समय तो नहीं गवां रहे हैं?” अनंत के मन में प्रश्नों का मेला था। मगर केंद्र नहीं जहां वो ठहर सके।

“वो, आपके सीने में भी।” सृष्टि ने कहा ही था कि अनंत तुरंत खड़े हो गया।

“मैं खुद देख लूंगा।” कहते हुए अनंत ने टेबल पर रखा अपना फोन उठा लिया।

“आपकी बुक्स?” सृष्टि बोलती रह गई इतनी देर में अनंत घर से बाहर निकल गया। वो भूत की तरह खडी रह गई जब उसे कार तेज स्पीड से गेट से बाहर जाती दिखी। उसने सिर हिलाया और मेन डोर लॉक करके अपने कमरे में आ गई।

इधर अनंत तेजी से अपने हॉल में पहुंचा और सोफे पर पीछे सिर टिकाए बैठ गया। उसकी सांसें तेज थी और चेहरा लाल। उसने अपनी आंखों पर बाजू रख ली तो उसका धड़कता सीना साफ दिखने लगा। मगर बंद आंखों में भी जब सृष्टि का ही चेहरा दिखने

लगा तो उसने झटके से आंखें खोल दी। उसने अपनी शर्ट के बटन खोले तो खून आना अब बंद हो गया था। उसने अपने सीने पर हाथ रखा तो उसकी सिसकी निकल गई।

"मिल गया सुकून?" गुरु शाश्वत सोफे के ठीक सामने प्रकट हुए। अनंत ने सिर हिलाया तो गुरू शाश्वत उसके बगल में बैठ गए।

"लगता है आपको हमसे किसी प्रेयसी की भांति प्रेम हो गया है। हमारी हर गतिविधि पर दृष्टि रखते हैं आप और इस तरह हमारे कक्ष में प्रकट होना बंद कीजिए, अर्धवस्त्रों में हैं हम।" अनंत के चेहरे पर चिढ साफ दिख रही थी।

"अच्छा! हमने तो जैसे तुम्हें देखा ही नहीं है बिना वस्त्रों में कभी, हमारी ही उंगली पकड़कर चलना सीखा है तुमने और तुम्हारी लंगोटियां हमने कई बार बदली हैं। हमें सिखाने चले हो।" गुरु शाश्वत ने कहा।

"तब हम अबोध बालक थे गुरुदेव।"

"आज भी वही हो। हरकतें बिल्कुल नहीं बदली हैं तुम्हारी।"

"हमें अभी कोई बहस नहीं करनी आपसे।"

"हमें भी नहीं करनी। तुम जानते हो यहां कि औषधियां तुम्हारे लिए कितनी हानिकारक हैं। वो तुम्हें कितनी अधिक हानि पहुंचा सकते हैं इसका अंदाजा है तुम्हें, लेकिन फिर भी उसके हाथों विष लगाए बैठे हो।" गुरु शाश्वत ने उसका हाथ पकड़ना चाहा तो उसने हाथ झटक दिया।

“तुम कोई अप्सरा नहीं हो जो हमें तुमसे प्रेम जताना होगा और वैसे भी तुम शिष्य हो, कोई मेनका नहीं, जो तुम्हें छूने भर से हमारे ह्रदय में प्रेम उमड़ आयेगा।” गुरु शाश्वत ने चिढ़कर कहा और अनंत का हाथ फिर से खींच लिया। अनंत ने अब कुछ नहीं कहा। गुरु शाश्वत ने उसकी कलाई से वो बैंडेज हटाया तो वहां पर अब घाव कुछ अधिक गहरा हो गया था। उन्होंने सिर हिला दिया।

“न जाने क्या आंनद मिल जाता है तुम्हें खुद को तकलीफ पहुंचाकर। उसके सामने सदा पराजय स्वीकार कर लेते हो।” गुरु शाश्वत बड़बड़ाए।

“आपको लगता है हम उससे भयभीत होते हैं?”

“हमने भयभीत होने के लिए नहीं कहा, परंतु तुम उसे ये औषधि लगाने से रोक सकते थे न, परंतु नहीं स्त्री प्रेम तुम्हें जकड़ लेता है।”

“आप! कुछ भी कह रहे हैं गुरुदेव। नहीं लगानी हमें आपकी कोई औषधि।” अनंत ने हाथ खींचना चाहा तो गुरु शाश्वत ने अपनी एक ऊंगली हिलाई तो उसकी कलाइयां पर जल शक्ति किसी रस्सी की तरह लिपट गई। अनंत ने सिर हिलाया तो गुरु शाश्वत ने उसका हाथ खींच लिया।

“आप हमें जल शक्ति से बांध रहे हैं! भूलिए मत हमारे पास इसका भी तोड़ है।”

“परंतु इस वक्त तुम कुछ नहीं कर सकते, क्योंकि बाहरी औषधि तुम्हें हानि पहुंचा चुकी है। थोडा शांत बैठो तो हम तुम्हारे घावों को ठीक करें।” गुरु शाश्वत ने अनंत को डांटा तो अब वो चुप हो गया। गुरु शाश्वत ने उसकी कलाई और सीने में एक मिट्टी के

रंग का लेप लगा दिया। उन्होंने अपनी दो उंगलियों को उसकी नाडी पर रखा तो एक नीले रंग की चिंगारी उनकी उंगलियों से निकली और अनंत धमनियों में किसी बिजली की भांति दौड़ गई।

"अभी हम जा रहे हैं, तुम्हे विश्राम की आवश्यकता है।" गुरु शाश्वत ने कहा तो अनंत ने हल्के से सिर हिलाया। गुरु शाश्वत तुरंत गायब हो गए। अनंत अपने बिस्तर पर आकर लेट गया। उसने अपनी कलाई को आंखों पर रख दिया। मगर उसकी आंखों में फिर से एक स्मृति तैर गई।

"ओह तो वो चोर आप ही थे, जिन्होंने हमारे पूर्वजों की तलवार चुराई थी। ज्वाला घाटी से उम्मीद भी क्या की जा सकती है। वो हैं ही विश्वशघाती।" रत्नावती हल्की सी हंसी। उसकी दृष्टि व्योम की तलवार पर थी। मगर फिर उसने अपनी तलवार घुमा दी तो व्योम ने उसकी तलवार पर अपनी तलवार अड़ा दी।

"ये हमारी भी अमानत थी रत्ना, जिसको उदय घाटी ने अपना नाम दिया था। जिसे आप अपने पूर्वजों का नाम दे रही हैं वो हमारे भी पूर्वज थे। इस तलवार पर हमारा भी बराबर का अधिकार है।" व्योम ने अपनी तलवार घुमाई और रत्नावती लड़खड़ते हुए पीछे चली गई, लेकिन उसने अपनी तलवार धरती पर टिकाई और खुद को संभाल लिया। उसके हाथ उसकी तलवार पर कस गए।

"ज्वालायुवराज, हुंह! नाम ही ऐसा जो बस अग्नि भड़काना जानता हो। ये तलवार सकारात्मकता का प्रतीक थी, जिसे ज्वाला घाटी के लोगों ने अपनी नकारात्मक ऊर्जाओं से अशुद्ध कर दिया। आप लोग पूर्वजों के श्राप का शिकार बनेंगे ज्वालायुवराज

और हम उस दिवस का बेसब्री से प्रतिक्षा करेंगे।" कहते हुए रत्नावती तेजी से घूमी और पलक झपकते ही उसकी तलवार व्योम की गर्दन के आर पार होती अगर व्योम समय पर न घूमा होता तो, मगर रत्नावती इतने में नहीं रुकी। वो उसी तेजी से घूमी और इस बार व्योम संभल नहीं पाया। उसकी बाजू पर एक लम्बा चीरा लग गया और वहां पर उसके वस्त्र फट गए, रक्त तेजी से बह निकला। रत्नावती के होंठों पर विजयी मुस्कान आ गई।

"कहा था न, आप बिना हमारी इजाजत के हमें हाथ भी नहीं लगा सकते।" रत्नावती ने कहा तो व्योम हल्के से हंसा।

"किसने कहा कि हम हाथ लगाकर ही आपको ले जा सकते हैं।" व्योम ने कहा तो रत्नावती के नेत्र सिकुड़ गए। मगर उसे तुरंत अहसास हुआ कि उसके आस पास की धरती कंपन कर रही है। वो चौंक गई।

"असंभव।" उसने कहा ही था जब एक बवंडर उठा और रत्नावती उसके अंदर फंसती गई। बवंडर इतना तेज था कि उसको अपने नेत्र बंद करने पड़े। मगर जब वो बबंडर शांत हुआ तो वो दो कदम पीछे हुई और उसकी पीठ व्योम के सीने से टकरा गई। व्योम का धड़कता हुआ सीना रत्नावती साफ महसूस कर रही थी। व्योम ने अपनी तलवार को उसकी गर्दन से थोड़ा दूर रखा था, वो जानता था ये तलवार अगर किसी को एक बार लग जाए तो घाव जीवन भर नहीं भरते थे। व्योम के हाथ हल्के से कांप रहे थे। रत्नावती ने अपनी पुतलियां घुमाकर उसके हाथ की ओर देखा तो उसके होंठों पर टेढ़ी मुस्कान आ गई। वो तुरंत घूम गई और अगले ही क्षण व्योम के सीने पर रत्नावती

की तलवार थी। बाजी उलटी पड़ चुकी थी। व्योम ने हल्के से हिलना चाहा तो रत्नावती ने बिना झिझक के उसके सीने में अपनी तलवार हल्की सी धंसा दी। व्योम के सीने से रक्त तेजी से बहने लगा। मगर किसको परवाह थी। व्योम ने पहले अपने सीने की ओर और फिर रत्नावती की ओर देखा, जिसके होंठों पर विजयी मुस्कान थी, मगर तुरन्त ही उसका चेहरा कठोर पड़ गया था।

"तुम सच में कमाल की योद्धा थी रत्ना। अगर तुम उस वक्त गलत का साथ नहीं देती, तो हम जरूर आपको अपनी अर्द्धांगिनी के रूप में स्वीकार करना पसंद करते, लेकिन तुमने गलत का साथ दिया और हमसे हमारा राज्य और सब कुछ छीना। तुम और तुम्हारा हर जन्म, हमेशा से हमारे लिए शत्रु होगा। तुम पहले भी हमारी शत्रु ही थी और आज भी तुम हमारी शत्रु ही हो। बस फर्क सिर्फ इतना है, कि अब हंसी आती है आपके इस जन्म को देखकर। यकीन मानों हमें तो सहानुभूति होती है, कि तुमने कितने कमजोर इंसानी रूप में जन्म लिया। कसम मां भैरवी की अगर आपको सब याद आएगा तो हम हर एक बात का बदला लेंगे आपसे। व्योम आपको सब याद दिलाएगा और उस वक्त आपको अपनी हर गलती का अहसास होगा। हम ज्वालायुवराज आपको, आपके किए की सजा देंगे। काश! काश कि आप इस जन्म में भी योद्धा होती, तो लड़ने का कुछ मजा होता। पर अफसोस आप तो कमजोर निकली।

हम प्रार्थना करेंगे कि आपकी शक्तियां लौट आएं ताकि इस बार ज्वालायुवराज आपको आपकी शक्तियों के साथ पराजित कर।" अनंत की मुट्ठियां कस गई और उसकी बाजुओं की मांसपेशियां तन गई। उसकी पीठ के गरुड़ की पीली आंखें चमक उठी। तब जाके अनंत की मुट्ठियां खुली।

****

सुबह के दस बज रहे थे जब पंछियों की चहचहाट से सृष्टि की नींद खुली। वो कसमसाई और उसने अधखुली आंखों से फोन टटोला, जो कि उसके पांव के नीचे मिला। उसने एक आंख खोल कर टाइम देखा तो दस बज गए थे। आज संडे था और आज वो घर से बाहर नहीं निकलने वाली नहीं थी। संडे उसके लिए कुछ ऐसा दिन था जब वो पूरे दिन चिड़ियां की तरह घर में चहकती रहती। संडे को वो छत पर अकेले पतंग उड़ाती तो कभी अपने पौधों से खूब सारी बातें करती, चिड़ियों को दाना खिलाते वक्त वो उनके इस तरह बातें करती मानों वो उनकी भाषा समझती हो और चिड़ियां भी मानों उसकी भाषा समझती हों। न जाने किस तरह का मोह था उसका इस प्रकृति से, कि प्रकृति की हर चीज उसकी ओर सम्मोहित सी दिखाई देती थी। शायद ही कभी किसी ने गौर किया हो, लेकिन ऐसा लगता था कि प्रकृति उसके लिए रक्षात्मक है। उसके हाथ से उगाया हुआ पौधा या कोई फलदार पेड़ हो या कोई छायादार पेड़ वो इस तरह उगते थे कि अगर उनको बारिश धूप भी न मिले तो भी वो जीवित रहते थे। उसके घर के हर कोने में पौधे थे और वो घर कुछ इस तरह लगता था मानों वहां साक्षात प्रकृति देवी विराजमान हो। हालांकि बातें करने की उसकी ये आदत सिर्फ पेड़ पौधों या पक्षियों तक ही सीमित नहीं थी। वो हर निर्जीव चीज से बात करती थी। अब वो किचन की कोई

चीज हो, या उसका स्टडी मैटीरियल, दरवाजे खिड़कियां हों या कुर्सी टेबल वो सबसे बातें करती थी और अभी भी किचन में न जाने किस वस्तु की सामत आई हुई थी।

"यार मतलब! क्या है बे? चाकू भाई साहब, अब अगर आप नहीं चले तो बाय गॉड, मैं आपको सीधे काली पहाड़ी से नीचे फेंक कर आऊंगी।" सृष्टि ने कहा, लेकिन चाकू! उसे क्या ही फर्क पड़ता। उसने गहरी सांस छोड़ी और अदरक को बेलन से इस तरह कूट डाला कि उसके चीथड़े उड़ गए।

"कहा था न, कहना मानों मेरा, कहना मानों मेरा, लेकिन नहीं तुम सबको अपनी अपनी अकड़ दिखानी है। अब पता चला न जब सिर पर दो डंडे पड़े? हुंह!" सृष्टि ने मुंह बनाया और बचे खुचे अदरक को उबलती चाय में डाल दिया। बाकि का अदरक तो न जाने किचन के किस किस कोने में थर थर कांपते हुए खुद की जान बचा रहा था। उसने चाय का कप उठाया और बाहर गार्डन एरिया में आ गई। वो जाकर कुर्सी पर बैठी ही थी कि बहुत सारे अलग अलग प्रजाति के पक्षी इक्कठा हो गए। उसके होंठों पर मुस्कान बिखर गई। चिड़ियां कोई उसके हाथ पर बैठती, तो कोई कंधे पर, तो कोई सिर पर।

"अरे, अरे, रुको भई! कहां घुसे जा रहे हो तुम सब? सब्र का फल, बहुत कड़वा होता है। इसलिए रुको मत।" सृष्टि ने इस तरह कहा मानों वो सब उसकी बात समझ रहे हों। उसने एक कपड़े की थैली से चावल और गेहूं निकालकर गार्डन में फैला दिए तो सारी चिड़ियां उन दानों पर टूट पड़ी। वो मुस्कुराई और उसने चाय का एक सिप लिया। आज तक एक चाय बनाना ही सीख पाई थी वो क्योंकि चाय के बिना तो वो अपने जीवन की कल्पना भी नहीं कर सकती थी। उसने चाय खत्म की और दूबघास

पर लेट गई और न जाने कब उसे हल्की सुनहरी धूप में नींद पड़ गई। वो बगल का जामुन का पेड़। उसकी शाखाएं उसकी ओर इस तरह झुकी कि उसके मुंह पर पड़ती सूरज की किरणें उस शाखा से ढक गई।

"सृष्टि!!" अनंत घबराहट से उसकी ओर लपका, लेकिन वो मानों पूरा तबेला बेचकर सो रही थी। अनंत उसके पास एक घुटना जमीन पर टिकाकर बैठ गया।

"सृष्टि! सृष्टि!" अनंत की घबराई आवाज आई तो उसने हल्के से अपनी आंखें खोली मगर अनंत का चेहरा देखते ही अचानक उछल पड़ी।

"अनंत सर!" उसने हैरानी से कहा। अनंत की आंखें सिकुड़कर छोटी हो गई।

"आप यहां क्या कर रहे हैं इस वक्त?" उस हल्की सी जम्हाई लेकर कहा। वो अपने दोनों हाथ पीछे घास पर टिकाए पीछे को झुकी हुई थी।

"तुम ऐसे जमीन में सांप की तरह पसरी हुई हो। मुझे लगा कुछ हो गया है तुम्हें।" अनंत ने खड़े होकर अपनी कमर पर हाथ रखते हुए कहा।

"सांप! आपको मैं सांप लगती हूं?" सृष्टि ने अपनी ओर ऊंगली की तो अनंत ने हां में सिर हिलाया।

"खुद तो नाग देवता की तरह हर जगह फन फैलाकर फूंफकारते रहते हैं और मुझे सांप कह रहे हैं।" वो मुंह के अंदर बड़बड़ाई।

"क्या? क्या कहा तुमने?" अनंत ने उसे घूरा। सृष्टि ने अपना सिर खुजलाते हुए जल्दी से न में सिर हिलाया और वो भी उठ गई।

"लेकिन आप अभी इस वक्त?" सृष्टि ने पूछा।

"मेरी मर्जी मेरे पैर! तुम्हें कोई दिक्कत? ये मेरा भी घर है। समझी?" अनंत ने कहा तो सृष्टि ने मुंह बनाया।

"मान न मान मैं तेरा मेहमान। अजीब बंदा है। कुछ भी पूछो तो उल्टा ही जवाब देना होता है।" उसने मुंह के अंदर कहा तो अनंत ने उसे घूरा। मगर सृष्टि की नजर उसकी उंगलियों और कलाई पर चली गई। उसकी आंखों में अचंभा आ गया। "आपका हाथ? ये घाव! ये इतना गहरा कैसे? रात को तो नहीं था।" सृष्टि ने कहा और अनंत की ओर बढ़ गई। उसने अनंत की कलाई पकड़नी चाही तो अनंत तुरंत दो कदम पीछे हट गया।

"तुम अपने काम से मतलब रखो। मैं यहां अपनी बुक्स के लिए आया था और मेरी फिक्र करने से अच्छा होगा, कि तुम अपनी चीजों और थिसिस पर ध्यान दो। तुम फिर से कुछ मैश न करो वही बहुत है मेरे लिए।" अनंत ने रूडली कहा तो वो चुप हो गई। उसने सिर झुका लिया। अनंत बिना कुछ कहे अंदर चले गया। सृष्टि को उसका व्यवहार समझ नहीं आता था। वो कभी रक्षात्मक होता तो कभी बहुत ही कठोर व्यवहार करता। उसने सिर हिलाया और खुद भी अंदर आ गई। उसने इधर उधर नजरें घुमाई तो अनंत अपने कमरे में कुछ खटर पटर कर रहा था। उसकी नजर डाइनिंग टेबल पर गई जहां पर कुछ खाने के पैकेट थे। शायद वो उसके लिए खाना लेकर आया था। हर संडे अनंत उसके लिए उसके घर पर ही खाना पहुंचा देता था, लेकिन आज वो खुद आया तो उसे

हैरानी थी हालांकि पिछले संडे भी यही हुआ और यही उसकी समझ से बाहर था। वो उन पैकेट्स को घूरते हुए न जाने क्या सोच रही थी।

"खाना है तुम्हारे लिए खा लेना।" तभी अनंत की आवाज आई तो वो झटके से पीछे हो गई। उसने अनंत की ओर देखा जिसके हाथ में कुछ फाइलें थी। अनंत ने सिर हिलाया और बाहर जाने लगा।

"अनंत सर!" तभी सृष्टि ने आवाज दी तो अनंत रुक गया हालांकि वो पीछे नहीं मुड़ा।

"अ,,,अ,,वो आप भी खाना खा लिजिए न, ये काफी सारा है। मैं इतना नहीं खा पाऊंगी।" सृष्टि ने कहा तो अनंत पीछे मुड़ गया। उसने सृष्टि को गौर से देखा तो सृष्टि ने सिर झुका दिया। अनंत ने गहरी सांस छोड़ी और बिना कुछ कहे डाइनिंग टेबल पर बैठ गया। सृष्टि का मुंह खुल गया। वो बड़ी बड़ी आंखों से उसे घूरने लगी। अनंत ने अपनी नजरें उठाई और खुद को यूं घूरता हुआ देख उसने गहरी सांस छोड़ी क्योंकि वो इसका कारण जानता था।

"सृष्टि!" अनंत ने कहा मगर वो उसे घूरती रही।

"सृष्टि!" इस बार अनंत ने थोड़ा जोर से कहा।

"हां!" वो हड़बड़ा उठी।

"कहां ध्यान है? लगाओ खाना। मुझे और भी बहुत से काम हैं।" अनंत ने तेज आवाज में कहा तो वो तुरंत किचन में दौड़ी और जल्दीबाजी में प्लेट्स निकालने लगी।

जबकि बाहर अनंत ने एक फाइल खोली और कुछ पढ़ने लगा। तभी किचन से तेज आवाज के साथ कुछ बर्तन भरभराकर गिर पड़े। अनंत तुरंत उठकर किचन में भागा। किचन में कुछ प्लेटें टूट कर बिखर गई थी, साथ ही बगल में रखे कुछ कांच के बर्तन भी नीचे गिरकर चूर चूर हो गए थे। अनंत ने एक किनारे सिकुड़ी सी सृष्टि को देखा तो उसका मन हो रहा था कि वो अभी के अभी सृष्टि को बाहर पटक दे। सृष्टि भी उसका गुस्से वाला मुंह देखकर सहम गई थी। वो डर के मारे तुरंत नीचे बैठी और टूटे हुए टुकड़ों को उठाने लगी। अनंत ने कुछ कहना ही चाहा था, जब सृष्टि की हथेली पर वो कांच चुभ गया। उसने झटके से हाथ पीछे खींच दिया लेकिन उसके हाथ से खून तेजी से बहने लगा। अब तो उसकी सामत ही आ गई थी।

"कुछ नहीं हो सकता तुम्हारा, इडियट।" अनंत उसकी ओर आया और उसका हाथ पकड़ कर उसे खडा कर दिया। उसने उसे किसी गुड़िया की तरह खींचा और हल्के से हाथ उठाया ही था जब सृष्टि ने अपने मुंह के आगे बाजू अड़ा दी। अनंत ने उसे हैरानी से देखा। मगर फिर सिर हिलाकर पानी का नल खोला और उसका हाथ धारे के नीचे लगा दिया। जब खून आना बन्द हो गया तो वो सृष्टि को खींच कर सोफे पर ले आया और उसे सोफे पर पटक दिया। वो भी किसी गाय की तरह उसका विरोध किए बिना चुपचाप बैठ गई। अनंत ने बगल में ही ड्रॉअर से फर्स्ट एड बॉक्स निकाला और उसके हाथ पर एंटीसेप्टिक लगा दी। वो अचंभित सी अनंत को देखती रही। न जाने क्या सोचते हुए उसकी आंखें भर आई। उसकी एक आंख से आंसू की एक बूंद टपककर अनंत के हाथ पर जा गिरा। अनंत ने गहरी सांस छोड़ी और उठ गया।

"थैंक यू अनंत सर।" सृष्टि ने कहा लेकिन अनंत बिना कोई जवाब दिए किचन की तरफ चले गया। वहां से कुछ खटर पटर की आवाजें आने लगी। सृष्टि उठी ही थी कि अनंत किचन से बाहर आया।

"चुप चाप बैठी रहो अपनी जगह पर। मुझे अब कोई मैशअप नहीं चाहिए।" अनंत ने कहा तो वो वापस अपनी जगह पर बैठ गई। अनंत ने झाड़ू उठाया और किचन साफ करने लगा। सृष्टि को अब खुद पर गुस्सा आने लगा। उसकी आंखों में उसका बचपन तैरने लगा।

"अनंत को ऋषिनगर में आए हुए करीब दो हफ्ते हो चुके थे। वो सृष्टि के ही घर पर रहता था। अनंत हर वक्त बस पढ़ता रहता था और बहुत कम ही अपने कमरे से बाहर निकलता था। उसके लिए मिसिज भट्ट ने नीचे का एक कमरे दिया हुआ था। जो आज तक उसी का था।

एक दिन की बात थी जब उसके मॉम डैड घर पर नही थे। उस दिन भी सन्डे था। अनंत भी घर पर ही था लेकिन वो सुबह से अपने कमरे से बाहर नहीं निकला था। सृष्टि ने उसे सुबह से एक बार भी नहीं देखा था। वो पूरे घर में खेलती रही और इसी तरह शाम हो गई थी। उसके मॉम डैड अभी भी घर नहीं आए थे। उसे अब भूख लगने लगी थी। उसने दिन में भी कुछ नहीं खाया था और इसलिए अब वो किचन में घुस गई। मगर खाए क्या। उसे तो गैस चूल्हा जलाना भी नहीं आता। वो अपने लिए कुछ ढूंढने लगी। उसने फ्रिज में देखा तो वहां भी कुछ नहीं था। उसने अब कुछ बनाने का सोचा और स्टूल पर चढ़कर एक बर्तन निकालना चाहा कि सारी प्लेटें उसके ऊपर गिर गई और

टूटकर बिखर गई। वो मानों जम सी गई। अनंत तेजी से अपने कमरे से किचन में आ गया। सृष्टि बहुत डर गई थी। उसे अनंत से तो नहीं लेकिन अगर अभी उसके मॉम डैड आ गए तो आज उसकी सामत आ गई थी। वो रोने लगी।

"तुम कमरे में जाओ।" तभी अनंत ने कहा तो सृष्टि उसे देखती रही। इतने में बाहर से कार के हॉर्न की आवाज आई। सृष्टि की आंखों में खौफ उतर आया था।

"सुनाई नहीं दिया कमरे में जाओ तुरंत।" अनंत ने शख्त आवाज में से कहा तो वो तेजी से अपने कमरे में आ गई। उसके मॉम डैड अंदर आ गए और किचन की हालत देखकर हैरान रह गए। अनंत सफाई कर रहा था।

"अनंत! ये सब सृष्टि ने किया है न?" मिसेज भट्ट ने आते ही कहा।

"आई एम सॉरी मैम। एक्चुअली मैं कुछ बनाना चाह रहा था। मुझे लगा आप लोग लेट हो जायेंगे तो आप लोगों के लिए डिनर तैयार कर लेता हूं। बट सब खराब हो गया।" अनंत ने कहा तो मिस्टर और मिसेज भट्ट का गुस्सा छू मंतर हो गया।

"अनंत तुम कितने अच्छे हो बेटा। थैंक यू हमारे बारे में इतना सोचने के लिए।" उसकी मॉम ने कहा और अनंत के बालों को सहला दिया। अनंत हल्के से मुस्कुरा गया।

"एक तुम हो, इतने समझदार और एक हमारी बेटी है, जिसे कुछ भी समझ नहीं है। काश तुम हमारे बेटे होते। हम तो ये भी नहीं कह सकते कि सृष्टि के बड़े होने पर हम तुम्हें अपना दामाद बना दें, वो तो तुम्हारे लायक भी नहीं है। तुम कहीं ज्यादा बेहतर डिजर्व करते हो।" मिसेज भट्ट ने कहा और मुस्कुरा गई।

"आप लोग फ्रेश हो जाइए मैम। तब तक मैं किचन साफ कर देता हूं।" अनंत ने कहा तो मिसेज भट्ट और मिस्टर भट्ट अंदर चले गए। सृष्टि ऊपर रेलिंग पर खड़े होकर यह सब सुन रही थी और उसे बहुत दुख हुआ कि उसके मॉम डैड उसे किसी लायक नहीं समझते थे। उसे ये भी समझ नहीं आया कि अनंत ने उसकी हेल्प की या फिर उसके मॉम डैड के सामने अच्छे बनाने की कोशिश की लेकिन जो भी हो बुरी तो सृष्टि ही बनी थी। उसके मन हमेशा सवाल उमड़ते और फिर उस तरह खुद दब भी जाते।

"सृष्टि!" तभी अनंत ने उसे आवाज दी तो वो अपने खयालों से बाहर आई। अनंत के हाथ में एक प्लेट थी जिसमे खाना था। सृष्टि ने उसे सिर उठाकर देखा।

"खाना खाओ। अब अगर तुम्हें मुंह पर नहीं दिया गया तो तुम न जाने और क्या नुकसान करोगी।" अनंत ने कहा तो सृष्टि ने सिर झुकाया और वो प्लेट ले ली। अनंत भी डाइनिंग टेबल पर बैठ गया। दोनों चुपचाप अपना खाना खाने लगे। अचानक सृष्टि का गला लग गया। वो खांसने लगी, लेकिन तभी उसके आगे एक गिलास आ गया। सृष्टि ने नजरें उठाई तो अनंत ने टेबल पर गिलास रखा और वापस अपनी कुर्सी पर बैठ गया। उसने चुपचाप अपना खाना खत्म किया और अपनी प्लेट छालकर घर से बाहर निकल गया।

****

शाम हो गई थी और आज सृष्टि का सारा दिन खयालों में ही बीता था। उसे एक एक कर सारी बातें याद आ रही थी। हर वो दिन जब जब अनंत उसके मॉम डैड के करीब होता गया और वो उनके दूर होती गई।

शाम के सात बज चुके थे और सृष्टि ने पूरे घर के लाइट्स जला दी थी। वो हॉल में आ गई तो ऋषभ ने उसके लिए खाना पहुंचाया था। इसलिए उसने खाना खाया और फिर अपने कमरे में वापस चली गई। हालांकि वो स्वर्ण गरुड़ उसके घर की छतपर बैठा था। मानों वो घर की निगरानी कर रहा हो। तभी उसका फोन बजा। उसने स्क्रीन पर देखा तो मम्मा शो हो रहा था। उसका मन तो नहीं हो रहा था बात करने का लेकिन फिर उसने फोन उठा ही दिया।

"हेलो मॉम।"

"हूं, पढ़ाई कैसी चल रही है?" उसकी मॉम के कहते ही वो हल्की सी खुद में ही हंसी। मानों खुद का ही मजाक उड़ा रही हो।

"जी ठीक है।" सृष्टि ने जवाब दिया।

"अनंत को ज्यादा तंग मत करना। उसके पास और भी काम होते हैं। वो सिर्फ तुम्हें ही नहीं देखता रहेगा।"

"तो क्यों दी है मेरी जिम्मेदादारी उन्हें? मैं अब बड़ी हो गई हूं। कोई बच्ची नहीं हूं जो आपने मेरी लिए नैनी लगाई हुई है।" आज वो हिम्मत करके बोल ही उठी।

"सृष्टि, वो बहुत समझदार और सुलझा हुआ लड़का है। तुम उसकी गाइडेंस में रहोगी तो कुछ कर पाओगी। अगर मुझे तुम्हारी कोई भी कंपलेन आई तो मैं तुम्हारे पैसे आधे कर दूंगी।" मिसेज भट्ट ने कहा।

“मैं करूंगी भी क्या मॉम पैसों का? जब मैं किसी की परमिशन से कहीं आ जा भी नहीं सकती।”

“सृष्टि, ये सब तुम्हारे भले के लिए है, लेकिन तुम नहीं समझोगी, रहने दो। तुमसे तो बात करना ही बेकार है।” कहते हुए उन्होंने फोन काट दिया। सृष्टि ने गहरी सांस छोड़ी और खिड़की के पास खड़ी हो गई। बाहर चांद की रोशनी बिखरी थी और सितारे भी खूब चमक रहे थे। अंधकार तो बस उसके जीवन में था। वो आसमान को निहारती रही।

“क्या है कोई, जिसे मुझसे से भी प्यार हो? कोई है जिसे मेरी भी परवाह हो? हर किसी को मुझमें सिर्फ कमियां दिखती हैं। अगर ऐसी ही लाइफ देनी थी तो जानवर ही बना देता न मुझे! इंसान क्यों बनाया? जब मेरा अपना कोई अस्तित्व ही नहीं है। क्यों भेजा तूने मुझे इस धरती पर भगवान?” सृष्टि जोर से चीख उठी। मगर अफसोस कोई नहीं था जो उसके सवालों का जवाब दे। हालांकि छत पर बैठे उस गरुड़ ने अपने पंख झटके। सृष्टि ने हाथ खिड़की पर टिकाए तो उसकी उंगलियां खिड़की पर कस गई ताकी वो खुद को रोने से रोक पाए। वो खुद को जितना मजबूत बनाने की कोशिश करती वो उतना ही कमजोर पड़ जाती थी। उसकी आंखों से आंसू निकल ही पड़े और वो मुंह को हथेलियों में भरकर रो पड़ी। मगर वो अकेले नहीं थी जो अपने आंसू बहा रही थी, स्वर्ण वो गरुड़ भी उसी तरह आंसू बहा रहा था मानों सृष्टि की पीड़ा वो खुद महसूस कर रहा हो।

★★★★

अध्याय ७

आज मंडे था सृष्टि कॉलेज पहुंच गई थी। वो जाके सीधे ऋषभ के पास बैठी। ऋषभ ने उसे हैरानी से देखा। सृष्टि कुछ ज्यादा ही गंभीर लग रही थी। हालांकि वो वैसे भी किसी से ज्यादा बात नहीं करती थी लेकिन आज उसने कुशाल की तरफ भी नहीं देखा था। ऋषभ को इसी बात का अचंभा हुआ क्योंकि सृष्टि क्लास में आते ही पहले कुशाल को ढूंढती थी। मगर जब वो बिना कुशाल की ओर देखे सीट पर बैठी तो कुशाल को भी ये बात खल गई। ऐसा आज तक नही हुआ था कि वो बिना कुशाल को देखे अपनी सीट पर बैठी हो।

“आर यू ओके?” ऋषभ ने पूछा तो सृष्टि ने हल्के से मुस्कुराकर हां में सिर हिलाया। इधर कुशाल का ग्रुप डिस्कशन चल रहा था मगर उसका ध्यान बार बार सृष्टि पर जा रहा था। वो चाहकर भी उसे अनदेखा नहीं कर पा रहा था। तभी क्लास में अनंत आया तो सब उठ गए जबकि कुशाल न जाने किस सोच में डूबा हुआ था। वीर ने उसे एक कोहनी मारी तो वो होश में लौटा। अनंत ने भी एक एक नजर सृष्टि और कुशाल पर लगाई और फिर हाथ का इशारा करके सबको बिठा दिया। उसने साफ महसूस किया

कि आज सृष्टि का तो नहीं लेकिन कुशाल जरूर सृष्टि को बार बार देख रहा था। मगर वो कुछ कह भी नही सकता था क्योंकि ये उन दोनों का निजी मामला था।

इसी तरह दिन के एक बज चुके थे जब सृष्टि कैंटीन में अकेले बैठी थी। ऋषभ शायद अपने काम में व्यस्त था और उसने लंच के लिए मना कर दिया था और इसलिए वो अभी अकेले बैठी थी। इस वक्त सभी लोग लॉन्च के लिए कैंटीन आ जाते थे। यही वजह थी कि अभी भीड़ भी अच्छी खासी थी। उसने एक प्लेट में खाना लिया और कोने की एक कुर्सी पर बैठ गई।

"हाय सृष्टि !" तभी कुशाल उसके पास खड़ा हो गया।

"हेलो कुश।" सृष्टि ने हल्के से मुस्कुराकर कहा।

"कैन आई सिट हेयर?" कुशाल ने सामने वाली कुर्सी की ओर इशारा किया तो सृष्टि ने हां में सिर हिलाया। कुशाल अपनी प्लेट लेकर उसके सामने बैठ गया।

"कैसा रहा तुम्हारा ट्रिप?" सृष्टि ने अटकते हुए पूछा।

"अच्छा था।" कुशाल ने जवाब दिया तो दोनों अब खाना खाने लगे।

"वो,,,आई एम सॉरी कुश मैं तुम्हारे लिए मैटर अभी ज्यादा ढूंढ नहीं पाई।" सृष्टि ने सॉरी फील करते हुए कहा।

"इट्स ओके सृष्टि, मुझे अभी कोई जल्दी नहीं है। तुम आराम से ढूंढना।" कुशाल ने जवाब दिया।

"आज, तुम्हारे फ्रेंड्स?"

"वो सब वहां बैठे हैं।" कुशाल ने सामने की ओर इशारा किया तो सृष्टि ने उस तरफ देखा। कुशाल के सारे दोस्त एक साथ बैठे थे।

"तुम उनके साथ नहीं बैठे आज?" सृष्टि ने हैरानी से कहा।

"वो,,तुमसे बात नहीं हुई थी इतने दिन तो बस। थोड़ी देर टाइम स्पेंड करना था।" कुशाल ने कहा तो सृष्टि हल्की सी मुस्करा गई। कुशाल ने उसके हाथ के ऊपर अपना हाथ रख लिया। सृष्टि ने पहले अपने हाथ की ओर देखा और फिर कुशाल की ओर। पहली बार कुशाल ने उसे टच किया था और सृष्टि समझ नहीं पा रही थी कि ये उसके लिए अच्छा या बुरा। उसे मिक्स फीलिंग आ रही थी। कुशाल मुस्कुरा गया।

"तुम्हें अच्छा नहीं लगा।" कुशाल ने पूछा।

"वो,,वो,, कुश मैं,,।" सृष्टि की जुबान अटक गई।

"इट्स ओके, आई अंडरस्टैंड। क्या हम आज शाम को डेट पर चल सकते हैं?" कुशाल ने पूछा, तो सृष्टि अब और ज्यादा हैरान हो गई। आज तक इतने सालों में कुशाल ने सैटरडे के अलावा सृष्टि को कभी समय नहीं दिया था लेकिन आज सीधे डेट। वो कुछ बदला बदला सा लग रहा था।

"आज तो मंडे है कुश!" सृष्टि ने उसे याद दिलाया।

"आई नो, मुझे बस तुम्हारे साथ कुछ समय बिताना है, अगर तुम चाहो तो?" कुशाल ने कहा तो सृष्टि ने कुछ सोचकर

फिर हां में सिर हिला दिया, कुशाल मुस्कुरा गया।

"ओके अभी मैं चलता हूं। तुम तो अब अनंत सर की लैब में जाओगी। शाम को मिलते हैं फिर।" कुशाल ने कहा तो सृष्टि ने हां में सिर हिलाया। वो उठकर चला गया। इधर सृष्टि के मानों आज पंख निकल आए हों। उसे इतनी खुशी हो रही थी कि मानों आज उसके पैर जमीन पर हों ही नहीं। उसका मन हो रहा था कि वो अभी के अभी घर जाए और अभी से ही सजना शुरू कर दे। उसने फटाफट खाना खाया और उठकर चली गई। वो तेजी से ऊपर लैब में चली गई और आज उसका चेहरा भी दमकने लगा था।

शाम के पांच बज गए थे, जब सृष्टि फटाफट अपना काम निपटाकर लैब से निकलने लगी। अनंत अभी लैब में नहीं था इसलिए वो फटाफट बाहर निकल गई। वो सबसे पहले घर आई और बैग बिस्तर पर पटक कर बाथरूम में घुस गई। वो फटाफट नहा कर बाहर आई तो उसने एक सफेद रंग का टॉप पहना था। हल्का ठंडा था, लेकिन उसे आज अच्छा भी दिखना था। वो शीशे के आगे खड़ी हुई और आज पहली बार उसने होंठों पर एक डार्क शेड की लिपस्टिक लगाई और टिपिकल गर्लफ्रेंड की तरह तैयार होने की कोशिश करने लगी और वो सच में ही थोडा अलग भी दिख रही थी।

शाम के सात बज रहे थे जब सृष्टि कुशाल के बताए उस होटल में पहुंची। वो होटल भी उसी पहाड़ी पर था। होटल पांच मंजिला था और वो अभी तीसरी मंजिल पर थी। वहां गैलरी के अंत में एक कमरा था। वो कमरे के पास पहुंची ही थी जब कुशाल ने दरवाजा

खोल दिया, उसने सृष्टि के लिए हाथ आगे बढाया तो सृष्टि ने झिझकते हुए उसके हाथ में अपना हाथ रख दिया। जैसे ही उसकी नजर कमरे से सीधे दूसरी तरफ वाले दरवाजे के बाहर गई तो वो हैरान रह गई। वहां पर एक बड़ी बालकनी थी और उसी बालकनी को अच्छे से सजाया गया था। खूबसूरत रंग बिरंगी लड़ियों और कुछ सुन्दर फूलों से, हालांकि हल्का सा अंधेरा था भी था वहां पर, लेकिन फिर भी वो काफी खूबसूरत था। वहां पर दो कुर्सियों के साथ एक छोटी टेबल थी। जो उनके डिनर के लिए लगाई गई थी। सृष्टि को मानों अपनी आंखों पर यकीन ही नहीं हो रहा था। उसे समझ नहीं आ रहा था कि कुशाल उसके लिए यह सब कर सकता है। उसने तो हमेशा उसका कोल्ड नेचर ही देखा था। मगर कुशाल के अंदर इतना बदलाव वो भी सिर्फ एक दिन में ये सोचने वाली बात थी। उसका मन फिर से सवालों से घिर गया।

"सृष्टि!" तभी कुशाल ने आवाज दी तो वो होश में लौटी। उसने कुशाल की ओर देखा तो कुशाल ने अपना हाथ बढ़ा दिया। सृष्टि ने पहले उसके हाथ की ओर देखा और फिर कुशाल को देखा। कुशाल ने आंखों से ही हाथ पकड़ते का इशारा किया तो सृष्टि ने उसके हाथ में अपना हाथ रख दिया। कुशाल ने उसका हाथ थामा और वो दोनों बालकनी की ओर चले गए। कुशाल ने उसके लिए एक कुर्सी खींच ली और सृष्टि को कंधों से पकड़ के प्यार से बिठा दिया और खुद भी सामने वाली कुर्सी पर बैठ गया। सृष्टि उसे अचंभित सी देखती रही। मानों वो कुशाल नहीं बल्कि कोई प्रेम की मूर्ति हो। कुशाल के होंठों पर मुस्कुराहट थी जो सृष्टि के साथ रहते हुए कभी नहीं दिखी थी। अपने दोस्तों के साथ भले ही वो कितना भी खुश रहे मगर सृष्टि के साथ वो लापरवाह सा रहता था मानों मजबूरी में रह रहा हो। वो उसकी मुस्कान देख कर भी हैरान थी। उसका ड्रेसिंग

स्टाईल, वो आज़ कुछ ज्यादा ही हैंडसम लग रहा था। नीले रंग की शर्ट के नीचे जींस और माथे पर बिखरे बालों में वो किसी बॉलीवुड अभिनेता से कम नहीं लग रहा था। वो खुश होना चाहती थी पर न जाने क्यों उसे कुछ खटक रहा था। कुशाल ने उसके हाथ के ऊपर अपना हाथ रखा और अंगूठे से हल्के से सहला दिया। सृष्टि ने उसकी ओर देखा तो उसकी मुस्कान गहराती गई। न जाने क्यों पर सृष्टि को अपने रोंगटे खड़े होते हुए महसूस हुए।

"कुश, तुमने यह सब मेरे लिए किया?" सृष्टि ने पूछा।

"ऑफकोर्स सृष्टि, और कौन है जिसके लिए मैं यह सब करूंगा? जानता हूं मैं तुम्हें अजीब लग रहा हूंगा, बट यू नो हमारा रिलेशनशिप कभी ज्यादा आगे नहीं बढ़ा। आज तक हम सिर्फ दोस्तों की तरह रहे हैं पर अब मैं चाहता हूं तुम सच में मेरी गर्लफ्रेंड बनो। जैसे सब रहते हैं हम भी वैसे ही रहें। द रियल रिलेशनशिप!" कुशाल ने कहा तो सृष्टि के होंठों पर हल्की सी मुस्कान आ गई।

"थैंक यू कुश, यह सब सच में खूबसूरत है।" सृष्टि ने कहा तो कुशाल भी मुस्कुराया। उसने सृष्टि का हाथ अपनी दोनों हथेलियों के बीच रखा।

"पर मैं यह भी चाहता हूं सृष्टि, कि तुम थोड़ा बहुत चेंज खुद में भी लाओ। समझ रही हो न?" कुशाल ने कहा तो सृष्टि ने हल्के से हां में सिर हिलाया।

"मैं चाहता हूं तुम सुंदर बने रहो, जैसी बाकी की लड़कियां रहती हैं। मैं चाहता हूं तुम थोडा स्टाइलिश बनो, जैसे कि यामिनी और उसकी फ्रेंड्स रहती हैं।" कुशाल ने

कहा तो सृष्टि के चेहरे के भाव तुरंत बदल गए। हालांकि उसने खुद को सामान्य दिखाने की पूरी कोशिश की।

“देखो तुम जानती हो पहले से ही मैं सबका फेवरेट रहा हूं। स्कूल टाइम में हो या कॉलेज में, मैं हमेशा से मिस्टर परफेक्ट रहा हूं। तो मेरी गर्लफ्रेंड भी कुछ वैसी ही होनी चाहिए न?” कुशाल ने कहा तो सृष्टि उसे हैरानी से देखती रही। उसकी बातों में अब भी सृष्टि के लिए कोई प्रेम नहीं झलक रहा था। वो तो उसे ही बदलने के लिए कह रहा था।

“बट कुश, यू नो, मैं पहले से ही ऐसी हूं और उस टाइप शायद न बन पाऊं।” सृष्टि ने कहा तो कुशाल हल्के से मुस्कुराया।

“मैं ये तुम्हारे भले के लिए कह रहा हूं, खुद के लिए तो नहीं न, तुम अच्छे से रहोगी तो मैं तुम्हें अपने साथ कहीं भी ले जा सकता हूं। वरना तुम जानती हो मेरे कई दोस्त मेरा मजाक उड़ाते हैं।” इस बार कुशाल ने थोड़ा तेज आवाज में कहा तो सृष्टि की आंखें हल्की सी भर आई। कुशाल को तुरंत अहसास हुआ कि उसने ऊंचा कह दिया है। वो उठा और सृष्टि के पास आ गया। वो घुटने के बल बैठा और उसने के सृष्टि के हाथ पकड़ लिए। वो चौंक उठी।

“कुश तुम,,ये,,,ये क्या कर रहे हो?” सृष्टि हड़बड़ाई।

“सृष्टि मैं तुम्हें हर्ट नहीं चाहता था, आई एम सॉरी अगर तुम हर्ट हुई तो। बट तुम्हें पता है न मैं तुम्हारे साथ इतने सालों से हूं और तुम्हारे साथ इसलिए कंफर्टेबल नहीं हो पाता, क्योंकि तुम मेरे हिसाब से नहीं रहती। मैं चाहता हूं तुम मेरे लिए खुद को बदलो।”

कुशाल ने कहा और वो पिघल गई। हालांकि इसके पीछे का मतलब वो अब भी नहीं समझ रही थी। होते हैं न कुछ लोग, जो हमेशा तुम्हें एक सामान की तरह ट्रीट करते हैं। पसंद आ गया तो खरीदने के लिए कुछ भी करते हैं। उसे अपने पास ले आते हैं और फिर उसे अपने हिसाब से ढालना चाहते हैं। लेकिन अगर वो सच्चा प्रेम हो तो क्या तुम उसे अपने पास लाना चाहोगे या फिर खुद उसके पास जाना चाहोगे। प्रेम तो देने की चीज है न मांगने की तो नहीं। इन दोनों बातों फर्क है जो सृष्टि कभी नहीं समझ पाई।

"कुश म,,मैं कोशिश करूंगी।" सृष्टि ने धीरे से कहा। मगर न जाने अंदर से उसका मन क्यों उसे रोक रहा था।

"मैं जानता था सृष्टि, तुम मेरे लिए सब कुछ कर सकती हो। यू आर सो क्यूट।" कुशाल ने कहा तो सृष्टि हल्की सी मुस्कुरा गई। कुशाल ने एक गिलास में थोड़ी वाइन डाली और सृष्टि की ओर बढ़ा दी।

"कुश, यू नो, आई डोंट ड्रिंक!" वो थोडा घबराई।

"आई नो सृष्टि, बट यू प्रॉमिस टू चेंज इट फॉर मी।"

"हां बट ये ड्रिंक! म,,, मैं ये नहीं ले सकती। आई हेट ड्रिंक्स।" सृष्टि घबराते हुए बोली तो कुश ने गिलास हल्के से पीछे खींचा और गहरी सांस छोड़ी।

"सृष्टि तुम कभी नहीं बदल पाओगी। जब तुम मेरे साथ एक ड्रिंक नहीं ले सकती, तो क्या ही बदल लोगी खुद को।" कुशाल जैसे मायूस सा हो गया। उसने गिलास में

साइड रख दिया। सृष्टि ने उसका उतारा चेहरा देखा, तो वो गिलास तुरंत उठा लिया। कुशाल ने उसे हैरानी से देखा।

“मैने ये भी कहा था कि मैं कोशिश करूंगी कुश।” सृष्टि ने कहा तो कुशाल ने खुद के लिए भी एक ड्रिंक निकाल ली। उसने होंठों पर एक चौड़ी मुस्कान आ गई, हालांकि उसकी मुस्कान कुछ अजीब सी थी। कुशाल ने उसकी आंखों में देखते हुए गिलास अपने मुंह पर लगा दिया तो सृष्टि थोड़ा सा झिझकी, मगर फिर उसने भी गिलास अपने होंठों से लगाया मगर जैसे ही एक घूंट उसके गले से उतरा उसका मुंह अजीब सा हो गया। उसने अपनी आंखें टाइट बंद कर दी और एक ही झटके में सारा गिलास खाली कर दिया। कुशाल की मुस्कान और गहरी होती गई। उसने अभी तक मात्र दो घूंट लिए थे।

उसने तुरंत सृष्टि के गिलास में एक ड्रिंक और भर ली। सृष्टि ने मना करना चाहा, लेकिन कहीं कुशाल बुरा न मान जाए इसलिए उसके लिए वो एक और ड्रिंक पी गई। मगर तुरंत ही उसकी आंखें भारी होने लगी। उसे वो बालकनी घूमती हुई नजर आई।

“कुश आई एम सॉरी मैं अब और नहीं ले सकती।” वो पीछे कुर्सी पर पसर गई और उसके हाथ से कांच का गिलास छूट के फर्श पर बिखर गया। कुशाल उठा और उसने सृष्टि का हाथ पकड़ लिया। वो उसे उठाकर अंदर कमरे में ले आया।

“कुश,,मु,,,मुझे घर छोड़ दो! मैं अभी कुछ,,बात नहीं कर पाऊंगी। मेरा सिर घूम रहा है।” वो लड़खड़ा गई तो कुशाल ने उसे कमर से पकड़ लिया। सृष्टि की आंखें बन्द पड़ने लगी। “मैं हूं यहां पर सृष्टि, कुछ देर और रुक जाओ। मुझे तुमसे बहुत सी बातें करनी

है।" कुशाल ने कहा और उसकी आंखें सृष्टि के होंठों पर टिक गई। उसके हाथ भी सृष्टि की कमर पर कस गया।

"कुश त,,,तुम,,,तुम्हारा हाथ।" सृष्टि ने नशीली आवाज में कहा।

"क्या सृष्टि मेरा हाथ क्या?" कुशाल ने मानों किसी सम्मोहन में कहा और अपनी हथेली सृष्टि की कमर पर फिराने लगा।

"कुश प्लीज लेट मी गो, मुझे घर जाना है।" सृष्टि ने खुद को छुड़ाना चाहा। वो अब खुद को बिलकुल नहीं संभाल पा रही थी।

"कुछ नहीं होगा सृष्टि,, मैं हूं न यहां पर।" कहते हुए कुशाल ने उसे अपने और करीब खींच लिया। सृष्टि और कुशाल एकदम पास हो गए। सृष्टि का एक हाथ कुशाल के सीने में जा लगा। कुशाल की नजरें सृष्टि के होंठों पर टिकी रही। सृष्टि ने अपनी आंखें खोलनी चाही।

"कुश तुम इतने पास!" कुशाल ने कोई जवाब देने के बजाए उसकी गर्दन को एक हाथ से पकड़ लिया।

"कुश प्लीज मुझे घर छोड़ दो। मैं अभी यहां पर नहीं रहना चाहती, प्लीज।" सृष्टि गिड़गिड़ाने लगी।

"सृष्टि मैं कुछ नहीं कर रहा हूं। बस एक किस। इतना तो चलता है न? मैं ब्वॉयफ्रेंड हूं तुम्हारा।" कहते हुए उसने अपना चेहरा आगे किया कि तभी धड़ाम से दरवाजा खुला और सामने अनंत यमराज की तरह खड़ा था। उसकी मौत सी ठंडी आंखें कुशाल को

भेद रही थी। कुशाल अंदर तक कांप उठा। उसके हाथ से सृष्टि गिरने लगी कि बिजली की तेजी से अनंत ने उसे अपनी बाजुओं के थाम लिया। वो अनंत की बाजुओं में झूल गई। अनंत ने उसे आराम से उठाकर बिस्तर पर रख दिया और कुशाल को गिद्ध की नजरों से घूरा। अनंत उसकी ओर बढ़ा तो कुशाल पीछे होने लगा। मगर अनंत ने उसके गाल पर इतना जोरदार चांटा मारा कि वो लड़खड़ाकर नीचे गिर पड़ा।

"मैने तुझे पहले भी वॉर्न किया था। सृष्टि से दूर रहना, लेकिन तू कमीने उसे आज बिस्तर तक ले आया। मैं तुम जैसे लड़कों को बहुत अच्छे से जानता हूं। लड़की को बस मांस की तरह देखने वाले भेड़िया। आज तक तो सृष्टि से ठीक से बात तक नही की तूने और तेरी इतनी हिम्मत की तू उसे सीधे कमरे तक ले आया! यू बास्टर्ड, हाउ डेयर यू टच सृष्टि।" अनंत चीख उठा तो कुशाल ने नीचे पड़े सिर झुका लिया।

"आ,,,आई एम सॉरी सर।"

"वॉट सॉरी, यू बास्टर्ड। आज के बाद अगर मैने तुझे सृष्टि के आस पास भी देखा तो तेरे इतने टुकड़े करूंगा कि लेंस से ढूंढने पर भी नहीं मिलेंगे।" अनंत ने कहा और सृष्टि की ओर पलट गया। उसने सृष्टि को गोद में उठा लिया। वो हल्की सी कसमसाई और उसने अपने हाथ अनंत के गले में डाल दिए उसकी आंखे हल्की हल्की खुलने लगी।

"हाँअं! अनंत सर! नो, नो, नो, इतना खतरनाक हेल्यूजीनेशन! नाहहह, यह नहीं हो सकता।" सृष्टि बड़बड़ाई। अनंत ने गहरी सांस छोड़ी और बाहर निकल गया। उसने सृष्टि को कार की पैसेंजर सीट पर बिठाया और खुद भी ड्राइविंग सीट पर बैठ गया। वो सृष्टि की ओर झुका और सीट बेल्ट लगाने लगा।

"कुश! मुझे घर जाने दो प्लीज। मैं तुम्हें पसंद करती हूं पर मैं यह सब,,येनहीं कर सकती।" वो अनंत के सीने में हथेली रखकर उसे धकेलने लगी।

"कहा था न, दूर रहो उससे।" अनंत ने उसके दोनों हाथ कलाई से पकड़कर गुस्से से कहा तो सृष्टि अधखुली आंखों से अपना चेहरा उसके पास ले आई।

"तुम कौन हो?" उसने पहचानने की कोशिश की। अनंत के हाथ सीट बेल्ट पर कस गए। उसने अपनी गर्दन उठाकर सृष्टि को देखा तो वो अपनी आंखें खोलने की कोशिश कर रही थी।

"अ,,,अनंत सर! मुझे मिस्टर भूतनाथ क्यों दिखाई दे रहे हैं? नाआं, ये नहीं हो सकता। वो तो बहुत बहुत बहुत चीखते चिल्लाते रहते हैं। नहीं, नहीं, नहीं इतना शांत, ये तो भूतनाथ नहीं हो सकते। कुश ये तुम हो? लेकिन मुझे सेफ्टी का अहसास क्यों हो रहा है फिर? जैसे अनंत सर के साथ होता है। तो! आप सच में भूतनाथ हैं?" सृष्टि ने अनंत के माथे पर एक ऊंगली रख ली। जो अभी तक मूर्ति बने उसकी हरकतों को देख रहा था। उसका चेहरा ही उसके गुस्से को बयां कर रहा था। सृष्टि ने ऊंगली से उसे पीछे धकेल दिया तो

अनंत अब और चिढ गया।

"भूतनाथ इतने पास नहीं आते कभी। हुंह! खुद को ज्यादा हैंडसम जो समझते हैं। मगर हैं तो एक नंबर के खडूस और कोल्ड हर्टेड!" अनंत अब तक सीधा बैठ चुका था। मगर तभी सृष्टि उसके एकदम करीब आ गई तो अनंत उछलकर खिडकी से चिपक

गया। मानों वो उसे खा ही जायेगी। सृष्टि भी कम नहीं थी वो उसके सीने पर आकर भेड़िया की तरह कुछ सूंघने लगी। अनंत अब भी हैरान परेशान होकर उसे देख रहा था। कि आखिर दो पैक में ही वो सब भूल गई थी।

"ये,,,ये परफ्यूम,,,ये तो भूतनाथ का ही है। मिट्टी और जली हुई लकड़ी की खुशबू,, हां,,तो आप सच में भूतनाथ हैं,,,नहीं प्रोफसर भूतनाथ। हां ये सही है।" सृष्टि बुरी तरह से नशे में चूर हो गई थी। उसे खुद ही नहीं पता था कि वो क्या क्या कहे जा रही थी। अनंत को गुस्सा तो इतना आ रहा था कि उसका मन हो रहा था वो सृष्टि को इसी पहाड़ी से नीचे फेंक दे लेकिन वो मजबूर था। उसने सृष्टि को उसकी सीट पर धकेला और खुद की सीट बेल्ट लगाने लगा। सृष्टि खिड़की पर जा लगी।

"आउच! हाउ कोल्ड यू आर? लड़की को कोई ऐसे धक्का देता है क्या?" सृष्टि ने सिर हिलाया तो अनंत ने एक गहरी सांस छोड़ी और कार आगे बढ़ा दी। वो लगातार बड़बड़ाए जा रही थी। कभी गाने तो कभी रैप, कभी दुखड़े सुनाती तो कभी घटिया किस्म की कविताएं। अनंत को अपने बाल नोचने का मन कर रहा था। थोड़ी ही देर बाद अनंत ने कार सृष्टि के घर के पोर्च में खड़ी कर दी। वो नीचे उतारा लेकिन सृष्टि सीट पर ही बैठी रही। अनंत ने उसका दरवाजा खोला तो सृष्टि बाहर ही नहीं निकली।

"नीचे उतरो सृष्टि!" अनंत ने भारी आवाज में कहा।

"ओय संतरी! राजकुमारी के पैर गंदे हो जाएंगे। हमारे लिए पालकी मंगवाई जाए।" सृष्टि ने आदेश दिया। मगर अब अनंत की भी सहनशक्ति खतम होने वाली थी।

“अगर हमारी अवमानना हुई तो हम अपनी तलवार से तुम्हारा सिर धड़ से अलग कर देंगे।” सृष्टि अब अपनी फुल पॉवर में आ गई थी। अनंत का बस चलता तो वो सृष्टि को नीचे फेंक कर उसके ऊपर गाड़ी चढ़ा देता।

“संतरी क्या हमारी आवाज आपके कानों में नहीं पड़ी? हमने कहा हमारे लिए पालकी मंगवाई जाए। हमारे कोमल पांव नीचे घास में गंदे हो जायेगें।” कहते हुए वो किसी पतली बेल की तरह लहरा रही थी जिसका की तना मजबूत नहीं होता। अनंत ने उसकी सीट बेल्ट खोली और सीधे गोद में उठा दिया।

“ये पालकी तो मस्त है। वाव यू आर सो क्यूट संतरी।” सृष्टि ने अनंत के गालों पर पिंच कर दिया तो अनंत बुरी तरह तिलमिला उठा।

“क्या राजकुमारी को एक संतरी से विवाह करने की अनुमति है?” सृष्टि ने कहा मगर अनंत ने बस जैसे तैसे दरवाजा खोला और अंदर आ गया।

“संतरी, तुम राजकुमारी का विवाह प्रस्ताव ठुकरा रहे हो। तुम जानते हो न, इसका दंड मिल सकता है तुम्हें। अगर तुम हमसे विवाह करोगे तो हम तुम्हें अपना आधा राज्य सौंप देंगे।”

“तुम अपनी बक बक थोड़ी देर बंद रखोगी। कान खा चुकी हो तबसे। होश में आओ थोड़ा।” अनंत दांत कीटते हुए बोला।

“होश में तो ये जालिम जमाना कहां रहने देता है हुजूर, वाह! वाह! वाह!” सृष्टि ने कहा तो अनंत ने एक पल के लिए उसे घूरा और फिर सीढियां चढ़ने लगा।

"ओए संतरी, तुम्हारा हृदय इतना क्यों धड़क रहा है?" सृष्टि ने अनंत के सीने में हाथ रख लिया और मासूमियत से अधखुली आंखों से अनंत को देखा।

"क्योंकि हम जीवित हैं।"

"अरे हां, सही कहा, क्या हमारा हृदय भी धड़क रहा है? कहीं राजकुमारी मृत्यु को प्राप्त तो नहीं हुई? क्या तुम हमारी धड़कनें सुनोगे?" सृष्टि ने कहा मगर अनंत ने उसे बिस्तर पर पटक दिया। उसने कमर पर हाथ रखे और हांफने लगा।

"तुम हमारी अवमानना कर रहे हो?" वो बिस्तर पर पीछे हाथ टिकाए बैठ गई।

"सृष्टि सो जाओ चुपचाप।" अनंत ने उसको कंधों से पकड़ा और उसे बिस्तर पर लिटाकर उसके ऊपर कंबल डाल दिया।

"नहीं संतरी भी यहीं पर रहेगा। राजकुमारी को डर लगता है अंधेरे से।" सृष्टि ने अनंत की कलाई पकड़ ली। अनंत ने हटाना चाहा तो सृष्टि ने उसे झटके से खींचा और अनंत उसके बगल में गिर पडा। उसने कुछ कहना चाहा तो सृष्टि नींद के आगोश में जा चुकी थी। वो पेट के बल लेटा था और सृष्टि उसकी बाजू कसकर सोई हुई थी। उसने गहरी सांस छोड़ी और तकिया खींचकर उसके ऊपर अपना सिर रख लिया। उसकी नजर सृष्टि के मासूम चेहरे पर थी।

"तो क्या ये युवती इसी तरह तुम्हारा शिरशूल बनी रहेगी?" बगल में रखी कुर्सी पर गुरु शाश्वत आराम से पसरे हुए थे। उनके हाथ में मदिरा की केतली थी जिसे वो एक एक घूंट करके पी रहे थे। उन्होंने अब भी अपना काला चोगा पहना हुआ था।

“थोडा तो लज्जा रखिए आप। यह एक युवती का कक्ष है।” अनंत ने कहा।

“ओह! क्षमा कीजिएगा ज्वालायुवराज, किंतु हमारे युवराज भी उसी गैर युवती के कक्ष में हैं।”

“गुरुदेव, अपने चिंतन को क्षणिक विश्राम दीजिए। इसकी हरकतों से पहले ही हमारी आधी उर्जा समाप्त हो चुकी है। अब आप तो ढंग की बातें कीजिए।” अनंत उग्रता से बोला।

“लगता है तुम्हें भी मदिरा की आवश्यकता है।”

“मदिरा नहीं हमें विश्राम की आवश्यकता है। हमारी ऊर्जा शिथिल पड़ गई है। हम सो रहे हैं। गुड नाईट गुरुदेव।” अनंत ने अपने नेत्र मूंद लिए।

“ये अंग्रेजी भाषा हमारा भी शिरशूल कर देगी।” बड़बड़ाते हुए गुरु शाश्वत गायब हो गए।

****

सुबह के छह बज रहे थे जब सृष्टि की नींद खुली। उसे अपना सिर बहुत भारी महसूस हो रहा था। उसने अपना सिर पकड़ा और धीरे से आंखें खोली। उसने पुतलियां घुमाई तो पूरा कमरा खाली था और न ही उसे कुछ याद आ रहा था कि कल हुआ क्या था। वो कैसे घर पहुंची। उसके अपना सिर पकड़ लिया और बैठ गई। तभी उसकी नजर साइड टेबल पर पड़ी, जहां पर एक नींबू पानी से भरा गिलास रखा हुआ था। उसे अभी इसी की जरूरत थी। उसे अपना सिर ऐसा लग रहा था मानों सिर पर कितना अधिक वजन

रखा गया हो। उसने वो गिलास उठाया और तुरंत घटक गई। अब जाके थोड़ा राहत महसूस हुई उसे। उसने सिरहाने पर कमर टिकाई और आंखें बंद कर दी। वो याद करने कोशिश करने लगी, कि आखिर कल हुआ क्या था। उसे यह तो याद आ रहा था कि कल कुशाल ने उसे ड्रिंक पिलाई और किस करने की कोशिश की। उसे इतना भी याद था कि उस वक्त अनंत वहां पहुंच गया था। मगर उससे आगे उसे कुछ भी याद नहीं आ रहा था। उसने सिर झटका और खड़ी हो गई। उसे भरोसा था कि अनंत ही उसे घर भी लाया होगा। शायद वो किचन में हो। सोचते हुए सृष्टि नीचे आ गई। उसने पूरा घर छान मारा लेकिन अनंत कहीं नहीं था।

इसका मतलब यही था कि वो सृष्टि के उठने से पहले ही अपने अपार्टमेंट चले गया होगा। सोचते हुए वो किचन में गई और अपने लिए चाय बनाने लगी लेकिन कल रात कुशाल की हरकतों के बाद उसे कुशाल और अपने इस रिश्ते से अजीब सी घिन आने लगी थी। उसे अब कुशाल की हरकतों पर बहुत गुस्सा आ रहा था और खुद पर भी। क्यों ही वो कुशाल की बातों में आ गई थी? भले ही वो कुशाल को पसंद करती थी पर इसका यह मतलब नहीं था कि कुशाल को उसके साथ जबरदस्ती करने का कोई अधिकार मिल गया था। कल की बातें सोचते हुए उसकी मुट्ठियां कस गई। उसने आज मन बना लिया था कि वो कुशाल से इस बारे में बात करेगी और सब क्लियर करेगी।

इधर अनंत अपने बाथरूम में शॉवर के नीचे खड़ा था। हल्की ठंडियाँ थी परंतु फिर भी अनंत ठंडे पानी का शॉवर ले रहा था। मगर ये ठंडा पानी भी उसका क्रोध शांत नहीं कर पा रहा था। सीने पर मानों गर्म लावा लोट रहा हो। उसे तो खुद भी नहीं पता था कि आखिर उसे इतना गुस्सा आ किस बात पर रहा है। सृष्टि की ड्रंक वाली हरकतों पर या

उसका कुशाल की बातों में आ जाने पर या फिर कुशाल का सृष्टि को गलत इरादे से छूने पर। उसने एक मुक्का दीवार पर जड़ दिया।

"तुम्हारी हथेली से रक्त आने लगा है व्योम।" तभी उसके कानों में गुरु शाश्वत की आवाज पड़ी तो वो चौंक उठा। उसने तुरंत तौलिया खींचकर खुद को ढकने का असफल प्रयास किया। गुरु शाश्वत मुस्कुरा उठे। मगर अनंत ने उनकी ओर अग्नि से भड़कते नेत्रों से देखा। गुरु शाश्वत दीवार के सहारे टेक लगाए खड़े थे। उनका एक पैर पीछे दीवार पर था और उन्होंने अपने हाथों को आपस में बांधा हुआ था। उनके होंठों पर मंद मंद मुस्कान थी। जहां पर वो खड़े थे वहां पर पूरा सूखा था और एक सफेद रंग का पारदर्शी कवच उनको घेरे हुए था।

"गुरुदेव, कम से कम बाथरूम में तो आना छोड़िए आप! ये बेसिक मैनर्स होते हैं। हमारी कोई निजता है। आपको इतना भी खयाल नहीं।" अनंत ने अब झल्लाते हुए कहा।

"क्या कहा बेलननगर!" गुरु शाश्वत ने समझने का प्रयास किया। अनंत ने नेत्र कुछ क्षण के लिए मूंद लिए। अगर इस वक्त उसके सामने उसके गुरु नहीं होते तो वो उनका सिर कब का अलग कर चुका होता। वो बिना कुछ कहे बाहर आ गया तो गुरू शाश्वत उसी तरह मुस्कुराते रहे। उनके व्यवहार में हमेशा लापरवाही झलकती थी। अनंत अब अपने कमरे में था। उसने एक काले रंग की शर्ट निकाली और दर्पण के आगे खड़ा हो गया। वो अपनी शर्ट पहनने लगा। उसके बालों से अभी भी पानी की बूंदे टपककर फर्श

पर गिर रही थी। शर्ट पहनने के बाद उसने अपनी काले रंग की घड़ी पहनी और खुद को एक नजर दर्पण में देखा।

"हमारी मदिरा खत्म हो गई है।" पीछे कुर्सी पर बैठे गुरु शाश्वत ने कहा। उनकी दृष्टि दर्पण में दिख रहे अनंत पर थी। अनंत ने भी पलकें उठाकर गुरु शाश्वत को देखा मगर फिर तौलिया से बाल सुखाने लगा।

"व्योम हम कुछ कह रहे हैं!" इस बार गुरु शाश्वत ने थोडा ऊंची आवाज में कहा।

"ये सुनसुन कर हमारे कर्ण पीड़ा कर रहे हैं। ये तो आपका रोज का ही है। अब कहां गए आपके निजी सेवक? जो आपकी मदिरा की व्यवस्था करते थे। हमसे तो किसी प्रकार की अपेक्षा मत रखिए। ये आपके लिए दंड है।"

"हम गुरु हैं मूर्ख दंड तो हमें देना चाहिए।" गुरु शाश्वत ने थोडा क्रोध से कहा।

"जानते हैं हम, मद्यसक्त गुरूदेव।"

"जरा सम्मान से बात करो हमसे।"

"हां जैसे कि आपको हमारी प्राइवेसी का कितना सम्मान होगा।"

"हमें ये अंग्रेजी भाषा नहीं आती।"

"और हम अभी समझाना भी नहीं चाहते।" अनंत ने भी उसी लहजे में कहा और कमरे से बाहर निकल गया।

“व्योम!” गुरु शाश्वत आवाज लगाते रह गए। मगर अनंत तब तक हवा हो चुका था।

“ये हठी युवक कभी नहीं सुधरेगा। हमने ही अधिक छूट दे दी है। अब हम पूरे दिन बिना मदिरा के कैसे रहेंगे? यहां के तो हमें कीलक खोलने भी नहीं आते।” गुरु शाश्वत बड़बड़ाए और उन्होंने अपनी कमर से केतली निकाल ली। उन्होंने उसे मुंह पर उड़ेलना चाहा लेकिन उससे केवल दो तीन बूंदें ही टपकी। उन्होंने क्रोध में वो केतली नीचे फेंक दी मगर मिट्टी की होने की वजह से वो बिखरकर टूट गई। अपनी प्रिय केतली को टूटने पर उनका क्रोध एक क्षण में ही छू मंतर हो गया।

इधर अनंत कार से कहीं जा रहा था, मगर हृदय में तो उथल पुथल मची हुई थी। उसने एक शांत सी जगह पर कार रोकी और सिर पीछे टिका दिया। कल रात को वो एक पल भी नहीं सोया था। सृष्टि भले ही घोड़े बेचकर सो रही थी मगर अनंत की नींद उड़ाकर। वो सारी रात बस सृष्टि को ही निहारता रहा। ना जाने किस तरह का मोह था ये कि उससे बैर होने के बाद भी उसे सृष्टि की इतनी फिक्र रहती थी, और क्यों? क्यों उसे सृष्टि के लिए बुरा भी लग रहा था। वो इतने सालों से देखता आया था कि सृष्टि ने कुशाल को अपना कितना समय दिया था और कुशाल ने उसके बदले क्या दिया था सृष्टि को। वो उन दोनों के रिश्ते को बहुत अच्छे से जानता था और यही वजह भी थी कि उनको साथ देखकर उसका खून उबाल मारने लगता था। हां उस सदियों पहले के बैर से, वो सृष्टि से नफरत करता था, तो क्यों? क्यों? आज उसे हर्ट होते देख उसे भी अच्छा नहीं लग रहा था। उसे क्यों सुकून नहीं मिल रहा था। सुकून तो छोड़ो, एक अजीब सी बेचैनी, जिसे वो कभी नजरंदाज नहीं कर पाया और आज भी वही बैचेनी उसे मानों खाए

जा रही थी। हां वो किसी मकसद से यहां आया था। मगर सृष्टि का ये रूप उसे अचंभित करता था। उसे वो रत्नावती से बहुत अलग लगती थी। सृष्टि का वो दबा हुआ किरदार उसे कचोटता था। वो उसे उसी रत्नावती की तरह देखना चाहता था जो आंखों में ज्वाला लेकर पराक्रम से लड़ती थी। मगर सृष्टि, वो तो खुद को ही नहीं देख सकती थी तो वो बाकी क्या ही कर लेती।

"डैम यू अनंत! हो क्या रहा है तुझे? तेरे विचार, नहीं, नहीं तू अपना पथ नही भटक सकता। इतने वर्षों की प्रतिक्षा! हम इस भंवर में नहीं फंस सकते। अब नहीं, मुझे इस लूप से बाहर आना ही होगा।" मगर उसे कल रात की बात याद आ गई जब वो सृष्टि को निहारता रहा। उसके हाथ बहुत मुलायम थे। उसे रत्नावती की याद आ गई। जिसके हाथ अनेक युद्धों के कारण कठोर रहते थे। जिन हाथों में हर वक्त रक्तपिपासु तलवार और धनुष रहता था। जहां सृष्टि की आंखों में करुणा रहती थी वहीं रत्नगर्भा की आंखों में सिर्फ कठोर भाव। अनंत के हाथ स्टेयरिंग पर कस गए। उसने गहरी सांस छोड़ी और कार आगे बढ़ा दी।

****

दोपहर के तीन बजे का समय था जब सृष्टि अपने ही डिपार्टमेंट के बगीचे में एक बेंच पर बैठी थी। आज अनंत भी कॉलेज नहीं आया था। वो सारे दिन अनंत का इंतजार करती रही। मगर वो नहीं आया। कुशाल ने ही उसे बगीचे में बुलाया था। वो कुशाल के कहने पर आई भी इसलिए थी कि सारी बातें आज ही क्लियर कर दे।

"सृष्टि!" कुशाल बेंच के पास खड़ा हो गया। सृष्टि ने नजरें उठाकर देखा और फिर गहरी सांस छोड़ते हुए खडी हो गई। कुशाल कुछ नाराज सा लग रहा था मगर सृष्टि को मानों कोई फिक्र न हो। वो सीधे कुशाल की आंखों में झांक रही थी। कुशाल थोडा अचंभित हो गया, क्योंकि यह पहली बार था जब सृष्टि उसकी आंखों में सीधे देख रही हो। कुशाल ने तो हमेशा उसका दबा हुआ किरदार देखा था।

"कुशाल कल जो कुछ भी हुआ। वो बहुत गलत था और मैं उसे कभी जस्टिफाई नहीं करूंगी। मैं अब इस रिश्ते में आगे नहीं बढ़ना चाहती। तुम बहुत अलग हो और मैं बहुत अलग। सो लेट्स ब्रेकअप। तुम अपना रास्ता चुनो और मैं अपना।" सृष्टि बिना घुमाए फिराए सीधे मुद्दे पर आई। कुशाल को एक झटका जैसा लगा। उसे तो लगा था सृष्टि उससे सॉरी कहेगी। मगर यहां तो मामला ही उल्टा पड़ गया।

"आर यू क्रेजी? होश में तो हो न?" कुशाल के चेहरे के भाव तुरंत बदल गए।

"पहले नहीं थी कुशाल, अब आ गई हूं। देखो मैं तुम्हारी ड्रीम गर्ल कभी नहीं बन सकती, सो वी शुड ब्रेकअप।" सृष्टि ने बिना किसी हिचकिचाहट के कहा। कुशाल अचंभित सा उसे देखता रहा। सबसे बड़ी थी कि आज पहली बार सृष्टि ने उसे उसके पूरे नाम से पुकारा था। कुश नाम सृष्टि ने ही उसे दिया था और आज उसने ही कुशाल से ये वापस भी छीन लिया था।

"सृष्टि तुम्हें लगता है, कि तुम्हें मेरे अलावा कोई कभी पसंद करेगा? तुम सिर्फ मेरे साथ रह सकती हो। तुम इतनी डंब हो कि कोई तुम्हें अपने साथ नहीं रखना चाहेगा।" कुशाल ने अपना रंग दिखाया तो सृष्टि को हंसी आ गई।

"आई डोंट केयर कि कोई मुझे पसंद करे या न करे। बहुत हो गया ये निब्बा निब्बी। मुझे बस अलग होना है। वैसे भी तुम्हारे पास लड़कियों की कोई कमी तो है नहीं, इसलिए तुम्हें फर्क भी नहीं पड़ना चाहिए।"

"तुम मेरे साथ हमेशा सेफ रहोगी। कोई लड़का मेरे होते हुए तुम्हें बुली नहीं कर सकता। मैं तुम्हें प्रोटेक्ट करता हूं।" कुशाल ने कहा।

"ओह रियली कुशाल! और जो कल तुमने मेरे साथ किया। प्रोटेक्शन तो मुझे पहले तुमसे ही चाहिए। डरना तो मुझे तुमसे चाहिए था।" इस बार सृष्टि ने शख्त लहजे में कहा।

"सृष्टि!" कुशाल चिल्लाया।

"चिल्लाने की जरूरत नहीं है। कान हैं मेरे। सुनाई देता है। धीरे बोलोगे तो तुम्हारी ही इंसल्ट कम होगी।" सृष्टि ने बड़े आराम से कहा तो अब कुशाल का पारा चढ़ गया।

"यू डंब गर्ल, यू नो तुम इतनी इडियट हो, कि कोई लड़का तो क्या कोई लड़की भी तुम्हारे पास नहीं आती। तुम्हें क्या लगता है, तुम किसी के लायक हो? तुम कभी किसी के लायक नहीं बन पाओगी सृष्टि। कोई तुम्हें कभी एक्सेप्ट नहीं करेगा। तुम जैसी लड़की जिसे ढंग के कपड़े तक पहनने नहीं आते। हंसी आती है तुम्हें देखकर। तुम्हें तो सर्कस में जोकर का काम दिया जाना चाहिए था। वहीं के लायक हो तुम। जिसके मां बाप तक उसको पसंद नहीं करते उसे कौन ही पसंद कर लेगा।" कुशाल ने कहा तो सृष्टि को एक धक्का सा लगा। इतनी जल्दी कुशाल ने अपने रंग दिखाया।

"तुम मेरे मॉम डैड पर जा रहे हो कुशाल!" सृष्टि ने हैरानी से कहा।

"हां, जा रहा हूं तो? क्या कर लोगी तुम? हां? मुझे भी कोई शौक नहीं है तुम जैसी गंवार लड़की के साथ टाइम वेस्ट करने का। मुझे तो हजारों मिल जाएंगी। नहीं है मुझे तुम्हारी जरूरत। बहुत घमंड दिखा रही है। जब मैं साथ में नहीं रहूंगा और बाकी लोग बुली करेंगे, तो सबसे ज्यादा खुशी मुझे होगी। एक किस करने के लिए इतना ड्रामा। हाउ ओल्ड मेंटेलिटी।" कुशाल अपने हर रंग उतार रहा था तो सृष्टि अपने कानों पर भरोसा नहीं कर पा रही थी। साफ लग रहा था कि वो कभी सृष्टि के प्रति गंभीर ही नहीं था। वो सच मैं कितनी स्टुपिड थी।

"आज के बाद अपनी ये घटिया सी शक्ल लेके मेरे आस पास मत दिखना। नहीं चाहिए तुम्हारा कोई मैटर।" कुशाल वहां से निकल गया। जिसने हमेशा अपनी हर एक असाइनमेंट और पीपीटी सृष्टि से बनवाई थी। वो गुस्से से तमतमाया हुआ वहां से निकल गया। सृष्टि को लगा था आज वो कुशाल को खूब सुनाएगी लेकिन उसका तो दिल ही टूट गया था इस तरह की बातें सुनकर। कुशाल के लिए क्या कुछ नहीं किया था उसने। रात रात भर जागकर कुशाल के असाइनमेंट बनाना, उसकी पीपीटी पर काम करना, उसके मैटर को ढूंढने के लिए कई बुक्स पढ़ना और आज वही उसे इतना कुछ कह कर चला गया था। सृष्टि के आंसू निकल पड़े। वो उठी और सीधे बगीचे से बाहर निकल गई। अभी तो वो बिल्कुल भी कॉलेज में नहीं रह सकती थी। वो गेट से बाहर निकली और एक पहाड़ी वाला रास्ता पकड़ लिया। हर कदम के साथ उसके आंसू भी उसी तेजी से बहते। वो बस चलती गई चलती गई। उसे खुद ही पता नहीं था कि वो आखिर जा कहां रही है। जब उसकी सांसें बहुत ज्यादा फूल गई तो वो अब जाकर रुकी। उसने

घुटनों पर हाथ रखे और हांफने लगी। थोडा रिलैक्स होने पर उसने नजर उठाई तो वो एक सुनसान कच्ची सड़क पर थी। पर शायद यहां लोगों का आना जाना न के बराबर था। उसने नजर घुमाई तो सड़क के किनारे एक लंबा सा पत्थर था, जिसका मुंह सड़क से निकलकर खाई की ओर था और उसके नीचे एक गहरी खाई थी जहां बहुत नीचे नदी बह रही थी। वो बिना किसी डर के उस पत्थर के किनारे पर जा बैठी जिसके।

"आहहहहह।" वो जोर से चिल्ला उठी। उसकी आंखों से आंसू झर झर बह निकले। वो सिर्फ इसलिए नहीं रो रही थी कि कुशाल से उसका रिश्ता खत्म हुआ था। दुख तो इस बात का था कि कोई नहीं था उसके जीवन में जिसने कभी उसे भी समझने की कोशिश की हो। आज तक उसे लगता था कुशाल उससे प्यार करता है लेकिन वो इतना स्वार्थी निकलेगा इसकी तो उसने कल्पना ही नहीं की थी। वो फूट फूटकर रो पड़ी। यहां कोई उसका रोना सुनने वाला नहीं था और यही वो चाहती थी। वो उस पत्थर पर इस तरह बैठी थी कि अगर थोडा भी संतुलन खोती तो वो गहरी खाई में समा जाती। मगर किसे परवाह थी इस वक्त। वो बस आंसुओं का सैलाब बहाते रही। मगर कमबख्त थे कि खत्म होने का नाम नहीं ले रहे थे।

उसी पत्थर के बगल में एक पेड़ था जिसकी एक डाली पर वही स्वर्ण गरुड़ बैठा था। मानों वो सृष्टि की रक्षा के लिए हो। जबकि सृष्टि बिल्कुल इस बात से अंजान थी कि उसी बड़े पत्थर के ठीक नीचे उस चट्टान पर उगे एक पेड़ की दो अलग अलग डालियों पर दो साए आराम से बैठे हुए थे।

“हम कब तक इस तरह बैठे रहेंगे गुरूदेव? दोपहर से शाम हो चुकी है।” एक डाली पर बैठी वाहिनी ने पूछा। उसके ठीक सामने दूसरी डाली पर गुरु शाश्वत आराम से लेटे हुए थे। वो दोनों किसी प्रेत से कम नहीं लग रहे थे।

“जब तक वो युवती नीचे नहीं कूद जायेगी।” गुरु शाश्वत ने लापरवाही से कहा और एक मिल्टन की बोतल से वो पानी गले से उतार दिया। वाहिनी ने देखा तो उसने अपना सिर हिला दिया।

“तो आप उसके नीचे कूदने का इंतजार कर रहे हैं?” वाहिनी ने कहा तो गुरू शाश्वत ने हां में सिर हिलाया।

“आप हमारी समझ से बाहर हैं।”

“तुम तो हमारे औरे से भी बाहर हो। बुद्धि तो जैसे ज्वाला घाटी के शिष्यों के लिए पाप समान हो।” गुरु शाश्वत ने कहा तो वाहिनी चुप हो गई। गुरु शाश्वत से तर्क वितर्क करना उसके बस में नहीं था। गुरु शाश्वत ने फिर से मिल्टन की बोतल से पानी घटका।

“आपने ये परखनली ज्वालायुवराज की रसोई से चुराई है न और साथ में उनकी मदिरा भी।” वाहिनी ने गुरु शाश्वत को संदेह भरी नजरों से देखा।

“हमारे साथ प्रश्न करना हमारा अपमान करने के समान है। शिष्य सिर्फ गुरु की आज्ञा का पालन करते हुए ही अच्छे लगते हैं।”

“पर आप ज्वालायुवराज के पात्रों की चोरी कर रहे हैं, ये भी तो आपको शोभा नहीं देता। अगर ज्वालायुवराज को पता चला तो?”

“तो क्या, ये परखनली वापस कर देंगे, एक पात्र के लिए क्या-क्या सुनना पड़ रहा है। शांति से मदिरा भी नहीं पी सकते हम। न जानें हमें ही क्यों इतने हठी शिष्य मिले हैं?” गुरु शाश्वत के स्वर में चिढ थी। वाहिनी ने अब अधिक कहना ठीक नहीं समझा इसलिए वो अब चुप हो गई।

“गुरूदेव ज्वालायुवराज तो उनके साथ ही रहते हैं परंतु आज वो भी दिखाई नहीं दिए।”

“हम जानते हैं वो सृष्टि को अकेले नहीं छोड़ेंगे। युवराज अगर नहीं भी होंगे तो दैत्य अवश्य यहीं कहीं होगा, परंतु हम कोई जोखिम नहीं ले सकते। वो हमारे लिए मुक्तिद्वार है। उसका जीवित रहना अत्यंत आवश्यक है, परंतु प्रतीत होता है उसे अपने जीवन से प्रेम नहीं रह गया है और अपने प्राणों की बलि देने उस पाषाण पर बैठी है। हमें उसको जीवित रखना है। यही हमारा ध्येय है।” इस बार गुरु शाश्वत गंभीर लग रहे थे।

“परंतु गुरूदेव हमारे पंख, हमारा तात्पर्य कि ये अभी मजबूत नहीं हैं। क्या हम उसे संभाल पायेंगे?” वाहिनी के मन की शंका उसके शब्दों के जरिए बाहर निकल गई।

“अगली बार से हम यह नहीं सुनना चाहेंगे वाहिनी। कमजोर शब्द का इस्तेमाल ज्वाला घाटी में कभी नहीं हुआ है। तुम सिर्फ अपना ध्यान केन्द्रित करो। अगर युवती कूदे तो वो तुम्हारी जिम्मेदारी है।

“अवश्य गुरुदेव, जैसा आपका आदेश!” वाहिनी भी अब गंभीर हो गई।

ऊपर सृष्टि अब चुप हो गई थी। उसके आंसुओं के निशान अब भी उसके गालों पर थे। उसका चेहरा भावहीन हो चुका था और आंखें शून्य को ताक रही थी। वो खडी हुई और उसने अपनी बाहें फैला दी। उसकी आंखें अपने आप बन्द पड़ गई।

"तुम्हारे मरने से किसी को कोई फर्क नहीं पड़ेगा सृष्टि। तुम अपना इंसानी जीवन गंवाने जा रही हो।" तभी उसके कानों में एक आवाज पड़ी। वो इस आवाज को अच्छे से पहचानती थी मगर फिर भी उसके पीछे मुड़ने की जहमत नहीं दिखाई और न ही उसे कोई परवाह थी।

"सिर्फ एक बेवकूफ लड़के के लिए तुम अपनी जान गंवाने जा रही हो। तुम्हें लगता है ये फेयर है? उसको कोई फर्क नहीं पड़ने वाला। तुम सिर्फ खुद का नुकसान करोगी।" अनंत ने फिर से कहा।

"आप यहां से चले जाइए। मुझे इस वक्त आपसे कोई बात नहीं करनी।" इस बार सृष्टि ने जवाब दे दिया मगर फिर भी वो पीछे नहीं मुड़ी। हालांकि उसका हवा में उठा पैर वापस पत्थर पर आ गया था। अनंत ने एक नजर उसके पैर की ओर देखा और फिर कहा।

"हां तो मुझे भी कौन सा तुम्हारे पास अपने दुखड़े रोने हैं। मैं तो बस वॉर्न कर रहा था। अब इंसानी जीवन हर किसी को तो नहीं मिलता। अब अगले जन्म में तुम सांप बिच्छू बन जाओगी तो कहोगी कि अनंत सर ने मुझे एक बार रोका नहीं था।" अनंत ने अपने कंधे झटक दिए। वो सृष्टि से कुछ दूर कच्ची सड़क पर था। आज भी काले रंग

की शर्ट और ग्रे फॉर्मल पैंट की जेबों में हाथ डाले उसकी नजरें सृष्टि की पीठ पर टिकी थी।

“मुझे कुछ नहीं सुनना। बस आप यहां से चले जाइए। आपका बस चले तो मरने के बाद भी आप मेरा पीछा न छोड़ो। अगर मैं सांप बनी तो आप अजगर बनकर मेरा पीछा करेंगे। जिंदा नहीं तो कम से कम मरने तो दीजिए चैन से।” वो चीखी।

“हां और तुम्हारी इन बेवकूफ हरकतों की वजह से तुम्हें लगता है मैं अपनी जान दूंगा अजगर बनने के लिए?”

“तो जाइए न फिर यहां से, प्लीज प्लीज लीव मी एलोन। आई एम ट्राइंग टू फाइंड मायसेल्फ।” सृष्टि की आंखों से फिर से ताजे आंसू बहने लगे।

“अपनी जान देगे क्या फाइंड करोगी? हां?”

“आई सेड लीव मी एलोन! आई डोंट वांट टू लिसिन टू योर डैम लैक्चर!” सृष्टि चीखी और उसने पैर उठा दिया।

“सृष्टि! डोंट बी क्रेजी,दिस इज नॉट ए जोक, इट्स रियली डेंजरस। प्लीज लिसिन टू मी एंड कम बैक फ्रॉम देयर।” अनंत इस बार गंभीर हो गया।

“हू आर यू? सब कुछ तो आप छीन चुके हैं। तो अब क्या चाहिए आपको मुझसे?” उसने रोते हुए कहा।

“तुम्हें ऐसा क्यों लगता है कि मैने कुछ छीनना चाहा है?”

"ओह रियली! लुक, हूज टॉकिंग, तो कहिए फिर सच क्या है? क्या आपने मुझसे मेरे मॉम डैड का प्यार नहीं छीना है?" इस बार सृष्टि पलट गई। अब उन भावहीन आंखों में अथाह दर्द भरा था। अनंत ने उसकी आंखों को गहराई से देखा।

"क्यों जवाब नहीं देते अब? सच कहने की हिम्मत नहीं है न आपमें!"

"पहले वहां से उतरो।" अनंत अब भी जेबों में हाथ डाले खड़ा था।

"ओह! तो आपके मेरी फिक्र हो रही है? क्यों? ताकि मेरे मॉम डैड को बता सको कि मैने आपकी बेटी को जान देने से बचाया है और वो मोह में आपको और अधिक प्यार करें? यही न? लेकिन मैं आज आपकी एक नही सुनूंगी। आज के बाद आपके मन में कोई डर नहीं होगा किसी का फेवरेट बनने की। रख लीजिए उनको हमेशा हमेशा के लिए।"

"सृष्टि! घर चलो, रात होने वाली है। ये जंगल का इलाका है। यहां बहुत से जंगली जानवर भी रहते हैं। यहां रहना ठीक नहीं है अभी।" अनंत ने खुद को शांत करते हुए कहा तो सृष्टि हल्की सी हंसी। अनंत ने उसे हैरानी से देखा। जिसकी आंखों में आंसुओं की गंगा बह रही थी और होंठों पर एक फीकी सी मुस्कान।

"नहीं! कभी नहीं, मैं अब वहां वापस नहीं जाऊंगी। मुझे नहीं जाना कहीं भी। प्लीज मुझे अकेला छोड़ दीजिए। एक लास्ट अहसान कर दीजिए बस।" सृष्टि ने कहा और तेजी से मुड़ गई। उसने एक कदम आगे बढ़ाया और उसकी आंखें बन्द पड़ गई। वो उस पत्थर से नीचे गिर पड़ी और गुरुत्वाकर्षण उसे तेजी से खींचने लगा। मगर तभी उसे

एक झटका लगा। उसे लगा मानों किसी बड़े पक्षी ने उसे अपने पंजों में जकड़ा हो। उसने धीरे से आंखें खोली तो वो असली में एक स्वर्ण गरुड़ के पंजों में थी। उसकी आंखें घूम गई और गर्दन एक तरफ लटक गई।

****

रात के दस बज रहे थे जब अचानक सृष्टि को होश आया। उसने जैसे ही आंखें खोली झटके से बिस्तर पर बैठ गई। उसने गर्दन इधर उधर घुमाई तो अनंत वहीं कुर्सी पर बैठा हुआ था। उसकी ठंडी नजरें सृष्टि पर टिकी हुई थी। मगर सृष्टि अभी खुद ही भ्रम में जी रही थी। वो अभी भी समझने का प्रयास कर रही हो कि हुआ क्या था।

"म,,,म,,,,मैं यहां? कैसे?" सृष्टि ने याद करने की कोशिश की।

"मुंह चलाने का ज्यादा शौक है तो पहले खाना खा लो, सुबह से भूखी आत्मा की तरह घूम रही हो।" अनंत ने बगल में रखी थाली की ओर इशारा किया।

"और आपको कैसे पता? आप सुबह से मेरा पीछा कर रहे थे?"

"यही काम नहीं है मेरा, जो तुम्हारी खातिरदारी करता फिरूं हर जगह।" अनंत के चेहरे पर कोई भाव नहीं थे।

"तो आपको कैसे पता कि मैने सुबह से कुछ खाया नहीं है?"

"क्योंकि मेरे पास ब्लैक मैजिक है, और एक चमकती सफेद बॉल। उसमें सब कुछ दिखता है। मैं दिन भर उस बॉल के सहारे यही तो देखता रहता हूं। बाकी काम ही क्या

है मेरा?" अनंत ने एक नकली मुस्कान दी और फिर तुरंत ही उसका चेहरा कठोर पड़ गया।

"ओह प्लीज! मुझे आपकी ये घटिया फिलोसॉफी नहीं सुननी। लेकिन मुझे याद है। हां,,,,वो,,,क्या था? मुझे किसी पक्षी ने उठाया था। क्या वो सच था?" वो बुरी तरह से को कन्फ्यूज थी।

"वो कोई पक्षी नहीं बल्कि दौरा पड़ा है तुम्हें ब्रेकअप का।"

"व्हट नॉनसेंस।"

"नॉनसेंस मैं नहीं, तुम हो। जो एक पागल लड़के के लिए खुद की जान ले रही थी।" अनंत अब बुरी तरह चिढ़ उठा।

"तो आपको क्यों मिर्ची लग रही थी? आप भी दे दो किसी के लिए अपनी जान।"

"वो मैं कर चुका हूं दो हजार साल पहले। अब उसी की सजा भुगत रहा हूं।" अनंत ने आराम से कहा।

"ओह! या या आप ही हैं न अजर अमर। अपने इस हिस्टोरिकल फेज से बाहर आइए। आपको तो आर्कियोलॉजी का भूत चढ़ा है पर मुझे नहीं।" सृष्टि भी चिढ़ते हुए बोली।

"तुम्हें तो चढ़ भी नहीं सकता। तुम्हें प्रेमरोग जो लगा है।"

"आपको बड़ा पता है जैसे। जानते ही क्या थे आप हमारे रिश्ते के बारे में।"

"मैं तुमसे दो हजार तेईस साल बड़ा हूं। सो रिस्पेक्ट योर एल्डर्स।" अनंत ने कहा।

"अच्छा! अजर अमर परदादा जी, कहां हैं आपके बाकी के वंशज?"

"वो सब फंसे हुए हैं एक लूप यानी कि एक श्राप में।"

"हांअं अब काम ही इस तरह के रहे होंगे। कोई पुण्य का काम किया होता तो स्वर्गलोक होते।"

"तुम बहुत बोल रही हो।"

"तो क्या करूं। मैं आपसे पूछ रही हूं कि क्या हुआ था मेरे साथ और आप ये दो हजार साल पुरानी गाथा सुनाने लगे। आपको तो उस ज्वाला घाटी में समाहित हो जाना चाहिए था जो इस धरती ने विलुप्त हो गई है।" सृष्टि अब और चिढ चुकी थी।

"किस्से कहानियां बिना सच्चाई के नहीं बनती, उनमें कहीं न कहीं कुछ सत्यता भी होती है। मगर तुम क्या समझोगी। तुम्हारे इस मटर के दाने जितने दिमाग में तो वो काला कौवा जो कांव कांव कर रहा है।"

"आपने कुशाल को कौवा बोला? आप क्या जानते हैं प्यार के बारे में? कभी खुदाईयों से फुर्सत मिलती तो प्रेम समझते। अच्छे भले लोग अपने अतीत से पीछा छुड़ाने की कोशिश करते हैं, मगर नहीं, आप उनका अतीत उठाकर उनके सामने ला जाते हो।"

"तुम ज्यादा जानती हो खुदाईयों के बारे में? खींचातानी करके तो तुम पीएचडी तक पहुंची हो। सबको अपना अतीत पता होना चाहिए कि बंदर से वो इन्सान तो बने थे,

मगर इंसानी रूप में विकास के नाम पर इस पृथ्वी को प्रदूषित करके वापस बंदरों की तरह हरकतें कर रहे हैं।"

"आप!" सृष्टि ने आगे कहना चाहा।

"चुप! एकदम चुप। बहुत मुंह चला लिया। अभी तीन घण्टे पहले जान देने चली थी और अब मुंह चैटरबॉक्स की तरह चल रहा है। खाना खाओ चुपचाप।" इस बार अनंत ने शख्त आवाज में कहा।

"मुझे भूख नहीं है।" वो धीरे से बोली।

"ठीक है, मत खाओ? मैं ही पागल हूं, जो पहले तो तुम्हारे किचन में जाकर खाना बनाया और फिर यहां तुम्हारी सेवा करने आया हूं। भाड़ में जाओ तुम। तुम उसी काले कौवे के लायक हो।" अनंत उठा और उसने प्लेट उठा ली।

"आपने काला कौवा गलत बोल दिया उसे?" सृष्टि ने अनंत के हाथ से प्लेट पकड़ ली। अनंत ने एक नजर पहले प्लेट को देखा और फिर सृष्टि की ओर देखा।

"उस बेचारे पक्षी की भी इंसल्ट हो गई कुशाल का कंपेयर करके। वो तो इस लायक भी नहीं है।" सृष्टि ने कहा तो अनंत ने उसे थोडा हैरानी से देखा। मगर उसने प्लेट नहीं छोड़ी।

"अब प्लेट छोड़िए।"

"नहीं मिलेगा तुम्हें अब खाना। भूखी रहो।" अनंत ने कहा मगर सृष्टि ने मुंह से ही प्लेट से एक रोटी का बाइट तोड़ दिया तो अनंत ने सिर हिलाया और प्लेट छोड़कर वापस कुर्सी पर बैठ गया। सृष्टि अब शांति से अपना खाना खाने लगी। मगर जैसे ही उसने खाना खत्म किया और अनंत की ओर देखा तो वो चौंक गई। अनंत कुर्सी पर ही सो चुका था। शायद ही उसने कभी अनंत का ये थका हुआ चेहरा देखा हो। सृष्टि जानती थी कि अनंत बहुत व्यस्त रहता था लेकिन वो यह भी जानती थी कि अपने हैक्टिक सिड्यूल के बाद भी अनंत उसके ऊपर पूरी नजर रखता था। इतनी भी क्या जिम्मेदारी निभाता था वो और क्यों? क्या वो सच में इतना जिम्मेदार था या इसके पीछे कोई बड़ा कारण था। सोचते हुए उसने गहरी सांस छोड़ी और बर्तन उठाकर किचन में आ गई। प्लेट छालकर वो वापस कमरे में गई तो अनंत अभी भी गहरी निंद्रा में लग रहा था। सृष्टि ने कंबल निकाला और धीरे से अनंत की ओर बढी, उसने जैसे ही कंबल खोलकर अनंत को ओढ़ाना चाहा अनंत ने उसकी कलाई पकड़ ली। सृष्टि चौंक उठी।

"म,,,म,,,मैं, बस वो कंबल डाल रही थी।" उसने डरते हुए कहा।

"मैं कमरे में जा रहा हूं। कोई जरूरत होगी तो कॉल करना।"

अनंत ने कहा और तुरंत बाहर निकल गया। सृष्टि बिस्तर पर लेट गई लेकिन नींद तो आंखों से कोसों दूर थी। उसकी आंखों में कुछ यादें तैरने लगीं।

अनंत जब उसके घर आया तो वो बहुत उत्सुक रहती थी उसके बारे में जानने के लिए लेकिन बहुत कोशिश के बाद भी वो उसके बारे में कुछ नहीं जान पाई थी। एक दिन सुबह के समय सृष्टि ने खेलते खेलते बॉल अनंत के कमरे में फेंक दी।

"सृष्टि जाओ जरा ये नाश्ता अनंत को दे आओ। वो सुबह चार बजे से उठा हुआ है।" तभी सृष्टि की मॉम ने कहा तो उसने प्लेट उठाई और अनंत के कमरे के बाहर खड़ी हो गई। उसने दरवाजा खटखटाया तो अनंत की आवाज आई।

"जी आंटी जी, अंदर आ जाइए। आप कब से दरवाजा नॉक करने लगीं?" अनंत ने अंदर से ही कहा। सृष्टि ने दरवाजा हल्का सा धकेला तो अनंत अपनी स्टडी टेबल पर बैठा हुआ था। उसके आगे बहुत सी किताबें फैली हुई थी। सृष्टि ने पूरे कमरे में नजर घुमाई तो वो कमरा कम और लाइब्रेरी ज्यादा लग रहा था।

"सृष्टि!" तभी अनंत ने आवाज दी तो वो होश में लौटी। अनंत की नजर उसके हाथों पर चली गई।

"वो,,,आपका नाश्ता।" सृष्टि ने हकलाते हुए कहा। अनंत ने हां में सिर हिलाया तो सृष्टि ने उसकी टेबल पर प्लेट रख दी और वापस जाने के लिए मुड़ गई।

"तुम्हारी बॉल! वो नहीं ले जानी? जिसके लिए तुम दरवाजे के बाहर खड़ी थी तबसे।" अनंत ने कहा तो सृष्टि ने टाइट से आंखें बंद कर दी। वो पकड़ी गई थी। मगर फिर वो धीरे से पीछे मुड़ गई। अनंत का चेहरा हमेशा की तरह गंभीर था। उसने सृष्टि को बॉल दी तो वो तुरंत वहां से भाग गई।

सृष्टि ने आंखें खोली तो उसके होंठों पर मुस्कुराहट आ गई। जो भी हो अनंत उसकी लाइफ में बचपन से था। पता नहीं क्या गलत था? उसके मॉम डैड, अनंत या फिर परिस्थितियां? क्योंकि सिर्फ अनंत ही गलत नहीं हो सकता था। वो तो हमेशा से ही सृष्टि

के लिए रक्षात्मक रहा था। तो वो क्यों सिर्फ अनंत को गलत कहे? जब अपने मॉम डैड ही उसे नहीं समझे तो वो किसी और क्यों दोष दे? सृष्टि का मन पहली बार अनंत के लिए सकारात्मक हो रहा था। उसने आंखें बन्द की और पल भर में उसे नींद पड़ गई। जबकि इसके विपरीत अनंत घर की छत पर खड़ा था। उसकी आंखों में कुछ अलग से भाव थे। उसके हृदय में अभी जो भावनाएं जग रही थी वो उन्हीं को बेरहमी से दफना रहा था।

★★★★

अध्याय ८

सुबह के करीब छह बज रहे थे जब सृष्टि की नींद खुली। वो कसमसाई हुई सी उठी। उसका दिल टूटा था मगर वो तुरंत ही संभल भी गई थी और कहीं न कहीं इसमें अनंत का योगदान अधिक था। उसने सृष्टि के साथ जो सहजता दिखाई थी, उससे सृष्टि का मन सकारात्मक सोचने लगा था। उसकी आंखों में कल के पूरे दिन का दृश्य तैर रहा था। जहां कल सुबह से शाम तक उसके जीवन में एक तूफान आया था वहीं वो आज थम गया था। मगर ना जाने क्यों उसे लग रहा था कि ये तूफान उसके जीवन से कुछ छीनकर नहीं गया था बल्कि उसको कुछ दे गया था। सृष्टि के होंठों पर मुस्कान आ गई। वो उठी और किचन में आ गई। मगर किचन में आते ही उसकी नजर बाहर खिडकी पर गई। उसकी आंखों में हल्की चमक आ गई। अनंत बाहर लॉन में ध्यान मुद्रा में बैठा था और पहली बार उसे अनंत का इस घर में होना अच्छा लग रहा था। जो अनंत उसे कल तक अपने मॉम डैड का प्यारा लगता था आज उसे वो एक रक्षक भी लग रहा था। कुछ ऐसा मानों वो सृष्टि की रक्षा के लिए ही समर्पित हो। बचपन से लेकर आज तक अनंत ने उसे कई बार विपरीत परिस्थितियों से बचाया था, तो वो उसे क्यों न रक्षक समझे। वो हल्की सी मुस्करा गई। आज अनंत का चेहरा उसकी ओर था। वो किसी

योगी के समान लग रहा था जिसके चेहरे का तेज सूरज के समान था। उसके बाल जो थोडा लंबे और पसीने से भीगे हुए थे उसके चेहरे की सुंदरता को और अधिक बढ़ा रहे थे। मजबूत बाजुएं, चौड़ा सीना और गठीला शरीर उसके हष्ट पुष्ट

रूप को दर्शा रहे थे। उसका चेहरा तेज और स्थिर था जो उसके साहस और संकल्प को प्रकट कर रहा था। सृष्टि ने सिर हिलाया तभी उसकी चाय उबलकर गैस के ऊपर गिर गई। उसने गहरी सांस छोड़ी और बची हुई चाय डालकर हॉल में आई ही थी कि अनंत भी हॉल में पहुंचा। उसने सृष्टि के हाथ में चाय का कप देखा और बिना कुछ कहे तुरंत उसके हाथ से कप छीन लिया और न्यूज पेपर लेकर सोफे पर बैठ गया। वो अचंभित सी हो गई।

"ये चाय है!" सृष्टि ने हैरानी से कहा।

"जानता हूं।"

"आप तो चाय नहीं पीते!"

"किसने कहा, बैन हैं क्या मेरे लिए?"

"आप ब्लैक काफी पीते है!"

"बड़ा याद है तुम्हें!"

"बचपन से देखा है आपको।"

"और क्या क्या देखा है मुझमें?" इस बार अनंत ने नजरें उठा कर उसकी ओर देखा तो वो हड़बड़ा गई और किचन में घुस गई। अनंत के होंठों पर मुस्कान की एक बारीक सी लकीर बन गई। जैसे कि उसका मुस्कुराना कयामत ला देगा। उसने चाय का एक सिप लिया तो उसकी आंखें हल्की सी बंद पड़ गई। "इतने सालों में कम से कम एक चीज तो सीखी तुमने।" वो खुद में ही बड़बड़ाया

"क्यों? आपको क्या लगता है मुझे कुछ नहीं आता?" अचानक सृष्टि ने कहा जो अनंत के बगल में खड़ी थी।

"इसमें लगना क्या है? ऑफकोर्स तुम्हें कुछ नहीं आता।" अनंत ने अखबार का पन्ना पलटते हुए कहा।

"आप न, क्या नहीं आता मुझे? हां? वापस दीजिए मेरी बनाई हुई चाय।" सृष्टि ने गुस्से में कहा।

"तुम्हारे पास है तो एक कप। कितनी चाय पियोगी?"

"हां है तो? दोनों कप मैने बनाएं हैं। इसलिए वापिस करिए।"

"दानव हो क्या? जो इतनी चाय पियोगे?" अनंत ने चाय का घूंट भरा।

"मैने बनाई है तो मैं कितनी भी पियूं। मेरी मर्जी, मेरी चाय, मेरा घर। इट्स माय कॉल, नन ऑफ योर बिजनेस।"

"यहां मेरा भी आधा हिस्सा है।" अनंत ने बड़े आराम से कहा। मगर उसने नजर नहीं उठाई उसका ध्यान अखबार की हेडलाइंस पर था।

"हां हां एडॉप्ट जो कर रखा है न मेरे मॉम डैड ने आपको। पता नहीं क्या ही जड़ी बूटी खिलाई थी आपने उन्हें, जो आपके वश में हो गए।" सृष्टि ने मुंह बनाया।

"यस, आई एम द ग्रेटेस्ट मेजिसियन इन द एंटायर यूनिवर्स।" अनंत ने बड़े अहंकार से कहा।

"हां तो ब्रहांड के देवता, वहीं रहते, यहां क्या काम पड़ गया था जो धरती पर पग पड़े आपके।"

"तुम थी न, इस जगत जननी को बदनाम करने वाली। इसलिए धरती पर अवतरित होना पड़ा।"

"तो स्वर्ग के राजा धरती की सेवा करने उतरे हैं न।"

"यस, ऑफकोर्स, आई एम द किंग ऑफ हेल, नॉट किंग ऑफ हैवन।"

"सो, मिस्टर किंग ऑफ हैल, आप हमारी इस छोटी सी झोपडी में क्या कर रहे हैं फिर? जाइए न अपने महलों में अप्सराओं संग नृत्य कीजिए। अब यहां तो आपको कोई दासी मिलने से रही।"

"आई एम योर डैम प्रोफसर। कॉल मी वैरी रिस्पेक्टफुली।"

"आह, आई एम सॉरी अब मुझे क्या पता कि आप प्रोफेसर हैं या किंग ऑफ हैल। बहुत हो गया, मुझे आपके ये घटिया डायलॉग नहीं सुनने।" सृष्टि अब चिढ गई।

"तुमने मुझे घटिया कहा?" अनंत ने अपनी ओर ऊंगली करके कहा।

"हां कहा तो?"

"तो, तुम भी घटिया!"

"आपने मुझे घटिया कहा?" सृष्टि ने गुस्से से कहा तो अनंत ने मुस्कुराते हुए हां में सिर हिलाया और चाय का एक सिप लिया। सृष्टि ने भी अपनी पूरी चाय एक ही बार में घटकी और अनंत के हाथ से चाय का कप छीनने लगी।

"क्या कर रही हो इडियट?" अनंत चिल्लाया।

"ये मैने बनाई है। आपको कोई हक नहीं है इसे पीने का।" सृष्टि चाय का कप छीनते हुए बोली, मगर चाय अनंत के पजामे में छलक गई। चाय गर्म तो नहीं थी, मगर अनंत का चेहरा जरूर गुस्से से लाल हो चुका था। उसने पहले अपने पजामे की ओर और फिर सृष्टि की ओर देखा। सृष्टि ने अपने दोनों हाथ मुंह पर रख लिए। उसकी हलक में जान अटक गई थी। उसने रोनी सी सूरत बनाई और कहा।

"आ,,,आ,,,आई एम सॉरी।" वो तुरंत चार कदम पीछे हट गई।

"तुमने मेरे कपड़ों में चाय गिराई!" अनंत ने बेहद सर्द आवाज में कहा। सृष्टि को समझने में बिल्कुल भी वक्त नहीं लगा कि अनंत अब क्या करने वाला था। वो तुरंत और पीछे हट गई।

"स्टॉप, आई सेड स्टॉप राइट नाव।" अनंत चीखा मगर सृष्टि उसके हाथों मरना नहीं चाहती थी। वो तेज भागने लगी। अनंत ने कप सेंटर टेबल पर रखा और खुद भी उठ गया। सृष्टि ने एक नजर पीछे लगाई तो चीखकर सीढ़ियों की ओर भागी। "आप,,,आप मेरे पीछे क्यों भाग रहे हैं?" वो भागते हुए बोली।

"तुमने मेरे ऊपर चाय गिराई। सजा तो मिलनी चाहिए न।" अनंत उसके पीछे भागा। सृष्टि भी तेजी से छत की ओर भागी।

"दैट वज ए मिस्टेक।" सृष्टि ने अपना बचाव करना चाहा।

"मिस्टेक,,,मिस्टेक होती है, सजा तो मिलेगी।" अब तक वो दोनों भागते हुए छत पर पहुंच गए थे। सृष्टि सीधे झूले के पीछे खडी हो गई।

"मैने कहा रुक जाओ।" अनंत ने वार्निंग दी।

"नहीं, आप मुझे मारेंगे।"

"हां पूजा तो मैं भगवान की भी नहीं करता, तो तुम क्या हो।" अनंत उसकी ओर आया तो वो सीधे दूसरी ओर चली गई।

"क्यूंकि आप नास्तिक है?"

"जो भी कहो, मगर आज तुम बच नहीं पाओगी।" अनंत ने तेजी दिखाई।

"गॉड,,,प्लीज सेव मी फ्रॉम दिस मॉन्स्टर।" सृष्टि भागते हुए बोली, मगर अब उसकी सांसें फूल गई थी। वो हांफने लगी थी। अनंत की सांसें भी अब तेज हो गई थी। मगर फिर भी वो दोनों झूले के दोनों ओर गोल गोल घूमने लगे।

वहीं घर के कुछ दूरी पर एक ऊंचे वृक्ष की दो डालियों पर गुरु शाश्वत और वाहिनी उस नजारे को देख रहे थे। गुरु शाश्वत आराम से पेड़ की एक मोटी शाखा पर लेटे हुए थे। उन्होंने एक टांग नीचे लटकाई हुई थी और हाथों को आपका में बांधा हुआ था। उनके सिर के नीचे एक कुशन था, जबकि वाहिनी भी एक शाखा पर ध्यान की मुद्रा में आराम से बैठी थी, हालांकि उसकी आंखें खुली हुई थी।

"तो आपने ये गुदगुदा उपधान भी चुरा लिया ज्वालायुवराज के निजी भवन से।" वाहिनी ने गुरु शाश्वत के तकिया की ओर इशारा किया।

"ये काफी आरामदायक है।" गुरु शाश्वत ने उत्तर दिया।

"मगर ये ज्वाला युवराज का है।"

"तो क्या? वो मेरा शिष्य है।"

"मगर वो पहले युवराज हैं। आप उनकी चीजों को ऐसे बिना उनकी अनुमति के नहीं ले सकते।"

"हमें समझ नहीं आता कि गुरु हम हैं या तुम मूर्ख शिष्य। कहीं भी सम्मान नहीं है इस बूढ़े गुरु का। एक उपधान क्या ले लिया मानों कांटे चुभ गए तुम्हारे ह्रदय पर।" गुरु शाश्वत चिढ़ गए तो वाहिनी ने चुप रहना बेहतर समझा।

"क्या आपको अब भी युवराज पर संदेह नहीं होता।" वाहिनी के स्वर में कुछ चिंता थी और उसकी दृष्टि अब छत पर घूम रहे अनंत और सृष्टि पर थी। गुरु शाश्वत ने भी उस ओर दृष्टि घुमाई।

वो दोनो अभी भी भाग रहे थे, मगर अब सृष्टि बुरी तरह थक गई थी। अचानक उसका पांव उलझा और वो झूले पर जा गिरी। अनंत तुरंत रुक गया। उसके होंठों पे शातिर मुस्कान आ गई।

"तो अब क्या करोगी?" अनंत उसके ठीक आगे खड़ा हो गया। सृष्टि की आंखें बड़ी हो गई। अनंत ने एक हाथ सृष्टि के बगल में और दूसरा हाथ पीछे झूले पर टिकाया और हल्का सा उसकी ओर झुक गया, हालांकि उसने अपनी पूरी मर्यादा बनाए रखी। सृष्टि हाँफ रही थी तो अनंत की सांसें भी चढ़ी हुई थी। सृष्टि ने अपनी नजरें उठाकर अनंत की आंखों में देखा तो एक क्षण के लिए वो दोनों एक दूसरे की आंखों में बंध गए। अनंत वो उन आंखों को बर्षों से जानता था और यहीं वो आंखें थीं जिनके आकर्षण से वो कभी नहीं बच पाया। आज भी नहीं। सृष्टि ने अचानक नजरें झुकाई तो अनंत चेत में लौटा। वो तुरंत सीधा हुआ और उसने अपने बालों के हाथ घुमा दिए। सृष्टि उठी और भागकर नीचे चली गई जबकि अनंत छत की रेलिंग पर जाकर खड़ा हो गया। उसके हाथ रेलिंग पर कस गए। उसने एक जोर का हाथ दे मारा रेलिंग पर। इधर सृष्टि भी अपने कमरे में

आई और उसने अपने पीछे दरवाजा बंद कर लिया। ठंड में भी उसके माथे पर पसीना छलकने लगा। वो दरवाजे से पीठ लगाए खड़ी हो गई। उसकी सांसें अब भी तेज थी। अब ये भागने की वजह से था या अनंत की नजदीकियों से, ये तो उसका मन ही जानता था। हालांकि उसका लाल चेहरा उसके मन को बयां कर रहा था।

"सृष्टि, वो सब क्या था? क्यों था? समथिंग वियर्ड! आह, डैम इट। जो पहले कभी महसूस नहीं हुआ था। व्हाट द हेल आर यू गोनिंग ऑन अबाउट? दिस इज रियली स्ट्रेंज फीलिंग!" वो पागलों की तरह बड़बड़ाए जा रही थी।

वहीं छत पर अनंत भी खुद को कोश रहा था। अचानक उसकी नजर सामने के वृक्ष पर गई, तो उसने गहरी सांस छोड़ी। अब गुरूदेव उसकी खाल खींचने वाले थे।

"क्या हुआ? आकर्षण महसूस कर रहे हो? यही ध्येय है तुम्हारा?" उसके कानों में गुरु शाश्वत की आवाज पड़ी तो उसने कुछ क्षण के लिए अपने नेत्र मूंद लिए। वहीं उसके बगल में खड़े गुरु शाश्वत खड़े थे। उन्होंने दोनों हाथ पीछे बांधे हुए थे। मगर आज उनका चेहरा गंभीर लग रहा था मानों कुछ बहुत गंभीर विचार कर रहें हों।

"गुरुदेव, हमें क्षमा कीजिए, हम कुछ क्षणों के लिए स्मृति भ्रंस का शिकार हो गए थे। आगे से हम ध्यान रखेंगे कि हम अपनी मर्यादा ना लांघे!"

"हमें तुम्हारे ऊपर खुद से भी अधिक विश्वास है व्योम। हम बस तुम्हें इतना कहना चाहते हैं कि स्मरण रखना वो समय आने पर तुम्हारे विरोध में होगी। अगर तुम खुद के कष्टों को कम करना चाहते हो तो अपनी स्मृति में बिठा लो कि वो कोई आम युवती नहीं

है। उसका जन्म एक विशेष ध्येय के लिए हुआ है और जब तक उसे सब कुछ स्मरण नहीं आ जाता तुम उसके साथ कुछ भी गलत नहीं कर सकते। जानते हो न वो कौन है।"

"हम जानते हैं गुरूदेव, परंतु हम अभी अपनी योजना में कुछ बदलाव कर रहे हैं।" अनंत ने कहा तो गुरू शाश्वत ने उसकी ओर देखा। अनंत के होंठों पर एक टेढ़ी मुस्कान आ गई जिसे गुरु शाश्वत बखूबी जानते थे।

"क्या यह तुम्हें ठीक लगता है?"

"यस, आई एम ऑलवेज राइट गुरुदेव।"

"तुम्हारे शब्द!!" गुरु शाश्वत चिढ़ गए, मगर अनंत ने अब कोई प्रतिक्रिया नहीं दी। उसकी आंखों में कई भाव एक साथ थे। गुरु शाश्वत ने सिर हिलाया और वहां से गायब हो गए।

अनंत नीचे आया और अपने कमरे में घुस गया। थोड़ी ही देर में वो वापस बाहर आया। उसके हाथ के कुछ किताबें थी। जैसे ही वो बाहर आया उसकी नजर सृष्टि पर पड़ी जो दरवाजे से बाहर जा रही थी।

"सृष्टि!" अनंत ने आवाज दी, तो वो रुक गई। मगर पीछे नहीं पलटी।

"वो,,,आज सेमिनार है तो वहीं जा रही हो?" अनंत ने पूछा।

"जी।" सृष्टि ने छोटा सा जवाब दिया।

"मैं भी कॉलेज ही जा रहा हूं, साथ मे चलो।" अनंत ने कहा तो सृष्टि चुपचाप बिना कुछ कहे कार में बैठ गई। अनंत ने एक नजर सृष्टि की ओर देखा। उसका चेहरा लाल पड़ा था। वो भी क्या कहता। उसका भी वही हाल था। उसने कार आगे बढ़ा दी और कुछ ही देर में वो लोग डिपार्टमेंट पहुंच गए। सृष्टि बिजली की तेजी से उतरी और तुरंत अंदर घुस गई। अनंत ने सिर हिलाया और वो भी उतर गया। हालांकि अनंत ने बगल में खड़े वीर को नहीं देखा था जो उन दोनों के एक साथ आने पर अचंभित था। मगर वो भी इस बात से अंजान था कि म्यूजियम की छत पर गुरु शाश्वत और वाहिनी खड़े थे। उनकी नजर वीर पर थी।

"आपको इसके ऊपर क्यों संदेह है गुरुदेव?"

"क्योंकि इसका व्यवहार हमें सबसे विचित्र लगता है।"

"परंतु हमने उसे कभी भी कुछ गलत काम करते हुए नहीं देखा।"

"यही तो सोचने का विषय है वाहिनी। एकमात्र वो इन्सान जिसकी छवि सबसे साफ सुथरी है इस विभाग में। ये कुछ ठीक नहीं लगता। जिसकी जुबान में जितनी अधिक शक्कर होती है, वो उतना विष छुपाए बैठा होता है। खैर हम कोई संदेह से ही दोषारोपण नहीं करना चाहते। इसलिए इस युवक पर दृष्टि रख रहे हैं। परंतु अभी तक हमें कुछ खास लगा नहीं है इस युवक में इसलिए हमें एक और इन्सान पर संदेह है।"

"और वो कौन है गुरुदेव?" वाहिनी ने पूछा, मगर गुरु शाश्वत ने कुछ कहने के बजाए नीचे गलियारे में इशारा कर दिया जहां वान्या और विकास बातें करते हुए प्रोजेक्टर हॉल में जा रहे थे।

"हमें यहां सिर्फ वो नकारात्मक ही नहीं बल्कि एक और सकारात्मक ऊर्जा का आभास होता है।" गुरु शाश्वत ने कहा।

"सृष्टि के अलावा भी कोई और?" वाहिनी ने कहा तो गुरू शाश्वत ने हां में सिर हिलाया।

"तो क्या वीर को हम वही समझें।"

"हम अभी कुछ नहीं कह सकते। यहां बहुत कुछ अलग लगता है।" वाहिनी ने सिर हिलाया और अचानक ही वो एक छोटे से काले पक्षी के रूप में आ गई और उड़ते हुए गलियारे में आ गई, जबकि किसी का ध्यान उस काले सर्प के बच्चे पर नहीं था। जो बगीचे के पिछले वाले हिस्से से प्रोजेक्टर हॉल की खिड़की पर चढ़ने का प्रयत्न कर रहा था।

दस बज गए थे और सभी लोग प्रोजेक्टर हॉल में इक्कठा हो चुके थे। सभी प्रोफेसर्स सबसे अगली वाली रो में थे जबकि उनके पीछे पीएचडी वाले और सबसे पीछे मास्टर्स के विधार्थी थे। अनंत होस्टिंग कर रहा था। एक दूसरे कॉलेज से भी कुछ मेहमान आए हुए थे। उसी हिस्ट्री एंड आर्कियोलॉजी के डिपार्टमेंट की टीम को वो स्वर्ण मुहर मिली थी जिसके बारे में उस दिन ऋषभ ने अनंत से पूछा था। आज यहां उसी मुहर की चर्चा

होने वाली थी। मिस्टर कबीर ने जो कि दूसरे कॉलेज के सीनियर आर्कियोलॉजिस्ट थे इन्होंने स्पीच देना शुरू किया तो अनंत अपनी सीट पर बैठ गया।

"गुड मॉर्निंग एवरीवन, आई एम ऑनर्ड टू शेयर माय फाइंडिंग विद यू टुडे, आई एम वैरी ग्रेटफुल फॉर दिस अपॉर्चुनिटी। असल में आज का सेमिनार बहुत ही इंट्रेस्टिंग होने वाला है। आई नो आज तक हमने और आपने आर्कियोलॉजी के ऐसे फील्ड में काम किया है, जहां हमने आर्कियोलॉजिक इवेडेंस को ज्यादा महत्व दिया है। बट, अब हम लोग मिलकर एक बहुत ही इंट्रेस्टिंग एंड मिस्टीरियस डायनेस्टी पर काम करने वाले है। तो क्या तैयार हैं आप सब?" सारे स्टूडेंट्स हूटिंग करने लगे।

"ओके लेट्स स्टार्ट। हम जिस डायनेस्टी पर चर्चा करने वाले हैं उसका हमारे पास सिर्फ एक एवेडेंस है। अब आप लोग कहेंगे कि सिर्फ एक एविडेंस के आधार पर हम लोग कैसे काम करेंगे। सो यही आप लोगों के पास चुनौती है और खुद को प्रूफ करने का यह एक बेहतरीन मौका भी। सो स्कॉलर्स, एक मुहर दैट्स इट। ये हमें एक महीने पहले मिली थी, जो कि बहुत ही रहस्यमई है। हमारी बहुत कोशिशों के वावजूद हम इसके बारे में कुछ ज्यादा जानकारी हासिल नहीं कर पाए हैं। अब वो कोई कैमिकल्स रिएक्शन है या कुछ और पर इस सील को कोई हाथ नहीं लगा पा रहा है।" प्रोफसर कबीर ने कहा तो सब हैरान हो गए।

"आई नो! आई नो! अब आप सोच रहे होंगे कि ये किस तरह की सील है, तो आपको बता दूं, इसमें कुछ कैमिकल हो सकते है शायद इतने सालों से धरती में गढ़े होने के कारण या इसका कुछ और रीजन भी हो सकता है परंतु जो भी हो इसे अगर कोई छूने

की कोशिश करता है तो ये सील उसका हाथ जला देती है। सिर्फ हाथ ही नही इसे खुला भी नही छोड़ा जा सकता है, क्योंकि यह कांच के अलावा और किसी भी शर्फेस को जला देता है। हमें कुछ एपिक्स में ज्वाला घाटी और उदय घाटी जैसे नाम मिलते हैं और यह सील उदय घाटी से संबंधित हो सकती है। अभी हमें इसके ऊपर और रिसर्च की जररूत है। इसलिए हम मिलकर इस प्रोजेक्ट पर काम कर सकते हैं। हां एक बात और हमारी एक टीम पहले से ही उस द्वार को खोजने के लिए निकल चुकी है जिसके बारे में बहुत भ्रांतियां फैली हुई हैं। अब यह सच हैं या नहीं ये तो हमारी रिसर्च के बाद ही पता चलेगा।" अनंत के कानों में जैसे ही द्वार पड़ा, वो चौंक उठा। उसके चेहरे के भाव ऐसे थे मानों उसका संसार उजड़ रहा हो और वो कुछ न कर पा रहा हो। अचानक उसके हाथ हल्के हल्के कांपने लगे और उसके माथे पर पसीना छलक आया। सृष्टि ने पीछे से अनंत को नोटिस किया जो बार बार अपने माथे पर आए पसीने को साफ कर रहा था। उसके कांपते हाथों को देखकर सृष्टि को समझने में देर नहीं लगी, कि अनंत की तबीयत ठीक नहीं है।

"अब यह सिर्फ एक दंत कथा है या इसका सच्चाई से कोई लेना देना है। यही हम लोगों को जानना है। सो क्या तैयार हैं आप सब इस इंट्रेस्टिंग डायनेस्टी पर रिसर्च करने के लिए?" प्रोफसर के कहते ही पूरे हॉल में हूटिंग होने लगी, जबकि अनंत की हालत कुछ ठीक नहीं थी। उसे मानों घुटन हो रही थी। जैसे किसी ने उसका गला दबा दिया हो।

सेमिनार खत्म होते ही सभी लोग खड़े हो गए और चर्चाएं करने लगे, मगर अनंत तुरंत उठा और बाहर चले गया। सृष्टि भी उसके पीछे पीछे दौड़ी तो कुशाल और वीर ने

उसे देख लिया था। जबकि वान्या की मुट्ठियां कस गई थी। विकास ने वान्या को देखकर सिर हिला दिया।

अनंत अभी अपने लैब में था। उसकी सांसें कुछ ज्यादा ही तेज थी। उसके माथे पर लगातर पसीना आ रहा था। उसने अपनी शर्ट के दो बटन खोल दिए थे। उसने बोतल उठाई और सारा पानी एक ही बार में घटक गया। उसने अपने सीने पर दो तीन मुक्के जड़ दिए। सृष्टि दरवाजे पर खड़े होकर यह सब देख रही थी। अनंत ने अपनी टेबल पर दोनों हाथ रखे और झुक गया।

"अनंत सर!" वो तेजी से उसके पास आ गई तो अनंत चौंक उठा। वो सृष्टि की ओर हड़बड़ा कर पलटा तो टेबल पर रखी सभी चीजें नीचे गिर पड़ी।

"तु,, तु,,,तुम यहां,,क्या कर रही हो?" अनंत ने हड़बड़ाते हुए कहा। सृष्टि अचंभित थी। उसने अनंत को आज तक कभी ऐसा नहीं देखा था।

"आप ठीक हैं?" वो अनंत के पास आने लगी तो अनंत पीछे हटने लगा। सृष्टि के कदम रुक गए। उसे बिलकुल भी यकीन नहीं हो रहा था कि ये अनंत ही है।

"आपकी तबियत? आई थिंक आपको डॉक्टर के पास चलना चाहिए।" उसने दूर से ही कहा।

"नो, आ,,आ, आई एम फाइन। यू कैन लीव नाव।" अनंत मानों उसे भागना चाहता था।

"अनंत सर आप ठीक नहीं है, प्लीज डॉक्टर के पास चलिए।" सृष्टि ने जिद्द की।

"मैने कहा न, तुम जाओ यहां से। गेट आउट।" अनंत चीखा तो वो सुन्न पड़ गई। सुबह तक जो अनंत इतने प्यार से रह रहा था उसे अचानक क्या हो गया था। वो आगे बढ़ी और उसने अनंत का हाथ पकड़ना चाहा, मगर अनंत ने तेजी से उसका गला पकड़कर दीवार से भिड़ा दिया। उसके हाथ सृष्टि के गले पर कस गए तो सृष्टि की सांसे घुटने लगी और उसका मुंह पूरा लाल पड़ चुका था। मगर अनंत तो मानों दानव बन चुका था। उसके हाथ सृष्टि के गले पर कसते जा रहे थे। सृष्टि के आंखों के कोनों से आंसू बहने लगे और उसकी आंखें हल्की सी बंद पड़ने लगी और अचानक! उसकी गर्दन एक किनारे लटक गई।

"व्योम! छोड़ो उसे।" तभी गुरु शाश्वत चीख उठे तो अनंत मानों चेत में लौटा हो। उसने हाथ हटाया तो सृष्टि नीचे गिरने लगी, मगर जमीन पर गिरने से पहले ही वो हल्की सी हवा में लटक गई। गुरु शाश्वत ने दूर से ही ऊंगली को हल्के से घुमाया और उसे धीरे से जमीन पर रख दिया।

"व्योम ये क्या किया तुमने?" गुरु शाश्वत क्रोधवश बोले।

"यह पता होने के बाद भी कि यही तुम्हारी मुक्ति की कुंजी है। फिर भी तुम अपने इस भयावह क्रोध के अग्नि के आगे सब भूल रहे हो। कितनी बार स्मरण कराऊं तुम्हें व्योम, अपने क्रोध को फिलहाल त्याग दो। यह तुम्हारे लिए हमेशा से ही घातक रहा है। अगर सृष्टि को कुछ हुआ, तो कोई नहीं जानता व्योम कि ज्वाला घाटी कभी उस कालचक्र से बाहर आ भी पाएगी या नहीं।" गुरु शाश्वत ने कहा तो अनंत को अब अपनी गलती का अहसास हुआ।

"ये मूर्छित है।" तभी वाहिनी ने कहा जो सृष्टि के बगल में एक घुटना जमीन पर टेक लगाए बैठी थी। वो अब भी अपने काले योद्धाओं वाले वस्त्रों में थी।

"मगर इसे सीपीआर देना होगा।" वाहिनी ने कहा।

"क्या देना होगा?" गुरु शाश्वत ने अचंभे से कहा।

"वो मुंह से सांस देना, अगर कोई मूर्छित होता है तब।" वाहिनी ने समझाया।

"ये तो हमने कभी नहीं सुना! तुमने ये सियार वाली विद्या कहां से सुनी?" गुरु शाश्वत ने हाथों को लपेट लिया।

"हमने एक सीरीज में देखा है।" वाहिनी थोडा मुस्कुराई।

"किसमें देखा है?" गुरु शाश्वत ने फिर से सवाल किया।

"हमें ज्वालायुवराज ने एक आधुनिक यंत्र दिया है। जो यहां के सभी लोगों के पास होता है। वो होता है न, जिससे दूर रहने वालों से भी वार्ता की जा सकती है और उनकी शक्ल भी उस यंत्र में देखी जा सकती है। हमने उसी में देखा था कि यहां के लोग किसी को चेत में लाने के लिए मुंह से श्वासं देते हैं।" वाहिनी ने मासूमियत से कहा तो अनंत वाहिनी को हैरानी से से देखता रहा। हालांकि गुस्से से उसका सीना फूल गया था। इतनी सीरियस कंडीशन में वाहिनी की बातें उसे और क्रोध दिला रही थी।

“और इस विचित्र यंत्र की जरूरत तुम्हें क्यों पड़ गई? इसे तो तब इस्तेमाल करते हैं, जब हमें कहीं वार्ता करनी होती है! हम लोग तो इस यंत्र के बिना भी एक दूसरे के संपर्क में रह सकते हैं।”

“गुरूदेव अभी युवती को बचाना महत्वपूर्ण है।” वाहिनी ने गुरु शाश्वत का ध्यान सृष्टि की ओर लगाया।

“हां तो हम कैसे करें? तुमने कहा न, वो क्या कहते हैं सियार देना है इसे।”

“सियार नहीं सीपीआर।” वाहिनी ने सही किया।

“हां जो भी है।” गुरु शाश्वत ने चिढ़ कर कहा।

“हां तो वो मैं नहीं दे सकती। इसे कोई युवक ही देता है। हमें यह विधि नहीं पता।”

“ये भी तुमने उस यंत्र में देखा है कि युवक ही सियार देंगे?”

“जी गुरुदेव। मगर कोई तरुण सुंदर गठीला युवक। जब भी कोई युवती ऐसे मूर्छित होती है, तो कोई सुंदर युवक उसे मुंह से श्वास देता है जिससे युवती तुरंत मूर्छा से चेत अवस्था में आ जाती है।” वाहिनी ने बहुत ही मासूमियत से कहा।

“व्योम जल्दी इसे सियार दो।” गुरु शाश्वत ने आदेश दिया। जबकि अनंत वाहिनी को क्रोध और हैरानी के भाव से देख रहा था।

“हमने ये यंत्र इसलिए तुम्हें दिया था, कि तुम ये उल्टा सीधा देखो उसमें? हम सीपीआर नहीं दे सकते। इसे चिकित्सालय ले जाना होगा।” अनंत ने गर्दन इधर उधर घुमाई।

“हैं? परंतु क्यों? जब वाहिनी कह रही है कि सियार देने से वो चेत में आ जायेगी, तो इसमें समस्या क्या है? तुम क्यों नहीं कर सकते? क्या तुम तरुण सुंदर गठीले नहीं हो?”

“आप समझ नहीं रहे हैं गुरुदेव, हम नहीं दे सकते। यह त्रुटि हमसे हुई है कि हमने वाहिनी वो वो यंत्र दिया। हमारा ही मस्तिष्क भ्रमित हो गया था। जो तुम्हारे फोन में हमने एमेजॉन प्राइम का रिचार्ज करवाया।” अनंत अब चिढ गया। मगर गुरु शाश्वत और वाहिनी के सिर से उसकी बातें बाउंसर गई। वो तेजी से सृष्टि के पास गया और उसने सृष्टि के चेहरे पर पानी छिड़का मगर उसे चेत नहीं आया। उल्टा उसका चेहरा पीला पड़ गया था। अब तो अनंत को भी घबराहट होने लगी थी। “गुरुदेव, हमें इसे चिकित्सालय ले जाना होगा।” अनंत ने कहा और तुरंत सृष्टि को गोद में उठा लिया। अगले ही क्षण वो वहां से गायब हो गया। गुरु शाश्वत ने सिर हिलाया और फिर वो दोनों भी वहां से गायब हो गए। वो लैब फिर से शांत पड़ गई मानों वहां कुछ हुआ ही न हो।

करीब एक घंटे बाद सृष्टि ने धीरे से अपनी आंखें खोली। उसने अपनी पुतलियां इधर उधर घुमाई तो उसे समझने में बिल्कुल भी वक्त नहीं लगा कि वो हॉस्पिटल में है। वो तुरंत बैठ गई।

“कैसा लग रहा है अब?” ऋषभ ने उसकी ओर पानी का गिलास बढ़ाया।

"मैं यहां कैसे?" सृष्टि ने ऋषभ को देखते हुए पूछा।

"किसी लड़की का फोन आया था मुझे, उसने कहा कि कोई तुम्हें हॉस्पिटल छोड़ गया है। तुम्हें एक घंटे बाद होश आया है।" ऋषभ ने बताया। सृष्टि के चेहरे पर क्रोध और पीड़ा के गहन भाव आए।

"डॉक्टर का कहना है, कि तुम्हारी ब्रेन की कोई नस सुन्न हो गई थी और कुछ देर के लिए तुम्हारा ब्रेन डेड पड़ गया था। हुआ क्या था तुम्हारे साथ?" ऋषभ ने चिंतातुर होकर पूछा तो सृष्टि की आंखों में सारा दृश्य घूम गया। किस तरह अनंत ने उसका गला बेरहमी से दबोचा था। उसकी आंखें डबडबा गई।

"चल कोई बात नहीं अब जो भी हुआ तू ठीक है बस। मैं तेरे लिए कुछ खाने के लिए लेकर आता हूं।" ऋषभ ने कहा तो सृष्टि ने हां में सिर हिलाया। ऋषभ बाहर निकल गया।

सृष्टि समझ नहीं पा रही थी कि आखिर उस वक्त अनंत को हुआ क्या था। वो स्ट्रिक्ट भले ही था मगर इस तरह किसी को हाथ लगाना उसका स्वभाव नहीं था। उसकी आंखें वो कुछ अलग थी जिनमें क्रोध की अग्नि थी मगर किसलिए। वो खुद से ही प्रश्न किए जा रही थी जिनका जवाब उसके पास तो बिलकुल नहीं था। उसने अपनी हथेलियों से अपना चेहरा ढका और गहरी सांस छोड़ी।

थोड़ी ही देर बाद ऋषभ वॉर्ड में आया तो सृष्टि गायब थी। उसने तुरंत सृष्टि को कॉल लगाया तो सृष्टि ने उठा भी लिया।

"वीजे मुझे एक बहुत जरूरी काम याद आ गया था। मैं तुमसे बाद में बात करूंगी।" सृष्टि ने उसके कुछ कहने से पहले ही फोन काट दिया। ऋषभ ने सिर हिलाया और फिर अपने रुम की तरफ चले गया।

इधर सृष्टि इस वक्त अनंत के अपार्टमेंट के दरवाजे के बाहर उस बंद दरवाजे को घूर रही थी। उसने गहरी सांस छोड़ी और डोर बेल बजाई और कुछ देर इंतजार किया, मगर अनंत ने दरवाजा नहीं खोला। उसने अब तीन चार बार बेल बजाई तो भी दरवाजा नहीं खुला।

"अरे सृष्टि!" तभी बगल वाले दरवाजे से सृष्टि के ही कॉलेज के एक प्रोफेसर बाहर आए।

"गुड आफ्टर नून सर।" सृष्टि ने कहा।

"गुड आफ्टर नून। तुम अनंत को ढूंढ रही हो?"

"यस सर।"

"बट वो थोड़ी देर पहले ही कहीं गया है कार लेकर। उसने मुझे घर के चाबी भी दी हैं और कहकर गया है, कि वो दो दिन के लिए कहीं बाहर जा रहा है।" उन्होंने कहा तो सृष्टि हैरान हो गई।

"अनंत सर कहीं गए हैं? वो भी दो दिन के लिए, वो तो कहीं नहीं जाते सर। क्या कुछ बताकर गए कि कहां जा रहे हैं।"

"पता नहीं बेटा, मगर हां उसके हाथ में काफी चोट आई थी। काफी खून भी बह रहा था उसके हाथ से। मैने उसे डॉक्टर के पास जाने के लिए कहा भी मगर उसने मना कर दिया। बेचारा ऐसे ही ड्राइव करके गया होगा। मैने कहा भी था मेरा ड्राइवर ले जाए मगर उसने उसके लिए भी मना कर दिया।"

"चोट? क, कैसे? मतलब सुबह तो ठीक थे वो!" सृष्टि अब घबरा गई।

"दिन में जब वो घर आया था तब तो ठीक था, मगर जब थोड़ी देर बाद मैने बालकनी से देखा, तो वो अपने हाथ से बहते हुए खून को रोकने की कोशिश कर रहा था।" सृष्टि का दिल धक सा रह गया। वो तो यहां कई सवालों के साथ आई थी, मगर अनंत के बारे में यह सब सुनकर उसकी तो सांसे ही थम गईं हों जैसे। उसने तुरंत फोन निकाला और अनंत को कॉल लगा दिया, लेकिन उसका फोन अब नॉट रिचेबल आ रहा था। सृष्टि ने अपना सिर पकड़ लिया।

****

करीब दो दिन बीत चुके थे और सृष्टि के लिए ये दो दिन काटने इतने मुश्किल थे कि जैसे उसके लिए ऑक्सीजन की कमी हो गई हो इस वातावरण में। जबसे अनंत ऋषिनगर आया था, वो कभी भी इस तरह अचानक गायब नहीं हुआ था। ये पहली बार था जब सृष्टि ने उसे दो दिन तक न देखा हो। वरना अनंत तो सूरज की तरह था जो हर दिन दिखता था। सृष्टि ने इन दो दिनों में जिससे हो सकता था अनंत के बारे में पूछा मगर किसी को नहीं पता था कि आखिर वो है कहां। यहां तक कि स्कॉलर होने के वावजूद

वो दिन से डिपार्टमेंट भी नहीं गई थी। वो बस अनंत के अपार्टमेंट के ही चक्कर लगाती रही।

अभी सुबह के सात बज रहे थे और सृष्टि अनंत के अपार्टमेंट के बाहर की सीढियों पर बैठी हुई थी। उसे उम्मीद थी कि आज तो अनंत जरूर आ जायेगा। मगर सुबह से कब दिन और कब रात के दस बजे, उसे कुछ होश ही नहीं रहा। आखिर वो मायूसी से उठी और उसने अपना बैगपैक कंधे पर टांगा ही था जब अनंत उसे सीढियां चढ़ते हुए दिखा। कंधे पर साइड बैग और काले रंग की डीप नेक वाली टी शर्ट के बाहर भूरे रंग का लंबा कोट पहने वो कोई विदेशी सा लग रहा था। चेहरे आज भी दमक रहा था, मगर उदास था। वो अनंत को सांसें थामे देखती रही जो इस तरह लग रहा था मानों किसी शोक सभा से आ रहा हो। उसका हर एक कदम भारी और धीमा था। थोडा ऊपर आते ही उसकी नजर भी सृष्टि पर पड़ी तो उसके कदम कुछ पल के लिए रुके मगर फिर उसके बगल से होते हुए अपने दरवाजे के पास खड़ा हो गया। वो बगल वाले दरवाजे की बेल बजाने ही वाला था जब सृष्टि ने उसके आगे चाबियां लहरा दी। अनंत ने बिना कुछ कहे चाबियां ली और लॉक खोलने लगा।

“अनंत सर!” सृष्टि ने कहा मगर अनंत बिना कुछ कहे अंदर घुस गया। सृष्टि उसके पीछे जा पाती उससे पहले ही अनंत ने उसके मुंह पर दरवाजा बंद कर दिया। सृष्टि को गुस्सा आ गया। उसने इतने दिनों से उसका कितना इंतजार किया था और वो था कि उसने एक शब्द भी नहीं कहा। सृष्टि दरवाजा पीटने लगी, मगर अनंत को कोई फर्क नहीं पड़ा। सृष्टि ने फिर से जोर जोर से दरवाजा पीट दिया तो अनंत ने दरवाजा खोला जिससे सृष्टि का हाथ अनंत के सीने से टकरा गया। अनंत इसके लिए तैयार नहीं था

और सृष्टि का भी बैलेंस बिगड़ा और दोनों जमीन पर जा गिरे। अनंत के गुस्से की कोई सीमा नहीं थी मगर फिर भी वो चुप था और तुरंत खड़ा हो गया। सृष्टि भी खडी हो गई।

"अनंत सर, कहां थे आप दो दिन से? मैने आपको कहां कहां नहीं ढूंढा।" सृष्टि ने उठते ही पूछा।

"मैने दरवाजा इसलिए खोला ताकी तुम्हारी इन हरकतों की वजह से आस पास के लोग परेशान न हों। मगर इसका मतलब ये नहीं कि अब तुम यहां की चीजों को भी तोड़ने फोड़ने लगो। क्या काम था मुझसे?" अनंत ने किचन में जाते हुए कहा। सृष्टि की नजर अनंत की हथेली पर चले गई जहां पर कोई बैंडेज के बजाए एक मिट्टी जैसे रंग का लेप लगा था। उसे हैरानी भी हुई। अनंत ने बैंडेज के बजाए ये क्या लगाया है। उसके मन में सवाल उठा।

"आप कहां थे दो दिन से?" सृष्टि भी उसके पीछे पीछे किचन में घुसते हुए बोली।

"मैं तुम्हें बताना जरूरी नहीं समझता।" अनंत ने एप्रेन पहनते हुए कहा और सब्जियां धोने लगा।

"आपके हाथ में चोट कैसे लगी थी?"

"तुम डॉक्टर हो?"

"नहीं, पर मुझे जानना है।"

"जब नहीं हो, तो क्यों जानना है? क्या करोगी जान कर? मेरा तुमसे दूर दूर तक कोई नाता नहीं है। परिवार तो छोड़ो तुम मेरे संसार की भी कोई नहीं हो, तो मैं तुम्हें क्यों बताऊं?"

"क्यों नहीं है कोई रिश्ता? हम इतने सालों से एक ही घर में साथ में रहे हैं। आप हमारे घर पर और मेरे मॉम डैड पर हक जमाते हैं तो कैसे नहीं है कोई रिश्ता? इतना हक तो बनता है न मेरा।"

"नहीं, ये मत भूलो कि मैं तुम्हारा प्रोफसर हूं।" अनंत ने अभी तक एक भी बार सृष्टि की ओर नहीं देखा था।

"मगर उससे पहले आप मेरे घर के एक सदस्य हैं।" सृष्टि ने कहा, मगर अनंत कोई जवाब देने के बजाए सब्जियां काटने लगा। सृष्टि उसके बगल में खड़ी हो गई। उसने मटर निकाली और छिलने लगी। अनंत के हाथ कुछ पल के लिए रुके मगर फिर वो सब्जियां काटने लगा।

"आपको ये चोट कैसे लगी?" सृष्टि ने फिर से पूछा मगर जवाब में उसे खामोशी ही मिली।

"आपकी प्रॉब्लम है क्या आखिर? आपको अपने बारे में कुछ कहने में क्या दिक्कत है? जब आप हमारे बारे में सब जानते हैं तो हम क्यों नहीं? और उस दिन आप इतना परेशान हुए क्यों थे? मैने आपको आज तक कभी परेशान नहीं देखा। मगर उस दिन वो सब क्या था अनंत सर? आपका गुस्सा मुझसे बेहतर कोई नहीं जानता। आपने कितना

भी गुस्सा दिखाया हो, मगर आपने कभी किसी को चोट नहीं पहुंचाई। मैने सबके लिए आपकी आंखों में चिंता ही देखी है मगर उस दिन? नहीं उस दिन नहीं। वो गुस्सा किस बात का था? आखिर हो क्या गया था आप को? आपका घर कहां है? आपकी फैमिली कौन है और कहां है? आप कौन हैं?" सृष्टि सब कुछ कह गई जो उसके मन में था। वो अब हांफने लगी थी। अनंत भी अचंभित सा उसको देखने लगा। इतने सालों में सृष्टि ने पहली बार अनंत से उसकी फैमिली और उसके बारे में पूछा था। सृष्टि जिसे उसने दो दिन पहले लगभग गला घोंटकर मार ही दिया था वो अब भी उसकी इतनी फिक्र कर रही थी। उसकी आंखों में एक स्मृति तैर गई।

"रत्ना आपने हमें चोट पहुंचाई?" व्योम ने हैरानी से कहा। उसके पेट के किनारे एक गहरा घाव बन गया था और वहां से रक्त तेजी से बह रहा था। उसने कस कर अपना पेट पकड़ा हुआ था और उसकी सांसें तेज चल रही थी। वो दोनों इस वक्त एक भव्य से कक्ष में मौजूद थे।

"हां, इसमें इतना चौंकाने जैसा कुछ नहीं है ज्वाला युवराज? आपने हमें स्पर्श करने का प्रयत्न किया। यह उसका दंड है।" रत्नावती ने कहा। उसके मुख पर कठोर मुस्कान थी।

"मगर आपने तो कहा था, आप हमसे प्रेम करती हैं!"

"कहा था, परंतु यह नहीं कहा कि आपको हमें स्पर्श करने का अधिकार मिल गया।"

"हम तो बस आपको प्रेम जता रहे थे!"

"हमने अभी तक आपका विवाह प्रस्ताव स्वीकार नहीं किया है और आप हमारा स्पर्श चाहते है?"

"आप बहुत निर्दयी, निष्ठुर हैं!"

"हम राजकन्या हैं और हमें अपनी रक्षा करना आता है। अगर आप हमें स्पर्श करने का प्रयत्न करेंगे, तो हम आपका हाथ कंधे से अलग करने की क्षमता रखते हैं।"

"हमारे लिए कोई औषधि तो लाइए और हमें उठने में सहायता कीजिए।" व्योम कराहते हुए बोला। वो हल्का सा हिला तो उसके पेट से रक्त और अधिक बहने लगा। उसके पूरे हाथ और कपड़े भी रक्त से सन चुके थे।

"हम आपको हाथ नहीं लगा सकते। हमारे हाथ गंदे हो जाएंगे।"

"आप योद्धा भी हैं रत्ना और आपने ही हमें चोट पहुंचाई है। आप ही कह रही हैं कि आपके हाथ गंदे हो जाएंगे?" व्योम ने अचंभे से कहा।

रत्नावती धीरे धीरे व्योम के पास आई और एक घुटने के बल नीचे बैठ गई। उसने अपनी कटार की उल्टी तरफ से व्योम का पेट हल्का सा दबा दिया तो रक्त तेजी से बह निकला। व्योम के मुंह से चीख निकल गई।

"आप कितनी क्रूर हैं।" व्योम एक हाथ पीड़ा के मारे जमीन पर पटकने लगा। मगर तभी उसके सैनिक कक्ष में आ गए। व्योम की हालत देख कर उसके सैनिकों ने रत्नावती पर भाले तान दिए, मगर व्योम ने हाथ ऊपर किया तो सैनिकों ने सिर झुका लिए। रत्नावती कठोरता से हंसी जबकि व्योम को उपचार कक्ष में ले जाया गया।

“अनंत सर!” तभी सृष्टि की आवाज ने उसका ध्यान खींचा।

सृष्टि ने अनंत की आंखों में देखा, तो उसकी आंखें कुछ ऐसी थी, मानों वो सृष्टि से कुछ कहना चाहता हो। उसकी आंखों मे मानों कितने ही सवाल और शिकायतें थी। सृष्टि को उसकी आंखों में कुछ अजीब से भाव महसूस हुए। अनंत की आंखें हल्की सी भीगी हुई थी और यह सृष्टि ने इतने सालों में पहली बार देखा था।

“खाना बन गया है। बाहर वेट करो। किचन में मुझे कोई और पसंद नहीं।” अनंत ने कहा तो अब सृष्टि बिना कोई सवाल जवाब किए बाहर उस चार सीटर डाइनिंग टेबल की कुर्सी पर बैठ गई। अनंत खाना लाया तो दोनों के बीच खामोशी के आलावा कुछ नहीं था।

****

रात के दस बजे का समय था जब काले रंग की टी शर्ट और भूरे रंग का पजामा पहने हुए अनंत अपनी बालकनी में खड़ा था। उड़ती हल्की ठंडी हवाओं से उसके बाल बिखर कर माथे को ढक चुके थे और आंखें इस तरह लाल थी कि ज्वालामुखी का लावा भी इतना लाल नहीं होता है।

वो जब भी सृष्टि से मिलता है, तो ना जाने क्यों पर रत्नावती और सृष्टि का कंपेयर करने पर मजबूर हो जाता था। रत्नावती ने जो किया था वो बहुत गलत था, मगर सृष्टि वो तो निर्दोष थी न अब। उसे तो कुछ याद तक नहीं है। फिर भी उसने सृष्टि से हमेशा इतना बैर रखा। क्योंकि वो उसका रत्नावती का पुनर्जन्म थी, लेकिन फिर वो अलग क्यों

है? वो रत्नावती की तरह क्यों नहीं थी, जब वो उसी का पुनर्जन्म है तो?" अनंत का मन सवालों से घिर गया था। उसने सृष्टि को चोट पहुंचाई लेकिन फिर भी सृष्टि के मन मैं इतनी करुणा क्यों थी अनंत के लिए।

"आखिर मैं क्यों इतना क्रूर होता जा रहा हूं? कैसे मैने उसके ऊपर हाथ उठाया? तेरी यही सजा थी अनंत। ये भी बहुत कम थी तेरे लिए। मैने उस दिन क्या कर दिया था! अगर उसे कुछ होता जाता तो? अनंत क्या तू खुद को कभी माफ कर पाता?" अनंत खुद को कोस रहा था।

असल में जब उसने सृष्टि पर हाथ उठाया तो वो पश्चाताप से भर गया था। जिस हाथ से उसने सृष्टि का गला पकड़ा, उसी हाथ पर उसने चाकू से चीरा लगाया था खुद को दंड देने के लिए। मगर जब खून बहुत ज्यादा बह गया, तब उसे खुद को हील करने के लिए समय चाहिए था, जिस कारण कुछ वक्त के लिए उसे अपने संसार लौटना पड़ा, क्योंकि यहां की औषधियां उसके घाव भरने के बजाय उसे और अधिक हानि पहुंचाती थी। उसके नेत्रों में अपने संसार की एक स्मृति तैर गई।

"पुत्र वचन दो हमें, तुम कभी कभी भी दोबारा ये विनाश नहीं होने दोगे। तुम सबको संभालोगे। वचन दो पुत्र कि तुम सबके लिए वो मुक्ति का द्वार खोलोगे। हम अब अधिक समय तक चेत में नहीं रह सकते। हमारी आंतरिक शक्तियां अब शिथिल पड़ चुकी हैं। हमारा स्वास्थ्य अब निरंतर गिरता जा रहा है। तुम जानते हो ज्वाला हम तो मुक्त भी नहीं हो पाएंगे और ये पीड़ाएं हमारा पीछा भी नहीं छोड़ेंगी। परंतु हमें विश्वाश है तुम एक दिन सब ठीक कर दोगे। तुम्हारा त्याग ये इस संसार में हमेशा जीवित रहेगा।" महाराज व्योम

के हाथों को थामते हुए बोले। उनकी सांसें उखड़ रही थी और नब्ज भी धीमी पड़ चुकी थी।

"हम आपको वचन देते हैं पितामहाराज। आप, आपका राज्य और हमारे लोग इस श्राप से मुक्त होंगे। हम हमारे राज्य के लिए उस मुक्ति द्वार को खोलेंगे चाहे इसके लिए हमें कोई भी कीमत क्यों न चुकानी पड़े। आपका पुत्र आपको निराश नहीं करेगा। अपने पुत्र पर न सही मगर इस ज्वालायुवराज पर भरोसा रखिए।" अनंत ने अपने पिता का हाथ कस कर पकड़ लिया। वो बीमार पड़े थे और एक कक्ष में थे जो कभी राजमहल का सबसे सुंदर और महत्वपूर्ण हिस्सा हुआ करता था। मगर अब थोडा बहुत ही प्राण शेष बचे थे उस ध्वस्त राजमहल में। जिसके कुछ ही हिस्से थे जो अब भी अपनी शानो शौकत की गाथा गा रहे थे। अनंत ने अपने पिता महाराज के ऊपर एक काले रंग की चादर ओढा दी और फिर बाहर आ गया। उसने गलियारे से राजमहल का अंदरूनी हिस्सा देखा। कभी शानो शौकत से खड़ा ये राजमहल आज वीरान पड़ चुका था। वो राजमहल जर्जर अवस्था में था और किसी भूतिया हवेली से कम नहीं लग रहा था। मगर आज भी उस राजमहल में वही लोग थे जो दो हजार वर्षों पहले भी थे। वही पहरी, वही दास दासियां, वही सैनिक और वही सेवक सेविकाएं। दो हजार वर्ष पहले यहां जैसा था आज भी सब बिल्कुल वैसा ही था। कुछ भी नहीं बदला था यहां, हां कुछ था तो उन लोगों के चेहरे, मौत सी ठंडक और शमशान सी खामोशी थी उन चेहरों पर। कभी अपनी भव्यता और सुंदरता की गाथा गा रहे यह बड़े बड़े स्तंभ इस गलियारे की खूबसूरती को बढ़ाते थे। मगर अब वहां आधे से ज्यादा स्तंभ टूट चुके थे। बाहर वो शाही बगीचा कभी जो अपने खूबसूरत लताओं और पुष्पों से इस महल के हर हिस्से में अपनी खुशबू बिखेरते

थे वहां अब राख पड़ चुकी मिट्टी के अलावा कुछ नहीं था। कभी यहां की सड़कों पर खूबसूरत छायादार वृक्ष अपनी छाया से यात्रियों को ठंडक प्रदान करते थे। आज उन्हीं सडकों पर वो सूखे वृक्ष खड़े तो थे, मगर किसी कंकालतंत्र की तरह। हर जगह सिर्फ काली राख बिखरी थी, मानों यहां कभी भयानक अग्निकांड हुआ हो। जिस शाही सड़क पर महाराज की झांकी निकाली जाती थी, वहां शमशान सी खामोशी पसरी थी। कौन कह सकता था यह कभी एक संपन्न और सुखी राज्य हुआ करता था। सब कुछ उजाड़ और वीरान था यहां। अनंत ने मुख्य द्वार पर खडे उन सैनिकों को देखा जिनकी आंखें उसे किसी उम्मीद से देख रही थी तो उसका पूरा शरीर कांप सा गया। "क्या वह सब सही कर पायेगा?" उसका मन उससे पूछ रहा था।

अनंत ने झटके से अपनी आंखें खोल दी। उसकी आंखें कठोर पड़ चुकी थी। उसने एक नजर सृष्टि के घर की ओर देखा जहां बालकनी पर सृष्टि अब भी खडी आसमान को निहार रही थी।

★★★★

अध्याय ९

सुबह के दस बज चुके थे जब सृष्टि डिपार्टमेंट पहुंची। वो गलियारे में आगे बढ ही रही थी जब उसे कुशाल गलियारे के अंत में दिखा। एक पल के लिए उसके कदम रुक गए, मगर फिर उसने एक गहरी सांस छोड़ी और खुद को शांत किया। वो कुशाल को इग्नोर करते हुए आगे बढ़ गई। मगर तभी ने कुशाल उसके आगे रास्ता रोककर खड़ा हो गया। सृष्टि झटके से रुक गई। उसने कुशाल की ओर घूरकर देखा।

"सृष्टि! तुम दो दिन से डिपार्टमेंट क्यों नहीं आई? और मेरे कॉल्स भी नहीं उठा रही हो, मैने तुम्हें कितने कॉल्स किए हैं।" कुशाल ने पहली बार सृष्टि से नर्म आवाज में बात की। कुछ पल के लिए तो सृष्टि अचंभित हो गई। दो दिन पहले कुशाल ने उसे क्या कुछ नहीं कहा था और आज उसे सृष्टि की फिक्र हो रही थी। ये बात सृष्टि को कुछ ठीक नहीं लग रही थी।

"काम क्या है यह बताओ, रही बात कॉल की तो मैं बिजी थी। अब अपनी थिसिस भी देखनी है न मुझे।"

"मैं जानता हूं कि अनंत सर यहां नहीं थे, तो तुम भी नहीं आई। इसे क्या समझूं मैं?" कुशाल ने कहा तो इस बार सृष्टि ने गहरी सांस छोड़ी और कुशाल की ओर देखकर अपने हाथ बांध लिए।

"कुशाल, पहली बात तो ये कि अब मेरा तुमसे कोई रिश्ता नहीं है। हमारा ब्रेकअप हो चुका है। दूसरा ये कि अनंत सर और मेरे बीच क्या है और क्या नहीं, यह मैं तुम्हें बताना जरूरी नहीं समझती। अगर मैने कॉल नहीं उठाया तो तुम्हें समझ जाना चाहिए था कि मुझे तुमसे कोई बात नहीं करनी थी और दूसरी बात की संभावना अधिक है।" सृष्टि ने कहा तो कुशाल हक्का बक्का होकर उसे देखता रहा। पहली बार सृष्टि का ये कोल्ड व्यवहार देख कर कुशाल को भरोसा नहीं हो रहा था। वो उसे अचंभे से देखता रहा मानों वो कोई दूसरे ग्रह की प्राणी हो।

"हो गया? निहार लिया? अब मैं जाऊं या फेयर एंड लवली के एड सूट का ऑफर देने आए हो? और अगर देने आए भी हो तो सॉरी, दिस इज रॉन्ग नंबर कुशाल। इसके लिए तुम्हारे पास लड़कियों की लाइन है सो गो फॉर इट।" सृष्टि ने कहा तो कुशाल हैरानी से उसे घूरता रहा। मगर सृष्टि आगे निकल गई। कुशाल मानों शॉक में था। उसके सामने दब्बू सी रहने वाली सृष्टि ने जो जवाब कुशाल को दिए थे, कुशाल को तो मानों एक साइड लकवा मार गया हो।

"हे कुशाल!" तभी वीर उसके बगल में खड़ा हो गया।

"व्हट्स अप डूड?" वीर ने कहा।

"वीर तूने सृष्टि को नोटिस किया? शी इज टोटली डिफरेंट। हर एटीट्यूड! इट्सरियली अनबिलिवल!" कुशाल कुछ खोया हुआ सा बोला।

"वो तो होना ही था, कब तक वो भी तेरे कोल्ड व्यवहार को सहन करती।" वीर ने कहा।

"तू मेरा दोस्त है या उसका?" कुशाल चिढ़ गया।

"भाई तू कुछ भी कह, तुम दोनों का कोई मैच नहीं है। अच्छा ही हुआ कि तुम्हारा ब्रेकअप हो गया। तुम दोनों में जमीन आसमान का फर्क है कुशाल। उसका व्यवहार और तेरा व्यवहार, तुम दोनों का किसी भी तरह मैच नहीं हो सकता है। एक न एक दिन यह होना ही था। मुझे तो पहले से ही पता था। बस तुम दोनों ही पता नहीं क्यों साथ रह रहे थे।" वीर ने उसके कंधे पर बाजू टिकाते हुए कहा तो कुशाल को अब गुस्सा आ गया। उसने वीर की बाजू झटकी और वहां से आगे सीधा क्लास में घुस गया।

सभी स्कॉलर्स लैब ऑफिस में थे जब अनंत तेजी से आया।

सब हड़बड़ाकर खड़े उठे तो अनंत ने बैठने का इशारा किया, सब अपनी अपनी सीट पर बैठ गए। सृष्टि की नजर सीधे उसकी हथेली पर गई तो उसकी चोट लगभग ठीक हो गई थी। वो हैरान सी रह गई। दो दिन पहले जो इतना गहरा घाव था वो इतनी जल्दी तो किसी भी मेडिसिन से ठीक नहीं होता तो अनंत का हाथ कैसे इतनी जल्दी ठीक हो गया। वो सोच में डूब गई। उसका पूरा ध्यान अनंत की हथेली पर था जहां पर घाव का निशान दिख रहा था। जबकि इस बात से अंजान कि सृष्टि उसे घूर रही है अनंत अपने

लैपटॉप पर कुछ काम कर रहा था, मानों वो किसी रिसर्च पर काम कर रहा हो। उसका पूरा ध्यान अपने लैपटॉप स्क्रीन पर था। चेहरा पूरी तरह भावहीन और गंभीर। अचानक उसकी उंगलियां रुक गई और उसने नजरें उठाई तो सृष्टि हड़बड़ा गई और उसने अपनी बुक पर नजर गढ़ा दी। अनंत ने सिर हिलाया और फिर अपना काम करने लगा। कुछ देर बाद अनंत क्लास से बाहर चले गया क्योंकि उसे मास्टर्स की क्लास लेने जाना था। अनंत बाहर गया तो सृष्टि वापस सोच में पड़ गई। जबसे उसका कुशाल से ब्रेकअप हुआ था, तबसे वो अनंत के बारे में कुछ ज्यादा ही सोचने लगी थी। कल रात जबसे वो अनंत के अपार्टमेंट से वापस आई थी। तबसे उसकी वो अलग सी आंखें सृष्टि के दिमाग में रह रह कर घूम रही थी। ना जाने क्यों पर उसे अब अनंत के बारे में जानने की तीव्र इच्छा हो रही थी। वो कौन था? कहां से आया था? उसकी फैमिली कहां है? क्यों वो ऋषिनगर में आने के बाद कभी कहीं नहीं गया। वो इतने सालों से अकेले रहता था। कभी कोई उससे मिलने भी नहीं आया। “क्या वो अनाथ था वीजे की तरह।” सृष्टि के मन में सवाल उठा।

“सृष्टि!” तभी ऋषभ की आवाज ने उसका ध्यान तोड़ा

“हां,,।” वो हड़बड़ाई हुई सी बोली।

“यार कबसे आवाज दे रहा हूं। कहां ध्यान है?” ऋषभ उसकी ओर मुड़ गया।

“वीजे!”

“हां बक।”

“यार तुझे कभी ये नहीं लगा, कि अनंत सर आखिर हैं कौन, आई मीन वो कहां से हैं।”

“तू अचानक उनके बारे में क्यों पूछने लगी? और वैसे भी मुझे पूछने के बजाय, तुझे ये बात अपने मॉम डैड को पूछनी चाहिए। जिनके साथ वो इतने साल रहे हैं।”

“यही तो प्रॉबलम है वीजे। इतने सालों में उनको भी नहीं पता कि अनंत सर हैं कौन?”

“तू ये बता पहले, कि अचानक उनके बारे में क्यों जानना चाहती है?”

“बस ऐसे ही, वो मिस्टीरियस से लगते हैं।”

“तुझे जानना है तू जान। मगर मुझे मत घसीट। अनंत सर को पता चला बेटा, तो वो सृष्टि के साथ मुझे भी अनंत की गहराइयों में फेंक देंगे।” ऋषभ ने कहा तो सृष्टि ने उसे घूरकर देखा।

“तू कितना भी घूर ले। मगर अनंत सर के हाथों से मौत मिलने से अच्छा है मैं खुद ही छत से कूद लगाकर सुसाइट कर लूं।” ऋषभ ने कहा तो सृष्टि ने सिर हिला दिया।

****

दोपहर के करीब दो बज रहे थे जब सृष्टि लंच करने के बाद ऊपर लैब में गई जहां अनंत पहले से ही बैठा था।

“मे आई कम इन सर?” सृष्टि दरवाजे पर खडी थी।

“कम इन।” अनंत बिना उसकी ओर देखे बोला। वो कुछ टूल्स की लैब टैस्ट कर रहा था। सृष्टि सिर झुकाते हुए अपनी सीट पर बैठ गई।

“सृष्टि!” तभी अनंत की आवाज आई तो सृष्टि ने सिर उठाया। अनंत अपनी कुर्सी पर बैठे बैठे सृष्टि की ओर घूम गया था।

“यस सर।”

“क्या तुम पुनर्जन्म पर भरोसा करती हो?” अनंत ने कहा तो सृष्टि हैरान सी रह गई। जिस तरह से इस वक्त अनंत का चेहरा था, सृष्टि साफ महसूस कर सकती थी, कि वो कितना सीरियस था और अगर अभी उसने कुछ उल्टा सीधा जवाब दिया तो, पहले तो अनंत ने उसकी गर्दन ही पकड़ी थी, मगर इस बार तो गर्दन सीधे अलग ही होगी। वो मन ही मन सोच रही थी, जबकि अनंत सीधे उसके चेहरे पर झांक रहा था।

“आई एम नॉट श्योर अबाउट इट सर, बट समटाइम आई फील कि पुनर्जन्म होता है।”

“और तुम्हें ऐसा क्यूं लगता है?”

“जब मैं खुद को इस जन्म से रिलेट करती हूं सर, तो मुझे लगता है मैने ऐसा तो कुछ नहीं किया है जिसकी मुझे इतनी सजा मिलती चाहिए थी। शायद ये सब पिछले जन्म के कर्मों से मुझे मिला है।” सृष्टि ने कहा तो अनंत अचंभे से उसे देखता रहा। उसे इस उत्तर की उम्मीद नहीं थी सृष्टि से। उसे लगा था वो पुनर्जन्म को नकार देगी।

"क्या तुम्हें कभी लगा है कि तुम्हें कुछ हेल्यूजिनेशन हो रहा है?" अनंत ने कहा तो सृष्टि को बहुत सी बातें याद आ गई जब जब उसे कुछ अजीब अजीब से सपने आए थे साथ ही उस दिन उसका पहाड़ी से गिरने के बाद किसी पक्षी के पांव में जकड़े होने का अहसास।

"शायद कई बार, लेकिन आप ये अजीब से सवाल क्यों पूछ रहे हैं?" सृष्टि के मन में संदेह भर गया था।

"अगर तुम्हें पता चले कि पिछले जन्म में तुमने कोई गलती की थी तो तुम क्या करोगी?" अनंत की बात सुनकर पहले तो उसके चेहरे पर अजीब से भाव आए। मगर फिर उसने गहरी सांस छोड़कर कहा।

"इसमें पता चलने जैसा क्या है। शायद मैने अपने किसी खास को तकलीफ पहुंचाई होगी, जिसकी सजा मैं आज भी भुगत रही हूं। मैं ये मानती हूं कि मैने पिछले जन्म में सच में ही कुछ गलत किया था। जो आज मुझे मिला है वो इस जन्म का तो नहीं है।" वो कुछ खोई हुई सी थी और उसके चेहरे पर दर्द के भाव थे। शायद वो अपने मॉम डैड के बारे में सोच रही थी इस वक्त।

"अनंत सर!"

"पूछो।"

"आप कौन हैं? मुझे आपके बारे में जानना है।" सृष्टि ने अपने पूरे शरीर की धमनियों में बह रहे रक्त को रोककर कहा। उसकी बात सुनकर अनंत कुछ क्षण के लिए जम सा गया।

"आपकी ये चोट, ये इतनी जल्दी ठीक कैसे हुई? आप मुझे बहुत मिस्टीरियस लगने लगे हैं।" सृष्टि ने दोबारा से कहा।

"और ये सब तुम्हें क्यों जानना है? आज तक मैने तुम्हें कभी अपने आस पास इतना मंडराते हुए नहीं देखा था, फिर अब क्यों? क्यों तुम्हें मेरे बारे में जानने की इतनी उत्सुकता है? पहले तो तुम मुझसे दूर भागती थी, मुझसे डरती थी, फिर अब क्यों नहीं? जब मैं तुम्हारे घर पर इतने सालों तक रहा तब तुमने कभी नहीं पूछा, तुमने कभी मुझसे सवाल करने की हिम्मत नहीं दिखाई तो अब क्यों? क्यों तुम्हें इस बात से फर्क पड़ता है कि मैं कौन हूं? और अगर मैं कहूं कि मैं इस संसार से ही नहीं हूं तो क्या तुम विश्वाश करोगी?" अनंत की आंखें शख्त पड़ गई, तो सृष्टि की धड़कनों ने मानों धड़कना ही बंद कर दिया था। मगर फिर उसने सिर हिला दिया।

"आप कुछ ज्यादा ही अजीब होते जा रहे हैं आज कल! चोट आपके हाथ में लगी है मगर असर दिमाग पर दिख रहा है।" सृष्टि बिना सोचे समझे बोल गई। मगर तुरंत ही उसे अपने शब्द समझ आए तो उसने सिर उठा कर अनंत की ओर झटके से देखा। अनंत उसे खा जाने वाली नजरों से घूर रहा था।

"म,,,म,,,मेरा मतलब था कि आप जो कह रहे हैं वो सब चाइनीज फैंटसी ड्रामा में ही हो सकता था। असल लाइफ में तो बस पढ़ाई के अलावा कुछ और है ही नहीं।" सृष्टि

ने तुरंत अपने किए पर परदा डाला। मगर अनंत बिना कुछ कहे मुड़ गया और अपना काम करने लगा।

तभी अनंत की नजर टेबल पर रखे उस कांच के बॉक्स पर चली गई जिसमें वो स्वर्ण मुहर थी, जो प्रोफसर कबीर ने उसके हैंडओवर की थी रिसर्च के लिए। कल अनंत ने भी उसके खोलकर देखना चाहा था लेकिन उसकी भी उंगलियां जल गई थी। वो उस मुहर को अच्छे से पहचानता था। उसने वो बॉक्स वहां बनी एक अलमीरा में रखनी चाही लेकिन फिर उसकी नजर सृष्टि पर पड़ गई। उसने गहरी सांस छोड़ी।

"व्योम ये स्वर्ण मुहर क्या करोगे अभी इसका?"

"प्रणाम गुरुदेव।"

"आयुष्मान पुत्र।"

"आप चिंतित लग रहे हैं!"

"तुम्हारे हाथ में जो स्वर्ण मुहर है तुम उसे पहचानते हो न?"

"जी गुरुदेव।"

"तो फिर हमें उम्मीद है ये मुहर सृष्टि को कोई हानि नहीं पहुंचाएगी। हम उसे ये मुहर दिखा कर कुछ याद दिलाने की कोशिश कर सकते हैं। मगर उससे पहले तुम्हें इस मुहर के बारे में और अधिक जानकारी जुटानी होगी। ये वही शाही मुहर है जिसका उपयोग

केवल राजकन्या करती थी। यह रत्नावती की पहचान थी। हम इसे नहीं भुला सकते। परंतु इसका अचानक मिलना कुछ शुभ संकेत भी हो सकता है।

"गुरुदेव हम जानते हैं ये रत्ना की ही है। वो इसी मुहर का उपयोग करती थी। मगर हमें डर ये भी है कि कहीं हम कोई जल्दबाजी दिखाने के चक्कर में कोई गलत कदम न उठा दें। हम कुछ वक्त और लेना चाहता हैं।"

"जैसा तुम सही समझो पुत्र। हम दो दिवस के लिए वापस जा रहे हैं महाराज ने बुलाया है।"

"क्या वहां सब ठीक है गुरुदेव?"

"तुम चिंतित मत हो पुत्र। मैं वाहिनी को यहीं छोड़ रहा हूं। वो अपनी दृष्टि बनाए रखेगी। बस उसका ध्यान रखना। कहीं उसकी कोई मूर्खता तुम्हें परेशानी में न डाले।"

"जो आज्ञा गुरुदेव।" अनंत ने अपनी आंखें खोल दी। उसने फिर एक नजर सृष्टि की ओर देखा और कुछ सोचकर वो मुहर वाला बॉक्स अपनी जेब में डाल दिया।

"इस लड़की का कोई भरोसा नहीं है, ये कुछ भी उलट पलट सकती है।" अनंत खुद में ही बड़बड़ाया और बाहर निकल गया। मगर उसके जाते ही सृष्टि ने सिर उठाया और उसके होंठों पर एक खुरापाती मुस्कान आ गई।

"मिस्टर इन्फिनिटी, कुछ तो गड़बड़ है दया। दरवाजा तोड़ दें। आपको क्या लगता है मिस्टर इन्फिनिटी, कि मैं स्टुपिड हूं, बाज की नजरों से कोई चीज नहीं बचती तो वो बॉक्स क्या चीज है। बाज का दूसरा नाम है सृष्टि हाहाहाहा वो मुहर सिर्फ मेरी होगी।

होगी जीत सृष्टि की। आज ये सृष्टि दिखा कर रहेगी कि सृष्टि का अंत सिर्फ अनंत में नहीं है बल्कि उसकी अपनी एक अलग पहचान है।" सृष्टि अब अपने फुल स्वैग में आ गई थी

****

अगले दिन शाम के साढ़े चार बज गए थे जब सृष्टि तेजी से लैब से बाहर निकली। वो जानती थी अनंत पांच बजे के बाद ही कॉलेज से निकलता है और उसके लिए इतना वक्त काफी था अनंत के बारे में कुछ जानकारी जुटाने के लिए।

कुछ ही देर में सृष्टि और ऋषभ अनंत के अपार्टमेंट के बाहर खड़े थे।

"तू श्योर है न?" ऋषभ ने डरते हुए कहा।

"तू ज्यादा मत बोल, एक बार कह दिया न, अगर तुझे नहीं करनी हेल्प तो अभी बोल दे।" सृष्टि चिढ़ गई।

"ठीक है, ठीक है। अब तुझे ही शेर की मांद में घुसना है तो मैं क्या कर सकता हूं। अब तेरी लांश उठाने के लिए ही आऊंगा कल सुबह, जा मेरे दोस्त। लौट कर आना।" ऋषभ ने कहा तो सृष्टि ने उसे घूरकर देखा। उसके पास अनंत के घर की डमी चाबी थी जो उसने दो दिन पहले उसके घर से चुराई थी।

"मैं चलता हूं अनंत सर आते ही होंगे। तू अपना ध्यान रखना और कोई गड़बड़ होगी तो प्लीज, मुझे फोन मत करना।" ऋषभ ने कहा तो सृष्टि ने उसे घूरा।

"तू जा और ले ये चाबी ले। बाहर से लॉक कर देना। मैं पाइप से नीचे उतर कर आऊंगी।" कहते हुए उसने ऋषभ के मुंह पर दरवाजा लगा दिया। अंदर आते ही सबसे पहले तो उसने अपनी आंखों से पूरे घर का एक्सरे किया। हर एक चीज अपनी जगह। अपार्टमेंट का हर एक कमरा बहुत ही साफ सुथरा। किचन में कोई भी चीज इधर से उधर नहीं थी। सृष्टि को अपनी याद आ गई। अगर कमला नहीं होती तो उसका घर किसी कबाड़खाने से कम नहीं होता।

"मिस्टर इन्फिनिटी तो किताबों के ही नहीं, बल्कि सफाई के कीड़े भी निकले। सब चाट पोंछ कर साफ किया है प्रोफेसर साहब ने।" वो खुद में ही बड़बड़ाई। उसने फ्रिज से एक गाजर निकाला और उसे चबाते हुए आगे बढ़ी और अनंत के बेड रूम में घुसी जहां पूरा अंधेरा था। वो लाइट का स्विच ढूंढने लगी।

"इतना भी क्या अंधकार फैलाया हुआ है, मिस्टर किंग ऑफ डार्कनेश ने।" बड़बड़ाते हुए आखिर उसे स्विच मिला तो उसने स्विच ऑन कर दिया। वो इस कमरे में पहले भी आई हुई थी इसलिए उसे इस कमरे का थोड़ा अंदाजा था। उसने लाइट खोली तो उस कमरे में कुछ खास उजाला नहीं हुआ। बस दिखने लायक था। वहां की लाइट बहुत ही कम थी और कमरों में काले पेंट की वजह से लाइट खोलने के वावजूद भी अंधेरा ही लग रहा था। इस कमरे में भी कुछ खास नहीं था। एक कबर्ड और एक बेड के अलावा और कुछ नहीं। बेड में भी काले रंग की ही बेडशीट बिछी थी। उसकी आंखें छोटी पड़ गई। उसने आधा बचे गाजर को मुंह में ठूंसा और कबर्ड की ओर बढ़ गई। उसने कबर्ड खोला तो अनंत के सारे काले और ग्रे रंग के कपड़ों को देखकर वो अचंभित हो गई। यहां तक कि उस पूरे कबर्ड में काले और ग्रे रंग के अलावा और कोई कलर नहीं था।

“इनकी लाइफ में कोई और रंग नहीं है क्या?” वो चिढ़ उठी।

उसने अनंत के कपड़ो को टटोला और अचानक उसके हाथ कुछ लगा। उसने हाथ बाहर निकाला तो उसके हाथ में एक लकड़ी का नक्काशीदार बक्सा लगा। उसने उसे बाहर निकाला तो उसकी आंखों में एक चमक सी आ गई। उस बक्शे को लाल रत्नों से जड़ा गया था। वो कीमती पत्थर थे जिन्हें प्राचीन भारत में आभूषण इत्यादि बनाने के लिए इस्तेमाल किया जाता था। उसे इन कीमती पत्थरों की जानकारी थी। उसने वो बक्सा खोला तो हैरान रह गई। उसके अंदर एक बहुत ही सुन्दर सोने की चूड़ामड़ी थी। चूड़ामड़ी प्राचीन भारत का एक पारंपरिक आभूषण है, जो आमतौर पर विवाहित स्त्रियों द्वारा पहना जाता था और यह उनकी शादीशुदा स्थिति का प्रतीक होता था। जो प्राचीन भारत में विवाहित स्त्रियां पहनती थी। सृष्टि उसे अविश्वास से देखती रही। क्योंकि आज तक उसने इससे सुन्दर कोई गहना नहीं देखा था। उसपर सुनार ने बहुत ही बारीकी का काम किया हुआ था, चूड़मड़ी ऊपर से कुछ ऐसी थी मानों वो उगता सूरज हो, जिसकी किरणें सुनहरी आभा फैला रही हों, बीच में जालीदार सुंदर कमल पुष्प और कुछ लताएं बनाई गई थी और सबसे नीचे संस्कृत में प्रकृतिदुहिताः शब्द उकेरा गया था और लाल रंग के कीमती सुन्दर बहुत छोटे छोटे पत्थरों से उस चूड़ामड़ी को सजाया गया था। सृष्टि ने उस चूड़ामड़ी पर हल्के से हाथ फिराया तो उसकी आंखों में एक साथ कई स्मृतियां तैरने लगी। कई चीखें उसके कानों में गूंजने लगी। वो चीखें कुछ विरह की तो कुछ दर्दनाक थी। उसका सिर भारी होने लगा। उसकी आंखें बन्द हो गई और उसके हाथ से वो बक्सा छूट गया मगर नीचे गिरने से पहले ही किसी ने वो बक्सा अपनी हथेली में पकड़ लिया। उस बक्से के हाथ से छूटते ही वो सारी चीखें और स्मृतियां अचानक गायब

हो गई। सृष्टि ने आंखें खोल दी। मगर उसकी नजर अनंत के जूतों पर पड़ गई जो ठीक उसके आगे थे। उसने कुछ पल के लिए फिर से आंखें बन्द कर दी। वो पकड़ी गई थी।

"यहां क्या कर रही हो तुम?" सृष्टि को अपने सारे पेड़ पौधों की याद आ गई। जैसे कि अब वो उन्हें कभी नहीं देख पाएगी।

"आ,,,आ,,, वो म,,,मैं,, आई एम सॉरी सर।" उसके पास सॉरी बोलने के अलावा और कोई चारा नहीं था। उसने सिर झुका लिया।

अनंत ने सिर हिलाया और उसके बगल से होते हुए वो बक्सा कबर्ड में रख दिया। उसने अपना तौलिया और कपडे निकाल दिए। घड़ी और पर्स निकाल कर टेबल पर रखते हुए सीधे बाथरूम जाने लगा। मगर तभी वो दरवाजे के पास रुक गया।

"अब अगर यहां तक आ ही गई हो तो एक कप चाय बना सकती हो?" अनंत ने पूछा तो वो और ज्यादा हैरान हो गई।

"अगर नहीं बनाना है तो तुम जा सकती हो।"

"मैं बना रही हूं।" वो तुरंत किचन में दौड़ी।

दस मिनट बाद ही अनंत बाहर आया। वो हॉल में पहुंचा तो सृष्टि उसका ही वेट कर रही थी। वो तुरंत खड़ी हो गई। अनंत सोफे पर बैठ गया तो सृष्टि ने उसकी ओर चाय का कप बढ़ा दिया, अनंत ने कप पकड़ लिया।

"आई एम सॉरी अनंत सर।" अनंत ने सिर उठाकर सृष्टि की ओर देखा तो उसने सिर झुका लिया।

"तुमने अपने लिए नहीं बनाई?"

"हैं !!" सृष्टि ने हैरानी से अनंत की ओर देखा।

"मुझे देखने के लिए नहीं कहा। चाय बनाई है तो खुद भी पी लो।" अनंत ने शांत आवाज में कहा तो सृष्टि अपने लिए भी चाय ले आई। वो भी सामने के सोफे पर बैठ गई।

"आप नाराज नहीं हैं?" सृष्टि ने धीरे से पूछा।

"तुम्हारी रोज रोज की इन हरकतों की वजह से मैं अपना सिर दर्द नहीं करना चाहता। तुम वो सिर दर्द हो जिसकी कोई दवा नहीं है।" अनंत ने कहा तो सृष्टि ने मुंह बना लिया।

"तो क्या करती मैं? जब आप हैं ही इतने मिस्टीरियस।" सृष्टि ने कहा। मगर इस बार अनंत ने कुछ नहीं कहा। वो अनंत के कहने का इंतजार करने लगी।

"आप आज बहुत शांत लग रहे हैं! कुछ हुआ है? आई मीन क्या आप ठीक हैं?" सृष्टि के स्वर में चिंता थी। अनंत ने चाय का सिप लिया और गहरी सांस छोड़कर सृष्टि की ओर देखा। "तुम चाहती क्या हो मुझसे अब?" अनंत की आवाज शांत मगर सर्द हो चुकी थी।

“म,,, म,,,मुझे क्या चाहिए? म,,,मैं बस जानता चाहती थी आपके बारे में।” सृष्टि ने हड़बड़ाते हुए कहा।

“मैं भी चाहता हूं कि तुम सब जानो, जो कुछ भी हजारों वर्ष पहले हुआ था। मगर वक्त आने पर। अभी अपनी रिसर्च पर फोकस करोगी तो ज्यादा अच्छा होगा।” अनंत ने कहा मगर

सृष्टि के सिर से उसकी बातें बाउंसर गई।

“क्या मैं वो सील एक बार देख सकती हूं? जो आपके पास है।” सृष्टि ने उत्सुकता से कहा तो अनंत ने सारी चाय एक साथ घटक कर कप सेंटर टेबल पर जोर से रख दिया।

“नहीं!” अनंत ने सपाट जवाब दिया।

“मगर क्यूंयूंयूं?”

“अभी उसके बारे में कुछ खास जानकारी नहीं है।”

“बट मुझे एक बार देखना है वो।” सृष्टि ने हठ दिखाया।

“तुम कुछ ज्यादा ही स्टबर्न नहीं हो रही हो? ये जिद्द अगर अपने मॉम डैड के साथ दिखाई होती तो ज्यादा अच्छा होता तुम्हारे लिए।” अनंत अब चिढ उठा।

“उनको तो आपने अपने जादू टोने से अपने वश में किया था न, वो कहां से मेरी सुनते।” सृष्टि भी चिढ़ी।

"हां तो तुम भी तो वहीं थी, तुमने क्यों नहीं किया उन्हें अपने वश में?"

"आप के पास काला जादू था। मेरे पास नहीं।"

"तो सीख लेती न, अच्छा होता तुम्हारे लिए।"

"आप इतने ज्यादा नेगेटिव हैं, कि मैं कुछ भी करती आपकी काली शक्तियां उसका उपाय ढूंढ ही लेती।"

"तुम।" अनंत ने उसकी ओर ऊंगली की। "तुम यहां लड़ने आई हुई हो? एक तो मेरे घर में चोरों की तरह घुस के छान बीन कर रही थी। मेरी ही चीजों को बिना पूछे हाथ लगाया। मेरे घर के लॉक की दूसरी चाबी चुराई और फिर मेरे ही साथ मुंह चला रही हो? ये कुछ ज्यादा बदतमीजी नहीं हो रही तुम्हारी?" अनंत अब क्रोधित हो उठा।

"हां, तो क्या करूं मैं? जब घी सीधी उंगली से नहीं निकलता तो शीशी तोड़नी ही पड़ती है।"

"उसी शीशी के कांच से गला भी काट सकता हूं मैं तुम्हारा।"

"मैं प्लास्टिक वाली शीशी की बात कर रही थी।"

"तुम्हें नहीं लगता, कि तुम मेरी खामोशी का फायदा उठा रही हो? अब जाओ यहां से मुझे खाना बनाना है।" अनंत उठा और किचन में चले गया।

"मुझे भी खाना बनाना सीखना है।" सृष्टि भी उसके पीछे भागी तो अनंत रुक गया। वो पीछे मुड़ा और उसने हैरानी से सृष्टि को देखा।

“आप मुझे ऐसे क्यों देख रहे हैं?”

“तुम और खाना बनाओगी?” अनंत के चेहरे पर अचंभा आ गया। सृष्टि ने मुस्कुराते हुए हां में सिर हिलाया।

“मुझे अपने किचन में कोई ब्लास्ट नहीं चाहिए। सीखना है तो अपने घर जाओ और खुद सीखो। वो,,, क्या? क्या कहते हैं उसे,,,वो वो क्या होता है? वो जिसमें तुम सब ढूंढते रहते हो।” अनंत को याद नहीं आ रहा था।

“यू ट्यूब।” सृष्टि ने करेक्ट किया।

“हां जो भी ट्यूब है। उसमें सब मिलता है न, तो उससे सीखो।” कहते हुए वो किचन में घुस गया।

असल में अनंत के पास स्मार्ट फोन भले ही रहा हो। मगर वो फोन अनंत के लिए कभी जरूरी नहीं था। उस फोन में दस लोगों से ज्यादा कॉन्टेक्ट नहीं थे। न ही अनंत कभी सोशल मीडिया इस्तेमाल करता था। यहां तक कि व्हाट्स ऐप ग्रुप भी उसके पास सिर्फ इसलिए था, कि उसमें डिपार्टमेंट के ग्रुप थे, जो जरूरी थे। वरना उसका बस चलता तो वो फोन भी कभी इस्तेमाल नहीं करता। एक बार तो जब किसी ने उससे एक कॉन्टेक्ट नंबर मांगा था तो उसने आधा घंटा लगा दिया था मगर फिर भी वो नहीं भेज पाया। न तो उसे सोशल मीडिया में दिलचस्पी थी और न ही उसके लिए वह जरूरी थी। उसके लिए अगर जरूरी था तो अपना लक्ष्य। जिसके लिए वो इतने सालों से इस संसार में भटक रहा था।

"नहीं! मुझे आपसे ही सीखना है। आप खाना बहुत अच्छा बनाते हैं। आपने एक दिन वो एक पैन केक बनाया था न उसका टेस्ट मैं आज तक नहीं भूली हूं। उसे कैसे बनाते हैं? उसके बाद मैने वो पैन केक कभी नहीं खाया।" सृष्टि ने कहा तो अनंत को कुछ याद आया।

"आई एम डैम श्योर कि आप उसे भूले नहीं होंगे अनंत सर। वो इतना टेस्टी था, कि उसका टेस्ट मुझे आज भी याद है। आपने किससे सीखा था उसे बनाना? " सृष्टि ने बड़ी मासूमियत से कहा। अनंत ने कुछ कहने के बजाए आटा निकाल लिया।

"आप सच में बना रहे हैं?" सृष्टि ने हैरानी से कहा। आखिर वो यकीन भी कैसे करती। अनंत को समझना मुश्किल ही नहीं नामुमकिन था।

"मैं उस दिन से आज ही बना रहा हूं, इसलिए जैसा भी बनेगा तुम वही खाओगी।" अनंत ने कहा तो सृष्टि ने हां में सिर हिलाया और पलकें झपकाते हुए उसके होंठों पर मुस्कान खिल गई। अनंत ने सिर हिलाया और गैस ऑन करके तवा चढ़ा दिया। जबकि दूसरी तरफ उसने एक और पैन गैस पर चढ़ाया, जिसमें उसने आधा पानी और थोड़ा गुड डाल दिया। उसने एक डोना निकाला और उसमें आटा छान दिया। जैसे ही गुड वाला पानी थोड़ा ठंडा हुआ, अनंत ने गुड के पानी को आटे में डाला और उनका एक पतला सा बैटर तैयार कर लिया। उसने तवे पर एक चमच तेल डाला और उस बैटर को तवे पर डोसे की तरह फैला दिया। जिसे थोड़ी देर तक पकने के लिए छोड़ दिया। अनंत ने एक नजर सृष्टि को देखा जो बहुत खुश होकर पैन केक बनते हुए देख रही थी। दो मिनट में जब वो पैन केक एक तरफ सिक गया, तो अनंत ने उसे दूसरी तरफ पलटाया। सृष्टि

की नजर अब अनंत के चेहरे पर थी। हल्की सर्दी में भी उसके माथे पर हल्का सा पसीना छलक आया था। जो उस दमकते चेहरे पर हीरे जैसी चमक बिखेर रहे थे। सृष्टि की नजरें उसके चेहरे से हट नहीं रही थी। अनंत ने उसकी ओर प्लेट बढ़ाई मगर वो तो मानों कहीं खोई हुई थी।

"नहीं खाना था तो बनवाया क्यों?" अनंत की आवाज ने सृष्टि का ध्यान तोड़ा तो वो हड़बड़ाई। उसने प्लेट पकड़ ली और उसके चेहरे पर हल्की सी मुस्कान आ गई। उसने एक बाइट तोड़ा और तुरंत मुंह में रख लिया।

"ये कितना टेस्टी है। ये हाथ मुझे दे दे ठाकुर।" सृष्टि ने कहा तो अनंत ने अपने हाथ बांध लिए।

"म,,,मेरा मतलब आप एक ढाबा खोल सकते हैं। सच में आपके हाथों में जादू है।" सृष्टि ने बात बदली तो अनंत ने एक पल के लिए सृष्टि को घूरा जो अब खाने में व्यस्त हो चुकी थी। अनंत दूसरा पैन केक बनाने लगा।

"एक सेकंड! एक सेकंड!" तभी सृष्टि ने कहा तो अनंत के हाथ रुक गए।

"ये वाला मैं ट्राई करूं?"

"बिलकुल नहीं।"

"प्लीलीलीलीलीलीज,,,,,।" सृष्टि ने पलकें झपकाई और मासूम सा चेहरा बना दिया।

“ओके! ओके! बट प्लीज डोंट मेशअप माय किचन।” अनंत ने सख्त हिदायत दी।

“ओके!” सृष्टि ने खुशी खुशी सिर हिलाया और फटाफट से हाथ धोए। उसने भी अनंत की तरह बैटर को तवे पर हल्का सा फैलाया, हालांकि वो भारत का उल्टा नक्शा बन गया था। मगर फिर भी उसने कोशिश की। अनंत उसे ध्यान से देख रहा था ताकि उसके किचन में कोई ब्लास्ट न हो। उसे सृष्टि पर बिल्कुल भी भरोसा नहीं था। सृष्टि ने पैन केक पलटना चाहा मगर अब वो चिपक गया।

“ये निकल क्यों नहीं रहा?” वो इरिटेट होकर बोली। उसने पैन केक को निकालना चाहा मगर उसके हाथ गर्म तवे पर लग गया।

“आआ,,,,!” वो झटके से पीछे हो गई। अनंत ने फुर्ती से उसकी कलाई पकड़ ली। वहां पर लाल हो गया था।

“मैने कहा था न, अब पड़ गया चैन हाथ जलाकर?” अनंत ने उसका हाथ खींचकर नल के नीचे लगा दिया।

“ज्यादा मास्टर सेफ का खिताब जीतना था न तुम्हें। इडियट।”

अनंत ने गैस ऑफ किया और सृष्टि को खींचकर सोफे पर पटक दिया।

“अब चुपचाप बैठी रहना।” कहते हुए अनंत ने सृष्टि के बैग से एक किट निकाल ली। वो जानता था सृष्टि अपने बैग में हमेशा एक मेडिकल किट रखती थी। सृष्टि के होंठों पर हल्की सी मुस्कान आ गई। अनंत ने उसकी ओर देखा तो उसकी आंखें छोटी हो गई।

"तुम मुस्कुरा रही हो?" उसने हैरानी से कहा तो सृष्टि की मुस्कान तुरंत गायब हो गई।

"आप बदल रहे हैं अनंत सर?" उसने पूछा।

"मैं ज्वालायुवराज हूं, जो यहां सिर्फ एक लक्ष्य के लिए आया हूं और वो लक्ष्य तुम्हारी स्मृतियों पर खत्म होगा।" अनंत ने मन ही मन कहा और उसके हाथ पर दवाई लगाकर खड़ा हो गया।

"मैं खाना लेकर आता हूं। अब खड़ी हुई तो टांगे काटकर तुम्हारे पेड़ों पर टांग दूंगा।" अनंत ने कहा और अंदर चले गया।

थोडी देर में ही वो प्लेट पर कुछ पैन केक बनाकर बाहर आया तो चौंक उठा। सृष्टि सोफे पर ही सो चुकी थी। उसने गहरी सांस छोड़ी और खुद भी सामने वाले सोफे पर बैठ गया। उसने पैन केक का एक टुकड़ा मुंह में रखा और उसे ऐसे खाया मानों कितनी बेकार की चीज खाई हो। मगर फिर भी उसके चेहरे पर मुस्कान की लकीर दिख ही गई। पूरा पैन केक खाने के बाद वो उठा और अपनी प्लेट किचन मे रखकर आ गया। उसने सृष्टि को अपनी गोद में उठाया और उसे अंदर अपने बेडरूम में ले गया। सृष्टि महिला कुंभकर्ण की तरह सो रही थी। अनंत के उठाने के बाद भी उसे कोई फर्क नहीं पड़ा बल्कि वो अनंत की गोद में और ज्यादा सिकुड़ कर सो गई। सृष्टि ने अनंत की शर्ट उसके गले से कसकर पकड़ ली और मुंह सीने पर छुपा दिया, किसी दो साल के बच्चे की तरह। अनंत को अपनी सांसे भारी होती हुई महसूस हुआ। उसने सृष्टि को अपने बेड पर लेटाया, मगर सृष्टि ने उसकी शर्ट नहीं छोड़ी। न जाने किस मोह में अनंत ने उसके

सिर पर हल्का सा हाथ फेरा। उसकी नजर सृष्टि के मासूम चेहरे पर टिकी थी। उसने अपनी शर्ट से सृष्टि का हाथ हटाना चाहा तो सृष्टि का हाथ शर्ट पर और ज्यादा कस गया। अनंत ने गहरी सांस छोड़ी और कसकर सृष्टि का हाथ पकड़ लिया। उसने अपना सिर सृष्टि के हाथ पर टिकाया। उसकी आंखों में एक नशा साफ देखा जा सकता था, मगर फिर उसने सृष्टि का हाथ हटाया और झटके से उठ गया।

उसने अपनी दराज से लिए एक शराब की बोतल निकाली और बाहर बालकनी में आ गया। शायद यहां ठंडी हवाएं उसके जलते सीने को ठंडक पहुंचाए, सोचते हुए वो बालकनी की रेलिंग पकड़कर खड़ा हो गया।

अनंत वहां पर रखी एक कुर्सी पर बैठा और उसने शराब की बोतल खोल दी। आधा गिलास शराब जब गले में उतरी तो तब जाकर उसके सीने की पर लुढ़कता लावा कुछ ठंडा पड़ा।

शराब के कुछ घूंट जो उसके हमेशा के थे।

“आप सोए नहीं?” तभी उसके कानों में सृष्टि की आवाज पड़ी तो वो चौंक उठा। उसने तुरंत पीछे देखा तो दरवाजे पर टेक लगाए सृष्टि खड़ी थी।

“त,,,तुम,,,तो सो गई थी?” अनंत कुछ हड़बड़ाया।

“मुझे प्यास लगी थी, मगर कमरे में पानी नहीं था। इसलिए बाहर आई मगर आप दिखे नहीं तो इधर आ गई।” सृष्टि ने जम्हाई लेते हुए कहा।

“तुम जाके सो जाओ।” अनंत फिर से सामने मुड़ गया।

"आप ड्रिंक भी करते हैं मुझे पता नहीं था।" सृष्टि के चेहरे पर हैरानी के भाव थे। अनंत ने कुछ क्षण के लिए अपनी आंखें मूंद ली। सृष्टि उसके आगे आकर खडी हो गई। उसकी पीठ थी अब रेलिंग पर।

"तुम अंदर जाओ सृष्टि।" अनंत की आंखें शख्त हो गई।

"क्या कुछ ऐसा है जो आपके मन में घाव बन कर दर्द दे रहा है। अगर आप चाहें तो मुझे कुछ बता सकते हैं अनंत सर।"

"कुछ बातें मन में ही रहे तो अच्छा होता है। बाहर आने पर वो प्रलय भी ला सकती हैं और किसी का सब कुछ तबाह हो जाए यह मैं नहीं चाहता।" अनंत ने जवाब दिया।

"अगर वो बातें इतनी ही भयानक हैं, तो उनका अंदर रहना भी उतना ही जहरीला हो सकता है।"

"हां मगर वो जहर अगर किसी को बचा सकता है, तो उसका अंदर रहना ही ठीक होता है।" अनंत की बातें पर सृष्टि को अब शंका होने लगी थी।

"ऐसा भी क्या है अनंत सर जो आप खुद को इतनी सजा देते हैं।" सृष्टि अब गंभीर हो गई थी।

"तुम बहुत पर्सनल हो रही हो सृष्टि, ये मत भूलो कि मैं तुम्हारा प्रोफसर होने के साथ साथ तुमसे उम्र में भी कहीं ज्यादा बड़ा हूं।" अनंत की आवाज कठोर पड़ चुकी थी। मगर सृष्टि बिना डांट खाए रह जाए ये तो कभी नहीं हो सकता है।

"बिलकुल आप बड़े भी हैं और मेरे प्रोफसर भी, लेकिन उससे पहले आप हमारे घर के एक सदस्य हैं और इस नाते मेरा पूछने का हक भी है।"

"तुम्हारा तो कहीं भी कोई हक नहीं है। तुम्हारा तो अपने मॉम डैड पर भी कोई हक नहीं है। मुझपर हक जताने से पहले खुद को देख लो तुम कहां हो।" अनंत ने हाथ में रखे शराब के गिलास से पूरी शराब एक बार में ही गले से उतार दी। उसकी आंखें लाल पड़ चुकी थी मानों लावा पिघल आया हो उसकी आंखों में।

"हर बात में मेरे मॉम डैड को बीच में लाने की जाने की जरूरत नहीं है अनंत सर। आप भी ये मत भूलिए कि उनका कितना ट्रस्ट है आपके ऊपर। उन्होंने अपनी बेटी तक को आपके भरोसे छोड़कर रखा है।" सृष्टि ने भी उसी लहजे में कहा अनंत हल्के से हंस पड़ा मानों सृष्टि ने कोई अधूरी बात बताई हो।

"बेटी! क्या सच में? तुम्हें नहीं लगता कि तुम्हारी उनसे कुछ ज्यादा ही एक्सपेक्टेशंस हैं। उनको अगर तुम्हारी इतनी ही फिक्र होती, तो वो तुम्हें अपने साथ रखते। यूं किसी आदमी के भरोसे छोड़कर नहीं जाते।" अनंत अब खड़े हो गया। उसने मुस्कुराकर हल्की सी गर्दन टेढ़ी की और सृष्टि के करीब आ गया।

"आप उनकी इंसल्ट कर रहे हैं।" सृष्टि की आंखों में गुस्से के साथ साथ नमी भी आ गई।

"अच्छा! क्या इंसल्ट कर दी मैंने। ये कहो कि तुम्हें अब सच्चाई चुभ रही है। तुमसे ये बर्दास्त नहीं हो रहा कि तुम्हारे मॉम डैड तुम्हारे लिए कुछ नहीं सोचते। उनको कुछ

फर्क नहीं पड़ता कि तुम किसके साथ हो। सिर्फ एक अनजान पर भरोसा करके उन्होंने अपनी जवान बेटी को मेरे भरोसे छोड़ दिया है।" कहते हुए अनंत आगे बढ़ने लगा तो सृष्टि भी पीछे पीछे हटने लगी।

"उन्हें नहीं लगा कि अगर मैने ही तुम्हारे साथ कुछ गलत कर दिया तो, या इस बात का कोई फायदा उठाया तो?" अनंत आगे आगे बढ़ता रहा और सृष्टि पीछे हटती गई। अनंत मानों किसी के वश में हो। उसके होठों पर एक अजीब सी मुस्कान थी। सृष्टि पीछे कमरे की खिड़की से जा लगी। अनंत उसके करीब हो गया। सृष्टि ने अपनी आंखें बंद कर दी और मुंह दूसरी ओर फेर दिया।

"आ,,आप। बहुत करीब हैं।" वो बड़ी मुश्किल से बोल पाई।

"क्यों,,, अजीब लग रहा है? कुशाल के साथ भी यही तो करने वाली थी न। जब कुशाल नहीं मिला तो तुमने मुझपे ट्राई करना चाहा तुमने, इसलिए आई हो न यहां?" अनंत ने कहा तो सृष्टि की आंखें हैरानी से खुल गई। उसने अनंत की ओर देखा। जिसकी आंखों के भाव को समझना मुश्किल था।

"क्या हुआ? अब पकड़ी गई तो बुरा लग रहा है?" अनंत ने उसी बेशर्मी से कहा और दोनों हाथ खिड़की पर सृष्टि के इर्द गिर्द रख लिए। सृष्टि को जब बर्दास्त नहीं हुआ तो उसने अनंत के सीने पर दोनों हाथों से एक जोर का धक्का दिया। अनंत इसके लिए तैयार नहीं था, तो वो सीधे फर्श पर जा गिरा।

"आप कभी किसी के नहीं हो सकते अनंत सर, कभी नहीं। अब समझ में आया, कि आपकी आज तक अपनी कोई फैमिली क्यों नहीं है। आप किसी के लायक नहीं हैं। आप किसी परिवार के लायक नहीं हैं। जिन्होंने आपको पिछले दस सालों तक अपने साथ रखा, आप तो उनके भी नहीं हो पाए। सेम ऑन यू अनंत सर। यू आर रियली सेलफिश। आज तक मुझे इस बात का दुख होता था कि आप अकेले हैं, बट नाउ आई एम वैरी हैप्पी कि आप अकेले हैं। यू डिजर्व दिस। भाड़ में गई पीएचडी और मेरी पढ़ाई। आपके अंडर पीएचडी करने से अच्छा है मैं किसी प्ले स्कूल में टीचिंग करूं।" कहते हुए सृष्टि तेजी से वहां से निकल गई। सृष्टि ने अनंत का मेन डोर जोर से पटका तो अनंत की आंखें एक पल के लिए मूंद गई। वो रेलिंग के पास जाकर खड़ा हो गया तो नीचे सृष्टि ग्राउंड से होते हुए अपने घर की ओर जा रही थी। अनंत को अब जाकर होश आया कि अभी रात के एक बज रहे हैं। "डैम इट।" उसने एक जोर का हाथ मार दिया रेलिंग पर।

"दैत्य बाहर आओ।" अनंत के कहते ही एक स्वर्ण गरुड़ उसके कंधे पर आ गया।

"उसकी रक्षा करो।" अनंत ने कहा ही था जब दैत्य नीचे जाकर सृष्टि के साथ साथ उड़ने लगा।

इधर सृष्टि अपने घर पहुंची और सीधे बिस्तर पर जाके धड़ाम से गिर गई। उसकी आंखों में इस वक्त आंसुओं की बाढ़ थी। कमरे में घुप्प अंधेरा मगर उसकी सिसकियां से पूरा कमरा गूंज रहा था। उसका बस चलता तो वो चीख चीख कर रोती। मगर खुद को संभालना भी उसे बेहतर आता था। अनंत पहले भी कई बार सृष्टि को अपनी इन्हीं कड़वी बातों से हर्ट कर चुका था, मगर इस बार उसे अनंत की बातें कुछ ज्यादा ही बुरी

लग रही थी। शायद इसलिए भी कि कुछ समय से वो अनंत के कुछ करीब हो गई थी और उसके अच्छे व्यवहार की आदत भी उसे लग गई थी, जो आज फिर से टूट कर बिखर गई थी। वो रोती रही और कब रोते रोते वो सो गई उसे भी पता नहीं चला। वो स्वर्ण गरुड़ वहां से उड़ा और अनंत के पास वापस आ गया।

****

सुबह के दस बजे अनंत कॉलेज पंहुचा। वो गलियारे में पंहुचा ही था जब उसे सामने खड़े विकास और वान्या दिखे।

"गुड मॉर्निंग अनंत।" वान्या ने बड़े ही मीठे शब्दों में कहा।

"गुड मॉर्निंग मिस वान्या।" अनंत ने बिना उसकी ओर देखे सर्द आवाज में कहा।

"क्या बात है अनंत, तुम कुछ ठीक नहीं लग रहे हो! इस एवरथिंग ओके?" विकास ने पूछा।

"होना क्या है एक ही चीज है जिसकी वजह से अनंत हमेशा परेशान रहता है।" वान्या का इशारा अनंत के साथ साथ विकास भी समझ गया। अनंत का मुंह लाल हो उठा। वो सीधे अपनी लैब के लिए निकल गया।

"वान्या मैम कहां आप उस लडकी की वजह से अपना मूड खराब कर रही हैं? चलिए आपकी क्लास का समय हो गया।" विकास ने कहा तो वो दोनों भी क्लासेस लेने चले गए।

इधर कुछ देर बाद अनंत लैब ऑफिस में पहुंचा तो सब खड़े हो गए। अनंत ने अपनी पुतलियों को चारों ओर घुमाया तो उसे ऋषभ और सृष्टि कहीं नहीं दिखे। उसके चेहरे पर क्रोध झलक आया। अनंत की नजर कुशाल पर कुछ पल के लिए ठहरी और फिर जाकर अपनी कुर्सी पर बैठ गया। अनंत ने अपना लैपटॉप निकाल लिया, जबकि सभी स्कॉलर्स अपने अपने काम पर लगे थे। अनंत का ध्यान बिल्कुल भी अपने काम पर नहीं लग रहा था। उसे कल रात की बातें याद आ गई और सृष्टि का वो दर्दभरा चेहरा भी।

"क्या आज ऋषभ नहीं आया?" अनंत ने जानबूझ कर ऋषभ का नाम लिया।

"सर ऋषभ और सृष्टि एक हफ्ते की लीव पर है।" एक लड़की ने कहा तो अनंत हैरान रह गया।

"लीव, किससे पूछकर?" अनंत तुरंत खड़ा हो गया।

"आई डोंट नो सर बट सुबह सुबह ऋषभ का कॉल आया था।" उसी लडकी ने कहा।

"क्या मुझे बताना जरूरी नहीं समझा उन्होंने। तुम सब मेरे अंडर पीएचडी कर रहे हो और बिना मेरी परमिशन के कैसे लीव ले सकते हो?" अनंत चिल्ला उठा।

"बट सर हमने क्या किया है? वो दोनों हमसे कुछ बात भी नहीं करते। ग्रुप में भी कभी एक्टिव नहीं होते हैं और न ही कभी रिप्लाई करते हैं। किसी को नहीं पता कि वो दोनो कहां गए हैं। वो तो ऋषभ ने ही कॉल करके आपको बताने के लिए कहा था।" उस लडकी ने फिर से कहा तो अनंत सीधे उठकर बाहर चले गया।

“हद है मतलब, ये लोग कुछ भी करते हैं मगर डांट हमेशा हमें क्यों पड़ती थी? अनंत सर का कुछ समझ नहीं आता। वो सृष्टि और ऋषभ हमेशा कुछ न कुछ करेंगे और भुगतना हमें भी पड़ता है।” एक दूसरी लड़की चिढ़ उठी तो सभी उसकी बात से सहमत थे जबकि कुशाल चुप था। वीर ने सिर हिला दिया।

“मुझे तो लगता है कुशाल के बाद सृष्टि और जेबी डेट करने लगे हैं।” पहली वाली लड़की ने कहा तो सब हंस पड़े मगर कुशाल की मुट्ठियां कस गई।

इधर अनंत तेजी से अपनी लैब में आया तो लैब खाली पड़ी थी। अनंत ने अपना फोन निकाला और कुछ सोचते हुए ऋषभ को कॉल लगा दिया। मगर उसका फोन बंद आ रहा था। अनंत ने अब सृष्टि को कॉल लगाया तो उसका फोन भी स्विच ऑफ था। अनंत का गुस्सा मानों सातवें आसामान पर पहुंच चुका था। वो उठा और सीधे बाहर निकल गया। उसने अपनी कार निकाली और सीधे सृष्टि के घर पहुंच गया। मगर जैसे ही वो दरवाजे तक पहुंचा तो मेन डोर लॉक था। अब उसे फिक्र भी होने लगी थी। अब वो सृष्टि को ढूंढे तो ढूंढे कहां। उसे खुद पर गुस्सा आ रहा था कि उसने कल दैत्य को वापस क्यों बुलाया था। उसने गहरी सांस छोड़ी और वापस कार में बैठने ही वाला था कि अचानक रुक गया। वो पीछे मुड़ा तो बगल में ही गमले पर एक नोट पड़ा था। जो शायद सृष्टि उसके लिए ही छोड़कर गई थी।

“हैलो मिस्टर खडूस भूतनाथ प्रोफेसर! आपको मेरा सादर प्रणाम।” सृष्टि ने मानों तंज कसा हो।

"ओह हां! आप का दिन तो आज मुझे ढूंढने में ही निकल जायेगा। बट इट्स ओके, मैं आपकी हेल्प कर देती हूं। इतना अपने पहाड़ जैसे शरीर को कष्ट देने की जरूरत नहीं है। क्योंकि आप मुझे कभी नहीं ढूंढ पाएंगे। इसलिए अच्छा होगा कि आप अपना ध्यान अपनी रिसर्च पर लगाएं। वो क्या है न कि आप इस लायक नही हैं, कि मैं अपनी सारी एनर्जी आपको रिझाने में वेस्ट करूं। मैं और मेरा फ्रेंड समझ रहे हैं न? हम एक हफ्ते के लिए बाहर हैं। अब आप कितनी भी कोशिश कर लीजिए, आप हमें नहीं ढूंढ सकते और प्लीज थोड़ा चैन से जीने दीजिए मुझे। यूं हर जगह मेरा पीछा करने की जरूरत नहीं है। ऋषभ एक हफ्ते बाद आ जायेगा मगर मुझसे कोई उम्मीद मत रखिए। मैं अब आपकी शकल भी नहीं देखना चाहती। बाय बाय मिस्टर प्रोफसर। आई होप अब आप मेरा पीछा छोड़ देंगे।" सृष्टि ने एक गुस्से वाली इमोजी बनाई थी। अनंत के हाथों में वो कागज कस गया।

"नहीं, नहीं, नहीं इतनी आसानी से नहीं सृष्टि। मैं तुम्हारा पीछा नहीं छोड़ने वाला नही हूं। कभी भी नहीं। ये तुम्हारे पूर्वजन्म के कर्म हैं, जो तुम्हारा पीछा कभी नहीं छोड़ेंगे। तुम कहीं नहीं जा सकती। इस जन्म में तो बिल्कुल भी नही। ये प्रोफसर भले ही छोड़ भी दे मगर ज्वाला युवराज नहीं। मैं तुम्हें कहीं से भी ढूंढकर लाऊंगा।" कहते हुए अनंत अपनी कार में बैठा और तेजी से वहां से निकल गया।

"व्योम!" तभी उसे गुरु शाश्वत की आवाज सुनाई दी।

"आप किसी दिन मेरा एक्सीडेंट करवाएंगे गुरुदेव।" अनंत ने सिर हिलाया और सेंट्रल मिरर में देखा। गुरु शाश्वत पीछे सीट पर आराम से पसरे हुए थे।

"प्रथम भेंट में गुरु को प्रणाम किया जाता है मूर्ख।" गुरु शाश्वत ने आंखें दिखाई।

"जी बिलकुल! अगर आप सही तरह से एंट्री लें तब न!" अनंत ने कहा तो गुरु शाश्वत ने उसे घूरा।

"महाराज कैसे हैं?"

"तुम जानते हो वहां जड़ी बूटियों और वनस्पतियों का भंडार अब खत्म होने की कगार पर हैं व्योम, पहाड़ी पूरी तरह सूख चुकी है। सरित धीरे धीरे अपना रुख बदल रही है। श्राप अपने अन्तिम चरण पर है। हमें जल्दी ही कुछ करना होगा। वरना धीरे धीरे हमारे राज्य की बहुत बुरी दशा होने वाली है। हमें कोई अन्य मार्ग भी ढूंढना होगा। जब तक सृष्टि को कुछ स्मरण नहीं होता। हमें कुछ पादपों को बचाना होगा। जो अत्यंत आवश्यक हैं व्योम।" गुरु शाश्वत अब पूरी तरह गंभीर हो चुके थे। अनंत के हाथ स्टेयरिंग पर कस गया था।

"इन सबके लिए एक ही इंसान जिम्मेदार है गुरुदेव।" अनंत का क्रोध उसके चेहरे पर दिख रहा था।

"व्योम ये मत भूलो कि वो मुक्तिदार का पथ है हमारे लिए। जिसका जन्म उस श्राप को मिटाने के लिए हुआ है। तुम उसे हानि नहीं पहुंचा सकते व्योम। भूलो मत कि उसका रचयिता कौन है।" गुरु शाश्वत ने अनंत को हिदायत दी। अनंत ने खुद को शांत करने के लिए गहरी सांस छोड़ी।

"गुरुदेव! सृष्टि कहीं चली गई है और दैत्य भी उसकी ऊर्जा को महसूस नहीं कर पा रहा है।"

"हमें तुमसे यही आशा थी। तुम उसे कभी नहीं संभाल पाए। पता नहीं ये क्रोध कब तुम्हारा पीछा छोड़ेगा। अब हमसे किसी बात की उम्मीद मत रखना।" गुरु शाश्वत क्रोधित हो उठे।

****

शाम का वक्त था और अनंत ने सृष्टि के सभी जानने वालों को कॉन्टेक्ट कर दिया था मगर किसी को भी उसके बारे में पता नहीं था। शाम तक अनंत की हालत ऐसी थी मानों वो सब कुछ लुटा चुका हो। रात हो गई थी और अनंत अपने कमरे में इस तरह बैठा था मानों कोई युद्ध हारकर आया हो। उसका मुंह बुरी तरह से थका हुआ था और शरीर निढाल सा गया था। आज सृष्टि यहां नहीं थी तो उसे महसूस हो रहा था मानों उसके प्राण ही उसके शरीर से निकलने के लिए छटपटा रहे हों।

रात के आठ बजे का वक्त था। आसमान में सितारे अपनी चमक बिखेर रहे थे और चांद की रौशनी हर ओर अपनी शीतलता उड़ेल रही थी। सफेद रंग की विंडसिटर और ग्रे रंग की ट्रैक पैंट पहने सृष्टि इस वक्त एक बड़े से पत्थर पर बैठी हुई थी। उसने सफेद रंग के ही गर्म दस्ताने और काले रंग के ट्रैकिंग शूज पहने हुए थे। विंडसिटर के अंदर से पहनी हुड्डी की कैप उसके सिर पर थी और माथे पर आए हुए कुछ छोटे बाल उसे तंग कर रहे। यहां ठंडी हवाएं चल रही थी और ऊपर बर्फ से ढकी पहाड़ियों कुछ ज्यादा ही खूबसूरत लग रही थी। पीछे की तरफ एक टैंट लगा हुआ था जहां ऋषभ आग जलाए

कुछ पका रहा था। सृष्टि की नजर ठीक सामने एक पहाड़ी से बहती हुई नदी पर टिकी हुई थी। तभी उसके पीछे से ऋषभ आया और सृष्टि के बगल में बैठ गया। उसने सृष्टि की ओर एक चाय का कप बढ़ा दिया तो सृष्टि के होंठों पर तुरंत मुस्कान खिल गई।

"तू ठीक है न अब?" ऋषभ ने चाय का सिप लेते हुए पूछा तो

सृष्टि ने सिर्फ हां में सिर हिलाया।

"तू उन्हें पसंद करती है न?" ऋषभ ने पूछा तो वो फीकी तरह से मुस्करा गई।

"क्या फर्क पड़ता है इस बात से? उनकी तो मुझसे न जाने किस जन्म की दुश्मनी है। माना कि मैं उन्हें पसंद करती हूं बट अब नहीं सहन होता यार। इट्स रियली पेनफुल। एक न बहुत तेज दर्द होता है, बहुत सह लिया ऋषभ। किसी को पसंद का मतलब यह नही है, कि सामने वाला बस हमें हर्ट करता रहे और हम सहन करते रहें और उनको तो कभी फील भी नहीं होगा कि वो मेरी पहली और आखिरी पसंद हैं। कुशाल तो बस सिर्फ एक डिस्ट्रैक्शन था। ताकी मुझे कोई बात कचोटे नहीं। मगर मैं कभी सच को एक्सेप्ट नहीं कर पाई। मुझे लगता रहा कि प्यार ही है जो मुझे खुश कर सकता है। मैं गलत थी ऋषभ।"

"बट इस तरह सब छोड़कर जाना, क्या ठीक है? तुम्हारे मॉम डैड?"

"जानती हूं कि भागना ठीक नहीं है, लेकिन मेरे पास कोई और ऑप्शन भी तो नहीं है। मुझे नफरत सी हो गई है ऋषिनगर से। वो शहर मेरे लिए हमेशा से ही मनहूस रहा

है। वो शहर कितना ही अच्छा क्यों न हो पर मुझे वहां दर्द के सिवाय कभी कुछ नहीं मिला है।

"कभी कभी मुझे लगता है, पता नही क्यों ही भगवान ने हमको मिलाया यार। मुझे कुछ नहीं दिया और तुझे देने के बाद भी सिर्फ छीना है।" ऋषभ ने कहा। उसकी आंखें हल्की सी भीग गई थी। वो समझ सकता था। अनाथ जो था।

"यार ये जगह कितनी मस्त है न, मन करता है यहां से अब कहीं जाऊं ही नहीं।" सृष्टि ने आसमान की ओर निहारते हुए कहा।

"जगह तो अच्छी है लेकिन सिर्फ कुछ समय खुद को हील करने के लिए। हम लोग हमेशा तो यहां नहीं रह सकते। एक न एक दिन घर लौटना पड़ता है सृष्टि।"

"घर वो होता है वीजे जहां कोई बेसब्री से आपके आने का इंतजार करता हो। जिस घर में सिर्फ निर्जीव सामान ही हो, वहां जाने का किसका मन है।" सृष्टि ने किसी दार्शनिक की भांति कहा।

"अब रात बहुत हो गई है। हम बुग्यालों में हैं और यहां जंगली भालू बहुत होते है। आई थिंक हमें टैंट में चले जाना चाहिए। हालांकि उनके लिए हमारा टैंट कुछ भी नही है।" ऋषभ ने इधर उधर देखते हुए कहा।

"वीजे अब तू डरा रहा है मेरे भाई।" सृष्टि ने भी पुतलियां घुमाई।

"सृष्टि अगर जंगली भालू आएगा तो हमारे पास बचाव के लिए वेपन हैं न?"

"आई डोंट नो कि चाकू कितना काम आएगा।" सृष्टि ने रोनी सी सूरत बनाई।

****

इधर अनंत अभी अपने कमरे में टहल रहा था। उसे मानों एक पल का भी चैन नहीं था। वो किसी गुस्सैल नागराज की तरह फुफकारते हुए तेज कदमों से एक किनारे से दूसरे किनारे तेजी से चल रहा था। उसके चेहरे पर गुस्से और कुछ पछतावे के भयंकर भाव थे। उसके ठीक बगल में गुरु शाश्वत सोफे पर बैठे मिट्टी की केतली से मदिरा घटक रहे थे।

"अब अपने पैरों को तनिक विश्राम दो व्योम। इस तरह तेज चलने से कुछ हासिल नहीं होने वाला और जब कहा है थोड़ा सब्र रखो उस युवती के साथ, लेकिन नहीं तुम्हें तो हर जगह अपने गुस्से का घड़ा फोड़ना ही होता है। उम्र तो देखो मेरी, कब तक तुम्हें एक नवजात शिशु की तरह समझाते रहेगें? जब तक उसका जन्म नहीं हुआ था तो तुम शांत थे मगर उसके मिलते ही तुम ज्वालामुखी की तरह भड़कते रहते हो। हमारा ध्येय मुक्ति है व्योम, और कुछ नहीं। इतनी सी बात तुम्हारी इस बुद्धि में घुसती क्यों नहीं।" गुरु शाश्वत भी क्रोधित हो गए थे।

अनंत अब जाकर सोफे पर बैठ गया। उसने अपनी दोनों हथेलियों से अपना मुंह ढका। शायद अब उसे अपनी गलती का अहसास हो रहा था। ऊपर से सृष्टि का वो खत। अनंत को न जाने क्यों विश्वाश होता जा रहा था कि सृष्टि इस बार वापस नहीं आयेगी।

“जब तक वो युवक वापस नहीं आ जाता तब तक हमारे पास प्रतिक्षा करने के आलावा और कोई रास्ता नहीं है। जब वो वापस आयेगा तब ही कुछ हो सकता है। अब वही हमारी सहायता कर सकता है।”

“मगर वो शायद एक सफ्ताह बाद आएगा गुरुदेव।” अनंत को सब्र कहां था।

****

सुबह के छह बज रहे थे जब सृष्टि की नींद खुली। उसने पहले धीरे से आंखें खोली, मगर एक ठंडी हवा का झोंका उसे छूकर निकल गया तो उसकी आंखें पूरी खुल गई। जैसे ही उसकी आंखें खुली तो टैंट की छत से खुला आसमान दिखाई दिया। उसे तुरंत याद आया कि वो कहां है। उसने हल्की सी अंगड़ाई ली और अपने बगल में देखा, तो ऋषभ का बिस्तर खाली था। वो उठी और बाहर आ गई। यहां पर काफी ठंड थी। उसने हुडी की कैप सिर पर लगाई। उसकी नजर बगल में ऋषभ पर चली गई। जो अलाव के ऊपर चाय बना रहा था। सृष्टि के होंठों पर मुस्कान बिखर गई। वो पहाड़ी से थोड़ी बाहर निकली हुई एक चट्टान पर बैठ गई। जहां से नजारा बेहद खूबसूरत दिख रहा था।

यह बुग्याल काफी ऊपर था। रोड हैड से करीब पच्चीस किलो मीटर चढ़ाई थी और यही चढ़ाई करके ऋषभ और सृष्टि यहां पहुंचे थे। उन्होंने कल सुबह चढ़ाई शुरू की थी और शाम तक वो ऊपर पहुंचे। सबसे अच्छी बात कि जहां पर उन्होंने अपने टैंट लगाए थे। वहां पर एक बेहद खूबसूरत ताल भी था। उस ताल में पानी भरा था और ये जगह थोडा समतल भी थी। आसमान मानों बस एक हाथ ऊपर। सब जगह हरियाली छाई

हुई थी और छोटी छोटी घास उगी हुई थी। नीचे देखने पर लग रहा मानों वो बादलों के ऊपर हों। नीचे घना कोहरा छाया हुआ था। सृष्टि के होंठों की मुस्कान गहराती गई।

"अच्छा फील कर रही है अब?" ऋषभ दो चाय के कप लिए उसके बगल में बैठ गया। सृष्टि ने कप हाथ में लिया और हां में सिर हिलाया। उसने एक चाय का सिप लिया तो उसकी आंखें हल्की सी बंद पड़ गई।

"वीजे यार, तेरी चाय बाय गॉड। तू न चाय का ठेला खोल दे और उसका नाम 'द आर्कियोलॉजिस्ट चाय वाला' रखना। देखना तेरी खूब बिक्री होगी।"

"तू आएगी न मेरे ठेले पर?"

"नहीं यार मैं तो उस शहर से नाता तोड चुकी हूं।"

"तू कन्फर्म है न? आई मीन ये फैसला किसी जल्दी बाजी में तो नहीं ले रही न?" ऋषभ ने चिंता जाहिर की।

"डोंट वरी वीजे मैं तुझसे कभी कॉन्टेक्ट नही तोडूंगी। बस मेरे बारे में किसी और को पता नहीं चलना चाहिए। ठीक है न?" सृष्टि ने सख्त आवाज में कहा।

★★★★

अध्याय १०

करीब एक सफ्ताह ऐसे ही बीत चुका था और अनंत ने सब जगह सृष्टि को छान मारा था मगर उसका कहीं भी कोई अता पता नहीं था। ऊपर से अभी तक ऋषभ भी वापस नहीं आया था। अनंत उसी के इंतजार में था कि कब ऋषभ वापस आए और कब वो उसका गला पकड कर सृष्टि के बारे में पूछे। उसे अभी भी उम्मीद थी कि ऋषभ के साथ सृष्टि भी वापस आ जाएगी। उसका गुस्सा अंदर ही अंदर भड़क रहा था और शायद वो गुस्सा ऋषभ पर ही उतरने वाला था। अनंत अभी डिपार्टमेंट के गलियारे में चल रहा था, मगर उसके दिमाग में सृष्टि ही छाई हुई थी। तभी उसकी नजर ठीक सामने कुशाल के साथ खड़े ऋषभ पर गई तो उसकी मुठियां कस गई। उसने इधर उधर देखा क्या पता सृष्टि भी कहीं दिख जाए। मगर उसके हाथ निराशा ही लगी। कुशाल जिस तरह ऋषभ से बात कर रहा था साफ था कि वो सृष्टि के बारे में ही पूछ रहा था। अनंत तेज कदमों से आगे बढ़ा और उसने ऋषभ के कंधे पर हाथ रख दिया। कुशाल ने उसे गुड मॉर्निंग विश किया मगर अनंत की नजरें ऋषभ पर थी। ऋषभ आराम से पीछे मुड़ गया। अनंत ने उसका हाथ खींचा और ऑफिस में ले गया। ऋषभ आराम से खड़ा रहा। दोनों आमने

सामने थे। अनंत हाथ बांधे उसे बुरी तरह से घूर रहा था। मगर ऋषभ के चेहरे पर अनंत का मजाक उड़ाने वाले भाव थे। जो अनंत को और किलसा रहे थे।

"ऋषभ मैं अभी प्यार से पूछ रहा हूं। सृष्टि कहां है?" अनंत की आवाज बर्फ सी ठंडी थी। ऋषभ को अंदर ही अंदर सिरहन सी दौड़ पड़ी। मगर उसने अपने चेहरे पर कोई डर के भाव नहीं आने दिए।

"अनंत सर, आई रियली डोंट नो। बट एवन इफ आई न्यू, आई वुडांट टेल यू।" ऋषभ ने कहा तो अनंत बिजली की तेजी से ऋषभ के पास आया और उसने ऋषभ का कॉलर पकड़ कर उसे दीवार से भिड़ा दिया।

"तू बताता है या आज तेरी चिता की तैयारियां करवाऊं?" अनंत ने दांत कीटते हुए कहा, मगर ऋषभ मानों मृत शरीर हो जिसे अनंत के गला घोंटने पर भी फर्क न पड़ रहा हो। अनंत का हाथ ऋषभ के गले पर कस गया तो उसका मुंह पूरा लाल पड़ गया था। उसकी आंखों के कोनों से आंसू निकल पड़े। मगर अनंत पर मानों काल सवार हो।

"व्योम, छोड़ो उसे। मैने कहा छोड़ो उसे।" गुरु शाश्वत उसके मन में चीख उठे। अनंत ने झटके से उसे छोड़ दिया। ऋषभ बुरी तरह खांस पडा। उसकी आंखों से लगातार आंसू बहने लगे।

"अगर सृष्टि को कुछ हुआ न ऋषभ तू सोच लेना। रही बात उसे ढूंढने की। उसे तो मैं वापस लाकर रहूंगा। तुम दोनों कितना भी छुपा लो।"

“अनंत सर, अगर आपने सच में उसे कभी एक इंसान की तरह ट्रीट किया होता, तो मैं आपकी हेल्प कर सकता था। मगर जिस तरह से आपने उसे हर बार हर्ट किया है। अच्छा ही है कि वो यहां से चली गई। जब तक वो यहां थी तब भी आपको चैन नहीं था। कम से कम अब तो उसे चैन से रहने दीजिए। छोड़ दीजिए उसका पीछा। हाथ जोड़ता हूं मैं आपके आगे। जीने दीजिए उसे। सब के सब जॉम्बीज की तरह उसे निगलने के लिए उसके पीछे पड़े हो।” पहली बार अनंत के आगे ऋषभ की आवाज तेज थी। ऋषभ ने उसके ऑफिस का दरवाजा जोर से पटका तो अनंत चेत में लौटा। अनंत का चेहरा गुस्से से लाल पड़ गया। उसने अपने बालों में हाथ घुमा दिया तो उसके बाल माथे पर बिखर आए।

“डैम इट।” उसने मेज पर एक हाथ मारा तो सारी चीजें उछल के नीचे गिर गई, मगर किसे परवाह थी।

****

करीब एक मास भी इसी तरह गुजर चुका था मगर अनंत अब भी सृष्टि को ढूंढ नहीं पाया था। उसने ऋषभ से भी हर तरह से पूछने की कोशिश कर ली थी मगर ऋषभ मुंह खोलने को तैयार नहीं था। अनंत हर संभव कोशिश कर चुका था सृष्टि को ढूढने की मगर वो एक मास बाद भी असफल रहा। उसने सृष्टि के मॉम डैड को भी बता दिया था क्योंकि सृष्टि उसकी ही जिम्मेदारी थी। उसके डैड ने भी अपने सारे कॉन्टेक्ट से बात कर ली थी मगर सृष्टि का कहीं कोई पता नहीं था इसलिए सृष्टि की मॉम भी अब यहां पहुंच चुकी थी। अनंत तो इन दिनों मानों पागल हो उठा था। वो और भी ज्यादा भयानक हो

गया था। वो गुस्से से इतना पागल हो गया था कि कई ड्रिंक्स एक दिन में घटक जाता। ऊपर से अब उसका संयम भी जवाब देने लगा था। अब जब उसे कहीं कोई उम्मीद नहीं दिख रही थी तो वो और ज्यादा ज्वालामुखी बन गया था और अगर यह ज्वालामुखी फूटा तो न जाने क्या प्रलय लायेगा।

****

"मिस! अक्षत मेरी पेंसिल छीन रहा है।"

"मिस! आरभ ने पहले मेरी कॉपी की।"

"नो मिस, अक्षत ने पहले मेरी पेंसिल नीचे फेंकी।"

"अक्षत, आरभ नो शैतानी।" क्लास में आगे खड़ी सृष्टि छोटे बच्चों से जूझ रही थी। उसके चेहरे पर थकान सुबह से ही दिखने लगी थी और अभी तो पूरा दिन बिताना था इस प्ले स्कूल में। अभी के लिए वो क्लास फर्स्ट के बच्चों को पढ़ा रही थी। मगर उसे कभी इतने छोटे बच्चों के साथ रहने की आदत नहीं थी और पिछले एक मास से वो इन बच्चों के साथ खुद को एडजस्टमेंट करने की कोशिश कर रही थी। मगर फिर भी उसे यह सब बहुत मुश्किल लग रहा था। मगर कुछ था जो अब भी वो खुश नहीं थी। वो सब कुछ छोड़कर आ तो गई थी परन्तु खुशी उसे यहां भी नसीब नहीं थी। न जाने क्यों एक अजीब सी मंहूसियत यहां भी थी उसके साथ घूम रही थी।

शाम के छह बजे का वक्त था और सृष्टि थकी हारी सी अपने कमरे में पहुंची। उसने अपना बैग कंधे से नीचे उतारा और बगल में एक छोटे से तख्त पर रख लिया। वो एक

छोटा सा कमरा था और उसी पर एक छोटा सा किचन भी अटैच था। इस शहर में उसे करीब एक महीना हो चुका था। मगर अभी भी वो यहां बस एडजस्टमेंट ही कर रही थी। सुबह के वक्त एक प्ले स्कूल में पढाती थी और शाम को छह बजे तक एक सुपरमार्केट में काम करती थी। वो सब छोड़ कर आगे बढ़ना चाहती, मगर सच तो यह था, कि आज भी वो खुद से जूझ रही थी।

उसने किचन से पानी लिया और उस तख्त पर बैठ गई। उसने पानी की बोतल उठाई और एक ही बार में पूरा पानी घटक गई। उसने गहरी सांस छोड़ी और कुछ देर के लिए आंखें बंद कर दी। उसकी आंखों के आगे उसका बचपन तैरने लगा।

छह साल की दब्बू सी सृष्टि जब थर्ड क्लास में गई थी। वो अपनी मॉम के साथ कार में थी और स्कूल उसके मन में किसी फोबिया से कम नहीं था। भले ही उसे इस स्कूल में एडमिशन लिए तीन साल हो गए थे, मगर अभी भी उसके मुंह से एक शब्द नहीं निकलता था। सारे तेज तर्रार बच्चे कभी उसके बाल खींचते, तो कभी उसका बैग, कभी उसका टिफिन छुपा देते, तो कभी उसकी चीजें चुरा लेते। सृष्टि कई बार अपनी मम्मा से शिकायत भी कर चुकी थी, मगर उसकी मम्मा की ओर से हर बार तरह ठंडी प्रतिक्रिया आई। धीरे धीरे वो मानसिक तनाव का शिकार होती गई। वो दोस्त बनाने में डरने लगी। अजनबियों से घबराने लगी। स्कूल उसे किसी कैदखाने की तरह लगने लगा। मगर उसके मॉम डैड ने कभी उसकी बचपन की उन परेशानियों को नहीं समझा। कई बार मां बाप इन छोटी छोटी बातों को बड़ा नहीं समझते और बच्चे अपने मन में सब दबाकर अंदर ही अंदर टूटने लगते हैं। यही सृष्टि के साथ भी हुआ। वो उसके बाद कभी अपने मॉम डैड को कुछ बता नहीं पाई। शायद ये उनकी भी गलती नहीं थी। दोनों वर्किंग

थे और अपने प्रोफेशन को लेकर कुछ ज्यादा ही डेडीकेटेड थे। जिसका सीधा असर सृष्टि पर पड़ा।

मगर एक दिन जब अनंत उसकी लाइफ में आया। न जाने किस तरह का मोह था जो उसे अनंत उसके बुरे व्यवहार के वावजूद भी अच्छा लगता था। कुछ ऐसा मानों वो उससे पिछले जन्म से ही जुड़ी हो। मगर अब अनंत का व्यवहार भी उसके लिए असहनीय हो गया था। अब उसकी कोई उम्मीदें नहीं थी अनंत से। उसके जीवन में तीन लडके थे। अनंत, कुशाल और ऋषभ। सही कहते हैं दोस्ती सबसे बड़ा रिश्ता होता है और यह ऋषभ और उसकी दोस्ती ने दिखा दिया था। जहां कोई स्वार्थ नहीं था, था तो बस एक दूसरे की परवाह।

उसने गहरी सांस छोड़ी और बाथरूम में घुस गई।

थोड़ी ही देर बाद वो नहाकर बाहर आई। बहुत मुश्किल से खुद के लिए दो तीन चीजें बनाना सीख पाई थी। मगर अभी वो बाहर से खाना लेकर आई थी। उसने खाना गर्म किया और छतपर आ गई। वो छत पर पानी की टंकी से कमर टेक लगाकर पालती मारकर बैठी गई। उसने अपनी प्लेट से एक रोटी का टुकड़ा तोड़कर मुंह में डाल दिया। मगर उसकी आंखों से आंसू पानी की तरह बह निकले। मां बाप होने के बाद भी वो कैसे अनाथों की तरह इधर उधर भटक रही थी। सोचते ही उसकी आंखों से अश्रुधारा बहने लगीं। वो अपना मुंह अपनी हथेलियों में छुपाकर फूट फूट कर रो पड़ी। तभी उसका फोन बज उठा। उसने खुद को शांत किया और मुंह साफ कर फोन उठा दिया।

“कैसा है वीजे?” सृष्टि ने फोन उठाते ही कहा।

"तू ठीक नहीं लग रही?" ऋषभ के स्वर में चिंता थी।

"कोशिश कर रही हूं।"

"अनंत सर दिन रात एक करके तुझे ढूंढ रहे हैं सृष्टि। मुझे डर है कहीं वो तुझ तक पहुंच न जाएं। तेरी मॉम भी यहां आ चुकी हैं।"

"तूने किसी को कुछ बताया?"

"नहीं, बट अनंत सर पागलों की तरह तूझे ढूंढ रहे हैं। मुझे समझ नहीं आता, कि ये आदमी तेरा पीछा छोड़ क्यों नहीं देता।"

"डोंट वरी वीजे। तुझे भी नहीं पता कि मैं कहां हूं तो किसी और को क्या ही पता लगेगा।" सृष्टि ने लापरवाही से कहा।

"मुझे बस इस बात की फिक्र है, कि अगर अनंत सर ने तुझे ढूंढ लिया तो उनका गुस्सा। वो बहुत ज्यादा भड़के हुए हैं। मुझे तो उनका मुंह देखकर ही डर लगता है।

"तू फिक्र मत कर वो मुझतक नहीं पहुंच पाएंगे। तू अपना ध्यान रखना। कल बात करती हूं।"

"ठीक है गुड नाईट।" ऋषभ ने फोन काट दिया और अपने कमरे में सोने चले गया। मगर वो इस बात से बिल्कुल अंजान था कि वो स्वर्ण गरुड़ उसकी खिड़की पर बैठा था। ऋषभ के नींद में जाते ही उसने अपनी चोंच से उसका फोन उठाया और सीधा कर

दिया। उसकी आंखों से एक पीली रौशनी निकली तो अपने कमरे में बैठे अनंत की आंखों में सब दिखने लगा।

****

सुबह के सात बज रहे थे जब सृष्टि की नींद खुली। आज उसके स्कूल की छुट्टी थी तो आज वो पूरा दिन आराम से बिताने वाली थी। पूरे एक हफ्ते वो बहुत थक जाती थी। तो एक दिन आराम करना बनता ही था। उसने आज खुद अपने लिए नाश्ता बनाया और प्लेट लेकर छतपर आ गई। कल रात के बजाय अभी उसके चेहरे पर हल्की सी मुस्कान थी। शायद वो अब एडजस्ट करना सीख रही थी। उसने अपनी प्लेट से एक बाइट तोड़ा और मुंह में रखा। उसके होंठों पर मुस्कान बिखर गई। उसने अपनी प्लेट पर नजर लगाई जिसमें अनंत की तरह बनाए गए दो पैन केक थे। जो उसने अनंत से ही सीखे थे। यहां आने के बाद हर संडे को उसने अपने लिए पैन केक ही बनाया था। एकमात्र चीज वो सीखी थी खुद के लिए बनाना। उसने पैन केक का एक बाइट तोड़कर मुंह में रखा और सिर पीछे पानी की टंकी पर टिका दिया। उसकी आंखें बंद पड़ गई। थोडी देर बाद उसने अपना सिर सीधा किया तो उसके हाथ से प्लेट नीचे छूट गई। उसके हाथ कांपने लगे। उसकी नजर ठीक सामने रेलिंग के पास खड़े दो लोगों पर थी। सृष्टि की शक्ल ऐसी थी मानों उसने कोई भूत देखा लिया हो। अनंत अपनी कमर टिकाए रेलिंग पर खड़ा था। मगर सबसे खतरनाक था तो उसका भयानक चेहरा और उसकी आग उगलती आंखें। मानों वो आज सृष्टि को अपनी आंखों से ही भस्म कर देगा। उसके बगल में उसकी मॉम तनु खडी थीं। वो कभी अनंत को तो कभी अपनी मॉम को देखती। उसे तो जैसे अपनी आंखों पर भरोसा ही नहीं हो रहा था। उसकी आंखों में हैरानी और

डर के मिले जुले भाव थे। अनंत हाथ बांधे खड़ा था। मगर उसकी आंखें एक पल के लिए भी सृष्टि से नहीं हटी थी। वो तुरंत अपनी जगह पर खड़ी हो गई। उसकी मॉम तो उसे इस तरह देख रही थी मानों आज वो सृष्टि का कत्ल ही कर देगी। उसे समझ नहीं आ रहा था कि अभी वो क्या प्रतिक्रिया दे।

"अनंत अभी मैं बहुत गुस्से में हूं। अगर मैं उसके पास गई तो मैं भी नहीं जानती कि मैं क्या कर दूंगी। मैं नीचे कार में हूं उसे लेकर आ जाना।" तनु ने कहा और सृष्टि को एक नजर घूरकर

निकल गई। सृष्टि ने एक नजर अनंत को देखा और मुंह फिराकर वहां से जाने लगी, वो सीढियों पर पैर रख पाती, उससे पहले ही अनंत ने उसकी बाजू पकड़ ली। मगर सृष्टि ने भी अपना हाथ इतनी जोर से झटका कि अनंत भी लड़खड़ा गया। सृष्टि ने इसी का फायदा उठाया और सीधे नीचे उतर गई। अनंत को अब ज्यादा गुस्सा आ गया। सृष्टि अपने कमरे के अंदर गई और उसने दरवाजे पर कुंडी लगानी चाही मगर उससे पहले ही अनंत ने एक तेज झटके से दरवाजे को धक्का दिया। सृष्टि इसके लिए तैयार नहीं थी तो वो नीचे फर्श पर जा गिरी। अनंत का चेहरा गुस्से से लाल पड़ चुका था। मगर अब सृष्टि को भी गुस्सा आ गया। हालांकि जिस तरह का अनंत का चेहरा था इस वक्त, कहीं न कहीं सृष्टि अंदर ही अंदर कांप भी रही थी। मगर फिर भी उसने पूरी हिम्मत बटोरी।

"हाउ डेयर यू अनंत सर? व्हट ब्रिंग यू हेयर? व्हट डू यू वांट?" सृष्टि ने गुस्से से कहा। वो अभी भी जमीन पर गिरी थी। नीचे गिरने की वजह से उसकी कोहनी लग गई थी

और वो एक हाथ से अपनी कोहनी को सहला रही थी। अनंत बिना कुछ कहे धीरे धीरे आगे बढ़ा और सृष्टि के ठीक आगे एक घुटना मोड़ कर बैठ गया। उसने अपनी एक बाजू अपने घुटने पर रखी और सृष्टि को बुरी तरह घूरा। उसका मुंह सृष्टि के इतने करीब था कि वो अनंत की ठंडी सांसों को साफ महसूस कर पा रही थी।

"तुम्हें क्या लगा? मैं तुम्हें ढूंढ नहीं पाऊंगा! तुम कहीं भी भाग जाओगी और मैं बस देखता रहूंगा। इस तरह घर से भागकर तुमने सही नहीं किया।" अनंत की आवाज बेहद सर्द थी।

"समझते क्या हैं आप खुद को? हां? मैं कहां जाऊं कहां नहीं, ये मैं डिसाइड करूंगी, न कि कोई और, पहली बात तो मैं किसी के साथ नहीं भागी हूं जो आप इस तरह रिएक्ट कर रहे हैं और दूसरा अगर मैं किसी के साथ भी भागी होती तो भी आपका मेरे जीवन पर कोई अधिकार नहीं है कि आप मुझे रोक पाओ। भूल जाइए कि अब मैं आपकी कोई बात मानूंगी पहले की तरह। गया वो वक्त अनंत सर, जब मैं आपको देख कर डरती थी। भाड़ में जाइए आप और साथ में मेरे मॉम डैड। रखिए उनको अपने पास। अपने सिर पर बिठाकर रखें वो आपको या अपनी गोद में। आई रियली डोंट केयर अबाउट दैट।" सृष्टि ने आखिरी वाला वाक्य गुस्से से कहा। मगर इस बार अनंत हल्का सा हंसा।

"सिर पर तो मैं सिर्फ अपना ताज रख सकता हूं। इंसानों को तो मैं घुटनों के बल रखता हूं अपने सामने। रही बात तुम्हारी मॉम डैड की तो, जो अपनी बेटी के नहीं हुए वो क्या ही किसी और के होंगे।" अनंत ने कहा तो सृष्टि ने हैरानी से उसे देखा। कैसा इन्सान था ये जिनके साथ वो इतने साल रहा उसे उनसे कोई लगाव नहीं था।

“आपके जैसा सेलफिश इंसान मैने आज तक नहीं देखा। आप कितने मतलबी हो सकते हैं मैंने सोचा भी नहीं था।” कहते हुए सृष्टि ने अपने दोनों हाथों से अनंत के सीने पर एक जोर का धक्का दिया, तो अनंत पीछे गिर पड़ा। मगर अगले ही पल वो तुरन्त संभल भी गया। सृष्टि खड़ी हुई और बाहर जाने लगी। मगर अनंत भी बिजली की तेज़ी से उसके आगे खड़ा हो गया।

“चुचचाप अपना बैग पैक करो सृष्टि।” अनंत ने कहा तो सृष्टि हल्की सी हंसी।

“आपको गलतफहमी है अनंत सर। कहा न वो जमाना गया जब सृष्टि आपसे डरती थी। अब आपके कहने से मेरा एक बाल भी नहीं हिलने वाला।” सृष्टि ने आग उगलती आंखों से अनंत को घूरा। अनंत एक पल के लिए रुका मगर अगले ही पल उसने सृष्टि की कलाई कसकर पकड़ ली। सृष्टि ने छुड़ना चाहा तो अनंत का हाथ और ज्यादा कस गया। सृष्टि को दर्द होने लगा मगर अनंत ने अपना हाथ नहीं छोडा। वो सृष्टि को बुरी तरह से घूर रहा था जबकि सृष्टि की आंखों में दर्द के मारे आंसू छलक आए। अनंत ने झटके से उसका हाथ छोड़ दिया।

दोपहर का वक्त था जब अनंत ड्राइव कर रहा था और तनु उसके बगल में पैसेंजर सीट पर थी। सृष्टि पीछे वाली सीट पर बैठी थी और उसकी आंखों में दुनियां जहां का गुस्सा, नफरत और दर्द था। जबकि अनंत की आंखें भी लाल पड़ी हुई थी और उसका चेहरा पूरी तरह से गंभीर था।

अनंत ने एक नजर शीसे में सृष्टि को देखा उसकी कलाई लाल पड़ी हुई थी। उसके हाथ स्टेरिंग पर कस गए। वहीं तनु का चेहरा भी गुस्से से तमतमाया हुआ था। मानों वो कितना गुस्सा दबाए बैठी हो।

****

शाम में आठ बजे का वक्त था जब सृष्टि वापस अपने घर पहुंची। अनंत ने कार पोर्च में लगाई, तो तनु बिना कुछ कहे सीधे अन्दर चली गई। सृष्टि भी भारी कदमों से अंदर की ओर जाने लगी। वो जैसे ही हॉल मे पहुंची तो तनु सोफे पर बैठी हुई थी। सृष्टि ने गहरी सांस छोड़ी।

"मॉम।" वो तनु के पास गई।

"चटाक!!" सृष्टि के गाल पर एक जोरदार तमाचा पड़ा तो वो सुन्न पड़ गई। उसका मुंह दाहिने ओर घूम गया और उसने अपने गाल पर हाथ रख लिया।

"तुम हमेशा से हमारे लिए मुसीबत ही क्यों बनी रही सृष्टि? अरे अच्छा नहीं कर सकती तो कम से कम हमें तंग तो मत किया करो। गलती कर दी तुम्हें पैदा करके हमने। अच्छा होता तुम उसी वक्त मर जाती।" तनु गुस्से से चीखी। दरवाजे पर खड़े अनंत की मुठ्ठीयां कस गई। जबकि सृष्टि मानों जड़वत हो गई। कुछ देर तो उसे समझने में ही निकल गए कि छह महीने बाद तो उसकी मॉम उससे मिली थी। मगर गले लगाना तो दूर की बात उसे तो सीधे चांटा मिला था।

“मुसीबत! कौन सी मुसीबत की बात कर रहीं हैं मॉम आप? हां? कब आपने अपनी जिम्मेदारी निभा ली? बचपन से मैं तरसती रही आप लोगों के प्यार के लिए। मगर आपको तो सिर्फ अपने काम से मतलब रहा न।” इस बार सृष्टि भी चुप नहीं रही हमेशा की तरह।

“चुप! बिलकुल चुप! बहुत मुंह चलने लगा तुम्हारा। हमें तो लगा था, तुम सुधर जाओगी, लेकिन नहीं तुम पता नहीं कहां से नालायक पैदा हो गई। अरे बेटा होता तो अनंत की तरह बनाते उसे।” तनु ने कहा तो सृष्टि की आंखें भर गई।

“तो क्यों जन्म दिया मुझे? हां? मार देते न पेट में ही। कम से कम आज इतना सब तो नहीं सुनना पड़ता मुझे भी।” उसकी आंख से आखिर आंसू छूट ही गया।

“मार देते अगर हमें पता होता तुम नालायक निकलोगी।” तनु ने कुछ ज्यादा ही कड़वा बोल दिया तो सृष्टि, उसे लग रहा था मानों वो कोई भयानक सपना देख रही हो।

“अब तुम इस घर में नहीं रहोगी।” सृष्टि ने तनु को सवालिया नजरों से देखा।

“तुम अब अनंत के साथ उसके अपार्टमेंट में रहोगी।” तनु ने कहा तो सृष्टि की आंखें बड़ी हो गई। अनंत भी एक पल के लिए चौंक गया।

“मॉम! आप होश मे तो हैं न? आप कैसे मुझे किसी आदमी के घर पर रहने को कह सकती हैं। ही इज ए मैन!”

“सट अप! जस्ट सट अप। तुम उसके ऊपर शक कर रही हो? अनंत तुमसे ज्यादा समझदार और जिम्मेदार है।” कहते हुए तनु अनंत की ओर मुड़ गई। वो भी अचंभित था।

“अनंत बेटा, तुम्हें कोई दिक्कत है?” तनु ने पूछा तो अनंत हड़बड़ा गया।

“न,,,न,,,नो प्रॉबलम मैम।” अनंत ने हड़बड़ाते हुए कहा।

असल में उसे भी थोड़ा अजीब लग रहा था, कि कैसे वो सृष्टि को अपने घर पर रखे। मगर वो खुद इस घर में भी बिना किसी झिझक के रहा था तो फिर वो तनु को भी मना नहीं कर सकता था।

“मैं वहां नहीं रहूंगी आप चाहे कुछ भी कहो।”

“तुम वहीं रहोगी। वरना आज के बाद तुम्हारा हमसे कोई रिश्ता नहीं है।” तनु ने कहा तो सृष्टि कुछ पल के लिए हैरान जरूर हुई मगर फिर भी उसने खुद को संभाला और हल्के से हंसी।

“था ही कब? बस पैदा किया आपने और आवारा कुत्ते की तरह छोड़ दिया और अब किसी के भी साथ रहने को कह रही हैं। ये भी फिक्र नहीं है आपको कि आप मुझे एक आदमी के साथ उसके घर पर अकेले रहने को कह रही हैं। क्या ही भरोसा है किसी का। है तो वो एक आदमी ही न!” सृष्टि की आवाज तेज हो गई।

“तुम अनंत पर शक कर रही हो? तुम जानती हो न, उसने क्या कुछ नहीं किया है हमारे लिए। मगर तुम्हारा ही दिमाग खराब हो गया है। आजादी क्या दे दी तुम्हें कुछ

वक्त के लिए तो तुम तमीज ही भूल गई। माफी मांगो अभी के अभी अनंत से।" तनु ने भारी और कड़क आवाज में कहा। मगर सृष्टि के ऊपर कोई फर्क नहीं पड़ा।

"से सॉरी हिम राइट नाउ।"

"किस बात की सॉरी मॉम? हां? मैने क्या गलत कह दिया? यही कि उन्होंने अगर अपने घर पे मेरा कोई फायदा उठाया तो?"

"चटाक!!" सृष्टि के गाल पर एक और चांटा पड़ा। तो इस बार वो सीधे सोफे पर जा गिरी। अनंत से अब नहीं रहा गया। वो आगे बढ़ा ही था कि सृष्टि तेजी से उठी और सीढियां चढ़ते हुए अपने कमरे में चली गई। अनंत ने गहरी सांस छोड़ी।

"अनंत सॉरी बेटा। वो तुम्हारे बारे में कुछ भी कह रही है। उसकी तरफ से मैं सॉरी कहती हूं।"

"मैम आई थिंक ये थोड़ा ज्यादा हो गया था। आपको भी इस तरह हाथ नहीं उठाना चाहिए था उसके ऊपर। वो अब बड़ी हो गई है।" अनंत कुछ परेशान सा हो गया था। न जाने क्यों पर उसे अपने सीने में कुछ चुभता हुआ महसूस हो रहा था।

"बड़ी हो गई है, तभी तो खुद फैसले लेने लगी है। मुझे लगता है मैं तुम्हारे ऊपर उसकी जिम्मेदारी देकर ज्यादा बोझ डाल रहा हूं। मैं सोच रही हूं, कि उसे अपने साथ ही लेके चलती हूं।" तनु हताश सी सोफे पर बैठ गई। अनंत की आंखें बड़ी हो गई।

"नो मैम।" अनंत के मुंह से निकला तो तनु ने सिर उठाकर उसे देखा।

"आ,, मेरा मतलब,,,आप ज्यादा सोच रही हैं। मैं उसे संभाल सकता हूं। आई थिंक उसका आप के साथ जाना भी ठीक नहीं है और फिर उसकी पीएचडी, वो भी डिस्टर्ब हो जाएगी।" अनंत ने कहा।

"तो यहां कौन से झंडे गाड़ दिए उसने?"

"मैम मैं सृष्टि से बात करूंगा। आप फिक्र मत कीजिए। आप अपने काम पर फोकस कीजिए। उसका इस तरह पीएचडी छोड़ना वो भी ठीक नहीं है।" अनंत ने शांत आवाज में कहा। क्योंकि वो किसी भी हाल में सृष्टि को कहीं नहीं भेज सकता था। वो उसका मुक्तिद्वार थी। जिसका यहां होना बहुत जरूरी था।

"अनंत मैं तुम्हे कैसे थैंक यू बोलूं? तुमने हमेशा सब कुछ बहुत अच्छे से संभाला है।"

"इट्स ओके मैम। इसकी कोई जरूरत नहीं है। आपने मुझे अपना परिवार बनाए रखा। यही बड़ी बात है। एंड डोंट वरी सृष्टि की तरफ से अब कोई शिकायत नहीं मिलेगी आपको। आई प्रॉमिस यू।" अनंत ने कहा तो तनु ने गहरी सांस छोड़ी। "मुझे तुम पर यकीन है, तुम उसे संभाल सकते हो। थैंक यू सो मच अनंत।"

"मैने कहा न, इसकी कोई जरूरत नहीं है मैम। आई एम ग्लैड कि मैं आप लोगों के साथ रहा हूं।" अनंत ने कहा तो तनु ने उसे गले लगा दिया।

इधर अपने कमरे में सृष्टि को रोना आ रहा था। उसे यकीन नहीं हो रहा था कि उसकी मॉम उसके साथ ऐसा करेंगी। कैसे वो उसे अनंत के साथ रहने के लिए कह सकती हैं।

क्या उन्हें बिलकुल भी अपनी बेटी से प्यार नहीं है। मगर क्यों? क्यों उन्हें सृष्टि से ज्यादा अनंत प्यारा था? उसने क्या ही गलत किया था। क्यों अनंत इतना चहेता था उनके लिए? कैसे वो सृष्टि से ज्यादा अनंत पर भरोसा करते थे। कहां वो अनंत से दूर जाना चाहती थी मगर यहां तो सब उल्टा ही हो गया था। पूरी रात इसी तरह निकल गई।

****

अगले दिन सुबह के दस बज रहे थे। तनु वापस जा रही थी। मगर सृष्टि अभी तक कमरे से बाहर नहीं निकली थी। तनु अब भी गुस्से में थी। वो सीढियां चढ़कर ऊपर आ गई। उसने सृष्टि के कमरे का दरवाजा खटखटाया, मगर उसने दरवाजा नहीं खोला। तनु ने दरवाजे को धक्का दिया तो दरवाजा हल्के से खुल गया। सृष्टि खिडकी के सामने खड़ी थी। उसकी पीठ थी दरवाजे की ओर। तनु ने गहरी सांस छोड़ी।

“मैं जा रही हूं। आई होप तुम अब अनंत को तंग नहीं करोगी और उसका कहना मानोगी। हम तुम्हारे भले के लिए ही यह सब कर रहे हैं सृष्टि। मैं स्ट्रिकली कह रही हूं तुम आज से उसके साथ ही रहोगी। वो तुम्हें बेहतर प्रोटेक्ट कर सकता है। अगर तुमने अगली बार से वही हरकतें की, तो इस बार सिर्फ थप्पड़ पडा है, अगली बार मैं सीधे तुम्हारी शादी करवा दूंगी किसी ज्वाइंट फैमिली में। फिर करते रहना झाड़ू, पोछा, बर्तन। तुम्हारे डैड और मैं अब सीधे अगले साल ही आ पाएंगे।” तनु ने कहा मगर सृष्टि ने कोई जवाब नही दिया। तनु ने सिर हिलाया और फिर बाहर निकल गई।

सृष्टि की आंखें सूनी थी। वो रोना चाहती थी। वो अपनी मॉम को रोककर गले लगाना चाहती थी। मगर कड़ी मसक्की करके उसने अपने आंसुओं को अंदर ही घोंट दिया था।

तनु चली गई मगर पीछे छोड़ गई सूनी सृष्टि को। सृष्टि जिसका नाम कभी मेल नहीं खाया उसकी नियति से। करीब आधे घंटे बाद वो अपने कमरे से बाहर आई। अनंत अब भी हॉल में सोफे पर बैठा था। मानों उसी का इंतजार कर रहा हो। उसका गुस्सा अब कम था। जिन आंखों में कल तक लावा उबल रहा था वो आज ताल के पानी के भांति शान्त थे। कल से जो कुछ भी हुआ था, अनंत समझ नही पा रहा था कि सृष्टि के साथ सही हुआ या गलत। उसे महसूस हुआ कि सृष्टि सीढियां से उतर रही है तो वो उठकर पीछे मुड़ गया। मगर सृष्टि के हाथों में बैग देखकर चौंक उठा।

"सृष्टि तुम फिर से,,?" अनंत कुछ कह पाता सृष्टि ने उसे बीच मे ही टोक दिया।

"डरिए मत मिस्टर प्रोफसर। आपके ही घर जा रही हूं। आखिर खुशी हुई न आपको अपनी मनमानी करकर?" सृष्टि के कहा तो अनंत की मुठ्ठीयां हल्की सी कस गई। वो कुछ कह पाता, सृष्टि तेजी से बाहर निकल गई। अनंत ने सिर हिलाया और वो भी बाहर आ गया।

थोडी देर बाद ही वो अनंत के अपार्टमेंट के नीचे पहुंच गए। सृष्टि कार से उतर गई। उसने अपना बैग उठाया मगर वो थोड़ा भारी था। अनंत ने बिना कुछ कहे उसके हाथ से बैग ले लिया, तो सृष्टि ने भी कुछ नहीं कहा। वो चुपचाप आगे निकल गई। अनंत ने अपने कमरे का लॉक खोला तो सृष्टि अंदर चली गई। अनंत ने गहरी सांस छोड़ी और कुछ पल के लिए रुका मगर फिर वो भी अंदर चले गया। उसने सृष्टि के लिए एक दूसरा कमरा खोल दिया। जो अक्सर बंद ही रहता था। सृष्टि कमरे में गई और सीधे बाथरूम में घुस गई। उसने शॉवर खोल दिया और खुद उसके नीचे बैठ गई। उसने अब सब कुछ

हालातों पर छोड़ दिया था। उसे कोई फाइट नहीं करनी थी। किसी से कुछ नही कहना था। उसे किसी से नहीं लड़ना था और न ही अपने लिए कुछ सोचना था।

अनंत ने उसका बैग कमरे में रखा और एक नजर बाथरूम की ओर देखा। उसे एक अजीब सी टीस उठी अपने सीने में। मगर अभी फिलहाल के लिए उसे भी कुछ नहीं सोचना था। वो उठा और सीधे घर से बाहर निकल गया। वो कार में बैठा और तेजी से निकल गया।

शाम के पांच बजे का वक्त था और अनंत एक पहाड़ी की चोटी पर खड़ा था। उसके हाथ उसकी जेबों में थे और हवा से उसके बाल उड़ रहे थे। शर्ट के दो बटन खुले थे और बाजू कोहनियों तक चढ़े थे। उसके बगल में गुरु शाश्वत थे, तो पीछे थोडा दूर वाहिनी भी खडी थी। गुरु शाश्वत गंभीर मुद्रा में थे। अनंत भी ऐसे था मानों सब हार बैठा हो। उसने अपने चेहरे को अपनी हथेलियां से ढका और गहरी सांस छोड़ी।

“व्योम! तुम ठीक हो?” गुरु शाश्वत के स्वर में चिंता झलक रही थी।

“हम ठीक हैं गुरुदेव।” अनंत ने हथेलियां हटाई।

“तो अब आगे क्या करना है?”

“आप क्या विचार कर रहे हैं गुरुदेव?” अनंत ने पूछा।

“समझ नहीं आ रहा कि अभी क्या किया जाए। हम भी प्रश्नों का उत्तर चाहते हैं मगर ध्यान लगाने के बाद भी कुछ उत्तर प्राप्त नहीं हो रहे हैं।” गुरु शाश्वत ने कहा।

“अगर आप लोगों की आज्ञा हो तो हम कुछ विचार प्रकट करें?” तभी वाहिनी ने कहा तो अनंत और गुरु शाश्वत उसकी ओर पलट गए। गुरु शाश्वत ने हां में सिर हिला दिया।

“गुरुदेव हमें नहीं लगता कि इस तरह से उनकी स्मृतियां लौटेंगी, युवराज इतना क्रोधित होते हैं कि जो उनको कभी स्मरण भी होगा वो भी भूल जायेंगी।” वाहिनी ने कहा तो अनंत ने उसे खा जाने वाली दृष्टि से देखा। वाहिनी ने सिर झुका लिया।

“अब उसे भयभीत करना बन्द करो व्योम। वो कुछ अनुचित नहीं कह रही है। तुम्हारे इस क्रोध की वजह से ही एक बार हम उसे खो चुके थे।” गुरु शाश्वत ने कहा तो अनंत ने गहरी सांस छोड़ी।

“वापस भी हम ही लाएं है।”

“बहुत बहुत धन्यवाद तुम्हारा।” गुरु शाश्वत खीझ गए।

“वाहिनी तुम कहो।” गुरु शाश्वत ने कहा तो वाहिनी ने कहना शुरू किया।

“अगर हम भी सृष्टि के साथ उस भवन में रहें तो? उनको अभी एक मित्र की आवश्यकता है और हम उनके करीब रहेगें तो हमारी सकारात्मक ऊर्जाएं शायद कुछ असर करें उनकी चेतना पर।” वाहिनी ने कहा तो गुरू शाश्वत ने हां में सिर हिलाया।

“एक कम है जो हमें दूसरा भी झेलना है।” अनंत मुंह के अंदर बड़बड़ाया।

"तुम चुप करो। वाहिनी सही कह रही है। उसे अपने भवन में रखो। अब तुम वही करोगे जो हम कहेंगे।" गुरु शाश्वत ने आदेश दिया तो अनंत ने सिर हिला दिया।

★★★★

अध्याय ११

सुबह के छह बज रहे थे जब सृष्टि के कानों में ॐ का नाद गूंज उठा। वो कसमसाई सी उठी तो उसे याद आया कि वो अनंत के अपार्टमेंट में है। वो कल की बातें सोच ही रही थी जब उसे फिर से ॐ का नाद सुनाई पडा। जो निरंतर मानों हवा की तरह बह रहा हो और वो जानती थी कि यह स्वर अनंत का था जो ध्यान में बैठा होगा। उसे यह भी पता था कि अनंत चार बजे उठ जाता था और दो घंटे तक वो ध्यान में बैठता था। ये उसकी दिनचर्या का एक अहम हिस्सा था। ऐसा कभी नहीं हुआ था कि अनंत ने कभी ध्यान को छोड़ा हो। मगर उसे हैरानी तब होती थी जब इतने ध्यान करने के बावजूद अनंत का गुस्सा इतना भयानक था। एक ध्यान करने वाले इन्सान को भी इतना गुस्सा आता है। उसके मन में ये सवाल बहुत चलते थे। मगर उसे जवाब की कभी उम्मीद नहीं रही। उसने गहरी सांस छोड़ी और बाथरुम में घुस गई। कुछ ही देर बाद ही वो बाथरूम से बाहर आई तो आज उसने एक काले रंग का ट्रैक सूट पहना था और ऐसा बहुत कम होता था कि उसने कभी काले रंग को पसंद किया हो। ना जाने क्यों पर उसे काला रंग कभी पसंद नहीं था। उसकी आंखें सफेद रंग पर ही अधिक भाती थी। उसने अपने बालों की एक छोटी सी पोनी टेल बनाई मगर फिर भी उसके कुछ बाल माथे पर बिखर गए।

उसकी आंखें अब भी लाल पड़ी हुई थी। जैसे रात भर सोई न हो। शायद इसलिए भी कि कल से वो एक बार भी रोई नहीं थी। उसके आंसू मानों उसने उन्हें अंदर ही दफ्न कर दिए हों। जिसके कारण उसकी आंखें अब भी जल रही थी। उसने अपनी नजर का चश्मा लगाया और कमरे से बाहर निकल गई। धीरे से मेन डोर की कुण्डी खोलकर वो नीचे सड़क पर उतर गई। वो आज वॉक पर निकली थी शायद इसलिए कि अनंत को फेस न करना पड़े। कल रात भी अनंत ने उसके लिए खाना तो बनाया था, मगर वो कमरे से बाहर नहीं निकली थी। अनंत ने एक दो बार आवाज भी दी थी, मगर सृष्टि ने कोई जवाब नही दिया। अनंत ने भी फिलहाल चुप रहना ही बेहतर समझा। ऐसा नहीं था कि वो सृष्टि को डांटकर नहीं बुला सकता था। मगर जिस तरह कल से सृष्टि शांत और चुप थी। कहीं न कहीं अनंत को ये बात खल रही थी। हर वक्त बकर बकर करने वाली सृष्टि, हर निर्जीव चीजों से दिन भर बातें करने वाली सृष्टि उसका चुप रहना अब अनंत को भी खल रहा था। अनंत कल से शांत था और शायद इन दो हजार सालों में ये पहली बार था जब अनंत का क्रोध इतना शांत रहा हो। वो सीने पर घुमड़ता लावा कल से कुछ शांत सा था। जिसकी वजह वो खुद भी नहीं जानता था। वो दो हजार साल पूर्व के शूल सृष्टि को देखकर ही हरे हो जाते थे। मगर कल से वो शूल भी मानों किसी बारीक चमड़ी से ढक गए हों।

वो अपने छज्जे पर खड़ा था जहां उसकी पुतलियां सड़क पर तेज चलती सृष्टि के साथ साथ घूम रही थी और तब तक घूमती रही जब तक सृष्टि उसकी आंखों से ओझल नहीं हो गई। वो पलट गया और वापस कमरे में आ गया। वहीं सृष्टि भी चलते चलते उसी पहाड़ी पर पहुंच गई जहां से उसने छलांग लगाने का सोचा था। मगर आज वो

छलांग लगाने नहीं आई बल्कि खुद को हील करने आई थी। पहाड़ी पर ठंडी हवाएं चल रही थी और उसके छोटे छोटे बाल हवा में उड़ रहे थे। अनंत के घर में वो कल से ऐसी मंहुसियत से रह रही थी मानों वहां किसी की मृत्यु हुई हो। वो जाकर उसी पत्थर पर बैठ गई। उसने इस तरह से सांसें ली जैसे की किसी ने उसकी सांसों को रोककर रखा था। मगर वो इस बात से बिल्कुल अंजान थी कि वही स्वर्ण गरुड़ उसके बगल वाले पेड़ पर शांति से बैठा था। सृष्टि आराम से टांगे लटकाकर उस पत्थर पर बैठ गई। नीचे गहरी खाई थी जिसका कोई अंत नजर नहीं आता था सिवाय बहती नदी के। उस नदी के कल कल की आवाज और वहां चल रही ठंडी हवाओं की आवाज आपस में एक मिश्रित संगीत की ध्वनि निकाल रहे थे जो इस वक्त सृष्टि के मन को शांति का अनुभव करा रहे थे। उसके होंठों पर अनायास ही मुस्कान बिखर गई। अचानक उसकी नजरें भी उस पेड़ पर बैठे गरुड़ पर चली गई। वो उसे गौर से देखने लगी। उसने आज तक इतना सुंदर और सुनहरे रंग का गरुड़ कभी नहीं देखा था। जहां तक उसे ध्यान था सुनहरे रंग का गरुड़ तो होता ही नहीं है शायद। उसके दिमाग में अचानक कुछ कौंधा। उस दिन अनंत की लैब में भी उसे इसी तरह के पंख दिखे थे। तो क्या सुनहरे गरुड़ होते हैं? उसके मन ने सवाल किया। मगर फिर उसने सिर झटका और उसे ध्यान से देखने लगी। उस गरुड से मानों सुनहरी आभा निकल रही थी। शायद जिस दिशा में वो गरुड बैठा था वो पूर्व दिशा थी और सुबह की सूरज की किरणें की वजह से ही शायद वो सुनहरा भी दिख रहा था। उसके मन ने खुद ही जवाब दिया। मगर जो भी हो उसे एक खिंचाव सा महसूस हो रहा था उस गरुड़ की ओर।

करीब एक घंटे बाद वो वापस अपार्टमेंट पहुंची। अनंत अपने किचन में कुछ खटर पटर कर रहा था। जैसे ही मेन डोर खुला अनंत तेजी से बाहर आया। उसने सृष्टि से कुछ कहना चाहा, मगर वो अनंत को नजरंदाज करते हुए कमरे में चली गई। वो उसके पीछे जाता लेकिन सृष्टि ने उसके मुंह पर दरवाजा जोर से पटक दिया। अनंत की आंखें कुछ पल के लिए बंद पड़ गई। उसे पता था सृष्टि ने कल से कुछ भी नहीं खाया है। जबसे वो सृष्टि को वापस लेकर आया था। तबसे वो भूखी थी। मगर इस वक्त तो सृष्टि भी मानों ज्वालामुखी बनी थी। वो अनंत के घर पर भले ही रह रही थी मगर उसे कोई मतलब नहीं था अनंत से। वो तो अनंत से बात तक नहीं कर रही थी। अनंत भी उसे अभी समय देना चाहता था।

****

दस बज चुके थे जब सृष्टि कॉलेज पहुंची। वो गलियारे में आगे बढ ही रही थी जब उसे सभी स्कॉलर्स गैलरी में ही खड़े दिखे। अगले हफ्ते फील्ड वर्क के लिए एक टूर जाना था और सब इसी बात को लेकर आपस में चर्चा कर रहे थे। अचानक ऋषभ की नजर सृष्टि पर पड़ी तो वो चौंक गया। वो तेजी से सृष्टि के पास आया तो बाकी सबकी नजर भी सृष्टि पर पड़ी। कुशाल ने भी उसकी ओर आने के लिए कदम बढ़ाया ही था जब वीर ने उसका हाथ पकड़ लिया।

"क्या कर रहा है कुशाल? तुम्हारा ब्रेकअप हो चुका है और फिर सृष्टि एक महीने बाद आ रही है। उसका चेहरा देखकर ही अंदाजा लगा सकता है तू कि वो अभी किसी

से बात नहीं करना चाहेगी। खासकर कि तुझसे।" वीर ने कहा तो कुशाल ने उसकी ओर घूर कर देखा।

"मुझे लगता है अगर तू अभी अपनी इंसल्ट नहीं करवाना चाहता तो फिलहाल उसके पास मत जा।" वीर ने समझाया तो कुशाल की मुट्ठियां जोर से कस गई। कभी सृष्टि उसके साथ वक्त बिताने के लिए कितना खुश होती थी और एक आज का वक्त है कि वो उसकी ओर देखती भी नही है। कुशाल मन मसोस कर रह गया।

इधर ऑफिस में अभी वान्या और विकास बैठे थे। जहां विकास शांत दिख रहा था वहीं वान्या का चेहरा गुस्से से काला पड़ा हुआ था। विकास ने एक नजर वान्या को देखा और फिर गहरी सांस छोड़ी।

"मिस वान्या आई थिंक आपको अनंत के बारे में भूल जाना चाहिए। वो बहुत स्ट्रिक्ट है। वो कभी भी किसी लड़की के चक्कर में नही पड़ेगा। आप उसे जानती हैं उसकी छवि हमेशा बहुत क्लीन रही है। ऐसे ही वो इस कॉलेज का इतना चहेता प्रोफसर नहीं है। उसका ध्यान सिर्फ रिसर्च पर रहता है। उसके पीछे तो आप अपना टाइम वेस्ट ही कर रहीं हैं।" विकास ने कहा तो वान्या ने उसे घूरकर देखा। विकास थोडा हड़बड़ा गया।

"आ,,वो मेरा मतलब था कि अनंत मानने वाला नहीं है।" विकास ने तुरंत अपनी गलती सुधारी।

"विकास तुम भूल रहे हो, मैं जो जिद्द पकड़ लेती हूं वो पूरा होने के बाद ही मानती हूं। रही बात अनंत की तो ये सब सिर्फ उस दो कौड़ी की लडकी की वजह से हो रहा है।

एक महीने से लापता थी तो अच्छा ही था न, कम से कम अनंत काम के बहाने ही सही मगर मुझसे बात तो करता था और हम साथ में कई बार टाइम स्पेंड करने लगे थे। मगर वो लड़की फिर से वापस आ गई है, मनहूस कहीं की। कल से मेरा खून खौल रहा है उसे देख कर। जबसे मैने उसे अनंत के अपार्टमेंट में देखा है, मेरा तो मन हो रहा है उसे उसी तीसरी मंजिल से धक्का दे दूं। सुना है तनु मैम ने ही उसे अनंत के अपार्टमैंट भेजा है।" वान्या ने टेबल पर हाथ मारा तो विकास चौंक गया।

"लेकिन लाया तो अनंत ही है उसे वापस, आप ये क्यों नहीं समझती।" विकास थोडा खीज सा गया।

"इसी बात का तो रोना है विकास आखिर उस लड़की ने ऐसा क्या जादू किया हुआ है अनंत के ऊपर जो उसे अपने पास भी नहीं रखना चाहता और दूर भी नही जाने देता।" वान्या की मुट्ठियां कस गई।

"रिलैक्स वान्या, अनंत उसे पसंद नहीं करता। आप खामखां खुद को हर्ट कर रही हैं।" विकास ने कहा तो वान्या ने उसकी ओर देखा। विकास ने हल्के से हां में सिर हिला दिया। तो इस बार वान्या ने कुछ नहीं कहा और खुद एक कुर्सी पर बैठ गई।

कुछ देर बाद अनंत भी अब कॉलेज पहुंचा। वो कार से उतरा ही था जब उसे गलियारा शुरू होने पर ही समाने वान्या दिखाई दी। मानों वो अनंत का ही इंतजार कर रही हो।

"हेलो अनंत!" वान्या ने मुस्कुराते हुए कहा तो अनंत ने हां में सिर हिलाया और जाने लगा।

"अनंत!" वान्या ने आवाज दी तो वो रुक गया। मगर पलटा नहीं।

"वो,,,मैं कह रही थी। सृष्टि तुम्हारे साथ क्यों है? सारे डिपार्टमेंट में बातें हो रही हैं, कि एक फीमेल स्टूडेंट का प्रोफेसर अपार्टमैंट में रहना ठीक नहीं है। मैं नहीं चाहती कि कोई तुम्हारे बारे में रियूमर्स फैलाए।" वान्या ने कहा। सृष्टि का नाम सुनते ही अनंत पीछे पलट गया। उसके होंठों पर हल्की सी मुस्कान आ गई। मगर वो मुस्कान मानों वान्या का मजाक उड़ा रही हो।

"मिस वान्या, पहली बात तो ये मेरा पर्सनल मैटर है तुम्हें इसके बीच में पड़ने की कोई जरूरत नहीं है। दूसरी बात कोई क्या बात करता है, और क्या रयूमर्स फैलाता है, आई रियली डोंट केयर अबाउट दैट। उसका मेरे साथ होना न होना इसमें किसी कोई इंटरेस्ट नहीं होना चाहिए और अगर है भी तो भाड़ में जाए और आप भी अपने काम पर ज्यादा ध्यान देंगी तो बैटर होगा।" अनंत के मुंह से यह सब सुनकर तो वान्या के मानों सीने पर सांप लोट गए हों। उसका मुंह काला पड़ गया था और उसने अपने नाखूनों से अपनी कलाई नोच डाली। मगर अनंत उसे नजरंदाज करके गैलरी में आगे बढ़ गया। पीछे छोड़ गया जल भुन कर काली पड़ चुकी वान्या को।

"गुरूदेव क्या इनके ऊपर सन्देह किया जा सकता है? ये तो हमें सबसे अधिक नकारात्मक अनुभूति दे रहीं हैं।" पांचवी मंजिल के गलियारे में खडी वाहिनी ने गुरु

शाश्वत से कहा। गुरु शाश्वत ने अपनी केतली से एक घूंट मदिरा घटकी और नीचे खडी वान्या को देखा।

"हम सिर्फ सन्देह के आधार पर किसी को गलत नहीं कह सकते और जिस नकारात्मक ऊर्जा को हम ढूंढ रहे हैं वो हमें अब तक महसूस नहीं हुई।" गुरु शाश्वत ने कहा तो वाहिनी ने हां में सिर हिलाया और फिर वो दोनों किसी भूत की तरह वहां से गायब हो गए।

****

दोपहर के दो बज चुके थे सृष्टि अनंत की लैब में थी। मगर उसने अनंत से एक भी शब्द नहीं कहा था। थोड़ी देर पहले ही अनंत लैब में आया था और सृष्टि से बात करने के लिए उसने कई बहाने भी किए। बार खटर पटर की आवाजें भी की। उसने जानबूझ कर पानी की बोतल पानी पीने के बहाने कितनी बार मेज पर पटकी। कितनी ही बार उसने सृष्टि के आगे अपना पेन गिराया और कितनी ही बार उसने गिरने का बहाना किया। ये कुछ ऐसा था मानों वो अपनी रूठी प्रेयसी को मानने के बहाने ढूंढ रहा हो। मगर सृष्टि थी कि मानों उसे अनंत के होने न होने से कोई फर्फ ही नहीं पड़ रहा हो। वो बस अपना काम करती रही और इसी बात से अनंत न जाने कितना चिढ़ गया था। मगर वो करता भी क्या अब तो सृष्टि उसे जवाब भी देने लगी थी। अब वो गुस्सा भी करे, तो किसपर।

अनंत इस वक्त पांचवी मंजिल की छतपर खड़ा था। यहां किसी का भी आना जाना बहुत कम था। यही वजह थी वो यहां अक्सर आया करता था। आज उसका मन किसी

काम में नहीं लग रहा था और न जाने ऐसा भी क्या था कि अनंत को सृष्टि की चुप्पी खाए जा रही थी। अनंत ने अपने हाथों को अपने बालों में घुमा दिया।

"डैम इट, मैन! वाई एम आई गेटिंग सो अपसेट? वाई डू आई एवन केयर? नो, नो, नो, अनंत, प्लीज कंट्रोल योरसेल्फ। तू इस मोह में नहीं पड़ सकता। तुझे फर्क नही पड़ना चाहिए।" अनंत ने एक जोर का मुक्का दीवार पर जड़ दिया।

"इस तरह खुद को नुकसान पहुंचाने से कुछ हासिल नहीं होगा व्योम।" तभी उसके कानों में गुरु शाश्वत की आवाज पड़ी तो उसने एक क्षण के लिए अपनी आंखें बंद कर दी और फिर आंखे खोल कर गुरु शाश्वत की ओर मुड़ गया।

"आप यहां क्या कर रहे हैं गुरुदेव?"

"यह तो हमें पूछना चाहिए, कि तुम यहां क्या कर रहे हो? तुम इतना परेशान हो, सिर्फ इसलिए कि वो तुमसे बात नहीं कर रही है? तुम इतना बिक्षिब्ध व्यवहार क्यों कर रहे हो? एक नवयुवक की भांति।" गुरु शाश्वत ने कहा तो अनंत ने रेलिंग को कस कर पकड़ लिया। गुरु शाश्वत भी उसके बगल में रेलिंग पर कमर टिकाए खड़े हो गए।

"ऐसा कुछ नहीं है गुरूदेव। हमारे मन में कोई विचार नहीं है मुक्ति के अलावा।" अनंत ने कहा तो गुरु शाश्वत हल्के से हंसे।

"खुद को झूठी दिलासा देने का बहाना तो अच्छा है। मगर हम तुम्हें बहुत अच्छे से जानते हैं। आखिर गुरु हैं तुम्हारे। तुम्हारे हर गुजरे हुए पलों को अच्छे से जानते हैं।

तुम्हारे अंदर चल रहे द्वंद को भी, तो हमसे छुपाकर व्यर्थ में ही अपनी ऊर्जा गवां रहे हो। तुम आज भी उसी मोह में फंसते जा रहे हो व्योम और इसे स्वीकार करो।"

"हम क्या करें गुरुदेव? हम कुछ भी कर लें हम हार क्यों जाते हैं? क्यों हम उसके आगे खुद को कमजोर महसूस करते हैं।" अनंत अब स्वीकारते हुए बोला।

"क्योंकि तुम ज्वालायुवराज हो व्योम। भले ही हमारी घाटी के लोग ज्वाला की भांति भड़कते हों मगर प्रेम वहां का अटल सत्य है। इतिहास गवाह है, कि हम हर बार प्रेम का मोहरा बनाकर पराजित किए गए हैं। हम पराजित हुए हैं क्योंकि हम कभी प्रेम पर विजय प्राप्त नहीं कर पाए हैं।"

"यही तो संकट है हमारे आगे गुरूदेव, जिससे हम भय खाते हैं ऐसा लगता है मानों वो हमें अपनी ओर किसी जाल की भांति खींच रहा हो।" अनंत ने गहरी सांस छोड़ी।

"पुत्र!" गुरु शाश्वत ने उसके कंधे पर हाथ रख दिया।

"प्रेम कभी बुरा नहीं होता। बुरा उसका ध्येय होता है। उसके पीछे का स्वार्थ होता है। मगर मानव इसी को समझ नहीं पाता। वो प्रेम और मोह को एक समझ लेता है। तुम अपने ध्येय पर ध्यान दो और अपना मन स्थिर रखो। अपने लोगों और महाराज को स्मरण करो। उनके कष्टों का स्मरण करो। उनकी सारी आशाएं सिर्फ तुमपर हैं व्योम।" गुरु शाश्वत ने कहा तो अनंत ने कुछ क्षणों के लिए अपने नेत्रों को बंद कर दिया। उसके नेत्रों में ज्वाला घाटी की स्मृतियां तैरने लगीं।

खाली और निरसता से भरी वो घाटी। जहां के लोग बस मृत्यु की प्रतिक्षा करते हों। जो एक ऐसे समयचक्र में फंसे हैं जहां वो न जीवित हैं, न मृत हैं। जहां के लोग वर्षों से एक ही समय में जी रहे हैं। जहां भोर तो हर रोज होती है परन्तु समय थमा हुआ है। जो दो हजार वर्ष पहले थे जैसा था वो सब आज भी वैसा ही है। भयानक हो चुकी स्थिति और डरावनी सूनेपन से भरे लोगों के नेत्र। महाराज का तड़पता हुआ शरीर। अनंत ने अपने नेत्र खोल दिए तो उसके नेत्रों में ज्वाला भड़क उठी।

"सब कुछ उसकी वजह से हुआ था गुरुदेव।" अनंत क्रोध से भड़कते हुए बोला।

"व्योम शांत पुत्र, न बदला, न प्रेम, हमें कुछ नहीं चाहिए सिवाय मुक्ति के। सिर्फ अपने लक्ष्य की ओर देखो। किसी को कष्ट पहुंचाकर कुछ भी हासिल नहीं होगा। उसे कष्ट देकर तुम खुद को भी कष्ट दोगे।" गुरु शाश्वत ने कहा तो अनंत ने उनकी ओर देखा। उन्होंने हां में सिर हिलाया तो अनंत ने भी हां में सिर हिला दिया। अब शायद उसके ह्रदय को ठंडक मिली थी।

****

शाम के पांच बज गए थे और सृष्टि ने अपना काम निपटाकर बाहर आई। वो नीचे गलियारे में उतर गई। लगभग सभी लोग जा चुके थे। एक गार्ड था जो गेट पर दिख रहा था। हालांकि वो इस बात से अंजान थी कि वो स्वर्ण गरुड़ गेट के बगल में उस जामुन के पेड़ पर दुबका हुआ है। वो गलियारे में आगे बढ़ी ही थी जब वान्या ने उसका रास्ता रोक लिया। सृष्टि झटके से रुक गई।

"मैम! आप अभी तक गई नहीं हैं?" सृष्टि ने पूछा।

"मैं तो कहीं नहीं जाऊंगी मिस सृष्टि। मगर तुम वापस क्यों आई, जब एक बार चली गई थी ये शहर छोड़ कर तो?" वान्या ने गुस्से से कहा तो सृष्टि अचंभित सी उसे देखने लगी। वो समझ नहीं पा रही थी कि वान्या मैम क्यों ये सब कह रही थी।

"आप कहना क्या चाहती हैं मैम?"

"तुम ये बात अच्छे से जानती हो कि मैं अनंत को पसंद करती हूं और वो भी मुझे पसंद करता है, लेकिन तुम,,तुम हमेशा बीच आ जाती हो।"

"मैम! आपको कोई मिसंडरस्टैंडिंग हुई होगी। मैं कभी किसी के बीच नहीं आई हूं, न ही मुझे कोई फर्क पड़ता है कि कौन किसे पसंद करता है। एवन आपको इस तरह की बातें मुझसे करनी भी नही चाहिए। आई एम जस्ट ए स्कॉलर, एंड यू आर ए प्रोफसर, यू शुड मेंटेन द डिग्निटी ऑफ योर पोजीशन।"

"हाउ डेयर यू टॉक टू मी लाइक दिस? मुझे तुमसे सीखने की जरूरत नहीं है अपनी पोजिशन के बारे में। तुम खुद को बहुत इनोसेंट समझती हो न, बट मैं तुम्हारे ये सारे पैंतरे समझती हूं। इतना इनोसेंट इसलिए बनती हो न, ताकी अनंत को रिझा सको और शर्म नहीं आती तुम्हें उसके अपार्टमेंट पर अकेले रहते हुए? सारे डिपार्मेंट में तुम्हारे बारे में चर्चे सुनने को मिल रहे हैं। अनंत, वो तो लडका है मगर तुम, तुम तो एक लडकी हो इतनी समझ तो होनी चाहिए न तुम्हें? लगता क्या है अनंत तुम्हारा? हां? तुम्हारे मॉम डैड ने यूएस जाने के बाद भी उसका फायदा उठाना नहीं छोड़ा न?"

"मैम! कंट्रोल योर टंग। मैं आपकी स्टूडेंट हूं इसलिए चुप हूं। इसे मेरी कमजोरी मत समझिए। रही बात आपके पसंद करने की। तो इसे पसंद करना नहीं कहते और न ही अनंत सर आपको पसंद करते हैं। आपसे कहीं ज्यादा बेहतर मैं उन्हें आपसे समझती हूं। उनकी पसंद और नापसंद भी। खुद को इस गलतफहमी से बाहर निकालिए। बचपन से रही हूं उनके साथ।" अब सृष्टि भी भड़क गईं। मगर वो बिल्कुल अंजान थी, कि जिस पिलर के आगे वो खड़ी थी उसके पीछे अनंत भी खड़ा था। वो पिलर पर कमर से टेक लगाए खडा था और उसकी बाजुएं आपस में बंधी थी। उसके होंठों पर मुस्कान की एक महीन लकीर थी जो बहुत कम देखने को मिलती थी।

"तुम अनंत से दूर रहो। अनंत इज माइन, समझी तुम। वो मुझे पसंद करता है। तुम उसके घर से बाहर निकलो।" वान्या का चेहरा गुस्से से काला पड़ गया।

"ऐसे टीवी सीरियल की सौतन वाली धमकी देना बन्द कीजिए मैम। यहां आपका सिक्का नहीं चलने वाला।" सृष्टि ने कहा तो वान्या ने उसे थप्पड़ मारने के लिए हाथ ऊपर उठा दिया। सृष्टि ने कसकर आंखें बंद कर दी, मगर तभी अनंत ने वान्या का हाथ पकड़कर झटक दिया। वान्या की आंखें बड़ी हो गई।

"अ,,अनंत वो,, मैं।"

"मैने तुमसे सुबह भी कहा था वान्या। हमारे पर्सनल मैटर में घुसने की जरूरत नहीं है। तुम कॉलेज में हो इस वक्त और जिस पोस्ट पर हो उसकी रिस्पेक्ट करो। दोबारा सृष्टि से मिसबिहेव किया तो मैं बर्दास्त नहीं करूंगा। वो मेरे साथ रहती है क्योंकि वो मेरी जिम्मेदारी है। बाकी जिसको जो बातें करना है आई रियली डोंट केयर कि किसको

फर्क पड़ता है किसको नहीं।" अनंत ने गुस्से से वान्या को घूरा तो वो पांव पटकते हुए वहां से निकल गई।

"घर चलो अंधेरा होने वाला है।" अनंत ने कहा और आगे निकल गया। अपार्टमेंट ज्यादा दूर तो नही था मगर फिर भी उसकी आदत थी कि वो अपनी कार लेकर ही आता था। अनंत कार में बैठा तो सृष्टि भी बिना कुछ कहे उसके बगल में बैठ गई। कार में शमशान सी चुप्पी छाई हुई थी। कुछ ही देर में वो अपार्टमेंट भी पहुंच गए। अनंत ने डोर लॉक खोला तो दोनों अंदर चले गए। सृष्टि सीधे अपने कमरे की ओर जाने लगी।

"सृष्टि!" तभी अनंत ने आवाज दी तो उसके कदम रुक गए मगर वो मुड़ी नहीं।

"अगर तुम डिनर के लिए बाहर आओगी तो मुझे अच्छा लगेगा।" अनंत ने कहा मगर वो बिना कुछ कहे अंदर चली गई और अपना दरवाजा बंद कर दिया। अनंत ने गहरी सांस छोड़ी और खुद भी अपने कमरे में चले गया।

रात के नौ बज रहे थे, जब अनंत किचन से बाहर निकला। उसने डिनर तो तैयार कर लिया था, मगर वो जानता था सृष्टि नहीं आयेगी। फिर भी उसने उसके लिए प्लेट लगाई थी। जबसे सृष्टि उसके अपार्टमेंट में आई थी, तबसे वो सृष्टि के लिए हर रोज प्लेट लगता था, हालांकि सृष्टि ने अभी तक उसके घर पर एक पहर का भी खाना नही खाया था। पर अनंत को जैसे भरोसा हो कि कभी न कभी सृष्टि मान जायेगी। वो हाथ पोंछते हुए बाहर आया तो उसने एक नजर सृष्टि के दरवाजे की ओर देखा और सिर हिलाते हुए हॉल में आ गया। ब्लैक कलर की टी शर्ट और ग्रे कलर का पजामा पहने हुए उसके हल्के गीले बाल माथे पर बिखरे हुए थे जो उसकी पलकों को भी छू रहे थे, मगर

आंखें कुछ ऐसी, मानों कई दिनों से सोया न हो। शायद सच भी था। गहरी सांस छोड़कर वो कुर्सी पर बैठ गया। कुछ देर तक शांत ठहरे हुए पानी की तरह वो सृष्टि के दरवाजे को किसी उम्मीद से घूरता रहा। जब कोई उम्मीद नहीं दिखी तो उसने अपनी प्लेट उठाई और डोंगे से सब्जी निकालनी ही चाही थी, जब खट से सृष्टि के दरवाजे की कुंडी खुलने की आवाज उसके कानों में पड़ी। अनंत ने झटके से सिर उठाकर दरवाजे की ओर देखा। दरवाजा खुलते ही दोनों की नजरें एक पल के लिए आपस में टकराई। अनंत उसे इस तरह देखता रहा मानों हवा उसे कहीं बहा ले जा रही हो। सृष्टि ने तुरंत नजरें हटाई तो अनंत होश में लौटा। सृष्टि बिना कुछ कहे अनंत के ठीक सामने वाली कुर्सी पर बैठ गई।

"मुझे लगा था तुम नहीं आओगी।" अनंत ने खुशी और हैरानी के मिले जुले भाव से कहा।

"अगर खाना पूरा नहीं है तो इट्स ओके मैं वापस चली जाती हूं।"

"खाना पूरा बना हुआ है सृष्टि।" अनंत ने तुरंत जवाब दिया।

"मैं नहीं चाहती कि रोज रोज आपको खाना गाय को खिलाने जाना पड़े। मेरे हिस्से का खाना वेस्ट हो रहा था इसलिए आई हूं। बाकी कोई और रीजन नही है।" सृष्टि के स्वरों में कोई खुशी नहीं थी। अनंत को अपने अंदर ही अंदर कुछ टूटता हुआ महसूस हुआ। उसने सृष्टि के चेहरे की ओर देखा जो बिलकुल खाली और सूना था। उसे सृष्टि के आने पर खुशी तो थी मगर कुछ था जो उसका गला अंदर से घोंट रहा था। उसने सृष्टि

की प्लेट में सब्जी डालनी चाही तो सृष्टि ने तुरंत प्लेट पीछे खींच ली। अनंत का हाथ हवा में ही रुक गया।

"मैं इतनी भी लाचार नहीं हूं और न ही किसी पर बोझ हूं। खाना बनाना नहीं आता लेकिन निकाल तो सकती ही हूं। "तुम जब चाहो यहां कुछ बना भी सकती हो। मैने उसके लिए मना नहीं किया।" अनंत ने करछी को नीचे रखते हुए कहा।

"मैं आपके अच्छे भले किचन को मैशअप नही करना चाहती।"

"सब कुछ तुम्हारी भलाई के लिए था सृष्टि। हम में से कोई नहीं चाहता कि तुम इस तरह अकेले कहीं भी निकल जाओ।" अनंत ने कहा तो सृष्टि ने अपनी पलकें उठाकर उसकी ओर देखा। अनंत ने उसकी आंखों में देखा तो वो लाल पड़ चुकी थी। सृष्टि हल्के से फीकी हंसी हंस दी।

"आपको पता है दुनियां में सबसे खुश रहने वाला इंसान कौन है?" वो कुछ पल रुकी। अनंत ने कोई जवाब नहीं थी। "चलिए मैं बताती हूं शायद कुछ तो हो जिसका जवाब आपके पास न हो। दुनिया का सबसे हैप्पी इंसान वो है जो अकेला है, एकांत में है। उसके पास भरपूर ऊर्जा होती है कुछ करने की और कुछ हद तक वो आगे भी बढ़ जाता है, मगर फिर आते हैं उसके जीवन में अपने शुभचिंतक कहलाने वाले सो कॉल्ड लोग। जो उस अच्छे भले इंसान की ऊर्जाओं को चूसने का काम भली भांति करते हैं और फिर कहते हैं देखो हमने ये तुम्हारे अच्छे के लिए किया है और वो बेचारा हमेशा इसी भ्रम में जीता है कि हां उसके अपने लोगों ने उसे दो सीढियां ऊपर चढ़ाया था। वो भूल जाता है इन्हीं लोगों उसे चार सीढियां नीचे भी गिराया था। वो मोह में फंस जाता है

अनंत सर। मैं भी वही इंसान हूं।" कहते हुए उसका चेहरा शख्त पड़ गया। उसने अपनी प्लेट में सब्जी और दाल निकाल ली। उसने रोटी के लिए हाथ बढ़ाया तो अनंत ने बिना कुछ कहे उसकी प्लेट में दो रोटियां रख दी। सृष्टि ने अनंत को गुस्से से देखा, मगर कहा कुछ नहीं।

"मुझे नहीं पता था तुम एक दार्शनिक की भांति भी सोचती हो।" अनंत ने कुछ पल की खामोशी के बाद कहा तो सृष्टि ने एक नजर उसकी ओर देखा मगर वो अब खाना खाने में व्यस्त हो चुका था। उसने सिर हिलाया और खुद भी खामोशी से खाने लगी। उसने जल्दी से खाना खतम किया और अपनी प्लेट उठाकर किचन में चली गई। अनंत उसे जाते हुए देखता रहा। मगर उसके होंठों पर मुस्कान की एक बारीक लकीर उभर गई। कम से कम सृष्टि आज डिनर के लिए आई तो थी। सृष्टि अपनी प्लेट छाल कर अपने कमरे में चली गई। अनंत भी उठा और किचन में अपने बर्तन छालने लगा। उसकी आंखों में फिर से एक स्मृति तैर गई।

"राजकन्या जी आप भोजन कर लिजिए। सब आपके लिए चिंतित है। सब आपके ही मनपसंद के व्यंजन बनाए गए हैं। इस तरह भोजन को ठुकराना ज्वाला घाटी में भोजन का अपमान माना जाता है।" एक दासी रत्नावती के आगे भोजन की थाल लेकर सिर झुकाए खड़ी थी। मगर दासी की बातें सुनकर रत्नावती के चेहरे पर क्रोध झलक आया।

"तुम एक दासी हमें सिखाओगी भोजन का महत्व, हां? हम उदय घाटी की राजकन्या हैं और तुम सिर्फ एक तुच्छ सी दासी। हमें नहीं चाहिए आपके ये व्यंजन। कह दीजिए

अपने युवराज से राजकन्या ज्वाला घाटी का जल भी ग्रहण नहीं करने वाली। फेंककर आइए इस भोजन को कूड़े में, हमें परवाह नहीं।" रत्नावती ने लगभग चिल्लाते हुए कहा तो उस दासी का सिर और नीचे झुक गया।

"रत्ना, दासी ने कुछ गलत नहीं कहा। आपने पिछले कई दिनों से भोजन नहीं किया है। हमारे शाही रसोइयों ने आपके लिए खास व्यंजन तैयार किए हैं इस तरह भोजन त्याग करना उसका अपमान होता है। अगर आप भोजन नहीं करेंगी तो आपका स्वास्थ्य बिगड़ सकता है।" तभी उस कक्ष में व्योम ने आते हुए कहा। रत्नावती ने व्योम को क्रोध से घूरा।

"सिर्फ आपके लिए दस रसोइयों ने मिलकर भोजन तैयार किया है। इस तरह से भोजन का अपमान करना हमारे यहां नियमों के विरुद्ध है।" व्योम ने फिर से कहा तो रत्नावती को अब और अधिक क्रोध आ गया।

"आप सब चाहे जो मर्जी कर लीजिए, परन्तु रत्नावती को आपके यहां का भोजन तो क्या जल भी नहीं पिला सकते।" रत्नावती ने अकड़ते हुए कहा।

"इस तरह से तो आप अपनी ऊर्जा गवांती रहेंगी।"

"रत्नावती की ऊर्जाओं को इतनी निम्नकोटि की समझना आपकी भूल होगी ज्वालायुवराज। हम कई दिवस तक भूखे रह सकते हैं। आपके यहां का भोजन छूना भी हमारे लिए निषेध है। हम उच्च वर्ग की राजकन्या हैं।" रत्नावती ने मानों किसी अहंकार में कहा हो। व्योम ने दासी को इशारा किया तो दासी ने भोजन की थाली एक तख्त पर

रख दी। मगर जैसे ही दासी भोजन नीचे रख पाई थी रत्नावती ने थाली को हाथ से फर्श पर फेंक दिया। सारा भोजन पूरे कक्ष के फर्श पर फैल गया। व्योम ने कुछ क्षणों के लिए अपने नेत्रों को मूंद लिया। मानों खुद के अंदर भड़क रहे ज्वाला को शांत कर रहा हो। रत्नावती ने व्योम की ओर देखा तो उसके होंठों पर जहरीली मुस्कान फैल गई।

"आप हमारे सब्र की परीक्षा ले रही हैं।"

"अभी तो कुछ भी नहीं है ज्वालायुवराज। अभी तो हमें मात्र एक सफ्ताह हुआ है। आप अभी से पराजय स्वीकारने लगे। हमने आपके राजमहल के स्तंभों को नही हिला दिया तो हम भी उदय घाटी की राजकन्या नहीं।"

"पहले भोजन का सम्मान करना सीख लीजिए राजकन्या जी। लगता है उदय घाटी के बड़ों ने आपके अंदर संस्कार डालने के कुछ कंजूसी कर दी है।" व्योम ने भी कहा तो रत्नावती की मुस्कान एकदम गायब हो गई।

"संस्कारों की बात यहां के लोगों पर अच्छी नहीं लगती युवराज। आप ज्वाला घाटी के लोग सिर्फ तबाही जानते हो। उदय घाटी के संस्कारो के आगे तो आपके यहां का एक पंछी भी नहीं टिक सकता।"

"हमें गर्व है इस बात का कि हम ज्वाला घाटी से संबंध रखते हैं। हां हैं हम ज्वाला के समान अग्नि भड़काने वाले, मगर सिर्फ उनके लिए जो गलत रास्तों को अपनाते हैं। यूं ही हमारी घाटी का नाम और यहां की पदवी ज्वाला नहीं है राजकन्या जी।" व्योम ने

मानों रत्नावती का मजाक उड़ाया हो। रत्नावती ने व्योम को घूरकर देखा मगर व्योम को कोई फर्क नहीं पड़ा।

"ये मत भूलिए राजकुमार जिनके संस्कारों की आप बात कर रहे हैं वो आपके भी पूर्वज थे।" रत्नावती ने बचाव किया।

"बिलकुल। मगर यहीं बात तो आपकी उदय घाटी के लोग भूल गए हैं। उन्हे भी याद दिला दीजिए।" व्योम ने कहा तो रत्नावती का मुंह काला पड़ गया। वो कुछ कह पाती व्योम उस कक्ष से बाहर चले गया।

अनंत के दोनों हाथ सिंक पर कस गए। उसने अपनी आंखें खोल दी। कभी कभी उसे हैरानी होती थी कि भले ही सृष्टि रत्नावती का पुनर्जन्म थी पर वो कहीं से भी रत्नावती से नहीं मिलती थी। हां शक्ल जरूर वही थी मगर विचार और व्यवहार बहुत अलग। कभी कभी उसके लिए यह मानना भी मुश्किल हो जाता था कि सृष्टि ही वो इंसान है जिसके हाथों उसके राज्य की मुक्ति होनी थी। जहां रत्नावती बहुत ही जिद्दी, कठोर और एक महान योद्धा थी, वहीं सृष्टि बहुत ही कोमल, सौम्य और शांत। वो रत्नावती की तरह न तो अधिक महत्वाकांक्षी थी और न ही जिद्दी। सब कुछ स्वीकार कर लेना उसकी सबसे बड़ी कमजोरी थी। प्रेम तो मानों उसमें कूट कूट कर भरा था। शायद यह भी एक वजह थी कि अनंत बार बार खुद को उसकी ओर खींचता हुआ महसूस करता था। कभी वो सृष्टि के लिए कुछ अच्छा सोचता भी था तो रत्नावती का वो छल उसे याद आ जाता। जिससे वो सृष्टि के लिए अत्यधिक कठोर बन जाता था। अब जबसे सृष्टि एक महीने बाद यहां लौटी थी, ना जाने क्यों, पर वो उसके साथ अब कठोर व्यवहार नहीं कर पा

रहा था। इतने वर्षों से उसकी आंखों पर बंधी वो पट्टी अब खुलने लगी थी कि किस तरह सृष्टि अपने पैरेंट्स के द्वारा दरकिनार कर दी गई थी। हां इसकी वजह भी उसके आलावा कोई नहीं जानता था। मगर फिर भी इसमें सृष्टि की क्या गलती थी। वो थप्पड़ जो कल सृष्टि की मॉम ने उसे मारा था। अनंत को महसूस हो रहा था कि जैसे वो उसी को लगा हो।

अनंत ने गहरी सांस छोड़ी और किचन से बाहर आ गया। वो अपने कमरे के छज्जे पर आया तो उसकी नजर बगल वाले कमरे के छज्जे पर खडी सृष्टि पर गई। वो कुछ देर तक उसे देखता ही रहा।

अचानक उसकी नजर ठीक नीचे उस ग्राउंड पर खड़े एक काले साए पर गई, तो उसकी आंखें सिकुड़ कर छोटी हो गई। इतनी रात को कौन इस तरह मैदान के बीचोबीच खड़ा हो सकता है। अनंत के मन ने सवाल किया। “दैत्य सतर्क?” कहते ही उसकी कंधे पर दैत्य बैठ गया। उसकी पीली आंखें चमक उठी।

★★★★

अध्याय १२

सुबह के छह बज रहे थे जब सृष्टि नहाकर बाहर आई। वो बाल सुखाते हुए छज्जे पर आई और तौलिए को स्टैंड पर डालकर वापस कमरे में आ गई। अब थोड़ा बहुत सामान्य होने लगा था। वो कड़वी यादें, जिनसे वो बाहर निकलने का भरपूर प्रयास कर रही थी। आखिर कब तक इंसान एक ही चीज का रोना रोए, यही सोचकर वो अब ठीक थी। वो बाहर हॉल में आई और आज पहली बार अनंत के घर पर मंदिर ढूंढने लगी, ताकि सुबह की एक छोटी सी पूजा कर सके। मगर उसे कहीं भी कोई मंदिर नहीं दिखा। वो मंदिर ढूंढते हुए उस कमरे के बाहर पहुंच गई, जहां अनंत इस वक्त ध्यान मे था। कुछ सोचते हुए उसने परदा हटाया तो अनंत उसकी ओर पीठ करके ध्यान में लीन था। वस्त्र के नाम पर उसने एकमात्र काले रंग की धोती पहनी हुई थी। पूरा बदन पसीने से भीग चुका था। पसीने की बूंदे खिड़की से छनती हुई सुनहरी धूप से उसके बदन पर हीरों के समान चमक रही थी। मगर साथ ही उसके शरीर पर अनगिनत घावों के निशान थे। सृष्टि की आंखें छोटी पड़ गई। “आखिर अनंत को इतने सारी चोटें कब और क्यों आई थी। क्या कभी उसका भयंकर एक्सीडेंट हुआ था।” उसका मन उससे पूछ रहा था। मगर कौन जानता था कि ये कोई आम निशान नहीं थे। ये उसके विजयी निशान

थे। उसने अपने जीवनकाल में अनगिनत युद्ध लड़े थे। जिसकी गवाही शरीर पर छोड़े गए ये निशान दे रहे थे। कुछ हल्के तो कुछ ज्यादा गहरे घाव थे। जिनको ठीक होने में ही कई महीने लगे होंगे। उसकी नजर उस गरुड़ के टैटू पर ठहर गई। जो सबसे मिस्टीरियस था सृष्टि के लिए। पहली बार वो अनंत को इतने करीब से देख रही थी।

उसने हल्के से सिर झटका और अपने होश में आई। इस तरह किसी को निहारना कोई अच्छी बात तो नहीं सोचते हुए वो किचन में आ गई। चाय के बिना उसके दिन की शुरुआत कैसे हो सकती थी। उसने एक बर्तन निकाला और चाय चढ़ा दी और स्लैब पर कमर टिकाकर खडी हो गई।

"हद ही है भूतनाथ के लिए। इतना भी अपने शरीर को क्या कष्ट देते रहते हैं जब सुंदरता पहले से ही कूट कूट कर भरी है। क्या ही कर लेंगे ज्यादा सुंदर होकर? बोलना तो कड़वा ही है न आपको। वान्या मैम जैसी लड़कियों को भी तो रिझाना होगा न। तभी इतनी मेहनत किए जा रहे हैं। खैर तुझे क्या सृष्टि। गंधर्व यक्षों की सुंदरता के बारे में सिर्फ सुना ही था। आपको देखकर तो यही लगता है कि आप भी कहीं के गंधर्व ही रहे होगें। जो भटक रहे हैं किसी को टॉर्चर करने के लिए।" वो खुद में ही पागलों की तरह बड़बड़ाए जा रही थी। तभी अचानक एक हाथ उसके बगल से आया तो सृष्टि चौंक उठी। अनंत ने गैस ऑफ कर दिया और हाथ बांधे खड़ा हो गया। सृष्टि नजरें चुराने लगी। अनंत ने कुछ कहने के बजाए आंखों से इशारा कर दिया, तो सृष्टि ने गैस की ओर देखा। जहां सारी चाय गैस के ऊपर गिर गई थी। उसने अपना सिर पीट लिया। अब तो उसकी सामत आ गई थी। सफाई के कीड़े का घर जो गंदा कर दिया था। एक तो वो बिना पूछे किचन में घुसी, ऊपर से उसने चाय भी गिरा दी थी। ओह गॉड प्लीज सेव मी दिस

मॉन्स्टर। वो मन ही मन अपने देवी देवताओं को पुकारने लगी। मगर अनंत ने सिर हिलाया और पैन उठाना ही चाहा था कि गर्म होने की वजह से उसने तुरंत हाथ पीछे खींच लिया।

"अनंत सर!!" वो आगे बढ़ी मगर अनंत ने उसकी ओर देखा तो उसने अपने कदम पीछे खींच लिए। अनंत ने अपना हाथ सिंक के चलते पानी के नीचे लगा दिया। हालांकि उसके लिए ये छोटी मोटी चोटें कुछ खास नहीं थी।

"आ,,,आई एम सॉरी। मुझे किचन में बिना परमिशन नहीं आना चाहिए था।" उसे अपनी गलती का अहसास हुआ।

"इट्स ओके, ये कोई कैद खाना नहीं है, जहां कि तुम बिना बोले कहीं जा नहीं सकती। तुम्हें कुछ भी बनाना हो बना सकती हो। मुझे कोई परेशानी नहीं है। हां बस सफाई का ध्यान रखना।" अनंत ने कहा तो सृष्टि हैरान सी रह गई। वो मानों अपनी पलकें झपकना ही भूल गई। अनंत ने बिना कुछ कहे गैस साफ किया और फिर से चाय चढ़ा दी। इस बार उसने दो कप चाय चढ़ाई। जबकि सृष्टि भूत की तरह बस खड़ी रही।

"डिपार्टमेंट से कुछ लोग फील्ड वर्क के लिए कहीं बाहर जा रहे हैं। पता तो चल गया होगा न तुम्हें?" अनंत ने बिना उसकी ओर देखे कहा।

"हां,,,वो कल ही बताया था प्रेम सर ने।" सृष्टि ने सीमित जवाब दिया।

"दो प्रोफेसर और कुछ स्कॉलर के साथ कुछ मास्टर्स के स्टूडेंट्स भी जा रहे हैं। उसमें से तुम भी एक हो।" अनंत ने कहा तो सृष्टि ने बस हां में सिर हिलाया। अनंत ने

चाय उबलते ही गैस सिम किया और सृष्टि की ओर मुड़ गया। अब वो हल्के से टेढ़े होकर स्लैब से चिपक गया था।

"ये वही जगह है न जहां से वो सील मिली थी?" सृष्टि ने कहा तो अनंत का चेहरा तुरंत शख्त पड़ गया। उसे उस दिन की याद आ गई जब उसने लैब में सृष्टि का गला घोंटा था।

"क्या उस जगह से आपको कोई दिक्कत है। आ,,, आई मीन आप उस दिन भी कुछ परेशान से लग रहे थे जब कबीर सर ने सेमिनार लिया था।" सृष्टि ने पूछा तो अनंत ने गहरी सांस छोड़ी।

"कुछ रहस्य ऐसे होते हैं जो न ही खुले तो सबके लिए बेहतर है।" अनंत कुछ खोया हुआ सा बोला। उसने गहरी सांस छोड़ी चाय छानी और एक कप सृष्टि की ओर बढ़ा दिया।

"जल्दी कॉलेज पहुंचना। लैब में बहुत सा काम है।" कहते हुए अनंत ने अपना कप उठाया और बाहर निकल गया।

सृष्टि ने भी कप उठाया और चाय का एक सिप लिया तो उसकी आंखें बंद पड़ गई। चाय का टेस्ट कुछ ऐसा था कि सृष्टि को उसकी लत लगने वाली थी।

"सच में अनंत सर के हाथों में जादू है। आपके हाथ से सब कुछ इतना परफेक्ट कैसे बन जाता है?" वो बड़बड़ाई।

अनंत छज्जे से अंदर आया। उसने कपड़े बदलने के लिए कबर्ड खोला ही था कि चीख उठा।

"आआआआआआआआआ,,,,।" उसके मुंह से चीख निकल गई। वो सीने पर हाथ रख पीछे हट गया।

"गुरूदेव!!!" अनंत चढ़ती सांसों को काबू करते हुए बोला।

"तुम इस तरह से क्यों चीखे मूर्ख? ऐसा पहली बार तो नहीं कि मैं तुम्हारी संदूक के अंदर बैठा हूं।" गुरु शाश्वत बाहर निकलते हुए बोले।

"अनंत सर क्या हुआ? आप ठीक तो हैं?" बाहर से सृष्टि की आवाज आई।

"म,,म,,मैं ठीक हूं।" अनंत हकलाया।

"गुरूदेव आपने मेरे प्राण हर लिए थे। इस तरह से क्यों कहीं भी छुप जाते हैं आप? कम से कम जगह तो देख लिया कीजिए।" अनंत फुसफुसाया।

"मैं तो छुपता हूं परन्तु तुम्हें क्या हुआ है? बड़ा विचित्र व्यवहार कर रहे हो तुम आज! स्वास्थ्य तो ठीक है न तुम्हारा?" गुरु शाश्वत थोड़ा चिंतित हुए। अनंत ने कमर पर हाथ रखे और गुरु शाश्वत की ओर देखा।

"हमें क्या हुआ है? हम ठीक हैं। स्वस्थ भी हैं।" अनंत ने कहा और अपने कबर्ड से कपडे निकालने लगा।

“इस तरह मुझे देखकर चौंकना ये पहली बार है तुम्हारा। चाहे हम तुम्हारे गोसलखाने में ही क्यों न आए हों और हम जाएं भी तो कहां, बाहर तो तुम उस युवती को लेकर आए हो।”

“आप कुछ भी कहते रहते हैं।” अनंत ने अपने काले रंग की शर्ट पहनी और दर्पण के आगे खड़ा होकर बाल बनाने लगा। गुरु शाश्वत आराम से बेड पर बैठ गए।

“समझ तो हमें नहीं आता। हम इतने वर्षों से तुम्हारे साथ हैं मगर तुम्हें समझना अब भी हमारे लिए बहुत मुश्किल है।”

“तो मत समझिए। आप कोई हमारी प्रेयसी नहीं हैं कि आपको हमारी हर बात समझनी पड़े।” अनंत पलटा और अपनी घड़ी पहनने लगा।

“तो तुम कह रहे हो कि प्रेयसी ही सब समझती है? हमें तो ऐसा नहीं लगता।” गुरु शाश्वत ने कहा।

“आपको बड़ा ज्ञान है इस विषय पर। आपकी भी कोई प्रेयसी थी क्या?”

“बिलकुल, हमने अपने शिष्यों से प्रेम किया है। तो हमें कैसे ज्ञात नहीं होगा।”

“प्रेम! वो भी हमसे! बुढ़ापे में सब विस्मृत कर रहे हैं आप। आपने हमसे क्या क्या नहीं करवाया हैं दंड के नाम पर। हमें रात्रि के चार बजे भी सरित से जल लेने भेजा है। भोजन के नाम पर एक एक कंदमूल दिए हैं और कार्य, क्या नहीं करवाया गया हमसे। रात्रि में हमारे कक्ष में सर्प और बिच्छू तक छोड़े हैं आपने। इतना अत्याचार एक अबोध बालक पर।”

"वो विषाक्त नहीं थे।" गुरु शाश्वत ने अपना बचाव किया।

"हां, परन्तु तब हम एक छोटे बालक थे, हमें क्या पता था कि हमारे साथ आप इस तरह क्रीड़ाएं करते थे? सांसें रुक जाया करती थी हमारी तब।" अनंत ने सिर हिलाया और बैग उठा कर कमरे से बाहर जाने लगा।

"वो तुम्हें बहादुर बनाने के लिए था।"

"हां जानते हैं हम आपके डैम थॉट्स और हां अब हमारे कबर्ड से पिछली बार की तरह जींस मत चुराईएगा। वो आपके किसी काम की नही होती।" अनंत ने वार्निंग दी।

"हमें लगा था वो पतलून हम पर अच्छी लगेगी।"

"आप शनिदान के वस्त्रों में ही अच्छे लगते हैं।" कहते हुए अनंत अपार्टमेंट से बाहर निकल गया। गुरु शाश्वत ने गहरी सांस छोड़ी।

"ये बालक कभी नहीं सुधरने वाला। अंत पता है मगर फिर भी प्रेम का पुजारी है। मां भैरवी राह दिखाना मेरे शिष्य को।" गुरु शाश्वत ने नेत्र मूंदे और फिर वहां से गायब हो गए।

****

दोपहर का वक्त था, जब सृष्टि कैंटीन में अकेले बैठकर खाना खा रही थी। तभी कुशाल अपनी प्लेट लेकर उसके सामने खड़ा हो गया।

"कैन आई सिट हेयर? बाकी सब फुल हैं।" कुशाल ने कहा तो सृष्टि ने पूरे कैंटीन में नजर दौड़ाई। सच में ही कोई सीट खाली नहीं थी। सृष्टि ने कुछ नहीं कहा तो कुशाल खुद ही बैठ गया।

"तुम ठीक हो सृष्टि?" कुशाल ने पूछा।

"क्यों? तुम एक मनोचिकत्सक हो? क्योंकि मुझे पागलपन के दौरे पड़ते। मैं किसी को भी पत्थर उठाकर मार सकती हूं। इलाज है तुम्हारे पास इसका?" सृष्टि ने चम्मच नीचे रखी और कुशाल को घूरा।

"मैं तुमसे अच्छे से बात कर रहा हूं और तुम उल्टे जवाब दे रही हो।" कुशाल ने कहा।

"तुमने जो पूछा, उसका जवाब दिया मैने। अब तुम्हें दिक्कत है तो उठकर जा सकते हो। मुझे खाते समय बात करने की आदत नहीं है।" सृष्टि ने उसे पूरी तरह इग्नोर किया।

"आई एम वरीड अबाउट यू।"

"अच्छा और क्या उखाड़ लोगे मेरी फिक्र करके? मेरी परेशानियों को, या फिर मेरे बदले की पीएचडी कंप्लीट कर सकते हो? या फिर मेरे कहने पर पहाड़ी से कूद लगा सकते हो?" कुशाल के मुंह में खाना अटक गया। उसे सृष्टि से इस तरह के जवाबों की उम्मीद नहीं थी।

दूर से अनंत खड़े होकर उन दोनों को देखता रहा। उसने अपनी प्लेट उठाई और जाकर कुशाल के बगल में खड़ा हो गया। सृष्टि तुरंत अपनी सीट से उठ गई। उसकी

देखा देखी कुशाल भी उठ गया। अनंत ने बिना कुछ कहे कुशाल की कुर्सी खींची और खुद आराम से बैठ गया। सृष्टि उसे हैरानी से देखती रही।

"तुम क्यों खडी हो? खाना खाओ अपना।" अनंत ने कुशाल को पूरी तरह अनदेखा किया।

"और तुम अपने लिए कोई और जगह देख लो।"

"बट सर।" कुशाल कुछ कह पाता।

"आई सेड लीव।" अनंत ने शख्त आवाज में कहा तो कुशाल का सिर झुक गया।

"यस सर।" कुशाल अपनी प्लेट उठाकर वहां से चला गया। मगर जाते जाते उसका मुंह काला पड़ चुका था। मानों कितनी कुंठा लेकर गया हो।

"तुम शाम को तैयार रहना। सुपरमार्केट जाना है। साइट काफी दूर है और वहां आस पास कोई मार्केट नहीं है। एक बात और कोई आ रहा है कुछ दिनों के लिए मेरे पास, आई होप तुम्हें कोई परेशानी नहीं होगी।" अनंत खाना खाते खाते बोला। सृष्टि की खांसी निकल गई। अनंत ने पानी की बोतल सृष्टि की ओर बढ़ा दी तो सृष्टि ने पलकें उठाकर उसकी ओर देखा। अनंत अपने खाने में व्यस्त रहा। सृष्टि ने सिर हिलाया और बोतल उठा ली। न जाने क्यों उसे अब अनंत के साथ रक्षात्मक भावना आ रही थी। वो इस बात से भी हैरान थी कि आखिर कौन था जो इतने सालों बाद अनंत से मिलने आ रहा था।

****

चार बज रहे थे और आज सृष्टि जल्दी आ गई थी। कल साइट पर जाना था तो सब लगभग जल्दी ही आ गए थे। अनंत अभी अपने रिश्तेदार को लेने गया था। सृष्टि सोच में डूबी थी कि इतने सालों में कौन सा रिश्तेदार टपक पड़ा अनंत सर का। तभी डोरबेल बजी तो सृष्टि होश में आई। वो भी देखना चाहती थी कि आखिर वो है कौन। उसने फटाफट दरवाजा खोल दिया। सामने देखते ही वो बुरी तरह चौंक गई।

सामने वही लडकी खडी थी, जो उसे उस दिन सुपर मार्केट में दिखी थी। उसे अच्छे से याद है कि ये वही लडकी है। मगर सबसे अजीब बात थी, तो उसके पहनावे में और उसकी स्किन टोन में। जो सृष्टि को सबसे अलग लग रही थी। उसे कहीं से भी नहीं लग रहा था कि ये लडकी इस शहर से थी।

“अंदर आने दोगी हमें?” अनंत ने कहा तो सृष्टि होश में लौटी।

“हाँ,।” वो अब भी हैरान थी। अनंत ने गहरी सांस छोड़ी और कहा।

“पानी लेकर आओ वाहिनी के लिए।” अनंत ने कहा तो सृष्टि ने हां में सिर हिलाया और किचन में आ गई। ये लडकी कैसे अनंत की रिश्तेदार हो सकती है और जब ये इस शहर में पहले से ही थी, तो आज तक अनंत सर के साथ दिखी क्यों नहीं।” उसने गहरी सांस छोड़ी और पानी लेकर बाहर आई। वाहिनी अब तक सोफे पर बैठ गई थी। सृष्टि ने उसे पानी दिया तो उसने अनंत की ओर देखा। अनंत ने हां में सिर हिलाया तो वाहिनी ने गिलास ले लिया। सृष्टि ने उन दोनों के इशारे देख लिए थे और न जाने उसे एक अजीब सी फीलिंग आ रही थी। मगर वो वाहिनी को घूरती रही।

"सृष्टि ये वाहिनी है। कुछ दिन पहले ही आ गई थी। मगर अपना कुछ जरूरी काम निपटा रही थी। ये कुछ दिनों तक हमारे ही साथ रहेगी।" अनंत ने कहा तो सृष्टि ने उसे हैलो किया। वाहिनी ने हाथ जोड़ लिए तो सृष्टि ने उसे हैरानी से देखा। वाहिनी ने काले रंग का लंबा कुर्ता और चूड़ीदार पहना हुआ था। आज भी उसने कमर पर एक चौड़ा सा फीता बांधा हुआ था। बाल पोनी टेल में थे, जिसपर कमर की ही तरह मगर उससे पतला एक फीता बालों पर भी था, जो रबड़ बैंड की तरह बालों पर लगाया हुआ था। मगर वो फीता रिबन की तरह उसके बालों की लंबाई तक लंबा था। हाथ शख्त थे मानों कितने काम करती हो। गाल पर एक कट का निशान जैसे कभी किसी ने चीरा लगाया हो। मगर थी वो बहुत सुंदर। अप्सरा भी बोला जाए तो कोई अतिशयोक्ति नहीं होगी। उसका रंग आकाश की तरह ही बहुत ज्यादा साफ था। शायद एक ही परिवार के लोग हों। सृष्टि के मन में खयाल आया।

"सृष्टि अगर तुम्हें कोई दिक्कत नहीं है तो वाहिनी क्या तुम्हारे कमरे में रह सकती है क्योंकि यहां और बिस्तर नही है?" अनंत ने कहा।

"मुझे कोई परेशानी नहीं है, लेकिन क्या वाहिनी रहना चाहेगी?" सृष्टि उसकी ओर मुड़ गई।

"हमें भी कोई समस्या नहीं है। ज्वा,,, हमारा अर्थ आप जहां भी रखें, हम रह लेंगे।" वाहिनी ने अनंत को देखकर कहा तो अनंत ने हां में सिर हिलाया। सृष्टि को उनका व्यवहार कुछ अजीब लग रहा था।

“सृष्टि उसे कमरे में लेकर जाओ और थोडी देर आराम करो। शाम को वाहिनी भी हमारे साथ आएगी। वो भी फील्ड वर्क पर हमारे साथ होगी।” अनंत ने कहा तो सृष्टि अब और ज्यादा हैरान हो गई। इस तरह कौन अपने रिश्तेदार को फील्ड वर्क पर लेकर जाता है। सृष्टि ने मन ही मन कहा। मगर फिर वो वाहिनी को कमरे में ले गई।

****

शाम का वक्त था जब अनंत की कार सुपरमार्केट के बाहर आकर रुकी। सृष्टि और वाहिनी नीचे उतर गए। अनंत कार पार्किंग एरिया में ले गया। ब्लू कलर की जींस के उपर व्हाइट कलर का फुल स्लीव वाला सुंदर सा टॉप और कंधे तक कटे बाल जो हल्के हल्के हवा से उड़ रहे थे। सृष्टि के चेहरे पर आज उतनी थकावट और उदासपन नहीं था। उसकी नजर पार्किंग की तरफ थी, जहां अभी अनंत कार पार्क कर रहा था। वाहिनी की नजर भी सृष्टि पर थी। उसकी नजरें सृष्टि को इस तरह देख रही थी मानों वो खुद को भरोसा दिला रही हो। कि यह युवती वही है जिसको ज्वाला घाटी के लोग आज भी मनहूस समझते हैं। तभी सृष्टि को अनंत आता हुआ दिखाई दिया। वो उसे बड़े ध्यान से देखने लगी। उसने भी एक ग्रे रंग की फॉर्मल पैंट के ऊपर एक काले रंग की शर्ट पहनी थी। बाजू आज उसने कोहनी तक लपेटे हुए थे। कलाई पर काले रंग की ही घड़ी और दूसरे हाथ पर काले रंग का वो धागा, जिसपर गांठे बांधकर पांच अलग अलग रत्न बांधे गए थे। हरा रंग पृथ्वी का, नीला रंग जल का, लाल रंग अग्नि का, सफेद रंग वायु का तो बैंगनी रंग आकाश का। जो शायद पंचतत्वों का प्रतिनिधित्व कर कर रहे थे। सृष्टि उस धागे को अनंत के हाथ पर बचपन से देखते आई थी। मगर वो आज भी बिल्कुल नया

लगता था। उसे अनंत का ये धागा हमेशा कुछ अलग लगता था। शायद कुछ तो गहराई थी इसमें।

“चलें?” अनंत की आवाज आई तो सृष्टि ने तुरंत अनंत की कलाई से नजर हटाई। वाहिनी भी चेत में लौटी जो सृष्टि को देख रही थी। वो तीनों अंदर घुस गए और अपने अपने लिए सामान देखने लगी।

सृष्टि एक रो में खडी अपने लिए सामान ढूंढ रही थी। जब अचानक अनंत ने पैकेट उसकी बास्केट में डाला वो चौंक गई। अनंत ने गहरी सांस छोड़ी।

“अब यहां कौन सा भूत दिखाई दिया तुम्हें जो इस तरह चौंक रही हो?”

“आप हैं न।” वो बड़बड़ाई।

“क्या कहा?”

“आ,, मेरा मतलब। आप अचानक आए तो बस मैं डर गई।” सृष्टि ने बात संभाली। मगर फिर उसने अपनी बास्केट में देखा कि अनंत ने क्या डाला था।

“जरूरत पड़ेगी तुम्हें इसकी। वहां बार बार गर्म पानी की बोतल नहीं मिल सकती।” अनंत ने कहा और आगे बढ गया। सृष्टि ने वो पैकेट को उठाया तो वो एक इलेक्टरिक वॉर्म बैग था। उसके होंठों पर हल्की सी मुस्कान बिखर गई। उसने एक नजर उस तरफ लगाई जहां अनंत गया था। मगर शायद वो पिछली रो में चले गया था। उसने पैकेट नीचे रखा और आगे बढ गई। पीछे खड़ा अनंत उस तरफ देखता रहा।

“वो क्या चीज थी युवराज?” वाहिनी ने कहा तो अनंत चौंक उठा।

“आपको इंसानों की तरह भयभीत होते हुए देखना विचित्र घटना है।” वाहिनी ने कहा तो अनंत ने उसे घूरा।

“तुम्हारे काम की चीज नहीं है। तुम्हारे पास तो उच्च कोटि की जड़ी बूटियां हैं। हमारे लोग पहले से ही शक्तिशाली हैं। उनको इस तरह की बनावटी चीजों की आवश्यकता नहीं।” अनंत ने कहा तो वाहिनी ने सिर हिलाया।

“और हां यहां पर युवराज बोलना बंद करो। अगर सृष्टि ने सुन लिया तो मेरे पास कोई जवाब नहीं होगा।” अनंत ने कहा तो वाहिनी ने सिर हिलाया और आगे निकल गई। वहीं दूर से उन दोनों को साथ देख सृष्टि को कुछ अच्छा नहीं लग रहा था।

करीब एक घंटे बाद अनंत और सृष्टि सारा सामान लिए काउंटर की तरफ आ रहे थे। मगर वो वाहिनी को भी ढूंढ रहे थे। तभी एक शोर ने उनका ध्यान खींचा। सब लोग हंस रहे थे और अपने अपने फोन से फोटोज क्लिक कर रहे थे। अनंत और सृष्टि ने एक दूसरे की ओर देखा और अपने अपने देवताओं को पुकारा। दोनों सामान छोड़कर उस तरफ दौड़े।

वहां पर सब अपने अपने मोबाइल में वीडियो बना रहे थे। होता भी यही है न आज कल, लोगों को कुछ भी उल्टा सीधा दिख जाए, लोग अपना कैमरा ऑन कर देते हैं। अगर किसी को मदद की जरूरत भी हो, तो भी लोग मदद के बजाय पहले विडियो बनाने लगते हैं। यहां पर भी अभी यही हो रहा था। सामने वाहिनी किसी जोकर की तरह

लग रही थी और सब लोग उसकी वीडियो और फोटोज क्लिक कर रहे थे। उसने बहुत ही अजीबोगरीब तरह से कपड़े पहने हुए थे। समझ नहीं आ रहा था उसने आखिर पहना क्या था? अनंत और सृष्टि हैरान हो गए। अनंत ने अपना सिर पीट लिया। वाहिनी ने एक काले रंग के फुल बाजू वाले क्रॉप टॉप को पजामी समझ कर पैरों में पहन लिया था। अच्छा हुआ उसके बाजू थोड़ा लंबे थे। वो वाहिनी के घुटनों से थोड़ा ही नीचे तक आ रहा था। उसने ऊपर एक बिल्कुल चटकीले हरे रंग का शॉर्ट ड्रेस पहनने की कोशिश की होगी जिसमें वो बुरी तरह नाकामयाब रही, उसने उसे उल्टा पहन लिया था जिससे एक बाजू पेट से इस लटक रहा था मानों हाथी की मरी हुई सूंड हो। कमर पर चमड़े की लड़कों वाली बेल्ट पहनी हुई थी, मगर उसे भी वो पूरा नहीं लगा पाई और वो भी किसी मरे हुए सांप की तरह उसके पेट से नीचे लहरा रहा था। उसने एक काले रंग का मोटा सा चश्मा भी पहना हुआ था, जो किसी अंधे की वाइब दे रहा था। साथ ही एक भद्दा सा अजीब तरह का चटक लाल रंग का पर्स। वो इतनी सारी भीड़ देखकर अब डर गई थी। यहां तो वो अपनी शक्तियों का इस्तेमाल भी नहीं कर सकती थी वरना ये लोग क्या थे उसके लिए।

“सावधान, किसी ने आगे आने की चेष्टा की तो हम उसका सर धड़ से अलग कर देंगे।” वाहिनी ने सबको एक हाथ दिखा दिया तो सब हंसने लगे। वाहिनी के चेहरे पर क्रोध झलक आया था। अनंत ने सृष्टि की ओर देखा तो सृष्टि तेजी से वाहिनी की ओर लपकी। सृष्टि उसे अपने साथ ले आई। बहुत मुश्किल से भीड़ किनारे हुई और वो तीनों एक कोने में आ गए। अनंत वाहिनी को खा जाने वाली दृष्टि से देख रहा था।

“वो,,हम,,, युव,,।” वाहिनी ने कहना चाहा।

"चुप? बिलकुल चुप! तुरंत चेंज करो इसे।" अनंत चीखा।

"जी,,क्या करें हम?" वाहिनी बेचारी अंग्रेजी नहीं समझ पाई। मगर इतने क्रोध में अनंत को क्या परवाह थी।

"वाहिनी तुम मेरे साथ आओ।" सृष्टि समझ गई थी कि अनंत भयंकर गुस्से में है। उसने वाहिनी का हाथ पकड़ा और लगभग घसीटते हुए अपने साथ ले गई। अनंत ने एक गहरी सांस छोड़ी।

****

रात के आठ बज रहे थे जब सृष्टि और वाहिनी हॉल में बैठकर अपना लाया हुआ सामान देख रहे थे। इतना तो था कि कुछ ही घंटों में दोनों के बीच अच्छी खासी दोस्ती हो गई थी। सृष्टि समझ गई थी कि वाहिनी अंग्रेजी नहीं समझ सकती और बहुत भोली भी थी। वहीं अनंत अंदर किचन में कुछ खटर पटर कर रहा था। मगर उसके कान बाहर चल रही गॉसिप्स पर ज्यादा थे।

"वाहिनी तुमने सारी चीजें इस तरह से क्यों पहनी? तुम्हें पता है न आज कल लोग कुछ बताने के बजाए बस सोशल मीडिया पर डाल देते हैं।"

"कहां डाल देते हैं?" वाहिनी ने मासूमियत से पूछा।

"हाउ इज दिस पॉसिबल? कि तुम्हें सोशल मीडिया के बारे में नहीं पता।" सृष्टि ने हैरानी से कहा।

“सोशल मीडिया कोई तोप का गोला नहीं है कि जानना जरूरी हो। अंग्रेजी नहीं जानती बट सी इज मोर टैलेंटेड दैन योर सो कोल्ड ब्वॉयफ्रेंड।” अनंत ने बाहर आते हुए कहा तो सृष्टि को हल्का सा गुस्सा आ गया।

“ही इज नॉट माय ब्वॉयफ्रेंड एनीमोर।” सृष्टि ने अनंत को घूरते हुए कहा।

“पहले तो था न।

“अब नहीं है।” सृष्टि ने कहा तो अनंत हल्का सा हंसा। मगर तभी उसे वाहिनी के हाथ में एक पीले रंग का कुर्ता दिखा।

“ये क्या है? कलर्स? वो ब्लैक और ग्रे के अलावा कुछ नहीं पहनती।” अनंत ने वाहिनी को देखते हुए कहा तो वाहिनी का सिर झुक गया।

“क्यों? ये वाहिनी ने ही पसंद किया है। उसके ऊपर बहुत प्यारा भी लग रहा था।” सृष्टि ने कहा तो अनंत ने वाहिनी को घूरकर देखा।

“अनंत सर, इस तरह से कौन किसी को टॉर्चर करता है? माना कि वो आपकी रिलेटिव है। आई डोंट नो कि आप किस हक से उसे इस तरह डांट रहे हैं बट आप किसी के जीवन से रंगों को नहीं छीन सकते। बेशक काला रंग हमेशा खराब नहीं होता। मगर बाकी रंगों का भी कोई न कोई महत्व होता है। बेशक काला रंग दृढ़ इच्छाशक्ति और दृढ़ चरित्र का प्रतिनिधित्व करता है, बेशक काला रंग किसी के साथ पक्षपात नहीं करता। ये भगवान शनि देव का रंग है जो न्याय के देवता हैं, मगर ये रंग शोक का भी प्रतीक है। ये प्रतिशोध, घृणा और दंड की ओर भी इशारा करता है। मगर हम रंगों से हम

क्या सीख लेते है वो हमारे ऊपर डिपेंड करता है। हर रंग के दो पहलू होते हैं। हर रंग अपने आप में मजबूत होता है। काला रंग बुरा नहीं है मगर बाकी रंग भी अच्छे हैं।" सृष्टि ने कहा तो अनंत की आंखों में कुछ स्मृति तैर गई।

"हम ज्वाला घाटी को कभी नहीं अपनाएंगे युवराज। आप अपने मस्तिष्क से निकाल दीजिए कि अश्वेत और श्वेत रंग का कभी मिलन संभव है। हम अपने श्वेत रंग को छोड़कर कभी काले रंग को नहीं अपनाएंगे। आप जानते हैं न काला रंग वो वो है, जो बाकी के रंगों से उनके अस्तित्व को भी छीन लेता है और हम अपने अस्तित्व से समझौता नहीं कर सकते। हम अपने प्राण त्याग देंगे परन्तु अपने अस्तित्व की रक्षा करेंगे। आप अगर अंधेरों के स्वामी हैं तो हम भी रौशनी की किरण हैं। एक दिन आपका ये कालापन मिटाने में हम जरूर कामयाब होंगे और तब ज्वाला घाटी में सिर्फ रौशनी होगी न कि ये अंधेरा।" रत्नावती गर्व से बोली।

"आप भूल रही हैं रत्ना, दिन के साथ रात्रि भी जरूर होती है। हर रौशनी के साथ साथ अंधेरा भी जरूरी है। हम नहीं मानते कि काला रंग किसी का अस्तित्व छीन लेता है। सफेद रंग का अपना महत्व होता है और काले का अपना। दोनों एक दूसरे के पूरक हैं। जिस तरह दिन के साथ रात है, उसी तरह काले के साथ श्वेत भी है, उजाले के साथ अंधकार भी है।"

"अनंत सर!" तभी सृष्टि की आवाज ने उसका ध्यान तोड़ा। उसने सृष्टि की ओर देखा तो वो पीले कुर्ते को हिला रही थी।

"आप उसे क्यों रोक रहे हैं?"

“काला रंग हमारी पहचान है सृष्टि। हम लोग इस रंग के साथ कोई समझौता नहीं कर सकते। वो काले के अलावा कुछ और नहीं पहनेगी और अब कोई बहस नहीं।” अनंत सीधे अंदर चले गया। सृष्टि ने मुंह लटका दिया।

“कोई बात नहीं, हम उनका आदेश नहीं टाल सकते सृष्टि। वो हमारे लिए बहुत आदरणीय हैं। उनके आदेश की अवहेलना करना हम सबके लिए दंडनीय अपराध है।” वाहिनी ने कहा तो सृष्टि का मुंह खुल गया।

“कौन से राज्य के राजकुमार हैं अनंत सर?”

“ज्वालाघाटी के।” वाहिनी के मुंह से निकला। सृष्टि ने उसकी ओर आंखें छोटी करके देखा।

“हमारा अर्थ है कि वो हमारे लिए राजकुमारों की तरह आदरणीय हैं। हमारा कुटुंब उन्हें बहुत मानता है न।” कहते हुए वो उठकर अंदर चली गई। जाते हुए उसकी नजर किचन से घूरते हुए अनंत पर पड़ी तो उसे अपना अंत भी दिखा।

****

रात के नौ बज रहे थे, जब वो तीनों डाइनिंग एरिया में खाना खा रहे थे। अनंत ने दाल और सब्जी के साथ रोटी बनाई थी। अनंत वो इंसान था जो अपने सारे काम खुद करता था। खाना बनाना हो या अपने कमरे के इलेक्ट्रिक काम हों, पल्मबर का काम तक खुद किया करता था। यहां तक कि उसने अपने कमरों का पेंट भी खुद किया था। वो हर काम इतनी आसानी से करता था मानों वो हर एक काम का एक्सपर्ट हो। सृष्टि

को हैरानी भी होती थी कि कैसे वो हर काम में इतना परफेक्ट था। मगर सिर्फ एक बात जो उसे खटकती थी कि अनंत कभी भी किसी पौधे को हाथ नहीं लगाता था। कांटेदार पौधों को छोड़कर। वो कभी भी पौधों के नजदीक नहीं जाता था। यहां तक कि उसने सृष्टि के घर में भी किसी पौधे को छुआ नहीं था। सृष्टि को लगता था कि अनंत को पेड़ पौधों से प्यार नहीं था।

मगर यहां कौन जानता था कि वो एक ऐसा युवराज था जो वनस्पतियों के लिए भी श्रापित था। एक ऐसा युवराज जो अपने राज्य की खुशी के लिए कभी वहां नही जाता था। जो वर्षों से बाहरी संसार में भटकता रहा। जिसने राज्य की खुशी के लिए अपने ही राजमहल और उस राज्य का त्याग किया हो।

★★★★

अध्याय १३

सुबह के छह बज रहे थे। सृष्टि और वाहिनी तैयार बैठे थे। अनंत भी अपनी पैकिंग कर चुका था। जबकि सृष्टि और वाहिनी तो मरते मरते उठे थे। अनंत अपनी जरूरी फाइलें रख रहा था तो सृष्टि और वाहिनी अपने बैग्स उठा कर सोफे पर उनींदे बैठे थे। अनंत हॉल में आया तो उन दोनों को देख कर उसे समझने में एक पल नहीं लगा कि ये दोनों रात को देर से सोए थे। उसके होंठों पर हल्की सी टेढ़ी मुस्कान आ गई। वाहिनी शायद अच्छे से अपना काम कर रही थी।

“चलें?” अनंत ने कहा तो दोनों झटके से उठ गए।

“यस बॉस।” सृष्टि और वाहिनी ने सलाम ठोक दिया। अनंत ने एक पल के लिए दोनों को देखा और फिर सिर हिला दिया।

अनंत साइट पर अपनी कार लेकर जा रहा था जबकि बाकी के लोग भी अपनी अपनी कार से ही आ रहे थे।

सफर लंबा था, इसलिए वो दोनों पीछे सीट पर आराम से पसरे हुए थे। अचानक सृष्टि की नींद खुली। वाहिनी उसकी गोद में किसी बच्चे की तरह आराम से सो रही थी। उसने वाहिनी को देखा तो उसके होंठों पर मुस्कान खिल गई। अनंत ने एक नजर मिरर में सृष्टि देखा तो उसके मुस्कुराने से न जानें क्यों पर एक अजीब सी ठंडक का अहसास हो रहा था उसे।

दोपहर के दो बज चुके थे जब अनंत ने कार एक होटल के बाहर खड़ी की। सृष्टि कार से बाहर उतरी और सड़क के एक किनारे खड़ी हो गई। वाहिनी भी उसके बगल में आकर खड़ी हो गई। जबकि अनंत कार पार्किंग में लगा रहा था। बाकी के लोग भी पहुंच चुके थे। उनकी पूरी टीम यहां आई थी। वो सब उस घाटी के नजारे देखने लगे। ये घाटी चारों ओर से पहाड़ों से घिरी हुई थी।

"वॉव ये सब कितना खूबसूरत और शांत है न।" सृष्टि के मुंह से निकला। उसने फिर पहाड़ी से नीचे नजर लगाई तो नीचे एक बड़ी नदी बह रही थी। जिसके दोनो और सिटी थी। नदी के दोनों किनारों पर कुछ हरे भरे लहलहाते खेत भी थे।

"वो देख ठीक उस पहाड़ी के ऊपर। वहां पर एक बड़ी सी सीमेंट की छतरी है और बैठने के लिए कुछ बेंच भी हैं। वहां से इधर की ओर देखने से और भी खूबसूरत दिखता है। बट रिमेंबर वो कोई सुसाइट पॉइंट नहीं है।" पीछे खड़ा ऋषभ बोला। जो दूसरी कार से आया था।

"तेरी मर्जी क्या है? मैं हर जगह सुसाइट करती फिरूं।" सृष्टि ने उसे घूरा।

“भरोसा नहीं है तेरा। कूदने का विचार तेरे मन में पनपे, तो याद रख लेना चट्टान है इधर की ओर, बचने के कोई चांस नहीं हैं। इसलिए सोच लेना जाने से पहले।” ऋषभ ने फिर कहा तो सृष्टि ने उसे मुक्का दिखा दिया।

“वाहिनी इससे दूर रहना बेटा। ये तुम्हें भी उस सुसाइट पॉइंट पर डेमो के लिए ले जा सकता है।” सृष्टि ने कहा मगर वाहिनी को उसकी बात समझ नहीं आई। हालांकि ऋषभ को उसने वाहिनी के बारे में कल ही बता दिया था।

“यार तुझे क्या मैं कोई सीरियल किलर लगता हूं जो पहले तुझे धक्का दूंगा और फिर वाहिनी को।”

“आप दोनों क्या बोले जा रहे हैं? हमें भी अपनी वार्ता ने शामिल किजिए। आप कौन से किले की बात कर रहे हैं? हमें सारे किलों की जानकारी है। अगर किले से कोई धक्का देता है तो हमारे पास खुद को बचाने की कई तरकीबें भी हैं। हम आप दोनो को भी सीखा सकते हैं।” वाहिनी ने मासूमियत से कहा तो ऋषभ ने अपना सिर पीट लिया।

“यार सृष्टि रिसर्च को मार गोली, पहले इसे इंग्लिश स्पीकिंग कोर्स करवाते हैं।”

“तुझे क्या मैं वो दिख रही हूं, जो कहते हैं बस नब्बे घंटों में इंग्लिश सीखिए।” सृष्टि ने जवाब दिया।

“साला आज तो पक्का पकड़ के लाता हूं उस आदमी को जो इसे नब्बे घंटे में इंग्लिश सीखा दे।” ऋषभ बड़बड़ाया। जबकि वाहिनी पहले कुछ देर तक उन दोनों को गौर से देखती रही।

"संभवतः आप दोनो हमारा अपमान कर रहे हैं। हमारे बारे में कुछ कह रहे हैं। कोई योजना बना रहे हैं। सावधान, जो हमारे खिलाफ कोई साजिश रची तो। हम आप दोनों का सर धड़ से अलग कर देंगे।" वाहिनी क्रोध से भड़क उठी। ऋषभ ने अपने दोनों हाथ के नाखूनों को स्पीड से चबाया।

"इसके ऊपर कौन से सदी की चुड़ैल लग गई अचानक। सृष्टि आ,, आ,,आई एम स्कैयर्ड। कहीं इसे यही काम तो नहीं दिया जाता भूतराज के द्वारा, अगर किसी ने कुछ भी कहा तो उसका सर कमल कर देगी।" ऋषभ का खून सूख गया।

"वीजे इट्स कलम।" सृष्टि ने करेक्ट करवाया।

"अबे जो भी हो यार। पहले इसकी कलम पकड़।"

"तू कुछ भी बोल रहा है। उसे बस अंग्रेजी नहीं आती। वो बहुत शुद्ध हिन्दी बोलती है।"

"अनंत सर को इसे अंग्रेजी पढ़ाते समय क्या लेबर पेन हो रहा था? जो इंगलिश का ई भी नहीं पढ़ाया।" ऋषभ ने कहा ही था जब पीछे से किसी के खंखारने की आवाज आई। ऋषभ की सिट्टी पिट्टी गुम हो गई थी। अनंत अपने हाथ बांधे उन दोनों को ही बुरी तरह से घूर रहा था।

"तो तुम दोनों वाहिनी को परेशान कर रहे थे?" अनंत ने उन्हें घूरते हुए कहा।

"हमने ऐसा कुछ नहीं किया सर।" ऋषभ तुरंत उसकी ओर पलटा। अनंत ने उसे खा जाने वाली नजरों से देखा तो ऋषभ तुंरत सृष्टि के करीब जाकर खड़ा हो गया।

"नहीं वो,,वो बस गलत समझ रही थी। इसलिए,,, हम उसे।" सृष्टि ने बचाव करना चाहा।

"वो यहां पर कुछ समय के लिए आई है। बेहतर होगा तुम दोनों उसे अच्छे से ट्रीट करो।" अनंत ने कहा और सिर हिलाते वहां से चले गया। उन दोनों ने अपनी रुकी हुई सांस छोड़ी।

यहां से उनकी साइट बीस किलोमीटर दूर थी। वहां पूरा जंगल का एरिया था जिस वजह से रात को वो लोग इसी होटल में रुकने वाले थे। एक हफ्ते का फील्ड वर्क था, तो यहीं से अप डाउन करना था उन्हें। लंच के बाद वो लोग सीधे पहले साइट के लिए निकलने वाले हैं और अब अनंत का चेहरा और ज्यादा लाल पड़ने लगा था। मानों उसका उस जगह से कोई खास नाता हो। करीब एक घण्टे के लंच और थोडा आराम के बाद पूरी टीम साइट के लिए निकल चुकी थी। इस बार ऋषभ भी उनके था। वो लोग पहले नदी के किनारे किनारे पर बनी सड़क के साथ साथ चल रहे थे, मगर दस किलोमीटर के बाद ही सड़क एक कच्चे रास्ते में परिवर्तित हो गई। यहां से रास्ता अब काफी ज्यादा ऊबड़ खाबड़ वाला था। मगर आखिरकार वो अपने गंतव्य तक पहुंच ही गए थे। कारें रुकी और पूरी टीम सड़क के लोग किनारे उस बड़ी चट्टान पर जाकर खड़े हो गए। जहां से नीचे वो बड़ी घाटी दिख रही थी। वहां सिर्फ दूर दूर तक घना जंगल ही था। शायद ही कभी कोई इंसान वहां जाने की हिम्मत कर पाया हो। मगर जबसे किसी ने वो मुहर वहां से खोजी थी तबसे उस घाटी के बारे में कुछ जानकारी सामने आने लगी थी।

अभी वहां पर हल्की हल्की ठंड बढ़ गई थी। अभी तक शांत मौसम अचानक परिवर्तित हो गया। तेज हवाएं चलने लगी। सब हैरान थे। नीचे उस घाटी में अभी तक सब साफ दिख रहा था मगर अचानक वहां कोहरा घिरने लगा और देखते ही देखते नीचे पूरी घाटी कोहरे से घिर चुकी थी। अनंत उसके हाथ हल्के हल्के कांप रहे थे। उसकी आंखें धधकने लगी थी। मगर किसी का ध्यान नहीं था कि सृष्टि पहाड़ी से नीचे गिरने वाली थी। अचानक उसकी आंखों के आगे अंधेरा छा गया और वो पहाड़ी से नीचे गिर जाती अगर वाहिनी ने उसे एक पारदर्शी रस्सी से न खींचा होता। वाहिनी ने अपने हाथ को झटका दिया और सृष्टि इधर जमीन पर गिर गई। सब चौंक उठे। अनंत के साथ साथ कुशाल, वीर और ऋषभ तेजी से उसके पास आए।

“ब्रिंग सम वॉटर इमिडिएटली।” अनंत चीखा तो ऋषभ होश में आया। उसने तुरंत अपने बैग से पानी की बोतल निकाल कर अनंत की ओर बढ़ाई। सब लोग सृष्टि को घेरकर खडे हो गए। अनंत घुटने के बल बैठा हुआ था और उसकी गोद में सृष्टि का सिर था।

“ओपन द बोतल, इडियट!” अनंत ने गुस्से से कहा तो ऋषभ ने तुरंत बोतल का ढक्कन खोल कर उसे दे दिया।

“सृष्टि ओपन योर आईज।” अनंत ने उसका गाल थपथपाया मगर अनंत ने महसूस किया कि उसका चेहरा पीला पड़ गया था। मानों वो कितनी बीमार हो। उसने सृष्टि के चेहरे पर पानी की कुछ बूंदे छिड़की, मगर उसे तब भी होश नहीं आया। अब सब चिंतित हो गए। सब हैरान थे कि अचानक सृष्टि को हुआ क्या था।

"मैं सृष्टि को लेकर वापस जा रहा हूं। आप लोग तब तक संभाल कीजिए।" अनंत ने कहा तो सबने सहमति जताई। उसने सृष्टि को पिछली सीट पर रखा। वाहिनी ने उसे अपने गोद में रख लिया तो ऋषभ आगे बैठ गया। अनंत ने तेजी से कार वापस मोड़ ली। जबकि कुशाल की मुट्ठियां कस गई। वीर भी उनको जाते हुए देखता रहा।

****

रात के आठ बज चुके थे, जब हॉस्पिटल के एक वार्ड के बाहर अनंत बेंच पर बैठा हुआ था। उसने सिर पीछे दीवार से टिकाया हुआ था और हाथों को आपस में बांधा हुआ था। सृष्टि अभी भी बेहोश पड़ी थी। अनंत को समझ नहीं आ रहा था कि हुआ क्या उसे आखिर। ऋषभ और वाहिनी भी एक दूसरे बेंच पर बैठे थे। ऋषभ भी चिंतित था। सृष्टि की सारी रिपोर्ट्स भी नॉर्मल आई थी, फिर क्यों उसे अब तक होश नहीं आया था ये अनंत की समझ से बाहर था।

"व्योम हमें कुछ वार्ता करनी है।" अचानक गुरु शाश्वत ने उसके मन में कहा।

"गुरुदेव! सब ठीक?" अनंत की आंखें अभी भी बंद थी।

"क्या तुम छज्जा पर आ सकते हो?" गुरु शाश्वत ने बातों को बिलकुल भी नहीं खींचा।

"कुछ वक्त दीजिए हम पहुंचते हैं।" अनंत ने कहा और तुरंत उठ कर बाथरूम में घुस गया। बाथरूम में घुसते ही वो किसी धुएं की तरह वहां से गायब हो गया।

हॉस्पिटल की छत पर ठंडी हवाएं चल रही थी और गुरु शाश्वत छत के एक कोने में खड़े थे। उनके चेहरे पर कुछ चिंता की लकीरें थी और गंभीरता भी।

"प्रणाम गुरुदेव।" अनंत ने उनके पास आते ही पांव छुए।

"आयुष्मान पुत्र।" गुरु शाश्वत ने दूर से ही हाथ उठाया और हल्के मुस्कुराए।

"गुरुदेव क्या कुछ परेशानी है?" अनंत सीधे मुद्दे पर आया।

"हुंह्ह, क्या कुछ प्रगति हुई है तुम्हारे कार्य में?" गुरु शाश्वत ने पूछा तो अनंत का माथा ठनका।

"साफ साफ कहिए गुरुदेव।" अनंत गंभीर हो चुका था।

"व्योम महाराज वो ठीक नहीं हैं, उनका शरीर छीण होता जा रहा है। वो बहुत पीड़ा में हैं और वनस्पतियां खत्म होती जा रही हैं। हमें वो जड़ी बूटी भी नहीं मिल रही है जो उनके शरीर पर कार्य करती थी।" गुरु शाश्वत ने कहा तो अनंत की आंखें तुंरत नम हो उठी। मगर उसने खुद को संभाला।

"हम प्रयत्न कर रहे हैं।"

"सिर्फ प्रयत्न नहीं व्योम, हमें सब कुछ जल्दी करना होगा अब। समय बहुत कम है। वरना महाराज, उनकी पीड़ाएं बढ़ती जाएंगी। वैद राज भी अपना पूरा प्रयास कर रहे हैं किंतु वनस्पतियों और जड़ी बूटियों के अभाव में सब कठिन प्रतीत होता है।" गुरु शाश्वत ने कहा तो अनंत की मुट्ठियां कस गई।

“हम वो मुहर यहां से जाने के बाद सृष्टि के सामने रखेंगे। हो सकता है यही एक पथ हो।”

“इन सब में एक बात याद रखना व्योम। उसे हानि पहुंचाने का प्रयास बिल्कुल मत करना। अब तुम्हारे क्रोध से कार्य नहीं होने वाला। हमारे पास अब इतना समय नहीं है कि हम उसे फिर से ढूंढते रहें।” गुरु शाश्वत ने चेतावनी दी।

“आप चिंता न करें गुरुदेव। हम अपने लक्ष्य को सबसे आगे रखेंगे।” अनंत ने कहा तो गुरू शाश्वत ने हां में सिर हिलाया।

“हम चलते हैं वहां हमारी अधिक आवश्यकता है। द्वार पर शक्तियां अधिक काम नहीं कर रही हैं, इसलिए अब आने जाने में भी परेशानी हो रही है। इस संसार के लोग वहां पहुंच चुके हैं। अभी तो हम उन्हें रोकने में कामयाब हो जायेंगे परन्तु अधिक समय तक नहीं। द्वार कमजोर पड़ चुका है। अगर वो एक बार बाहरी संसार के लोगों द्वारा खोला गया तो, अनर्थ हो जायेगा “ गुरु शाश्वत ने कहा तो अनंत ने सम्मान में सिर झुकाया।

गुरु शाश्वत के जाते ही अनंत की आंखें और नम हो गई। वो तो अपने पिता महाराज को भी नहीं देख सकता था। उसके जाने से वहां और भी मुसीबतें आ सकती थी। उसके सीने में एक तेज दर्द उठा। उसकी आंखें एक पल के लिए भरी मगर वो तुरंत ही उन अश्रुओं को पी गया और फिर से वही सख्त चेहरा लेकर बाथरूम में प्रकट हुआ। वो बाहर आया ही था जब डॉक्टर उसे सृष्टि के वार्ड से बाहर आते दिखे। अनंत तेजी से उनके पास गया। ऋषभ भी उनके पास आया।

“डॉक्टर! उसे होश आया?” अनंत के चेहरे पर अताह चिंता दिख रही थी। ऋषभ ने एक नजर अनंत पर डाली।

“उसे होश आ चुका है मिस्टर अनंत। बट कुछ बातें जो हमने नोटिस की हैं। आई थिंक उनके दिमाग में किसी बात को लेकर कुछ ज्यादा जोर पड़ा है। जैसे कोई बहुत पुरानी यादें जो शायद वो उस वक्त याद करने की कोशिश कर रही थी, मगर ज्यादा जोर डालने की वजह से उनका ब्रेन डैड हो गया कुछ वक्त के लिए। आगे से ध्यान रहे कि उनके दिमाग पर किसी चीज का इतना गहरा असर न हो। वरना बात ज्यादा गंभीर हो सकती है। अभी उन्हें आराम की शख्त जरूरत है।” डॉक्टर में अनंत के कंधे पर हाथ रखा और फिर वहां से चले गए। अनंत ने गहरी सांस छोड़ी। ऋषभ आज पहली बार पीछे हट गया। उसने अनंत को अंदर जाने दिया। न जाने क्यों वो अब अनंत पर भरोसा करने लगा था सृष्टि के मामले में। अनंत ने वॉर्ड का दरवाजा खोला और अंदर चले गया। सृष्टि बेड पर लेटी हुई थी। उसने एक हाथ सीधा रखा हुआ था जिसपे ड्रिप लगी हुई थी जबकि दूसरे हाथ की कलाई उसने अपनी आंखों पर रखी हुई थी। वो नींद में तो नहीं थी मगर शायद थकी हुई जरूर थी। वो धीरे से सृष्टि के बगल में खड़ा हो गया। उसने कुछ कहना चाहा मगर फिर चुप हो गया। वो कुछ देर तक उसे ताकता रहा और फिर जाने ही लगा था।

“अनंत सर?” सृष्टि ने कहा तो अनंत तुंरत पलट गया। सृष्टि ने आंखों से बाजू हटा दी। वो अनंत को देख रही थी जिसकी आंखों में कई भाव उमड़ रहे थे।

"मुझे क्या हुआ था? मैं यहां कैसे पहुंची और वीजे कहां है?" उसने कई सवाल दाग दिए। अनंत ने गहरी सांस छोड़ी और स्टूल खिसकाकर बैठ गया।

"मुंह थोडा कम चलाओ। तुम्हें वीकनेश है अभी।" अनंत ने कहा। ऋषभ को न देखकर सृष्टि को बुरा लग रहा था।

"वो बाहर ही है। वाहिनी भी साथ में है। दोनों थके हुए लग रहे थे तो मैने चाय पीने भेज दिया उन दोनों को।" अनंत ने कहा तो उसे कुछ अच्छा महसूस हुआ।

"वैसे मुझे हुआ क्या था? मुझे कुछ भी याद नहीं आ रहा।"

"अपने दिमाग पर कुछ ज्यादा जोर डालती हो उसी का नतीजा था। डॉक्टर ने कहा है, तुम्हारे दिमाग में उस वक्त खुरापातियाँ चल रही थी।" अनंत ने कहा तो सृष्टि ने मुंह बनाया।

"ये झूठ है।"

"अभी आएंगे डॉक्टर तो पूछ लेना। नीति आयोग का सारा कार्यभार तुम्हारे ऊपर है। मैने बता दिया था डॉक्टर को।"

"अनंत सर!" सृष्टि ने मुंह बनाया तो अनंत ने गहरी सांस छोड़ी।

अनंत के बाहर आने के बाद ऋषभ उससे मिलने गया। शाम तक उसे हॉस्पिटल से डिस्चार्ज भी मिल चुका था।

शाम के सात बज रहे थे। उनकी टीम साइट से अब जाकर लौट रही थी। वो लोग कुछ ज्यादा तो नहीं कर पाए थे आज, मगर कुछ स्ट्रेटजी जरूर बना रहे थे। ताकी उस घने जंगल के बारे में और जान सकें।

अनंत इस वक्त होटल के एक कमरे में था। उसके मन में हजारों सवाल उमड़ रहे थे। स्मृतियां किसी लट्टू की भांति उसके सिर के चारों ओर घूम रही थी। रत्नावती से लेकर और सृष्टि तक। रत्नावती ने जो किया था और सृष्टि जैसी थी। अनंत बुरी तरह उलझन से भर गया था। ऊपर से उसके पितामहाराज का समाचार।

"जो तुमने किया था रत्ना, कैसे भूल सकते हैं हम वो पीड़ा? वो ठोकरें, जो तुमने सिर्फ हमें ही नहीं, अपितु हमारे पूरे राज्य और हमारे कुटुंब को दिए हैं। बेगुनाह होने के वावजूद हमें वो दंड मिला, जो हमारे हिस्से का था ही नहीं। कैसे तुमसे अपना बदला न लें हम। अगर तुम सृष्टि के रूप में पुनर्जन्म नहीं लेती तो हम तुमसे आज तक बदला ले चुके होते। मगर क्यों? क्यों सृष्टि की आंखें, वो कुछ अलग हैं। जिन्हें देखकर लगता है जैसे सदी के जितने भी अंतर हैं, वो सब एक बार में ही मिट जाते हैं। वो तुम्हारा पुनर्जन्म नहीं हो सकती। हमारा हृदय इस बात को क्यों अस्वीकार कर रहा है? अगर तुम्हारी सूरत सृष्टि से नहीं मिलती तो हम उससे इतना बैर नहीं रखते। तुम्हारे किए का दण्ड सृष्टि ने भुगता है। नफरत है हमें उस सूरत से। मगर वो आंखें, वो अलग हैं, वो हमें खींचती हैं, वो हमें हमारे लक्ष्य से भटकाती हैं। आखिर क्या करें हम?"

अनंत ने हाथ उस छज्जे की रेलिंग पर मार दिया मगर वहां पर गमले लटकाने वाली एक कील से उसका हाथ तुंरत छिल गया और उसकी हथेली से रक्त तेजी से बहने

लगा। वो तेजी से बाथरूम में घुसा और नल चला दिया। उसकी आंखें बंद थी और उसके चेहरे पर दर्द झलक रहा था। हां वो दर्द रक्त बहने की वजह से था। ऐसा नहीं था कि वो ऐसे छोटे मोटे घाव नहीं झेल सकता था। मगर इस संसार उसे एक खरोंच भी तलवार के समान पीड़ा देती थी। कभी यहां की जलवायु भी उसे परेशान करती थी। मगर अब वो आदी हो गया था। मगर घाव वो आज भी लग जाए, तो उसके लिए नासूर बन जाती थी। वो बाहर आया और एक हाथ से बैग खोलने की कोशिश करने लगा। तभी दरवाजा खुला तो सृष्टि बाहर खडी थी।

"सृष्टि! कुछ काम है?" सृष्टि ने कुछ कहना ही चाहा था जब उसकी नजर अनंत की हथेली पर गई। अनंत ने उसकी नजरों को महसूस किया तो हथेली तुरंत छुपा दी।

"अनंत सर! आपका हाथ!" वो तेजी से अंदर आ गई।

"ये चोट?" उसने बिना अनंत की इजाजत के उसका हाथ खींच लिया। अनंत पहली बार कुछ नहीं बोल पाया। बेचारा कुछ पल के लिए तो जैसे बर्फ सा जम गया।

"क्या हुआ है? ये कैसे लगी? कर क्या रहे थे आप? मैं दवाई लेकर आती हूं।" सृष्टि ने कहा, मगर अनंत ने अपना हाथ पीछे खींच लिया। सृष्टि ने उसकी लाल पड़ती आंखों में देखा तो सहम सी गई।

"आ,,,आप ठीक तो हैं न?" उसके स्वरों में चिंता और डर के समान भाव थे।

"क्या कोई बड़ी समस्या है?"

“नो! आई एम फाइन, इट्स ए लिटिल स्क्रैच। मेरे पास मेडिसिन है। तुम्हें कुछ काम था?” अनंत कुछ निकालने के लिए अपने बैग के साथ संघर्ष कर रहा था। सृष्टि की पुतलियां उसकी हरकतों के हिसाब से घूम रही थी। मगर फिर उसने अनंत का बैग खींचा।

“क्या निकालना है?” अनंत ने हल्के से सिर हिलाया।

“एक मिट्टी की मटकी होगी।” सृष्टि ने पहले तो उसे हैरानी से देखा और फिर सिर हिलाकर वो मटकी निकाल दी। उसने उसे उलट पलट कर देखा। वो बहुत छोटी सी थी।

“ये कितनी क्यूट है।” उसके मुंह से निकला।

“कोई दो साल की बच्ची नहीं है वो, मिट्टी की मटकी है।” अनंत ने कहा और उसके हाथ से वो मटकी ले ली। उसने बड़ी मुश्किल से उसके उपर लगा धागा खोल दिया और वो छोटा सा वस्त्र हटाया। सृष्टि अचंभित से उसे देखती रही कि आखिर अनंत करना क्या चाहता था।

“क्या तुम ये मेडिसिन लगा सकती हो?”

“ये मेडिसिन है?” सृष्टि ने उस मटकी की ओर इशारा किया।

“नहीं हलवा है। खाओगी?” अनंत ने कहा तो सृष्टि ने मुंह बना लिया।

“मैने सिर्फ पूछा था। लाइए, मैं लगा देती हूं।” सृष्टि ने कहा तो अनंत ने सिर हिलाया और वो मटकी उसे दे दी। सृष्टि उसके बगल में बैठी और उसका हाथ खींचकर उसपर वो लेप लगाने लगी। अनंत की नजरें उसके चेहरे पर टिकी थी। माथे पर बिखरे बेतरतीव झाडू जैसे बाल अनंत खुद को मुस्कुराने से नहीं रोक पाया। तभी सृष्टि ने सिर उठाया तो अनंत ने तुंरत नजरें हटा दी।

****

रात के नौ बज चुके थे जब सृष्टि होटल के कमरे की बालकनी में खडी थी। तभी उसका फोन बजा तो उसने स्क्रीन देखी। अनंत का कॉल था। वो हड़बड़ा गई।

“अनंत सर इस वक्त उसे कॉल क्यों कर रहे थे?” उसके मन मे सवाल उठा। मगर फिर उसने उठा दिया।

“अनंत सर!” उसकी आदत थी वो कभी हैलो नहीं कहती थी और अनंत ये बात जानता था।

“कहां हो तुम?” अनंत की आवाज शांत थी। सृष्टि ने एक बार कान से फोन हटाया और हैरानी से फोन को देखा। उसे यकीन नहीं हो रहा था कि हर बार फोन पर ही चीखना शुरू करने वाला अनंत, उसकी आवाज इतनी शान्त कैसे थी। उधर अनंत ने खुद को शांत करने के लिए एक बार आंखें बंद की और गहरी सांस छोड़ी।

“फोन कान पर लगाओगी तो कुछ कहूंगा न।” अनंत की आवाज आई तो सृष्टि हड़बड़ा गई। उसने बालकनी से इधर उधर झांका तो कोई नहीं था।

“म,,वो,,वो,,,आप,,,।”

“अपनी हकलाती जुबान का चैकअप भी करवा लेती आज, जब हॉस्पिटल बेड पर पड़ ही गई थी तो। कल ईएनटी का पर्चा बनवा लेना ऋषभ को भेजकर।”

“अनंत सर!” सृष्टि ने मुंह बना लिया।

“कहां हो तुम अभी?” अनंत ने हल्के गुस्से से कहा।

“हां अब आपकी आवाज सही आई। वरना शायद आप अपने किरदार से बाहर आ गए थे।” सृष्टि के मुंह से निकल गया। अनंत ने अपने मुंह के अंदर जीभ घुमा दी। ताकि खुद को कंट्रोल में रखे।

“वो मैं रूम में हूं।” अनंत की चुप्पी बता रही थी कि अब सृष्टि की खैर नहीं थी। इसलिए वो तुरंत बोल उठी।

“डिनर नहीं किया तुमने?”

“वो वाहिनी सो गई थी, तो मैं भी नीचे नहीं गई।”

“वाहिनी खाई में कूदेगी, तो तुम भी कूदोगी?”

“मैं कुदूंगी तो आपको भी साथ में लेकर।” सृष्टि ने मुंह के अंदर कहा।

“कुछ कहा तुमने?” अनंत की गंभीर आवाज आई।

“हीहीहीहो,,,मैने? न,,,, नहीं तो। मैं,,,वो बस।”

"बस की जरूरत नहीं है। सीढ़ियां लो और छत पर आओ। कुछ इंपोर्टेंट है।" अनंत ने कहा।

"हैं?" वो समझने की कोशिश करने लगी।

"मुझे दोबारा कहने की आदत नहीं है।" अनंत ने शख्त आवाज में कहा और फोन काट दिया।

सृष्टि को इतना गुस्सा आया कि उसका मन हुआ वो अभी जाकर अनंत के सिर पर फोन से ही मारे।

"क्या आदमी हैं यार! कौन से खोपचे से आए हैं ये? अजीब साइकोपैथ।" वो बड़बड़ाई और बाहर निकल गई।

"मुझे दोबारा कहने की आदत नहीं है। अबे तो डालो न फिर आदत।" वो सीढियों से जाते हुए बड़बड़ाई।

वो छत पर पहुंच गई मगर उसे अनंत कहीं दिखाई नहीं दिया।

"जब खुद गायब ही होना था तो बुलाया क्यों होगा भूतनाथ ने? अजीब आदमी हुंह।"

"मैं यहां हूं।" तभी उसके कानों में आवाज पड़ी तो वो घूम गई। अनंत थोड़ा दूर छत के कोने में सबसे अंत में खड़ा था। वहां पर एक छोटा सा छज्जा बनाया गया था, जो छत से थोड़ा अलग था। उसकी आंखें फटी की फटी रह गई जब उसकी नजर उस जगह पर पड़ी। वहां पर मात्र दो कुर्सियां लगी थी, एक छोटे टेबल के साथ। उसके कदम थोडा

आगे बढ गए। यहां से उस टाउन का नजारा और भी ज्यादा खूबसूरत था। टेबल के इर्द गिर्द खूब सारे इंडोर प्लांट के साथ मिडनाइट लिली के पौधे भी थे। जिसकी वजह से वो जगह खुशबू से भरी हुई थी। सृष्टि को सबसे बड़ा झटका तब लगा जब उसकी नजर अनंत पर गई। उसे मानों चार सौ चालीस बोल्ट का करंट लग गया हो। उसने अपने हाथ अपने मुंह पर रख लिए। अनंत अपनी जेबों में हाथ डाले खड़ा था। उसने मरून कलर की शर्ट के नीचे एक फॉर्मल पैंट पहनी थी। उसका पहली बार काले रंग के अलावा कोई और रंग पहनना। वो सबसे अजीब बात थी और कहने में कोई हर्ज नहीं था कि वो बला का हैंडसम लग रहा था। सृष्टि के कदम अपने आप आगे बढ़े। अनंत से एक भीनी भीनी खुशबू आ रही थी। जलती हुई लकड़ी और भीगती हुई मिट्टी की मिली जुली खुशबू। उसने आज अनंत को ध्यान से देखा। उसकी आंखें इतनी गहरी और नशीली थी कि समंदर की गहराइयां भी डूब मरे एक चम्मच पानी में। कैसे कोई इतना सुंदर हो सकता है। आर्कियोलॉजी की रिसर्च के दौरान देखी गई वो गंधर्व और यक्ष मूर्तियां, जो अपनी खुबसूरती के लिए सुप्रसिद्ध थी। मगर आज कोई पूछे कि उन गंधर्व और यक्ष मूर्तियों में सबसे सुंदर कौन सी है, तो वो अनंत था। वो इस संसार का नहीं लगता था। वो मानों इस धरती का जीवित गन्धर्व या कोई यक्ष था।

"सृष्टि!" अनंत की आवाज उसके कानों में पड़ी तो उसका ध्यान भंग हुआ। अब उसकी नजर टेबल पर रखे खाने की ओर गया।

"खाना! क्यों? किसके लिए?" उसने अनंत की ओर देखकर कहा। हालांकि वो अब भी हैरान परेशान थी।

"मुझे अकेले खाना अच्छा नहीं लग रहा था, इसलिए तुम्हें बुलाया।" अनंत ने कहा तो सृष्टि को एक तेज खांसी आ गई। अनंत ने गहरी सांस छोड़ी और पानी का गिलास लेकर सृष्टि के पास आ गया। खांस खांस कर सृष्टि का मुंह लाल पड़ गया था और आंखों के कोनों से हल्का पानी निकलने लगा था।

"पता नहीं क्या ही होगा इस लडकी का!" अनंत बड़बड़ाया। जबकि सृष्टि ने पूरा पानी का गिलास घटक दिया।

"ज्यादा पानी से पेट मत भरो। मैने काफी सारा खाना मंगवाया है।" अनंत ने कहा तो उसने किसी जोंबी की तरह अनंत को घूरा।

"अनंत सर को यहां की कोई आंछरी लग गई है। हां वैसे भी ये पहाड़ों वाली जगह है। यहां आंछरियां भटकती हैं। मैने उनके बारे में सुना है। तो मतलब मेरे सामने जो खड़ा है वो एक आंछरी है!" सृष्टि की आंखें बड़ी हो गई।

"जय हनुमान ज्ञान गुन सागर,,,,,,।" सृष्टि हनुमान चालीसा का जाप करने लगी। अनंत नीचे बैठने ही वाला था मगर अब हाथ बांधे खड़ा हो गया। सृष्टि ने एक आंख हल्के से खोली तो उसकी सांसे अटक गई। उसने और जोर से जाप करना शुरू कर दिया। अनंत उसे घूरने लगा।

"द,, द,,,देखो,,,, त,,,,तुम,, ज,,,जो कोई भी हो। अ,,, अनंत सर को छोड़ दो। वो,,,, उतने भी बुरे न,,,, नहीं हैं। देखो उनका कोई रिश्तेदार भी नहीं है यहां। हम पूजा करवा

देंगे। त,,,,तुम अनंत सर को छोड़ दो। तुम जो कहोगी हम करेंगे। बस बलि मत मांगना।" सृष्टि ने उसे उंगली दिखा कर कहा।

"सृष्टि तुम!"

"म,,,, मैं जानती हूं तुम अनंत सर की खूबसूरती की वजह से आई हो न? लेकिन म,, मैं तुम्हें भगाकर रहूंगी, समझे। यू आंछरी गेट ऑउट। दूर जाओ अनंत सर से।" सृष्टि ने कहा तो अनंत ने अपना एक हाथ मुंह पर रखकर होंठों को आपस में भींच लिया। उसे अब हंसी आ रही थी।

"देखो त,,,,तुम कितना भी हंस लो। अ,,,, अगर तुम अभी नहीं मानी तो मैं,,,,,।" सृष्टि ने तुरंत वहां पर रखा चाकू उठा लिया।

"अरे!" अनंत आगे बढ़ा। मगर सृष्टि ने उसके आगे चाकू लहरा दिया।

"सृष्टि, आर यू क्रेजी? व्हट द हैल आर यू डूइंग, डैम इट?" अनंत चीखा। सृष्टि के हाथ से चाकू छूट गया।

"तो,,,, तो आपको कुछ नहीं हुआ है?" सृष्टि की सांस में सांस आई। वो धम से कुर्सी पर बैठ गई। उसके माथे पर पसीना छलकने लगा था। अनंत ने सिर हिलाया।

"तो आप ये मरून? आप तो सिर्फ ब्लैक पहनते हैं न? आपने कल वाहिनी को भी कोई और कलर नहीं पहनने दिया और ये,,,सब? क्या है ये सब?" सृष्टि टेबल पर रखे खाने की ओर इशारा करके बोली। अनंत ने गहरी सांस छोड़ी और कुर्सी खिसकाकर सृष्टि के बगल में बैठ गया।

"सबसे पहले तो अपने दिमाग से गलत को हटा दो। वो मैं बस सोच रहा था कि अब जब तक तुम मेरे अपार्टमेंट में ही हो और रहना भी साथ में ही है तो अच्छा होगा कि तुम थोडा समझदार बनो और मैं भी कोशिश करूंगा कि कम गुस्सा करूं।" अनंत की बातों से अचंभित सृष्टि पलकें झपकाने लगी।

"आप सच में ठीक है न? आई मीन आपकी तबियत?" सृष्टि ने कहा तो अनंत ने गहरी सांस छोड़ी।

"एक पल के लिए मुझे लगा आपके ऊपर जंगलों की आंछरिया लग गई हैं।" सृष्टि ने कहा तो अनंत ने पलकें उठाकर उसकी ओर देखा।

"इतना आसान नहीं है मुझे कंट्रोल करना। किसी की हिम्मत नहीं हुई आज तक जो मुझे मेरे लक्ष्य से भटका सके। सिवाय एक इंसान के।" अनंत ने कहा तो सृष्टि उसे सवालिया निगाहों से देखने लगी। मगर अनंत ने कुछ कहने के बजाय खाना लगाना बेहतर समझा। वो दो प्लेटों पर खाना लगाने लगा।

"सृष्टि!!" अनंत ने उसकी ओर प्लेट बढ़ाते हुए कहा। सृष्टि भी उसकी ओर देखने लगी।

"सबकी लाइफ में बहुत कुछ होता है। मानता हूं तुम्हारी लाइफ में बहुत कुछ अनहैपनिंग है। मगर बिना किसी रीजन के इस संसार में कभी कुछ नहीं होता। हर एक कृत्य के पीछे कोई न कोई वजह जरुर होती है। मगर इन्सान बहुत जल्दी ऑफेंड हो जाता है। आई नो तुम्हें अपने मॉम डैड का व्यवहार बहुत अजीब लगता है। बट ट्रस्ट मी

जब तुम्हारी चेतना उस लेबल पर पहुंच जायेगी तो तुम सब समझ जाओगी। बस खुद पर और नियति पर भरोसा रखो। हर छोटी छोटी चीज के लिए अपने कीमती आंसू बहाना और खुद को छोड़कर दूसरों से प्रेम की उम्मीद रखना मुझे लगता है ये इन्सान की सबसे बड़ी बेवकूफी होती है।" अनंत रुका और उसने एक चम्मच सब्जी की मुंह में रख ली। उसने सृष्टि को भी खाने का इशारा किया।

"मैं जानता हूं कि तुम मुझसे इसलिए नफरत करती हो क्योंकि मैं तुम्हारे और तुम्हारे मॉम डैड के बीच आया। मगर सृष्टि इसका भी एक रीजन है। मैं कभी तुम लोगों के बीच में नहीं आया हूं। अगर मैं नहीं भी आता तो तुम्हारे लिए और भी ज्यादा मुशीबतें होती। मगर जब तक तुम्हें सब कुछ पता चलेगा मैं यहां से जा चुका हूंगा।" अनंत ने कहा तो सृष्टि का हाथ हवा में ही रुक गया।

"आ,,आप ये अजीब सी बातें क्यों कर रहे हैं? और कहां, कहां जा रहे हैं आप?" उसके सिर से अनंत की बातें वैसे ही बाउंसर जा रही थी। ऊपर से कहीं जाने की बात, न जाने क्यों, पर सीने में एक अजीब सी टीस चुभी। अनंत ने उसकी वो कलाई पकड़ी जिससे उसने चम्मच पकड़ी हुई थी और उसमें खाना ऐसे ही रह गया था। अनंत ने उसकी कलाई उठाकर सृष्टि के मुंह में वो चम्मच रख दी। सृष्टि उसे मूर्ति बनी देखती रही। उसने एक बार भी पलकें नहीं झपकी थी। अनंत उसकी आंखों के भाव कुछ कुछ समझ सकता था। वो हल्का सा मुस्कुराया और पीछे कुर्सी पर पसर गया।

"आपकी बातें! कुछ सामान्य क्यों नहीं लग रही हैं।" वो बड़ी मुश्किल से बोल पाई।

“बहुत कुछ ऐसा होता है जो हमारे सामने होता है मगर हमें दिखाई नहीं देता और जो दिखाई देता है वो सच नहीं होता। मैं भी कुछ ऐसा ही हूं। मेरा एक लक्ष्य है जिसके लिए मैं यहां हूं, उसका पूरा होते ही मैं यहां से चला जाऊंगा। एंड आई नो तुम उस दिन का बेसब्री से इंतज़ार भी कर रही होगी।” अनंत ने हल्के से मुस्कुराकर कहा और वापस सीधा बैठ गया।

सृष्टि की आंखों से कब आंसू बहे उसे खुद भी होश नहीं था। अनंत की आंखों में एक पल के लिए हैरानी उभरी। उसने गहरी सांस छोड़ी और खुद को शांत करने का प्रयत्न किया।

“क्या कुछ ऐसा है जो मुझे नहीं पता? आप कहां जाने की बात कर रहे हैं? और क्यों? आज तक आप एक दिन के लिए भी कहीं नहीं गए। आपने कभी अपनी फैमिली के बारे में भी नहीं बताया।” सृष्टि ने कई सवाल पूछ डाले। अनंत ने गहरी सांस छोड़ी और सृष्टि के आगे खीर की कटोरी बढ़ा दी।

“खाना खाओ पहले।” अनंत ने कहा और अपना खाना खाने लगा। वो चुप हो गया तो सृष्टि कुछ देर तक उसे देखती रही। मगर फिर वो भी अपना खाना खाने लगी। आधे घंटे बाद वो दोनों होटल के गलियारे में चल रहे थे। अनंत ने अपनी जेबों में हाथ डाले हुए थे तो सृष्टि उसके बगल में सिकुड़ी हुई सी चल रही थी।

“आप जानबूझ कर सवालों से भाग रहे हैं न?” सृष्टि के मन में अब भी कई सवाल घुमड़ रहे थे। अनंत के कदम रुक गए। उसने गहरी सांस छोड़ी और सृष्टि की ओर पलट गया। सृष्टि उसके करीब ही खडी थी।

"तुम्हें क्या लगता है? कि मेरे पास जवाब होंगे।" अनंत ने उसकी आंखों में झांकते हुए कहा।

"तो किसके पास होने चाहिए? आपकी फैमिली के बारे में आप बैटर जानते होगें। आपने हमसे बहुत कुछ छुपाया है! ऐसा लगता है बहुत कुछ है जिसे आप रिवील नही करना चाहते।" सृष्टि ने कहा तो अनंत ने एक पल के लिए अपना सिर घुमाया और फिर हल्के से सृष्टि के कान की ओर झुक गया। सृष्टि भी हल्की सी पीछे हुई। अनंत के होंठ मुस्करा दिए। अनंत ने सृष्टि को कंधों से पकड़ा और उसे हल्का सा खींचा। सृष्टि का दिल धक से रह गया।

"अनंत सर!" उसके स्वर में घरबराहट झलक आई।

"शशशश।" अनंत ने उसके होंठों पर उंगली रख दी तो सृष्टि जमी सी रह गई।

"अगर तुम्हें आज पूरी रात बात करनी है तो अंदर चलें?" अनंत पीछे हुआ और उसने दरवाजा खोल दिया। सृष्टि तुंरत दो कदम पीछे हो गई। अनंत की मुस्कान और गहरा गई।

"मुझे नींद आ रही है।" वो तेजी से अपने कमरे की ओर भागी जो बगल में ही था। जल्दी बाजी में दरवाजा खोलने के बजाय अपना सिर लगा बैठी। अनंत उसे देखता रहा। सृष्टि ने तेजी से दरवाजा खोला और अंदर से बंद कर दिया। वो दरवाजे से चिपक कर खडी हो गई और उसे महसूस हो रहा था कि उसके चेहरे से लाल धुआं निकल रहा था। उसने हल्के से अपने कानों को छुआ जो भाप छोड़ रहे थे। उसने बिस्तर पर नजर

लगाई जहां वाहिनी तबेला बेचकर सो रही थी। ठंडी हवा लेने वो तेजी से छज्जे पर आई। मगर उसकी नजर अनंत के छज्जे पर गई। अनंत ने उसे हाथ हिला दिया। वो तुरंत मुड़ गई। उसने अपना सिर पीट लिया और अंदर भाग गई।

पता नहीं कैसी अजीब सी अनुभूति थी ये, शरीर का रोम रोम झूम रहा था। एक अजीब सी सनसनाहट उसके सिर से लेकर पांव तक लहरा रही थी। पेट में मानों तितलियां उड़ रही हैं और वो मेघों के ऊपर नाच रही हो।

****

सुबह के सात बजे का वक्त था। साइट पर जल्दी जाना था इसलिए वो फटाफट बॉथरूम से बाहर आई ताकि उसे देर न हो जाए हमेशा की तरह। वो जैसे ही बाथरूम से बाहर निकली उसके मुंह से एक जोर की चीख निकल गई।

"आआआआआआआआ,,,,," सृष्टि अपने सीने पर हाथ रखे बाथरुम के दरवाजे से चिपक गई।

"अ,,, अनंत सर,,,,आ,,, आप,,,य,,,य,,,,यहां क्या कर रहे हैं?" उसकी आवाज बुरी तरह लड़खड़ा रही थी। सामने अनंत आराम से दोनों हाथ पीछे बिस्तर पर टिकाए बैठा था। कुछ बोलने के बजाय उसकी नजर सृष्टि की गर्दन से टपकते पानी पर था। सृष्टि को उसकी नजरें महसूस हुई तो उसने तुरंत तौलिए से खुद को ढक दिया। उसके बालों से भी पानी टपक कर नीचे फर्श पर गिर रहा था।

"आ,,आप मुझे ए,,,ऐसे क्यों देख रहे हैं?" कहते हुए वो पीछे दरवाजे से चिपक गई।

"वो होटल का दरवाजा है। इतना चिपकोगी तो दरवाजा टूट जायेगा, मैं पे नहीं करूंगा पहले ही बता दूं और तुम्हारे पास भी पैसे तो होंगे नहीं। तुमने तीन महीने से अपने डैड के पैसे जो नहीं लिए हैं।" अनंत ने आराम से कहा। उसकी नजर अब सृष्टि की हथेलियों पर थी जो अपने छोटे छोटे नाखूनों से अपना मांस नोच रही थी।

"प,,पहले आप बताइए, आप यहां क्या कर रहे हैं?" वो घबराई हुई सी बोली।

"तुम्हारी याददाश्त इतनी कम है! फिर क्यों पीएचडी कर रही हो? तुम तो प्री प्राइमरी टीचर ही ठीक थी।" अनंत ने कहा तो सृष्टि को गुस्सा आ गया।

"कल मैने बारह सौ का डिनर करवाया तुम्हें और आज तुम भूल गई!" अनंत उसकी ओर धीरे से चलता हुआ आया।

"तो आपको अपने बारह सौ चाहिए। मैने तो नहीं कहा था उस डिनर के लिए, आपने खुद ही करवाया था। वैसे भी मैने सिर्फ दो रोटी खाई थी। मुश्किल से तीन सौ रुपए का खाना भी नहीं था मेरा।" सृष्टि ने कहा तो अनंत की मुट्ठियां कस गई।

"तुम कभी अपनी बुद्धि का प्रयोग क्यों नहीं करती?" अनंत ने एक हाथ उसके बगल में दीवार पर लगा दिया तो सृष्टि खुद में ही सिमट के रह गई।

"आपकी बातें मुझे कुछ समझ नहीं आ रही।" सृष्टि ने कहा तो अनंत ने जोर से हाथ दीवार पर मार दिया। सृष्टि की आंखें बंद पड़ गई। अनंत बिना कुछ कहे तेजी से बाहर निकल गया। सृष्टि ठगी सी रह गई। उसे कुछ समझ नहीं आ रहा था कि आखिर अनंत चाहता क्या था।

"बाय गॉड, मिस्टर भूतनाथ को किस चीज के दौरे पड़ते हैं? इनके नेचर में इतना चेंज! मुझे तो ये खरीदी हुई दाल पूरी काली दिख रही है। कुछ तो गड़बड़ है दया। कहीं ऐसा तो नहीं है कि अनंत सर को वाहिनी पसंद हो और वो मेरे जरिए वाहिनी के करीब होना चाहते हों। वैसे भी लगता है वाहिनी और उनके परिवार पर अनंत सर का कोई जादू है। जिस तरह मेरे मॉम डैड को फंसाया है वैसे ही वाहिनी का परिवार भी इनके काले जादू का शिकार हो।" सृष्टि पूरी तरह से कन्फ्यूज हो चुकी थी।

इधर अनंत भी अपने कमरे में पहुंचा। उसकी आंखों में सृष्टि का चेहरा घूम रहा था। "डैम यू अनंत।" सृष्टि की गर्दन पर लहराती वो पानी की बूंदें। अनंत खुद की बढ़ती धड़कनों को महसूस कर सकता था। "आर यू सच एन इडियट अनंत! वाई आर यू डूइंग दिस नॉनसेंस?" अनंत ने अपने बालों में हाथ घुमा दिया तो उसके बाल माथे पर बिखर आए। उसका चेहरा लाल पड़ चुका था। जिसका अंदाजा उसे खुद भी हो रहा था।

****

आठ बजे टीम साइट पर पहुंची। मगर आज हालत और ज्यादा बुरे हो चुके थे। अभी जब वो लोग होटल से निकले थे तो पूरी धूप खिली थी। मगर यहां पहुंचते ही बारिश और तूफान वाला मौसम था। पूरी टीम हैरान थी। आखिर ऐसा हो क्यों रहा था। जब एक किलोमीटर पीछे इतनी तेज धूप थी तो यहां इस तरह का मौसम क्यों। सब लोग अभी अपनी अपनी कार के अंदर थे। वो लोग बाहर भी नहीं उतर पाए थे जब वहां देखते ही देखते भयंकर बारिश होने लगी। बारिश इतनी तेज हुई कि पूरी कच्ची सड़क पर

पानी नाले की तरह बहने लगा। मजबूरन सबको वापस लौटना पड़ा। हैरनी तब ज्यादा बढी जब एक किलोमीटर वापस आते ही मौसम पहने की तरह चटक धूप वाला था।

शायद घने जंगलों की वजह से वहां इतनी बारिश हो रही थी। अंत में यही निष्कर्ष निकला और टीम जैसे गई थी उसी तरह दो घण्टे में बिना कुछ किए वापस होटल पहुंच गई। अब सब चिंतित भी हो रहे थे। इस तरह अगर रोज बारिश होती रही तो वो लोग अपना काम करेंगे कैसे।

आखिर में यही फैसला लिया गया कि अभी इस साइट का काम रोक दिया जाए क्योंकि इस तरह समय बर्बाद करके बाकी की रिसर्च भी रुक रही थी। अनंत की अगवाई में टीम ने कल सुबह ऋषिनगर वापस जाने का फैसला किया।

शाम के सात बज रहे थे जब सृष्टि होटल की छत पर टहलने के लिए आई। मगर उसके कदम रुक गए जब उसने रेलिंग के पास खड़े अनंत और वाहिनी को एकसाथ देखा। उन दोनों की पीठ थी सृष्टि की ओर। दोनों काफी करीब खड़े थे जो सृष्टि को कुछ सामान्य नहीं लग रही थी। वो तुरंत पिलर के पीछे हो गई। उसका शक अब यकीन में बदलने लगा। अभी तक तो वो सोच ही रही थी मगर अब तो उसकी आंखें भी विश्वाश करके पर मजबूर हो गई थी।

“युवराज हमें नहीं लगता कि सृष्टि इस तरह कुछ स्मरण कर पाएगी।” वाहिनी ने कहा तो अनंत ने उसे सवालिया नजरों से देखा।

"हमारा तात्पर्य है कि उनकी आंतरिक ऊर्जाएं बहुत ही शांत अवस्था में हैं। वो अभी भी अपनी ऊर्जाओं से अनभिज्ञ है। उनके आस पास रहने के बाद भी हम उनके अंदर वो ऊर्जा महसूस नहीं कर पा रहे हैं जिसकी हमें तलाश है। वो अपने पुनर्जन्म से उतना ही दूर हैं, जितना ये वर्षों का फासला।" वाहिनी ने कहा तो अनंत के माथे पर चिंता झलक आई।

"हमें खुद भी समझ नहीं आ रहा कि हम कौन सा पथ अपनाएं कि उसकी स्मृतियां वापस लाई जा सकें।"

"अगर आप उन्हें अपने राज्य में लें चलें तो?" वाहिनी ने बात रखी।

"नहीं! हम उसे किसी भी चीज के लिए बाध्य नहीं कर सकते। मां भैरवी ने आदेश दिए थे उसकी इच्छा के विरुद्ध हम कोई कार्य नहीं कर सकते।" अनंत ने कहा तो वाहिनी भी अब चुप हो गई। उसके पास भी अभी और कोई हल नहीं था।

"मैं उन्हें यहां महसूस कर रही हूं।" वाहिनी ने कहा तो अनंत तुरंत पीछे मुड़ गया। उसकी नजर पिलर पर गई तो उसके होठों पर गहरी मुस्कान आ गई।

"तुम जा सकती हो।" अनंत ने कहा तो वाहिनी वहां से सिर झुकाते हुए निकल गई। वो उसी स्तंभ से सृष्टि को नजरंदाज करके चली गई। सृष्टि ने अपने सीने पर हाथ रखा।

"बच गई।" उसने सीने पर हाथ रखते हुए आंखे बंद कर दी।

“किससे बचने की कोशिश कर रही थी?” तभी अनंत की आवाज उसके कानों में पड़ी तो वो चौंक उठी।

“अ,, अनंत सर।” सृष्टि हड़बड़ाकर बोली। अनंत ने हल्की सी गर्दन टेढ़ी की।

“वो,,,म,, मैं बस वॉक,,,,वॉक करने आई थी।” सृष्टि जाने लगी। अनंत ने उसके बगल में स्तंभ पर हाथ रख दिया। वो झटके से रुक गई। मगर फिर दूसरी ओर मुडकर जाने लगी। अनंत ने दूसरा हाथ भी स्तंभ पर टिका दिया। सृष्टि उस स्तंभ से छिपकली की तरह चिपक गई।

“वो,, मैने कहा न मैं वॉक करने आई थी। मैने आप लोगों की कोई बात नहीं सुनी। म,,,मैं आपके बारे में किसी को नहीं बताउंगी।” सृष्टि डर के मारे बोली तो अनंत की भौहें एक बार फिर उठ गई।

“किसके बारे में बात कर रही हो?”

“वो आपके और वाहिनी का आपस में जो चल रहा है। म,, मैं किसी को नहीं बताउंगी। मम्मी कसम।” सृष्टि ने अपने गले पर हाथ रख दिया तो अनंत के होंठ आपस में भिच गए। उसे हंसी आ रही थी मगर किसी तरह उसने अपनी हंसी रोकी।

अनंत का चेहरा देख सृष्टि को न जाने क्यों महसूस हुआ कि ये बात सच है कि अनंत और वाहिनी के बीच कुछ है। उसे अपने सीने में एक अजीब सा कसाव महसूस हुआ।

****

रात के सात बज चुके थे जब सब लोग डिनर के लिए होटल पर बने रेस्टोरेंट में आए। एक छोटी सी पार्टी अरेंज की गई थी ताकि स्कॉलर्स को फेलियर महसूस न हो। सृष्टि अपने कमरे में तैयार हो रही थी जब वाहिनी ने कहा कि वो सुन्दर लग रही है।

"क्या सच में? मैं सुंदर लग रही हूं?" सृष्टि को न जाने क्यों पर अपने बारे में जानने का मन हुआ।

"हां आप एक राजकन्या की भांति सुन्दर हैं।" वाहिनी के मुख से निकला।

"तुम मेरी तुलना राजकुमारियों से कर रही हो?"

"हां,,परंतु सच में आप उनसे भी ज्यादा सुंदर हैं।" वाहिनी किसी धुन में बोले जा रही थी। सृष्टि ने सिर हिला दिया। कहां वो भी वाहिनी की बातों मैं आ रही थी। वाहिनी की आधी बातें तो उसके बाउंसर जाती थी।

करीब आधे घंटे बाद सृष्टि और वाहिनी नीचे आ गए। लगभग सभी लोग भी आ चुके थे। मगर सृष्टि की नजरें तो अनंत को ही ढूंढ रही थी।

"अनंत सर, कबीर सर के साथ कोने वाली टेबल पर बैठें हैं।" तभी ऋषभ की आवाज आई जो उसके बगल में जूस का गिलास लिए खड़ा था। सृष्टि ने तुरंत उसकी ओर देखा।

"अब ये मत कहना कि मुझे कैसे मालूम कि तू किसे ढूंढ रही थी? यू नो न, आई एम अंतर्यामी।" ऋषभ ने कहा तो सृष्टि ने अपनी आंखें घुमा दी।

"तुझे देख कर समझ सकता हूं कि तेरी आंखें उनको ही तलाश कर रही थी।" ऋषभ ने धीरे से कहा ताकि वाहिनी न सुन सके।

"ऐसा कुछ नही है वीजे।"

"तू खुद से झूठ बोल सकती है, मुझसे नहीं।" ऋषभ ने एक जूस का गिलास सृष्टि की ओर बढ़ा दिया। वो दोनों बालकनी की ओर चले गए। जबकि वाहिनी वहां रखी सारी खाने की चीजों पर टूट पड़ी।

"तुझे तो झूठ बोलना भी नहीं आता।" ऋषभ ने कहा और सृष्टि को दूसरी ओर का इशारा कर दिया। सृष्टि ने उसकी नजरों का पीछा किया तो अनंत एक गोल टेबल के पास बैठा था। उसके साथ बाकी के प्रोफसर और प्रोफसर कबीर भी थे। अनंत के हाथ में शायद एक वाइन का गिलास था और उसकी नजर सृष्टि पर टिकी थी। सृष्टि की नजरें जैंसे ही अनंत से मिली तो सृष्टि ने तुरंत नजरें फेर ली। ऋषभ हल्के सा हंसा।

"अब सामने हैं तो तू उनको देखने की हिम्मत भी नहीं कर पा रही है।"

"तुझे मजाक सूझ रहा है। वो मुझे देख रहे हैं?" सृष्टि ने ऋषभ के हाथ पर एक चपत लगा दी। सृष्टि अब अनंत की नजरों से बचने की कोशिश करने लगी जबकि अनंत के हाथ में वाइन का गिलास घूम रहा था और उसकी नजरों में शराब का नशा तो नहीं था। उसने अभी भी सृष्टि से नजरें नहीं हटाई थी। ऐसा लग रहा था मानों वो अपनी पलकें भी नहीं झपका रहा हो। सृष्टि छज्जे की रेलिंग की ओर मुड गई और अब उसकी पीठ थी अनंत की ओर। उसने पूरा जूस एक बार में ही घटक दिया अपना सूखा गला तर करने

के लिए। अनंत अब भी उसे देख रहा था जबकि प्रोफसर कबीर की नजरें भी अनंत की नजरों के पीछे थी। प्रोफसर कबीर उठे और अनंत के बगल में बैठ गए।

अनंत ने आज फिर से काले रंग की शर्ट पहनी थी। एक हाथ में काले ही रंग की घड़ी और दूसरे हाथ में उसका पंचरत्नों वाला काला धागा। उसके बाल पहले तो बिल्कुल सेट थे पर घने और बड़े होने की वजह से अब माथे पर बिखर गए थे। “ऐसे कब तक उसे घूरते रहोगे? ऐसे तो कुछ नहीं होने वाला।” प्रोफसर कबीर ने अपने हाथ में पकड़े जूस का घूंट भरा। अनंत ने उनकी ओर देखा तो प्रोफसर कबीर मुस्कुरा गए। अनंत ने अपने गिलास से वाइन का एक घूंट भरा तो उसके होंठ गीले हो गए। जिससे उसके होंठों की चमक बढ़ गई।

“यू आर रियली हैंडसम, मैन!” प्रोफसर कबीर ने कहा तो अनंत हल्के से हंस पड़ा।

“आई एम सॉरी, कबीर सर, बट आई एम नॉट इंटरेस्टेड इन बॉयज। हां वो अलग बात है कि मैं गे कपल्स को पसंद करता हूं। जोड़ियां पसंद आती है मुझे उनकी, लेकिन इसका ये मतलब नहीं कि आप मुझपर चांस मारे। आई कांट हेल्प यू विद दिस।” अनंत ने कहा तो कबीर जोर से हंस पड़ा।

“आई हैव माय ब्यूटीफुल गर्ल, बट स्टिल, आई लाइक यू।” प्रोफसर कबीर ने कहा तो अनंत ने सिर हिलाया।

“अगर मैं कहूं, मैं दो हजार साल पुराना हो चुका हूं तो?” अनंत की आंखें ऐसे थी कि कबीर को उनमें अंशमात्र का भी झूठ नहीं दिख रहा था। मगर फिर वो हल्के से हंसे।

“बिलकुल, तब तो ये तारीफ भी बहुत कम थी तुम्हारे लिए। यू डिजर्ब मोर दैन दिस।”

“लेकिन तारीफों से क्या होगा सर? उनकी मुझे जरूरत नहीं है।” अनंत ने वाइन का दूसरा घूंट भरा।

“छोटी छोटी तारीफें हमें हैप्पीनेश देती हैं। उनको गवाना नहीं चाहिए। ये हमें कुछ पलों का सुकून देती हैं, इसलिए तारीफों का हमारे जीवन में बहुत महत्व है। हमें लगता है इनसे हमें क्या मिलेगा, लेकिन चापलूसी और तारीफ में फर्क होता है। तारीफें सच्ची होती हैं तो चापलूसी सिर्फ दिखावा।”

“और आपको लगता है मैं इस टाइप का इंसान हूं की तारीफें मुझे खुश कर देंगी? आई डोंट लाइक दिस, ब्लडी तारीफ।” अनंत ने कहा तो प्रोफसर कबीर हंस पड़े।

“आई डोंट थिंक सो, बट इफ यू ट्रस्ट मी, तो एक बार आजमा कर देखना। तारीफ किसी इंसान को बहुत जल्दी तुम्हारे करीब करता है। अगर तुम किसी इंसान के पास होना चाहते हो तो, ये बहुत बड़ा रोल प्ले करती हैं हमारी लाइफ में।” इस बार प्रोफसर कबीर की नजरें सृष्टि पर थी और अनंत उनके कहने का अर्थ अच्छे से समझ रहा था।

★★★★

अध्याय १४

सुबह के छह बजे का समय था। आर्कियोलॉजी की टीम ऋषिनगर वापस जाने की तैयारी कर रही थी। सृष्टि, ऋषभ और वाहिनी होटल के बाहर पार्किंग एरिया में थे। बाकी की टीम भी वहीं थी। कुशाल और वीर वो भी एक तरफ खड़े थे। कुशाल की नजर सृष्टि पर ही थी जबकि वीर ने सिर हिला दिया। क्योंकि कुशाल का मुंह गुस्से से लाल पडा हुआ था। शायद इसलिए भी कि उसे अब सृष्टि के साथ अनंत की नजदीकियां पसंद नहीं आ रही थी।

अनंत कार लेकर आया तो वो तीनों अनंत की कार में बैठ गए। ऋषभ अनंत के बगल में था तो सृष्टि और वाहिनी पीछे वाली सीट पर थे। वैसे तो अनंत के साथ जाना किसी जिंदा भूत के साथ जाने जैसा था, मगर अब वो करते भी तो क्या। अनंत का आदेश तो पत्थर की लकीर जैसा था जो सबको मानना पड़ता है। हालांकि सृष्टि को अब अनंत के आस पास रहना कुछ अच्छा सा लगता था। उसे सुरक्षा का अनुभव होते था उसके आस पास। अनंत ने एक नजर उठाकर शीशे में सृष्टि को देखा जो बाहर की ओर देख रही थी। उसके जहन में प्रोफसर कबीर की कहीं हुई बातें घूम रही थी। "क्या सच्ची

तारीफें सच में किसी को खुश कर सकती हैं?" अनंत मानों खुद से पूछ रहा था। पूरे रास्ते कार में शमशान सी खामोशी पसरी रही। अनंत हर पांच मिनट में सृष्टि को मिरर में देखता। करीब एक घंटे में ही सृष्टि और वाहिनी को नींद पड़ चुकी थी। सृष्टि का सिर बार बार विंडो से टकरा रहा था। अनंत ने कार की स्पीड धीमे कर दी तो ऋषभ ने एक नजर अनंत की देखा। उसके होंठों पर हल्की सी मुस्कान आई। अनंत बिना उसे देखे भी महसूस कर सकता था कि ऋषभ मुस्करा रहा है। मगर उसने कहा कुछ नहीं। अनंत ने एक बार फिर से सृष्टि के चेहरे पर देखा जो दो साल के बच्चे की तरह मासूम लग रहा था। उसने गहरी सांस छोड़ी और सड़क पर ध्यान दिया।

करीब तीन घंटे बाद वो लोग ऋषिनगर पहुंच चुके थे। अनंत ने ऋषभ को पहले ही हॉस्टल छोड़ दिया था। सृष्टि अब भी सो रही थी और किसी ने उसे उठाया भी नहीं। वो लोग प्रोफसर अपार्टमेंट के नीचे खड़े थे। अनंत ने वाहिनी को इशारा किया तो वो बाहर उतर गई। उसने एक बार फिर से सृष्टि की ओर देखा, जो अभी भी सो रही थी। उसने सिर हिलाया और बाहर उतर गया। उसने वाहिनी की ओर अपार्टमेंट की चाबियां बढ़ाई।

"तुम जाकर दरवाजा खोलो। बाकी का सामान बाद में मैं खुद ला जाऊंगा।" अनंत ने एक छोटा सा बैग वाहिनी की ओर बढ़ाते हुए कहा तो वाहिनी ने सिर हां में हिलाया और फिर ऊपर सीढियां चढ़ गई। अनंत ने हल्के से सृष्टि की विंडो खटकटाई तो सृष्टि हल्की सी हिली, मगर फिर से वैसे ही सो गई।

"इतनी भी क्या भयंकर नींद आई हुई है इस लड़की को। इसके आगे तो कोई युद्ध भी हो जाए तो ये हिलने वाली नहीं है। अच्छा हुआ तुम ज्वाला घाटी में नहीं रही। वहां

के रक्तप्रेत तो तुम्हें नींद में ही उठाकर ले जाते और तुम्हें कुछ पता भी नहीं चलता।" अनंत बड़बड़ाया मगर उसकी आंखों में एक स्मृति तैर गई।

"आपको लगता है भ्राता कि वो सच में निंद्रा में हैं?" व्योम के बगल में उस डाली पर दुबका हुआ अमृत व्योम के कान के पास फुसफुसाया।

"वो निंद्रा में जरूर हैं अमृत, मगर हमें सतर्कता से कार्य करना होगा। हमारी एक भी त्रुटि हमें सदा के लिए चिर निंद्रा में सुला सकती है। तुमने उनकी तलवारबाजी के बारे में सुना ही होगा। वह बहुत सचेत रहतीं हैं। ऐसे ही उन्होंने अपने पंद्रह वर्ष वनों में नहीं काटे हैं। वो हर खतरे को भांपते की शक्ति रखती हैं।" व्योम ने अमृत को सतर्क किया। इस वक्त व्योम और उसका अनुज अमृत दोनों ही एक घने वन में एक बड़े वृक्ष की दो अलग अलग शाखाओं पर दुबके हुए थे। जहां सूरज की रोशनी भी ना के बराबर पड़ रही थी। जहां के बड़े बड़े और ऊंचे घने वृक्ष किसी दानव की भांति मुंह फाड़े खड़े थे। उनके ठीक नीचे दूसरे वृक्ष की जड़ पर राजकन्या रत्नावती निंद्रा में थी। उसने एक घुटने को मोड़ा हुआ था जबकि उसका दूसरा पांव सीधा था। उसका एक हाथ घुटने पर था तो दूसरा हाथ उसके पेट पर जहां पर उसकी कटार बंधी हुई थी। उसके केश जुड़े में बंधे हुए थे और उस जूडे के ऊपर एक सोने की चूड़मड़ी थी।

"भ्राता वो अभी भले ही शिशु की भांति मासूम दिख रही हैं परन्तु उतनी ही तीव्र उनकी तलवार भी चलती है। हमें लगता है आपको अपने खयालों को यहां पर विराम देना होगा। ऐसा न हो कि हमें आपका सिर अलग और धड़ अलग ले जाना पड़े।" अमृत ने कहा तो व्योम ने उसे घूरकर देखा।

"ये मत भूलो कि हम ज्वालायुवराज हैं। तनिक सम्मान से बात करो।" व्योम ने अमृत को डांटते हुए कहा।

"आपकी कोई भी उपाधि हो हमारे लिए तो आप हमारे कनिष्ठ भ्राता ही हैं न।" अमृत मुस्कुरा गया।

"अपना ध्यान वहां केंद्रित करो। हमें उन्हें अगवा करना है"

"पर इतनी प्यारी राजकन्या को अगवा करने का मन नहीं है हमारा।"

"अमृत प्रतीत होता है, हमें राजकन्या से पहले आपको अगवा करना पड़ेगा।" व्योम ने कहा तो अमृत ने मुंह बना लिया।

"हम आपके प्रिय अनुज हैं।"

"और हमारे ऊपर एक युवराज और राज्य की सुरक्षा का दायित्व है। हम रक्त के संबंधों से बढ़कर राज्य की सुरक्षा को महत्ता देंगे।"

"आपके साथ तर्क करना व्यर्थ है।" बोलते हुए अमृत ने नीचे देखा तो व्योम भी नीचे देखने लगा। उसकी दृष्टि वापस रत्नावती के चेहरे पर चली गई। वो सच में शिशु की भांति मासूम थी। मगर सब जानते थे उसकी तलवार उतनी ही रक्त की प्यासी भी रहती थी। व्योम ने कस कर वृक्ष की डाली पकड़ी और किसी बिडाल की भांति दबे पांव वृक्ष से नीचे उतरने लगा। अमृत भी दूसरी ओर से नीचे आने लगा। उसे अपने भ्राता की सहायता भी करनी थी। जरूरी नहीं था कि राजकन्या इस वन में अकेली हो। कहीं उनका वार उलटा न पड़ जाए, इसलिए उसका भी सतर्क होना जरूरी था।

नीचे उतरते ही व्योम ने अपनी कटार निकाल ली और धीरे से रत्नावती के निकट खड़ा हो गया। वो एक घुटना नीचे टिकाकर बैठ गया। उसने एक क्षण के लिए रत्नावती के चेहरे पर देखा मगर रत्नावती ने तुंरत नेत्र खोल दी। व्योम ने अपनी कटार उसकी गर्दन पर लगानी ही चाही थी, मगर उससे पहने ही रत्नावती ने उसे धरती पर पटक दिया और उसके ऊपर चढ़ बैठी। उसकी कटार व्योम की गर्दन पर इस तरह कस गई थी कि व्योम अगर जरा भी हिलता तो उसकी मृत्यु तय थी। मगर व्योम मुस्कुरा गया जबकि रत्नावती के नेत्रों में कोई भाव नहीं थे।

"ओह! ज्वालायुवराज! बड़ा अचंभित लग रहा होगा न एक स्त्री से मात खाते हुए।" रत्नावती के होंठों पर एक क्रूर मुस्कान आ गई।

"आपका वार काफी हल्का है रत्ना।" व्योम का कहना ही था कि रत्नावती ने कटार और दबा दी। व्योम के गले से तेज़ी से रक्त बहने लगा लगा। तभी रत्नावती को एक तेज झटका लगा और वो घिसट कर पीछे गिर पड़ी। उसकी नजर सामने खड़े अमृत पर पड़ी जिसने अपनी जलवेग से रत्नावती को दूर फेंका था। वहां पर जल का एक कुंड बन गया। व्योम बैठ गया। उसने अपने गले पर हाथ रखा मगर रक्त अभी भी बह रहा था। तभी गुरु शाश्वत भी वहां पर प्रकट ही गए। वो तेजी से व्योम के पास गए और उन्होंने व्योम की गर्दन पर अपनी दो उंगलियां रखी। वहां पर एक चिन्ह उभरा और रक्त तुरंत थम गया।

"अ,,असंभव,,,ये,,ये,,,,तो हमारे पूर्वजों की विधा है। आ,,,,,आप इसे कैसे,,,,,?" रत्नावती के चेहरे पर हैरानी थी।

गुरु शाश्वत रत्नावती की ओर पलट गए। अमृत अब व्योम के पास आ गया।

"राजकन्या संभवत आप भूल रही हैं, आपके पूर्वज हमारे भी पूर्वज थे और हम भी उन्हीं पूर्वजों में से एक हैं। इस संसार के एकमात्र अमरता प्राप्त गुरूदेव हैं हम।" गुरु शाश्वत ने कहा तो रत्नावती की आंखें फैल गई।

"ग,,गुरु,,श,,शाश्वत!" रत्नावती के मुंह से बड़ी मुश्किल से निकला। गुरु शाश्वत ने अपने हाथ पीछे बांध लिए और मुस्कुराते हुए हां में सिर हिलाया। रत्नावती ने खुद को संयत किया मगर अब उसके चेहरे पर क्रोध झलक आया।

"तो आप ही हैं उदय घाटी के साथ विश्वाश घात करने वाले गुरु? हां? आप ही हैं न जिन्होंने हमारे पूर्वजों की तलवार चुराई थी?"

"थोड़ा सम्मान से बात कीजिए रत्ना। वो हमारे गुरुदेव हैं।" व्योम ने चेतवानी दी।

"तुम्हारे होंगे, हमारे नहीं। हमारे तो शत्रु हैं। क्यों गुरूदेव? गलत कहां हमने?" रत्नावती का चेहरा गुस्से से लाल पड़ गया। उसने अपनी गर्दन हल्की सी टेढ़ी कर दी। वो बेखौफ थी। जिनके सामने पूरी ज्वाला घाटी सिर झुकाती थी रत्नावती उनके नेत्रों में क्रोध से झांक रही थी।

"आपने मुझे उठाया क्यों नहीं?" तभी सृष्टि की आवाज ने अनंत का ध्यान तोड़ा। अनंत ने उसकी ओर देखा तो सृष्टि ने कार की विंडो नीचे कर दी थी और वो दरवाजा खोलना चाह रही थी, मगर अनंत दरवाजे से चिपक कर खड़ा था। उसने सृष्टि की ओर देखा और तुरंत पीछे हो गया।

"तुम सोई हुई थी।" अनंत चेत में आते ही बोला।

"सॉरी वो मैं,,, पता नहीं कैसे गहरी नींद में चली गई थी।" सृष्टि ने सॉरी फील करते हुए कहा।

"अब जल्दी चलो बाहर धूप तेज है।" अनंत ने कहा तो सृष्टि बाहर उतरी तो दोनों दोनों साथ में ऊपर चले गए।

****

रात के सात बज चुके थे, अनंत किचन में कुछ खट पट कर रहा था। सृष्टि और वाहिनी तो आज मानों तबेला बेचकर सो रहीं थीं। किचन में खटर पटर की आवाज सुनकर वो दोनों उठ गईं। वाहिनी को स्मरण हुआ कि उसके ध्यान का समय हो गया। तो वो बाहर चली गई। उसे एकांत चाहिए था तो वो वन में आ गईं।

"अनंत सर खाना बन रहे हैं शायद। मुझे भी हेल्प करनी चाहिए, कब तक पड़े पड़े खाऊंगी।" सृष्टि खुद में ही बड़बड़ाई और फिर उठ कर बाहर आ गई। उसने किचन में नजर डाली तो अनंत सच में ही खाना बना रहा था।

काले रंग की डीप नेक टी शर्ट और ग्रे रंग के ट्रैक पजामा पहने वो सब्जियों को काट रहा था। उसके बाल माथे पर बिखरे हुए थे और उसने एप्रेन पहना हुआ था। वो ज्वाला घाटी का युवराज भले ही था, मगर सूरत उसकी यक्ष और गंधर्वों की भांति थी। सृष्टि की सोच पर तब विराम चिन्ह लगा जब उसकी नजर किचन प्लेटफॉर्म पर रखे उस शराब के गिलास पर गई। उसके चेहरे के भाव तुरन्त पलट गए। यही एक चीज

थी जिससे उसे सबसे ज्यादा नफरत थी। उसे सिर्फ शराब से ही नहीं बल्कि उन लोगों से भी नफरत थी। जो शराब का सेवन करते थे।

"आप ड्रिंक कर रहे हैं?" तभी सृष्टि का स्वर अनंत के कानों में पड़ा। उसके तेजी से चलते हुए हाथ रुक गए। उसने कुछ पल के लिए अपनी आंखें मूंद ली। तब तक सृष्टि भी किचन में आ गई थी। अनंत उसकी ओर मुड़ गया। उसके होंठों पर मुस्कान की एक बहुत महीन लकीर थी।

"आप ड्रिंक कर रहे हैं अनंत सर! मगर क्यों? आप हर दिन पीते हैं? इट्स डेंजरस।" सृष्टि ने कहा तो अनंत ने चाकू नीचे रखा और धीरे से चलते हुए उसके पास आ गया। सृष्टि स्लैब के पास खड़ी थी। अनंत ने अपनी दोनों हथेलियों को स्लैब पर टिकाकर उसे दोनों ओर से घेर लिया।

"यू नो, आई एम योर प्रोफसर। हाउ कैन यू से दैट?" अनंत ने भारी आवाज में कहा तो सृष्टि अपने में ही सिकुड़ गई।

"आप जानते हैं न रोज ड्रिंक करना डेंजरस हो सकता है।"

"सो व्हाट?"

"ड्रिंकिंग इज नॉट गुड फॉर हैल्थ।" वो अब भी अपनी बात पर अडिग रही।

"आई नो, बट दिस इज माय चॉइस।"

“पता होने के बाद भी आप पीते हैं? क्या अच्छा हो जायेगा अपनी हेल्थ खराब करके।”

“तुम किस अधिकार से मुझे रोक रही हो? हो कौन तुम? हां?” अनंत का स्वर अब और अधिक कठोर हो गया।

“तुम सिखाओगी मुझे सही और गलत? हां? ये मेरा घर है। ये मैं हूं और मेरा शरीर है। मैं कुछ भी करूं तुम कौन होती हो मुझे रोकने वाली?” अंत के वाक्य में अनंत हल्के से चीख उठा। सृष्टि कांप गई। उसे बिल्कुल भी उम्मीद नहीं थी कि अनंत इस तरह से रिएक्ट करेगा। उसकी आंखें डबडबा गई। उसने अनंत के सीने में एक धक्का दिया और पैर पटकते हुए वहां से निकल गई।

“अनंनंनंनंनत।” उसे अब खुद पर गुस्सा आ गया। हमेशा वो अपने क्रोध को काबू करने में विफल हो जाता था। उसने बगल में रखा वो शराब का गिलास तुरंत घटक दिया और आंखें मूंद कर स्लैब के सहारे खड़ा हो गया।

कौन जानता था जिस अनंत को सब इतना खडूस समझते थे, वो कोई आम इंसान नहीं था। इन दो हजार वर्षों में वो कहां कहां नहीं भटका था। उन बीहड़ वनों में, जहां सूरज की रोशनी तक जमीन पर नहीं पड़ती थी, उस तपती रेगिस्तान की ऊष्मा में, जहां कोई कीड़े मकोड़े तक नहीं दिखते थे, उन हिमालय की ऊंची बर्फीली चोटियों पर जहां कोई मानव आज तक नहीं पहुंचा था, उन द्वीप खंडों में जहां से मानव जाति का कोई वास्ता नहीं है था, उन समुद्र की अनंत गहराइयों में जिससे मानव आज भी अनभिज्ञ था। उस अनंत ने जिसने वर्षों तपस्या की थी इन बीहड़ों में, वो अनंत जो दो हजार वर्षों तक

सिर्फ भटकता रहा, एक प्रतिक्षा में! जिसके कंधों पर वो भार था जो उसका कभी था ही नहीं। वो जानता था जब उस मुक्तिद्वारा का जन्म जब होगा, तो उसे खुद संकेत मिलेगा और हुआ भी यही। जब सृष्टि का जन्म हुआ था, तो उसे खुद संकेत मिला था। मगर सृष्टि को ढूंढते हुए उसे तेरह वर्ष लग गए थे।

सृष्टि का जन्म इसी शहर में हुआ था, इस ऋषिनगर में। ये टाउन बहुत छोटा था मगर था बेहद खुबसूरत। जहां जनता तो कम थी, मगर सारी सुख सुविधाओं से सुसज्जित था यह टाउन। पहाड़ों के बीच में घिरा यह खूबसूरत शहर। जहां से अनंत का कोई वास्ता नहीं था मगर फिर भी यहीं का होकर रह गया था।

इस वक्त सृष्टि अपने कमरे के छज्जे पर खडी थी। उसकी नजर आसमान की ओर थी मानों शिकायतें कर रही हो उस आसमान से।

अनंत को भी अपनी गलती का अहसास हो गया था। उसने पहले खुद को संयत किया और फिर उसी छज्जे पर आ गया जहां सृष्टि थी। वो शांत थी क्योंकि अनंत के व्यवहार को

अच्छे से जानती थी। अनंत ने गहरी सांस छोड़ी और सृष्टि के बगल में खड़ा हो गया। सृष्टि ने कोई प्रतिक्रिया नहीं दी। "

"सृष्टि!" अनंत ने धीरे से आवाज दी मगर उसने कोई जवाब नहीं दिया।

"देखो,,,मेरा इंटेंशन तुम्हे हर्ट करने,,,।"

“अनंत सर।” अनंत अपनी बात पूरी भी नहीं कर पाया था जब सृष्टि ने उसे बीच में ही टोक दिया। वो अनंत की ओर मुड़ गई।

“आई एम सॉरी अनंत सर। आई फॉरगेट दैट आई एम जस्ट ए स्कॉलर। मुझे आपसे इस तरह बोलने का कोई अधिकार नहीं था। यू आर द मोस्ट टैलेंटेड रिसर्चर इन द एंटायर यूनिवर्सिटी। मैं भूल गई थी कि मेरी हैसियत क्या है। मुझे आपकी पर्सनल लाइफ में इंटरफेयर नहीं करना चाहिए था।” अनंत ने गहरी सांस छोड़ी। अब वो सृष्टि को कैसे समझाए कि अधिकार तो सृष्टि के इतने हैं कि खुद वो भी नहीं जानता। कैसे बताए कि अधिकार इतने हैं कि अनंत भी उनकी गणना नहीं कर सकता था।

★★★★

अध्याय १५

एक और सफ्ताह इसी तरह बीत चुका था। इस एक सफ्ताह में अनंत ने सृष्टि को कोई भी कड़वे शब्द नहीं कहे थे, बल्कि हर जगह उसकी मदद करने की कोशिश की थी। वो जानता था अब सृष्टि को कुछ कहने का मतलब था खुद को लक्ष्य से दूर रखना। इसी बीच अनंत और वाहिनी ने सृष्टि को कई तरह से उसकी स्मृति लौटने की कोशिश कर ली थी मगर हर कोशिश बेकार जा रही थी।

“अनंत सर!” तभी सृष्टि की आवाज आई। वो अपने कबर्ड के पास खड़ा था। उसकी आवाज से वो हड़बड़ा सा गया। सृष्टि की आंखें छोटी पड़ गई।

“कॉलेज का टाइम हो गया है। मैं निकल रही हूं।” सृष्टि ने कहा तो अनंत ने सिर्फ हां में सिर हिलाया। सृष्टि उसे हैरानी से देखती रही। अनंत कुछ परेशान और खोया हुआ सा लग रहा था। उसे लगा सृष्टि चली गई। उसने अपना एक ड्रॉअर खींचा और उससे वही लकड़ी का सुन्दर बक्सा निकाल लिया। उसने उसे खोला तो वो प्यारी सी चूड़ामड़ी चमकने लगी। सृष्टि उसे गौर से देखती रही। अनंत ने एक बार उस चूड़ामड़ी पर हाथ फेरा। इतने वर्षों बाद भी उसकी चमक कम नहीं हुई थी। सृष्टि को ना जाने क्यों पर अब

उसको छूने की एक तीव्र इच्छा जागी। मगर अनंत के रहते वो यह नहीं कर सकती थी। अनंत ने वो छोटा सा कांच का मुहर वाला बॉक्स भी उसी लकड़ी के बक्से के अंदर रख दिया। सृष्टि ने कुछ सोचा और वहां से बाहर निकल गई। पूरे रास्ते उसके दिमाग में वो चूड़ामड़ी और वो मुहर घूमती रही। ना जाने क्यों अब उसे कुछ खिंचाव सा महसूस हो रहा था। मानों वो चूड़ामड़ी और मुहर उसे अपनी ओर खींच रही हो।

"तो तेरे कहने का मतलब है। उस सील को अनंत सर छुपाना चाहते हैं?" ऋषभ ने कुछ सोचते हुए कहा तो सृष्टि ने हां में सिर हिलाया। वो दोनों अभी डिपार्टमेंट के बगीचे में बैठे थे। "

"वरना तू खुद सोच अनंत सर ने उसे लैब में रखने के बजाए अपने कमरे की अलमीरा में क्यों रखा है! क्या रीजन हो सकता है इसका? कुछ तो अजीब है, और यही मुझे पता लगाना है। आखिर है क्या उस सील में ऐसा!"

"और मुझसे क्या चाहिए तुझे?" ऋषभ उसकी नस नस से परिचित था। वो जानता था सृष्टि के इस खच्चर जैसी बुद्धि में कुछ तो खुराफात चल रही है।

"प्लीज डोंट टेल मी कि मैं तेरे साथ वो सील चोरी करने मैं हेल्प करूं!" ऋषभ ने कहा तो सृष्टि की मुस्कान और गहरा गई।

"मैं,,,नहीं,,,करूंगा,,,समझीझीझी!! नहीं,,नहीं,,,नहींहीहीहीहीही बिलकुल नहीं, मैं तेरी हेल्प नहीं करूंगा सृष्टि।" ऋषभ ने कहा मगर सृष्टि की मुस्कान गहराती गई। ऋषभ ने गहरी सांस छोड़ी।

"यार अगर पकड़े गए तो?

"नहीं पकड़े जाएंगे। मेरे पास एक धांसू प्लैन है।"

"नहीं मैं तेरे प्लैन में नहीं आऊंगा।"

"सुन तो ले पहले। प्लीज वीजे, प्लीज! प्लीज! प्लीप्लीजजजज।" सृष्टि ने आंखें मटकाई।

"ठीक है, लेकिन करना क्या है?" सृष्टि मुस्कुराई और पंद्रह मिनट में ही वो दोनों अनंत के अपार्टमेंट के बाहर खड़े थे।

"तू श्योर है न?" ऋषभ ने पूछा।

"देख अभी भी वक्त है। हम खुद को बचा सकते है।"

"तू चुप कर।" सृष्टि ने उसे डांटा और दरवाजा खोल दिया। दोनों अंदर चले गए और अपने पीछे दरवाजा बंद कर दिया। वो अनंत के बेडरूम में पहुंचे। उन दोनों के कंधे पर अभी भी उनके बैग थे। सृष्टि ने अनंत का कबर्ड खोल दिया। वो लॉक लगा कर भी नहीं गया था। शायद उसकी आदत ही नहीं थी जिसका फायदा सृष्टि उठा रही थी। उसने अनंत का ड्रॉअर टटोला तो उसे वो लकड़ी का बक्सा मिल गई।

"वॉव यार ये कितना क्यूट सा बॉक्स है।" ऋषभ के मुंह से निकला। सृष्टि ने वो बक्सा खोल दिया। उसकी आंखों में चमक सी आ गई। उसने बक्सा ऋषभ के हाथ में रखा और खुद उस चूड़ामड़ी को उठा लिया। उसने तुंरत उसे अपने सिर पर मुकुट की

तरह रखा। न जाने क्यों मगर वो सृष्टि के सिर पर इस तरह बैठा मानों उसी के लिए बनाया गया हो। वो खुश हुईं और खुद को शीशे में देखने लगी। ऋषभ ने सिर हिलाया।

"इसी के लिए इतना बड़ा रिस्क लिया है तूने?" ऋषभ ने चिढकर कहा।

"तू रुक यार। देख मैं कितनी प्यारी लग रही हूं न?" वो अपने गालों पर दोनों हाथ रखकर खुद को सीसे में देखती रही। ऋषभ ने सिर हिलाया और उस मुहर के बॉक्स को उठा दिया। उसने उसका ढक्कन खोला तो उसकी चमक से उसका हाथ तुरंत जल उठा। उसने तेजी से हाथ पीछे खींचा तो वो दोनों चौंक उठे।

"वीजे कर क्या रहा है पागल।" कहते हुए सृष्टि ने वो बक्सा पकड़ लिया। मगर उसके हाथ में आते ही उस मुहर की चमक कम पड़ गईं। सृष्टि ने उसे गौर से देखा और अपने हाथ मे ले लिया। उसकी चमक बिल्कुल फीकी पड़ गई। वो दोनों हैरान से रह गए। जिस मुहर को कोई हाथ नहीं लगा पा रहा था उसे सृष्टि ने कैसे उठा लिया। तभी अचानक उस मुहर से एक रौशनी निकली जो सीधे सृष्टि के सिर पर रखी चूड़ामड़ी से जाकर मिली और अचानक उस पूरे कमरे में एक तेज रौशनी हुई और घुप्प अंधेरा। कुछ ही देर बाद कमरे में पहले जैसी रौशनी हुई मगर वो दोनों वहां से गायब हो चुके थे। अलमीरा खुली की खुली थी और लकड़ी का बक्सा नीचे गिरा था। मुहर वाले कांच का बॉक्स नीचे गिर कर टूट चुका था। वहां से सृष्टि और ऋषभ के साथ साथ वो चूड़ामड़ी और मुहर भी गायब थी।

****

वो एक पुरानी सी कच्ची सड़क थी। जिसके बीचों बीच सृष्टि पड़ी हुई थी। उसकी कोहनी और माथे पर चोट आ गई थी। वो करहाते हुए उठी तो उसकी नजर थोडी दूर उस बड़े पत्थर के पास पड़े ऋषभ पर गई। जिसके दोनों घुटने छिल चुके थे।

"वीजे!" उसने घबराते हुए दूर से ही आवाज दी। ऋषभ तुंरत उठकर बैठ गया तो सृष्टि ने राहत की सांस ली।

"तू ठीक है?" सृष्टि ने वहीं से कहा और अपनी कोहनी दबाते हुए खडी हो गई। इतनी देर में ऋषभ भी उसके पास आ गया। एक दूसरे को ठीक देखने के बाद अब उनकी नजर वहां के वातावरण पर गई तो दोनों की आंखें हैरानी से फैल गई।

वहां चारों ओर सूखे और काले जले हुए वृक्ष थे। चारों ओर काली राख बिखरी हुई थी। मानों यहां भयंकर अग्निकांड हुआ हो। तभी उनकी नजर उनके ठीक सामने खड़े उस बड़े से राजमहल पर गई जो लगभग आधा ध्वस्त अवस्था में था। उन दोनों ने एक दूसरे को देखा। ऋषभ की नजर सृष्टि के सिर पर गई जिसपर चूड़मड़ी थी और उससे सुनहरी आभा निकल रही थी। ऋषभ हैरानी से उसे देखने लगा। जब उसने उसे ध्यान से देखा तो वो मुहर उस चूड़ामड़ी के सबसे नीचे ठीक बीच में चिपक गई थी। जो अब छोटी पड़ गई थी। ऋषभ का सिर घूम गया। यह सब सच था या उसका भ्रम उसे समझ नहीं आया।

"क्या हुआ? तू मुझे इस तरह क्यों देख रहा है?"

"सृष्टि तेरे सिर पर ये अब भी है।" ऋषभ ने कहा तो सृष्टि ने अपने सिर पर हाथ रखा। उसने उस चूड़ामड़ी को निकालना चाहा मगर वो मानों किसी गोंद से चिपक गई हो। आखिर दोनों ने कोशिश की मगर नाकामयाब हुए। थक हारकर उन्होंने कोशिश छोड़ दी और फिर उनकी नजरें उस महल पर टिक गई। वो दोनों हकदक से कुछ पलों तक तो अपने आस पास घूरते रहे। मगर फिर भी सब कुछ उनकी समझ से परे था।

वो दोनों आगे बढ़े। सामने महल का एक बड़ा द्वार था। जो शायद उस महल का मुख्य द्वार भी था। द्वार से ही देखा जा सकता था कि कभी बहुत भव्य रहने वाला ये राजमहल आज भी अपने टूटते स्तंभों पर खडे रहने की पुरजोर कोशिश कर रहा था। उसकी बनावट ही बता रही थी कि वो कभी इस राज्य की शान हुआ करता था। काले रंग का वो राजमहल और उसकी भव्यता की पहचान उसके स्तंभों और मुख्य द्वार पर बने उन सजीव यक्ष और गंधर्वों की मूर्तियां से ही लगाया जा सकता है। जो अभी भी उस द्वार पर शान बिखेरे हुए थे। यही थे जो उस राजमहल के टूटती हुई शान और शौकत को बचाने की भरपूर कोशिश कर रहे थे।

"यार ये कौन सी साइट है? जिसके बारे में हमें अब तक नहीं पता। हमने तो लगभग सभी महलों के बारे में पढ़ा है तो फिर मुझे कुछ याद क्यों नहीं आ रहा।" सृष्टि आगे बढ़ते हुए बोली। उसकी नजर उस द्वार पर ही थी। जो पाषाण से ही बना था और उसपर बहुत महीन कारीगरी थी। ऋषभ भी उसके पीछे पीछे ही था। वो भी अचंभे से सब देख रहा था।

“वही मैं भी सोच रहा था। हमने तो लगभग सभी डायनेस्टीज के ऊपर रिसर्च की हुई है फिर ये कैसे छूट गई। इस राजमहल के बारे में मुझे भी याद नहीं आ रहा।” ऋषभ ने कहा।

वो दोनों कुछ पल उस मुख्य द्वार पर खडे रहे। मगर फिर सृष्टि की नजर उस भव्य राजमहल पर गई और उसके कदम स्वतः ही आगे बढ गए। ऋषभ भी उसके पीछे पीछे चल रहा था। उन दोनों ने जैसे ही उस मुख्य द्वार को पार किया, द्वार के बाहरी तरफ दोनों ओर दो छोटे छोटे पादप उग आए थे, मानों वो अभी अभी अंकुरित होकर फूटे हों। वो दोनों हर चीज को बहुत ध्यान से देखते हुए आगे बढ रहे थे और अब वो उस बड़े से शाही बाग के पास पहुंच गए थे, जो उस राजमहल के बाहरी हिस्से में था। कभी शान और शौकत से खड़ा वो राजमहल और उसका शाही बाग ही बता रहा था कि कभी वो कितना सुंदर हुआ करता था। शायद यहां पर कभी फुहारे और छोटे छोटे ताल थे। उनकी बनावट सच में अदभुत थी। वो दोनों आगे बढते हुए राजमहल के अंतपुर में पहुंच गए। सबसे हैरानी की बात थी, जहां बाहर सब उजाड़ और बेजान था, अंदर उतना ही सुंदर और भव्य था। अंदर हर एक चीज अपनी अच्छी स्थिति में थी। हर एक कोने में अच्छी खासी साफ सफाई थी। मानों यहां आज भी राजा महाराजा रहते हों। उस गलियारे में चलते हुए सृष्टि को अहसास हुआ कि यहां जो मशालें लगाई गई हैं, वो शायद हर रोज जलती हैं। गलियारे पर काले और उनपर सुनहरे रंग की कढ़ाई वाले परदे बेहतरीन ढंग से सजाए गए थे। वो दोनों जैसे ही गलियारे के अंत में पहुंचे तो चौंक उठे। अनोखी बात थी कि वहां दो पहरी पहरा दे रहे थे और उनके हाथों में नुकीले भाले

थे। वह अपने भालों के साथ क्रॉस की मुद्रा में खड़े थे, मानों एक ऐतिहासिक नाटक का हिस्सा हों। उनके वस्त्र किसी राजमहल के पहरियों के ही तरह थे।

"कौन है वहां पर?" तभी एक पहरी की दृष्टि उन दोनों के ऊपर पड़ी तो सृष्टि और ऋषभ अपनी जगह पर रुक गए। उस पहरी की आवाज सुनते ही दो तीन पहरी और भी इक्कठा हो गए। सृष्टि और ऋषभ वो दोनों तो पहले ही सदमे में थे और अब जो हो रहा था और हैरानी भरा था।

"घुसपैठिए।" तभी उनमें से एक पहरी चिल्लाया और उन्होंने अपने भाले उन दोनों की ओर कर दिए। वो दोनों तो मानों अपना चेत ही खो बैठे थे।

"ये हो क्या रहा था।" दोनों हैरान परेशान थे। ऋषभ की नजर उन भालों पर पड़ी जो बहुत नुकीले थे। वो दोनों आर्कियोलॉजी के स्टूडेंट थे और इस तरह के शस्त्रों को अच्छे से पहचानते थे। वो कहीं से भी नकली नहीं थे।

"सॉरी! सॉरी! सॉरी! हमें नहीं पता था कि यहां के लिए टिकट लेना पड़ता है। वो,,कहीं पर टिकट की खिड़की दिखी नहीं तो हम,,, हमें नहीं पता था।" सृष्टि ने अपने दोनों हाथ खड़े कर दिए। ऋषभ ने भी उसकी नकल की और हाथ खड़े करते हुए जोर जोर से हां में सिर हिलाया। वो पहरी कुछ असमंजस में पड़ गए।

"ये घुसपैठिए ज्वाला घाटी के नहीं लगते। कहां के हो तुम? और क्या चाहिए तुम लोगों को? वनस्पतियों को चुराने आए हो?" एक पहरी अपने भाले को सृष्टि की गर्दन पर कसते हुए बोला।

"अरे! अरे! वेट ए मिनट यार। अब गर्दन उड़ाओगे क्या मेरी? दिखता नहीं है कितने शार्प हैं ये! कहा न हम गलती से आ गए। हमें नहीं पता था यहां कोई थियेटर है। वीजे हम वापस चलते हैं।" सृष्टि जाने को हुई तो उन चार पांच पहरियों ने उन दोनों को एक साथ भालों से घेर दिया।

"बिना राजकुमार की आज्ञा के तुम कहीं नहीं जा सकते, समझे। तुम दोनों कुछ विचित्र से प्रतीत होते हो। तुम्हारे वस्त्र और ये केश सज्जा कुछ विचित्र है और ये क्या है?" उस पहरी ने सृष्टि के चशमे पर भाले की नोक लगाई ।

"हे,,डोंट टच माय स्पेक्स, हां कितने महंगे हैं पता भी है। पूरे हजार रुपए का है ये। इसके पैसे कौन देगा? हां? तुम्हारा डायरेक्टर?" सृष्टि को इस बदतमीजी पर गुस्सा आ गया। उन पहरियों ने सृष्टि को अजीब सी नजरों से घूरा। मानों वो कोई एलियन भाषीय प्राणी हो।

"कौन है वहां? इतना शोर किस बात का हो रहा है।" तभी एक तेज स्वर गूंजा।

"राजकुमार कुछ घुसपैठिए अंदर घुस आए हैं। विचित्र प्राणी लगते हैं।" एक पहरी ने कहा। सृष्टि और ऋषभ को उस परदे की वजह से कुछ दिख नहीं रहा था।

"अरे काहे का राजकुमार, हटो यार। हम बात करते हैं तुम्हारे डायरेक्टर साहब से।" सृष्टि ने आगे बढ़ना चाहा। अंदर खडे उस इन्सान की आंखें सिकुड़ गई थी।

"अंदर लाया जाए उन्हें। हम भी देखें राज्य को कौन इस तरह घुस आया है।" उस इन्सान की कड़कती आवाज आई तो सृष्टि और ऋषभ ने एक दूसरे को देखा। पहरी उन्हें

धकेलते हुए अंदर ले गए। मगर जैसे ही अन्दर का नजारा उन दोनों की आंखों में पड़ा वो अचंभित हो उठे। उनकी नजर अमृत पर टिकी हुई थी जो राजकुमारों वाले वस्त्रों में सुसज्जित खड़ा था। उसकी कमर पर एक तलवार भी थी। अमृत ने भी जैसे ही सृष्टि को देखा तो उसके सिरपर मानों आसमानी बिजली गिरी हो।

“राजकन्या रत्नावती!!” अमृत के मुंह से निकला।

“वीजे लगता है यहां पर किसी फिल्म की शूटिंग चल रही थी और हम लोग बीच में आ गए। शायद इन लोगों को गुस्सा आ गया।” सृष्टि ऋषभ के कान में फुसफुसाई।

“लेकिन सेटअप कहां है इनका। आई मीन कहीं कोई कैमरे और लाइट्स नहीं दिखाई दे रही हैं।” ऋषभ भी उसके कान के पास आकर बोला तो सृष्टि ने अपनी आंखों की पुतलियां चारों ओर घुमाई।

“अरे यहीं कहीं होंगे न इडियट। अभी इन लोगों को गुस्सा आया हुआ है। हमें माफी मांगकर जल्दी से बाहर निकलना होगा। वरना ये लोग कहीं हमें जेल में न डाल दें।” सृष्टि ने कहा तो ऋषभ ने जल्दी जल्दी हां में सिर हिलाया। सृष्टि अमृत की ओर मुड़ गई। जो उसे अब भी हैरानी से देख रहा था मानों उसे अपनी आंखों पर भरोसा न हो। उसकी दृष्टि अब उस चूड़ामड़ी पर थी जिससे अब भी सुनहरी आभा निकल रही थी।

“ये मुझे मेन लीड लग रहा है। इससे बात करते हैं।” सृष्टि ने कहा तो ऋषभ ने हां में सिर हिलाया। सृष्टि ने फिर अपना गला खंखार दिया।

“देखो हम यहां गलती से आ गए हैं। वो हमें पता नहीं था कि यहां फिल्म की शूटिंग चल रही है। आ,,आई एम सॉरी, हम,, हम चले जायेंगे। बाहर कोई बोर्ड और गार्ड भी नहीं था। तो हम सीधे अंदर आ गए। यार कम से कम किसी को रखना चाहिए न बाहर ताकि कोई इस तरह अंदर न घुसे। अब किसी को क्या पता कि अंदर शूटिग चल रही है। खैर हम जा रहे हैं लेकिन आपके ऊपर ये कपड़े बहुत सुंदर लग रहे हैं। आप सच्ची के राजकुमार लग रहे हैं। ऑल द बेस्ट।” सृष्टि ने अमृत को अंगूठा दिखा दिया।

“हम आपका शो जरूर देखेंगे। जब ये टीवी पर आएगा।” सृष्टि ने कहा तो अमृत के साथ साथ सभी पहरी भी अचंभित हो गए। ये लड़की बोल क्या रही थी उनमें से किसी को कुछ समझ नहीं आ रहा था।

“दरबार लगाया जाए, लगता है घुसपठियों से वार्ता लंबी होने वाली है।” अमृत ने कहा और सीधे अंदर चले गया।

“अरे लेकिन हम,,,।” सृष्टि और ऋषभ कुछ कह पाते अमृत वहां से निकल चुका था।

“सृष्टि लगता है इन लोगों ने सीरियस ले लिया है। अभी शांत रहकर देखते हैं। हम सीधे डायरेक्टर से बात करेंगे। वो समझ जायेगा।” ऋषभ ने सृष्टि को समझाया। हालांकि सृष्टि को अब गुस्सा आ रहा था। मगर उनको मौत आते आते बची थी, जब उन्हें दरबार मे लाया गया। वो दोनों अचंभित हो उठे। ये दरबार उन्हें किसी पिक्चर का सीन लग रहा था।

"ओह तेरी,,,, दरबार लगाया गया है। क्या बात! लेकिन शायद डायरेक्टर के पास बजट कम था, जो उसने इतना उजाड़ महल बनाया। कहीं ये कोई भूतिया ड्रामा तो नहीं?" सृष्टि ने ऋषभ की ओर देखा।

"अरे नहीं इडियट, आई थिंक ये किसी फैंटेसी ड्रामे का दरबार है।" ऋषभ ने भी अपने दिमाग के घोड़े दौडाए।

"जो भी हो, सब रियल लग रहा है। सबकी एक्टिंग कबीले तारीफ तो है।" सृष्टि कह ही रही थी जब अमृत वहां पर दोबारा पहुंचा। उसने अब नए वस्त्र धारण कर लिए थे। वो तेजी से चलता हुआ सिंहासन पर चढ़ा, मगर मुख्य सिंहासन पर बैठने के बजाय वो बगल में लगे एक छोटे सिंहासन के पास खड़ा हो गया। तभी वहां एक एक कर बाकी के मंत्रीगण भी इकट्ठा होने लगे और सृष्टि पर नजर पड़ते ही सब अचंभित थे।

"असंभव!!" एक तरफ से आते हुए राजपुरोहित वेदधर्मा के मुंह से निकल गया। उनके साथ ही खड़े राजभिषक हरीत भी अचंभे से सृष्टि को देखते रहे। उनकी नजर सृष्टि के सिर की चूड़ामड़ी पर थी। इस तरह सब सृष्टि को घूर रहे थे, तो वो अब असहज होने लगी।

"कृपया अपना स्थान ग्रहण करें।" अमृत के स्वर ने सबका ध्यान तोड़ा। सब अचंभित तो थे ही, मगर अब आगे के विचार के लिए सारे मंत्रीगण अपने अपने सिंहासन पर विराजमान हो गए। सृष्टि और ऋषभ दोनों कुछ समझ नहीं पा रहे थे कि आखिर यहां चल क्या रहा है।

“वीजे कहीं इन्होंने हमें भी कोई कैरेक्टर तो नहीं समझ लिया? आई मीन इनके बाकी के कैरेक्टर कहीं रह गए हों और हम अंदर आए तो उन्हें हम वही लगे।”

“हां, मुझे भी कुछ ऐसा ही लग रहा है। शायद इनके कैरेक्टर अभी चेंजिंग रूम में हों।”

“शांति!” तभी अमृत ने जोर से कहा तो सृष्टि और ऋषभ उसकी मुड़ गए।

“तुम लोग क्या कहना चाहते हो अपनी सफाई में?” अमृत ने कहा।

“परन्तु राजकुमार!” किसी मंत्री ने कहा ही था मगर अमृत ने हाथ ऊपर कर दिया। मंत्री चुप हो गए। अमृत की तीखी नजर सृष्टि पर ही थी।

“वो,, हमने कहा न, हम तो बस गलती से आ गए। आई थिंक आपको एक बार डायरेक्टर से बात करनी पड़ेगी। एक्चुअली हम वो कैरेक्टर नहीं हैं जिन्हें आप समझ रहे हैं।” सृष्टि ने कहा तो सब उसको इस तरह देखने लगे मानों वो इस ग्रह की न होकर कोई एलियन भाषीय हो जिसकी भाषा उनके पल्ले नहीं पड़ रही थी।

“अब तो हमें विश्वाश हो गया है ये हमारी वनस्पतियों की खोज में यहां आए हैं।” एक पहरी ने कहा तो अमृत ने हाथ ऊपर कर दिया। पहरी का सिर झुक गया।

“अबे काहे की वनस्पति यार, हम क्या हिरण लग रहे हैं तुम लोगों को, जो चरते चरते किसी के खेत में पहुंच गए हों। कहां फंस गए हम लोग यार।” सृष्टि ने चिढकर साथ साथ रोनी सी सूरत भी बना डाली।

"राजपुरोहित जी आप कहिए, आपका क्या विचार है?" अमृत ने उनकी ओर देखा।

"राजकुमार हमें युवराज और गुरूदेव की प्रतिक्षा करनी चाहिए।" राजपुरोहित वेदधर्मा ने नपे तुले शब्दों में कहा।

"प्रतीत तो यही होता है कि ये दोनों घुसपैठिए हमारी वनस्पतियों को चुराने के चक्कर में यहां पहुंचे हैं। इनको सीधे कारागार में डाल देना चाहिए।" पीछे खड़े एक पहरी ने कहा। हालांकि उसने धीमे कहा था मगर दरबार में उसकी आवाज साफ सुनाई पड़ रही थी।

"देखो हमने कह दिया न, कि हम वो नही हैं जो तुम लोग समझ रहे हो। बहुत हो गया तुम लोगों का ड्रामा। मैं तुम लोगों के खिलाफ पुलिस में कंप्लेन लिखवा दूंगी। समझे तुम लोग! अबे ओ फेक राजकुमार! हटा इन लोगों को। यार कहां मर गया तुम लोगों का डायरेक्टर। उसको तो आस पास ही होना चाहिए था।" सृष्टि अब बुरी तरह झल्ला चुकी थी।

"वो कोई घुसपैठिया नहीं हैं।" तभी पीछे से एक भारी स्वर गूंज उठा। सृष्टि और ऋषभ की जान में जान आई।

"अनंत सर! अब देखो कैसे अनंत सर तुम सबकी चटनी बनाते हैं।" सृष्टि उछलते हुए बोली। उन दोनों के चेहरों पर संतुष्टि आ गई थी। मगर दरबार में शांति पसर चुकी थी। सब अपनी जगह पर खडे थे और सबके सिर झुके हुए थे। सृष्टि और ऋषभ दोनों ने कुछ अजीब महसूस किया। दोनों ही एक साथ पीछे पलट गए। मगर पीछे पलटते ही

दोनों की आंखें हैरानी से फैल गई। इस बार तो उनको मिनी हार्ट अटैक आ गया था। सृष्टि ने अपने मुंह पर हाथ रख लिया।

अनंत वो योद्धाओं वाले काले वस्त्रों से सुसज्जित था, जिसके बाहर उसने एक सुरक्षा कवच भी पहना हुआ था। उसकी कमर पर उसकी तलवार थी और केश सुनहरे रंग के थे जो उसकी गर्दन तक लंबे थे। उसके एक तरफ थोड़ा पीछे वाहिनी खडी थी और दूसरी तरफ गुरु शाश्वत खडे थे। वाहिनी भी योद्धाओं वाले काले वस्त्रों और सुरक्षा कवच से सुसज्जित थी। गुरु शाश्वत भी अपने काले लिबास में थे। अनंत आगे बढ़ा और सृष्टि के बगल से होते हुए सीधे मुख्य सिंहासन पर विराजमान हो गया। उसने एक पैर जमीन पर, तो दूसरा उस बड़ी सी चौकी पर रख दिया। उसका एक हाथ उसने घुटने पर था और उसकी सीधी नजर सृष्टि को भेद रही थी। उसके सिहांसन पर बैठते ही सब अपने अपने सिंहासनों पर बैठ गए। अनंत का चेहरा क्रोध से नहाया हुआ था। सृष्टि को महसूस हो रहा था कि उसकी दृष्टि उसे तीर के समान अंदर तक भेद रही है। अनंत की पुतलियां अब सृष्टि के सिर पर सजी उस चूड़ामड़ी पर चली गई। उसके हाथ अपने सिंहासन पर इतने कस गए कि उसकी बाजुओं और गले की मांसपेशियां उभर आई।

"वैल कम टू हैल सृष्टि, आई होप तुम मेरे असली स्वरूप को झेल सको"।

★★★★

लेखिका के बारे में

मेधाय् उत्तराखंड के पौड़ी जिले के एक छोटे से गांव की रहने वाली हैं। उनका जन्म 1992 को हुआ था और उन्होंने अपनी प्रारंभिक शिक्षा गांव के प्राथमिक विद्यालय से प्राप्त की। इसके बाद उन्होंने अपने मामा श्री महेश चंद्र पोखरियाल के संरक्षण में माध्यमिक शिक्षा पूरी की।

मेधाय् ने अपनी उच्चतर शिक्षा हेमवती नंदन विश्वविद्यालय के इतिहास और पुरातत्व विभाग से प्राप्त की जहां उन्होंने पुरातत्व विभाग से स्नातकोत्तर की डिग्री हासिल की। इनका हाल निवास श्रीनगर गढ़वाल में है जहां ये अपने पति और बच्चों के साथ रहती हैं।

शुरु से ही साहित्य में रुचि होने के कारण सबसे पहले इन्होंने छोटे छोटे ऑनलाइन प्लेटफॉर्म पर लिखना शुरू किया जहां से इन्हें अपनी एक किताब लिखने का साहस मिला।

★★★★

एक श्राप और कई वर्षों का इंतजार। तपस्या और त्याग। मंत्र और उपाय। पूर्वजन्म या पुनर्जन्म। व्योम और रत्नावती। अनंत और सृष्टि। प्रेम या छल। नियति और उसका खेल। नायक या खलनायक। सकारात्मकता या नकारात्मकता। शाश्वत और अमरत्व। बस सिर्फ वो दो हजार वर्ष और एक कुंजी।

www.ingramcontent.com/pod-product-compliance
Lightning Source LLC
LaVergne TN
LVHW090221051026
849517LV00001B/155
* 9 7 9 8 8 9 5 5 6 5 1 8 6 *